HEINZ-PETER BAECKER · MYSTERIÖSE MORDE

Heinz-Peter Baecker

Mysteriöse Morde

PANDION

Gartenstraße 10, 55469 Simmern, Telefon (06761) 7142

info@pandion-verlag.de, www.pandion-verlag.de

Druck- und Weiterverarbeitung:
Bercker Graphischer Betrieb GmbH & Co. KG,
Kevelaer

Printed in Germany

ISBN 978-3-86911-023-3

1.

Sein penetranter Schweißgeruch ekelte sie. Ebenso sein Mundgeruch, ein Gemisch aus Zigaretten und Alkohol. Aber er bezahlte sie sehr gut. Deshalb ließ sie es jedes Mal über sich ergehen. Es dauerte zum Glück auch nicht allzu lange. Sie stöhnte für ihn weiter, das steigerte seine Erregung. Dabei versuchte sie aber, so gut es ging, ihren Kopf von ihm abzuwenden, um den widerlichen Gerüchen einigermaßen zu entgehen.

Er kam regelmäßig. Alle vierzehn Tage, dienstags. Fast auf die Minute genau. Sie hörte sein Kommen schon, bevor er mit seinem Wagen von der Bundesstraße in den breiten Waldweg einbog, denn sein Autoradio hatte er immer voll aufgedreht. Die Bässe dröhnten bis in das Wohnmobil hinein. Dann hupte er zweimal kurz und schaltete das Radio und den Motor aus. Nun begann immer das gleiche Ritual. Er stieg aus, rauchte draußen noch eine Zigarette, sie stülpte die schwarze Kurzhaarperücke über ihre blonden Locken und zog die knappe gelbe Bluse und den Lederminirock an. Alle drei Dinge hatte er ihr für seine Besuche mitgebracht, das war vor etwa einem Jahr gewesen.

Wenn es an der Tür klopfte, schaltete sie noch rasch das rote Herz im Heckfenster aus und rief einschmeichelnd: „Komm doch herein, die Tür ist offen, ich warte sehnsüchtig auf dich!" Sein ausdrücklicher Wunsch. Sie schätzte ihn auf Ende dreißig. Er war mittelgroß, hager, hatte glatte schwarze Haare und trug einen auffallend breiten Ehering. Ein gut gekleideter Mann, Vertretertyp. Das passte auch zu seinem regelmäßigen Kommen. Vielleicht machte er alle vierzehn Tage dienstags seine Hunsrücktour. Über seinen Beruf hatten sie aber nie geredet. Überhaupt sprachen sie seit seinem ersten Besuch recht wenig. Damals hatte er all seine Vorstellungen und Wünsche geäußert, stockend, verschämt und … schwitzend und stinkend. Vor dem kurzen Sex wurde überhaupt nicht geredet. Und danach nur sehr Allgemeines. Über das Wetter, irgendein Alltagsereignis, aber nie über etwas Persönliches. Er hatte sich einfach als „Hans" vorgestellt, was sie ihm aber nicht abnahm und ihr schließlich auch egal war. Er wirkte immer noch wie beim ersten Besuch auf sie: einerseits verklemmt, unbeholfen und unerfahren, andererseits kamen ihr seine sehr klaren Vorstellungen und der Sex mit ihm wie eine merkwürdige Art der Selbstbefriedigung vor, bei der die Partnerin für ihn nur eine absolute Nebenrolle spielte. Er hätte es sicherlich auch mit einer dieser aufblasbaren Puppen treiben können. Das hatte sie anfänglich gestört, es hatte sich vor diesem seltsamen Verhalten in ihr sogar eine gewisse Angst entwickelt. Doch mit der Zeit war alles so selbstverständlich und routinemäßig geworden, dass sie sich mit seinen vergleichsweise harmlosen Vorstellungen und Forderungen abgefunden und schnell an die regelmäßige und großzügige Einnahmequelle gewöhnt hatte.

Während sie einen billigen Piccolo öffnete und zwei Gläser füllte, zog er sein Jackett aus, streifte die Krawatte ab und legte beides sorgfältig über die Lehne des Beifahrersitzes, bevor er den Vorhang zur Fahrerkabine zuzog. Dann drehte er sich um, starrte sie an und kam langsam auf sie zu, fast in Zeitlupe.

Seinem Gesicht war bereits jetzt die Anspannung und Erregung anzusehen, und erste kleine Schweißperlen begannen auf seiner Stirn zu glänzen. Wahrscheinlich trank er vorher immer Alkohol, um sich Mut zu machen und die für ihn offensichtlich schwierige Situation zu meistern. Jedes Mal rätselte sie in diesem Moment, warum ihm offenbar schwerfiel, was nun nur nach seinem eigenen Wunsch ablief. Ein kleiner Verrückter, dachte sie.

Er kippte das Glas Sekt mit einem Schluck hinunter. Sie nippte nur an ihrem Glas, stellte es dann auf die schmale Ablage zwischen dem kleinen Fenster und der breiten Liege und drehte ihm dann ihren Rücken zu. Das war der Moment, in dem er von hinten an ihre Brüste griff und diese erst zärtlich, dann aber zunehmend kräftiger und lustvoll zu kneten begann. Dabei schmiegte er leicht zitternd seinen Kopf zwischen ihren und ihre Schulter und seinen Körper gegen ihren Rücken. Schon stieg ihr nicht nur die Geruchsmischung von Zigaretten und Alkohol in die Nase, sie spürte auch deutlich, wie sein Glied allmählich steif wurde. Nach einer Weile dann begann er meist recht ungeschickt ihre Bluse aufzuknöpfen und mit seinen feucht gewordenen Handflächen ihre nackten Brüste zu streicheln. Besonders erregte es ihn, wenn er ihre Brustwarzen zwischen Daumen und Zeigefinger zwirbelte.

Schließlich drückte er sein Becken leicht rotierend noch stärker an ihren Po. Damit signalisierte er ihr, dass sie nun mit beiden Händen nach hinten greifen sollte. Sie löste seine Gürtelschnalle und öffnete langsam den Reißverschluss seiner Hose. Er trug meist einen sehr knappen Slip, der es ihr leicht machte hineinzugreifen. Jedes Mal, wenn sie den steif gewordenen Inhalt ins Freie entließ, ging ein deutlich spürbares Zittern durch seinen Körper. Er genoss leicht stöhnend ihre beginnende Massage, die sie ihm zukommen ließ, alles nach seinen Vorstellungen. „Zärtlich, nicht zu fest", hatte er sie beim ersten Mal ermahnt. Jetzt dauerte es nicht mehr allzu lange, dann richtete er sich auf, streifte ihr die Bluse über die Schultern und ließ sie neben der Liege auf den Boden fallen. Anschließend legten sich seine verschwitzten Hände flach auf ihren Rücken. Sie beugte sich unter dem leichten Druck langsam vor, stützte sich mit gestreckten Armen ab und kniete sich vor ihm auf die Liege. Dabei spürte sie, wie er ihr mit seiner rechten Hand zwischen die Beine griff und mit dem Mittelfinger anfing, unter ihrem kurzen Rock ihren Tanga beiseite zu schieben und unbeholfen und orientierungslos zwischen Klitoris und Vagina zu fummeln begann. Anders konnte sie es nicht bezeichnen. Vielleicht versprach er sich davon, sie dadurch erregen zu können.

Ob er es wohl auch so mit seiner Frau trieb?, ging ihr dabei jedes Mal durch den Kopf.

Mit der linken Hand versuchte er gleichzeitig, sich selbst die Steifheit seines Glieds zu erhalten, und zog sich anschließend einen Präser über, den er hastig aus der Brusttasche seines Hemdes zerrte. Das hatte sie einmal zufällig in dem Spiegel beobachtet, der neben der Liege hing. Armer, verrückter Kerl. Aber er zahlte gut und auf dem Pariser bestand sie.

Sie wusste nicht, wovon die Zeit abhing, bis er ihr hastig den Tanga herunterriss, sie mit beiden Händen am Becken packte und mit einem kräftigen Griff umdrehte und auf die Liege warf, sodass sie vor ihm auf den Rücken zu liegen kam. Vielleicht hatte der Zeitpunkt etwas mit der Aktivität und dem nachlassenden Erfolg seiner linken Hand zu tun. Sie musste dann schnell die Beine weit spreizen, zwischen die er sich hastig mit seiner Männlichkeit drängte. Meist gelang das nur, indem sie den engen Lederminirock rasch höher zog. Ausziehen durfte sie ihn nie, darauf bestand er. Vielleicht stellte er sich so eine Vergewaltigung vor. War es doch ein gewisser Frauenhass, der ihn regelmäßig zu ihr führte?

Unter lautem Stöhnen ließ er sich schweißtriefend auf sie nieder und drang dabei tief in sie ein, wobei sie allerdings oftmals hilfreich eingreifen musste, weil er vor Aufregung die Orientierung verlor. Gekonnt begann sie, die Augen zu verdrehen und zu stöhnen. Sie wusste, es dauerte jetzt nicht mehr allzu lange. Und doch kam es ihr wegen seines fast unerträglichen Schweiß- und Mundgeruchs wie eine Ewigkeit vor. Heute, das hatte sie sich fest vorgenommen, heute wollte sie mit ihm darüber reden. Anschließend. Andernfalls würde es kein „Komm doch herein, die Tür ist offen, ich warte sehnsüchtig auf dich!" mehr geben. Trotz der üppigen Bezahlung. Aber sie musste nach seinem Besuch immer gründlich lüften und ihr nicht gerade billiges Parfüm versprühen, bevor sie den nächsten Freier empfangen konnte. Außerdem sollte es doch für ihn kein Problem sein, vor seinem Besuch wenigstens anständig zu duschen! Genau das würde sie ihm sagen.

Weil sie ihren Kopf während der ruckartigen Stöße zur Seite gedreht hatte, rannen seine Schweißtropfen ihren Hals entlang über die Schulter auf das Laken der Liege. Am Anfang hatte sie es nach seinen Besuchen immer gewechselt und gewaschen. Bis es ihr zu viel wurde und sie vor seinem Kommen ein einfaches Leintuch zusätzlich über die Liege spannte.

Mit jedem Stoß in ihren Körper strömten mehr Schweißperlen aus seinen Poren, seine Hände klammerten sich an ihre Schultern. Manchmal schmerzte sein Griff, aber sie wusste, dass es gleich vorbei sein würde. Sein Körper bäumte sich auf. Sie stemmte sich dagegen. Ein kurzer Aufschrei, dann war alles vorbei. Erschöpft und keuchend sank er auf sie nieder. Sein Hemd, das er niemals auszog, war pitschnass. So übertrug sich sein Schweißgeruch noch intensiver auf ihren Körper. Unwillkürlich strich sie ihm über seine schwarzen, ebenfalls schweißnassen Haare.

So verharrten sie etwa fünf Minuten. Dann richtete er sich wortlos auf, entfernte den Präser, knotete ihn zu und warf ihn in den bereitstehenden kleinen Treteimer neben der Liege. Rasch zog er seinen Slip und seine Hose hoch und schloss den Gürtel wieder. Auch sie richtete sich auf, nicht ohne vorher das seitliche Aufstellfenster zu öffnen. Wie immer setzte er sich neben sie auf die Liege und faltete, leicht nach vorne gebeugt und die Ellenbogen auf die Oberschenkel gestützt, die Hände ineinander. Während sie nach dem immer bereitliegenden Handtuch griff, um ihren Oberkörper zu trocknen, fragte er leise: „War ich gut?"

Und wie immer antwortete sie mit leiser aber überzeugender Stimme: „Sehr gut, wie immer!"

Es gehörte zum Ritual. Wie zur Belohnung für diese Bestätigung griff er in seine Hosentasche, in der er die drei Scheine fein säuberlich gefaltet bei sich trug, und legte diese neben ihr noch volles Sektglas auf die Ablage. „Auch du warst perfekt."

„Aber heute müssen wir noch über etwas miteinander reden", antwortete sie und warf sich das Handtuch über die Schultern, weil es ihr vom Fenster her zog.

2.

Ihre Blicke richteten sich flüchtig auf ihre Armbanduhr. „Können wir jetzt endlich losfahren?" Erika, topp frisiert und mit roten Bäckchen, blickte reichlich ungehalten durch das offene Beifahrerfenster. Sie rutschte nervös in ihrem eleganten schwarzen Hosenanzug auf dem nicht allzu komfortablen Sitz des Geländewagens hin und her. Ihr Mann, Kriminalhauptkommissar und Moselwinzer Fuß, trug gerade zwei weitere Kartons seiner Riesling Auslese *Alkener Burgberg* aus dem Haus, platzierte sie rutschsicher zu den vier anderen, die sich bereits auf der kleinen Ladefläche befanden und deckte eine graue Wolldecke darüber.

„Warum hast du es denn plötzlich so eilig?", brummte Fuß laut, schüttelte den Kopf und schlug mit einem Schwung die Hecktür zu. „Es geht doch erst um acht Uhr los. Und wie ich Nina und Arne kenne, sind die mit den Vorbereitungen wie immer im Stress und froh wenn ihre Gäste nicht allzu pünktlich sind."

Er wollte gerade zur Haustür zurückgehen, die gleichzeitig zu seiner Straußwirtschaft führte, als ihm Renate Zerwas entgegenkam, die bei ihnen im Service aushalf.

„Ihr seid also jetzt weg?", fragte sie etwas aufgeregt, was kein Wunder war. Denn sie konnte sich nicht erinnern, dass Fuß und seine Frau während der Saison jemals abends außer Haus gegangen waren und die Straußwirtschaft den Mitarbeitern überlassen hatten. Doch heute war eine Ausnahme. Außer Renate waren noch Roland und Sabine gekommen, um im Service zu helfen und auch Thea, eine zuverlässige Freundin, war da, um zusätzlich die immer fröhliche Küchenfee Krystyna aus Polen tatkräftig zu unterstützen.

„Denkt dran, um zehn Uhr muss die Terrasse geräumt werden und macht um elf den Laden dicht."

Leicht hinkend eilte der knapp Zweimeter-Mann dann um den Geländewagen herum und stieg ein. Es war noch nicht allzu lange her, dass er sich vor Beginn der Saison einen Oberschenkelhalsbruch zugezogen hatte. Seither arbeitete er eisern in einer ambulanten Reha, um möglichst bald wieder fit zu sein. Die Weinlese stand ins Haus. Bis dahin sollten die OP und die damit verbundenen Einschränkungen der Vergangenheit angehören.

Auch er hatte sich mit schwarzer Hose und einem trachtenähnlichen Jackett in Schale geschmissen und sogar eine Krawatte umgebunden. Immerhin feierten ihre Freunde Nina und Arne ihre Silberhochzeit mit einer großen Party. Da durften die Trauzeugen Fuß und Erika nicht fehlen. Und wie beide wussten, wurde zu solchen Anlässen immer viel Prominenz eingeladen. Denn die Jubilare waren nicht nur erfolgreiche Geschäftsleute, sondern auch in der Kommunalpolitik und in verschiedenen Vereinen aktiv.

Renate winkte ihnen noch hinterher, bis sie um die Ecke gefahren waren. Fuß hatte wegen der bereits fortgeschrittenen Dämmerung die Scheinwerfer eingeschaltet, kurvte zunächst durch die engen Gassen von Alken – dem kleinen und beliebten Urlaubsziel an der Mosel – und fuhr durch das historische Fallertor. Dann schoss er mit seinem Allradantrieb den asphaltierten Wirtschaftsweg zwischen den Rebstöcken hinauf Richtung Landstraße nach Nörtershausen. Am Ende des Weges musste Erika sich beim Abbiegen mit beiden Händen kräftig seitlich abstützen, um nicht mit voller Wucht gegen die Beifahrertür gedrückt zu werden.

„Musst du so rasen?", zischte sie aufgebracht und rückte rasch ihre Jacke wieder zurecht, die bei der Festhalteaktion verrutscht war.

„Erst hast du es eilig und nun bin ich dir zu schnell", frotzelte Fuß und trat erneut und leicht grinsend auf das Gaspedal. Der Geländewagen machte einen mächtigen Satz, der Motor heulte auf und sofort ging die rasante Fahrt weiter bergauf. Auch in den nachfolgenden Kurven hinauf in den Hunsrück musste sich Erika immer wieder abstützen. Doch sie schwieg. Sie wusste, dass sie mit jeder weiteren Bemerkung höchstens das Gegenteil bei ihrem Mann erreicht hätte. Denn jedes Mal, wenn sie ihn strafend von der Seite anblickte, war sein spitzbübischer Gesichtsausdruck trotz rasch zunehmender Dämmerung nicht zu übersehen.

Erika atmete erleichtert auf, als sie endlich die Bundesstraße 327, die Hunsrückhöhenstraße, erreicht hatten. Die vor einem Jahr teilweise frisch asphaltierte Straße und kurvenarme Strecke garantierte eine ruhigere Fahrt, auch wenn Fuß mit Schuhgröße neunundvierzig weiterhin voll auf dem Gaspedal stand.

Erika schaltete das kleine Licht oberhalb des Beifahrersitzes ein und kramte einen kleinen Lippenstift aus ihrer Handtasche. Im Spiegel der heruntergeklappten Sonnenblende kontrollierte sie zunächst nochmals den Sitz des Blusenkragens über der Jacke und anschließend ihr Make-up. Mit dem Stift begann sie das Rouge ihrer Lippen aufzufrischen. Dabei zog sie verschiedene Grimassen, um beim Auftragen ein Optimum an Fülle und Farbe zu erreichen.

Wie sehr wünschte sich Fuß jetzt insgeheim eine scharfe Kurve, um zu sehen, wo seine Frau dann ihre Malkunst mit dem Lippenstift fortsetzen würde. Doch erst kurz hinter der südlichen Abfahrt der Gemeinde Emmelshausen tauchten wieder einige Kurven auf. Aber da hatte Erika schon längst die Sonnenblende wieder hochgeklappt und ihren Lippenstift in der Tasche verstaut. Dabei entdeckte sie einen Prospekt, den sie tags zuvor beim Einkaufen eingesteckt hatte und begann darin zu blättern. Um ihn richtig studieren zu können, war es einfach schon zu dunkel geworden und während der Fahrt das große Innenlicht im Wagen einzuschalten hasste ihr Mann.

„Jetzt guck dir mal diesen Verrückten an", hörte sie ihn plötzlich ausrufen und blickte erschrocken auf. Fuß betätigte die Lichthupe, während im gleichen Moment auf der Gegenfahrbahn ein dunkles, unbeleuchtetes Fahrzeug der Luxusklasse an ihnen vorbeischoss. Das Einzige, was der Hauptkommissar kurz erkennen konnte, war ein kleiner gelber Aufkleber an der Frontscheibe und dass es sich um ein Coupé handeln musste. Fuß warf einen wütenden Blick in den Rückspiegel und erwartete, dass wenigstens jetzt, nachdem er den Fahrer mehrfach angeblinkt hatte, die Scheinwerfer des Wagens eingeschaltet wurden. Doch nichts geschah. Das Fahrzeug verschwand unbeleuchtet hinter ihnen in der Dunkelheit.

„Da kann man nur hoffen, dass der Bekloppte keine anderen gefährdet", schimpfte der Hauptkommissar und richtete seinen Blick wieder auf die Fahrbahn vor sich. Die Hunsrückhöhenstraße zwischen den Orten Niedert und Gödenroth führt zunächst in einer langen Gerade durch einen Wald. Fuß nahm etwas Gas weg, da immer wieder Hinweisschilder auf Wildwechsel auftauchten und regelmäßig diesbezüglich Unfälle hier passierten. Vorsorglich suchten seine Augen auf den nächsten Kilometern durch den Wald vor allem den rechten Straßenrand ab, soweit es ihm das Fernlicht ermöglichte. Plötzlich trat er mit einem überraschten „Was ist das denn?" voll auf die Bremse.

Erika flog mit einem lauten Aufschrei nach vorn und in den sich sofort straffenden Sicherheitsgurt. Dabei glitt ihr der Prospekt aus der Hand und landete im Fußraum.

Gut hundertfünfzig Meter vor ihnen, rechts im Wald schoss eine helle meterhohe Stichflamme in den Himmel und verwandelte sich im gleichen Moment mit einem donnernden Knall in einen riesigen Feuerball. Reaktionsschnell lenkte Fuß seinen Wagen an den Straßenrand und schaltete fast automatisch die Warnblinkanlage ein. Bereits während des Aussteigens zog er sein Handy aus der Jackentasche und wählte, den Blick nach vorne gerichtet, blind den Polizeinotruf. Das war bei vielen Einsätzen bei ihm zur Routine geworden.

Während er auf das sich im Unterholz und den Bäumen rasch ausbreitende Feuer zulief meldete sich am anderen Ende die Notrufzentrale.

„Hunsrückhöhenstraße zwischen Abzweig Hausbay und Braunshorn, Fahrtrichtung Kastellaun, brennt der Wald, möglicherweise durch eine Explosion verursacht. Das Feuer breitet sich rasch im Unterholz aus. Informieren Sie die Feuerwehren der Umgebung und schicken Sie aus beiden Fahrtrichtungen Streifenwagen zur Absperrung der Bundesstraße!", keuchte Fuß deutlich erregt.

„Sind Personen in Gefahr oder verletzt?"

„Weiß ich noch nicht. Wenn ja, melde ich mich gleich wieder. Beeilen Sie sich!" Fuß hatte sich den Flammen inzwischen bis auf etwa zwanzig Meter genähert. Er verlangsamte seine Schritte, immerhin musste mit einer weiteren Explosion gerechnet werden, da er nicht wusste, was überhaupt geschehen war. Einen hinter ihm auftauchenden Wagen winkte er heran und lief auf das sich öffnende Fahrerfenster zu.

„Geben Sie rasch Gas und fahren schnell an den Flammen vorbei, noch geht es, und halten Sie den Gegenverkehr auf!", brüllte er. Der junge Mann am Lenkrad nickte und fuhr, teils über den linken Seitenstreifen der Fahrbahn, rasch an der ständig wachsenden Feuerwalze vorbei.

„Scheiße!" Fuß blieb wie vom Blitz getroffen stehen. In den auf und ab lodernden Flammen hatte er ein Wohnmobil entdeckt, in dem wahrscheinlich die Explosion stattgefunden hatte. Er erinnerte sich, hier schon einige Male im Vorbeifahren ein solches gesehen zu haben, in welchem Prostituierte ihre Freier empfingen. Wenn sich jemand in dem Wohnmobil befunden hatte, wurde ihm sofort klar, kam jede Hilfe zu spät.

Trotz des prasselnden Feuers, das in den Büschen und den unteren teils abgestorbenen Ästen der Nadelbäume reichlich Nahrung fand, konnte er bereits aus verschiedenen Himmelsrichtungen das dreimalige Aufheulen von Sirenen hören. Es würden aber sicherlich noch ein paar Minuten vergehen, bis ein erstes Löschfahrzeug eintraf. Rundherum in den Dörfern gab es nur Freiwillige Feuerwehren und die mussten erst einmal ihre Mannschaften über die Sirenen und Funk zusammenrufen.

Fuß wählte erneut den Notruf und teilte dem Kollegen nunmehr ohne Hektik mit, dass er selbst Kripobeamter sei und sich mitten in den Flammen ein Wohnmobil befinde, wobei es sich wahrscheinlich um ein „Bumsmobil" handele, das explodiert und Teile des Waldes in Brand gesetzt habe. „Schicken Sie vorsorglich aber noch einen Notarztwagen, falls jemand das Fahrzeug doch noch rechtzeitig verlassen konnte und hier irgendwo verletzt herumliegt. Ich schau mich inzwischen schon mal um. Auf jeden Fall sollten Sie auch meine Kollegen von der Spurensicherung in Koblenz verständigen."

Er schob das Handy in seine Jackentasche zurück und seine Augen versuchten im Licht- und Schattenspiel der auflodernden Flammen in dem noch nicht brennenden Gehölz zu erkennen, ob sich dort etwas bewegte. Das Prasseln des Feuers, das schnell reichlich Nahrung bis hinauf in die Baumwipfel fand, wurde immer lauter. Auch die Hitzeentwicklung und der Funkenflug nahmen ständig zu.

„Kann man irgendwie helfen?"

Eine Frau, die ihr Auto hinter seinem Geländewagen abgestellt hatte, war dicht hinter Fuß getreten. Er sah dem blassen Gesicht der Frau an, dass diese zwischen Angst und Hilfsbereitschaft hin und her schwankte.

„Gehen Sie vor allem nicht zu dicht ran. Es hat bereits eine Explosion gegeben, wer weiß, was noch folgt", ermahnte er sie. „Vielleicht sorgen Sie für das Aufstellen eines Warndreiecks. Das erscheint mir im Moment am Sinnvollsten."

In möglichst sicherem Abstand versuchte Fuß an dem Feuer vorbeizugehen, musste aber nach wenigen Metern dieses Ansinnen wegen der hohen Hitzeentwicklung wieder aufgeben. Außerdem schlugen einige Flammen bereits in die Straße hinein und es bildete sich durch den leichten Abendwind immer häufiger ein Funkenflug quer über die Fahrbahn. Er machte sich deshalb auf den Rückweg. Außerdem sah er in der Ferne aus Richtung Norden die ersten Fahrzeuge mit Blaulicht auftauchen. Er lief rasch zu seinem Wagen zurück und hielt Erika sein Handy entgegen.

„Ruf Nina an. Sie müssen wohl ohne uns feiern!"

Erika nahm das Handy sichtlich enttäuscht entgegen. „Und dafür habe ich mich so fein gemacht und gefreut. Musst du dich denn hier wieder einmischen?"

Fuß drehte sich wortlos um und schlug die Wagentür hinter sich zu. Auch er hatte sich den Abend anders vorgestellt, aber hier hatte er wohl keine andere Wahl, nicht nur als Polizeibeamter.

Er blieb neben seinem Wagen stehen und wartete, bis die beiden ersten Fahrzeuge den Einsatzort erreicht hatten. Es handelte sich, wie er im Schein der Flammen erkennen konnte, um einen Vorausrüstwagen und ein Tanklöschfahrzeug. Sofort begannen sieben oder acht Feuerwehrleute mit dem raschen Anlegen von Atemmasken und dem Ausrollen von Schläuchen. Im gleichen Moment tauchten auch aus südlicher Richtung erste Blaulichter auf. Plötzlich entdeckte Fuß unter den Feuerwehrleuten ein ihm bekanntes Gesicht, Fridolin Gewehr, Gruppenführer der Freiwilligen Feuerwehr des nahe gelegenen Ortes Pfalzfeld. Woher er ihn kannte, fiel ihm im Moment nicht ein. Entweder durch Begegnung bei Einsätzen oder als Gast seiner Straußwirtschaft.

„Bekommt ihr denn hier ausreichend Wasser?", rief Fuß ihm zu.

„Wir haben zweitausendfünfhundert Liter dabei, das reicht fürs Erste", antwortete Gewehr, während er mit einem geschickten Wurf einen Schlauch zum Ausrollen brachte und deutete auf das Tanklöschfahrzeug. „Außerdem kommen die Kastellauner mit einem Schlauchwagen mit Tank. Aber sehen Sie zu, dass Sie uns hier nicht behindern."

Fuß drehte sich noch einmal zu dem sich immer weiter ausbreitenden Feuer um. Vielleicht war es besser, seinen Wagen, in dem Erika immer noch wartete, weiter weg von der Brandstelle zu fahren.

Inzwischen hatten sich etliche weitere Fahrzeuge in die Reihe der Wartenden und Neugierigen eingereiht. Bevor Fuß einstieg machte er diesen ein Zeichen, ebenfalls zurückzusetzen und den noch zu erwartenden Einsatzkräften von Feuerwehr, Polizei und Rettung Platz zu machen.

Als er danach wieder hinter dem Lenkrad saß, flammten bereits die Halogenscheinwerfer auf ihren Teleskopstangen des Vorausrüstwagens auf und nahmen dadurch dem Brandort etwas von dem Gespenstischen.

Mit Schwung versuchte Fuß zu wenden, musste aber zweimal zurücksetzen, bis er sein Ziel erreicht hatte. Dabei kam ihm ein erster Streifenwagen entgegen. Er winkte mit der Hand aus dem offenen Fenster und signalisierte den Kollegen anzuhalten.

„Hauptkommissar Fuß, Kripo Koblenz. Ihr solltet an der Abzweigung nach Simmern eine Umleitung einrichten und dann die Autos hier zurückschicken", forderte er die Uniformierten auf.

„Spielst du jetzt auch noch Verkehrspolizist?", ereiferte sich Erika sofort, als Fuß das Fenster hochgekurbelt hatte und weiterfuhr.

Ihr Mann gab ihr keine Antwort. Im Rückspiegel konnte er sehen, dass einer der Kollegen ausstieg, um die anderen Autofahrer zur Umkehr zu bewegen, während der Streifenwagen wendete, um die Sperrung vorzunehmen.

„Hast du Nina oder Arne erreicht?"

„Wir sollen nachkommen, egal wie spät es ist."

Fuß fuhr rechts ran und winkte dem ihm mit Blaulicht gefolgten Streifenwagen vorbei. Er konnte hier im Moment nichts weiter ausrichten. Sicherlich würde es bis tief in die Nacht dauern, bis der Brand gelöscht war. Abgesehen von seiner und sicherlich auch Erikas nach Rauch riechender Kleidung sprach also nichts dagegen, die Party doch noch zu besuchen.

Auf der Rückfahrt, lange nach Mitternacht, konnte man schon von weitem immer noch eine große Rauchwolke gegen den sonst wolkenlosen Himmel aufsteigen sehen. Die Hunsrückhöhenstraße war mittlerweile mit Absperrschranken und rotweißen Leitkegeln versehen und die Umleitung beschildert worden. Fuß lenkte seinen Wagen geschickt daran vorbei und fuhr in den Sperrbereich. Der Brandort war inzwischen von vielen Strahlern in gleißendes Licht getaucht und je näher er mit seinem Wagen kam, umso lauter wurde das Knattern und Brummen der Stromaggregate. Erika, die vor einiger Zeit neben ihm eingeschlafen war, wachte auf und schaute sich verschlafen um.

„Hab ich mir's doch gedacht", stöhnte sie und richtete sich in ihrem Sitz auf. „Kannst es wohl nicht abwarten?!"

Fuß antwortete nicht, sondern stellte seinen Wagen hinter eines der Einsatzfahrzeuge der Feuerwehren. Von der Brandstelle her war noch eine deutlich abstrahlende Wärme zu spüren und der leichte Qualm in der Luft erinnerte in gewisser Weise an Weihnachten, wenn der Tannenbaum durch die brennenden Kerzen seinen typischen Geruch entfaltete. Je näher Fuß aber der Brandstelle kam, umso beißender wurde der Geruch und seine Augen begannen zu brennen. Man hatte im Wald rund um den Brandherd ein Hydroschild aufgebaut, das die nicht von den Flammen erreichten Bäume und das Unterholz ähnlich einer Regenwand vom Feuer trennte und hatte so ein weiteres Übergreifen verhindern können.

Das schwarze Skelett des Wohnmobils stand auf dem verbrannten Boden eines breiten Waldweges. Ringsherum loderten da und dort im Gehölz immer mal wieder kleine Flammen auf, die aber sofort von herbeieilenden Wehrmännern der Brandwache gelöscht wurden.

Wehrleiter Fridolin Gewehr stand neben dem Vorausrüstwagen der Pfalzfelder Feuerwehr und winkte den Hauptkommissar zu sich, als er ihn entdeckte.

„Wir mussten tatsächlich eine Schlauchleitung bis nach Braunshorn legen, sonst hätte das Wasser trotz Pendelverkehr nicht gereicht. Außerdem haben wir Glück gehabt, dass es heute Abend relativ windstill war", meinte er. „Das hätte um diese Jahreszeit böse enden können."

Fuß deutete mit dem Kopf zu dem Wohnmobil hin. „Und? War jemand drin?"

„Leider! Ihre Kollegen haben die verkohlte Leiche bereits abtransportieren lassen. Wahrscheinlich die Frau, die darin auf ihre Freier wartete. Es sind auch schon Brandsachverständige angefordert, die feststellen sollen, was passiert ist. Ich vermute, da wurde mit einem Brandbeschleuniger gearbeitet."

„Also kein Unfall?", vergewisserte sich Fuß.

„Ich glaube, da kommt Arbeit auf Sie zu. Ihre Kollegen haben jedenfalls alles auf Video aufgenommen und fotografiert."

„Und weitere Personen ...?"

Gewehr schüttelte den Kopf. „Nix, wir haben zusammen mit Ihren Kollegen bis vor einer Stunde im Umkreis alles abgesucht. Sie muss allein drin gewesen sein."

„Weiß man, wer sie war?"

„Von meinen Leuten hat sie keiner gekannt, aber einer der Streifenbeamten meinte, die Frau stamme aus Neuerkirch. Aber sie soll sich zeitweise mit einer Freundin abgelöst haben. Die beiden haben wohl an wechselnden Standorten entlang der Bundesstraße gearbeitet. Deshalb ist nicht sicher ..."

Fuß winkte mit der flachen Hand ab. „Das kriegen wir schon raus. Wie lange bleibt jetzt noch die Brandwache hier?"

„Auf jeden Fall bis morgen Vormittag, wenn nicht noch länger. Einer Ihrer Kollegen von der Spurensicherung hat außerdem zugesagt, dass man so schnell wie möglich das Wohnmobil abholen wird, um es genauer zu untersuchen. Das soll noch in den nächsten Stunden geschehen, bevor wir die Straße wieder für den Verkehr freigeben."

„Na, dann werde ich ja heute früh sicherlich von der Spurensicherung informiert", gähnte Fuß und warf einen Blick auf seine Armbanduhr. „Wenn ich jetzt nicht fahre, dreht meine Alte durch." Er reichte Fridolin Gewehr zum Abschied die Hand und schlenderte auf seinen Wagen zu.

„Ich dachte schon, du willst hier übernachten!", empfing Erika ihn. „Wenn du das Handy nicht mitgenommen hättest, hätte ich mir inzwischen ein Taxi gerufen."

„Hättest du nicht", grinste Fuß, „der Akku ist leer!"

Wahrscheinlich hatte der Hauptkommissar damit gerechnet. Als er am nächsten Morgen sein Büro betrat, fand er einen handgeschriebenen Zettel auf seinem Schreibtisch vor: ***Ruf mich an – Wilfried.***

Während er die Handy-Nummer seines Kollegen Wilfried Schäfer von der Spurensicherung wählte, betrat auch seine junge Mitarbeiterin, Kriminalhauptmeisterin Liane Esser, das Büro. Sofort begann sie zu schnüffeln.

„Was riecht hier so verbrannt?"

Noch bevor Fuß ihr antworten konnte, meldete sich Schäfer.

„Du warst also heute Nacht mit deinen Leuten draußen auf der Hunsrückhöhenstraße. Ich bin zufällig auf dem Weg zu einer Silberhochzeit Erster am Brandort gewesen und auf der Rückfahrt nach Mitternacht nochmals …"

„Und ich bin schon wieder dort", unterbrach ihn Schäfer. „Es wäre wichtig, wenn du auch gleich kämst. Das Wohnmobil ist zwar schon weg, aber du solltest dir noch mal bei Tageslicht ein Bild vom Brandort verschaffen. Ich werde wohl bis Mittag hierbleiben müssen und auf dich warten."

„Bin schon unterwegs." Fuß legte auf und lachte. „Ich habe heute Morgen schon zwei Mal geduscht, aber der Gestank sitzt offenbar tief in den Poren. Außerdem war Schäfer heute Morgen schon hier im Büro."

„Worum geht es denn?", erkundigte sich seine Kollegin und ging zum Fenster, um es zu öffnen.

„Lassen Sie es lieber zu. Es sieht nach Regen aus und wir müssen los."

„Wohin?"

Fuß erzählte ihr, was am Abend zuvor und in der Nacht geschehen war.

„Das Wohnmobil habe ich auch schon mal gesehen", glaubte sich seine Kollegin zu erinnern.

„Es scheint zumindest zwei Damen zu geben, die darin ihrer Tätigkeit nachgingen. Aber das werden wir noch alles überprüfen müssen."

Die Bundesstraße war wie erwartet noch voll gesperrt. Auch der Brandgeruch hatte sich nicht verflüchtigt. Ein letztes Fahrzeug der Feuerwehr stand am Straßenrand mit zwei Männern, die vom Fahrerhaus aus die Brandstelle überwachten. Dort, wo in der Nacht noch das Skelett des Wohnmobils gestanden hatte, war großflächig eine zusätzliche Absperrung errichtet worden. Dahinter hielten sich drei Männer der Spurensicherung in ihren ehemals weißen Anzügen auf. Als Hauptkommissar Schäfer Fuß und Liane kommen sah, stieg er über das rotweiße Absperrband und ging auf die beiden zu. Sein Gesichtsausdruck ließ nichts Gutes erwarten.

„Um es kurz zu machen, eines ist klar. Da war Benzin im Spiel."

„Spuren?"

Schäfer schüttelte den Kopf und deutete in die Runde. „Alles vom Wasser aufgeweicht und von den Feuerwehrmännern mit ihren Stiefeln zertrampelt. Wir suchen jetzt im Matsch nach möglichen Hinweisen. Du kannst dir vorstellen, wie lange es dauern wird und mit welchem Erfolg wir rechnen dürfen, minimal." Schäfer kratzte sich am Hinterkopf und warf einen äußerst pessimistischen Blick zurück hinter die Absperrung.

„Und wozu sind wir dann hier?", fragte Fuß.

„Etwas muss ich euch zeigen ..." Schäfer ging voraus auf die Straße und deutete an der Einmündung des Waldweges in die Hunsrückhöhenstraße auf den Asphalt. „Hier ist deutlich der Abrieb von durchdrehenden Reifen zu sehen. Das kann natürlich schon früher hier gewesen sein. Kann, sage ich. Es könnte aber auch jemand kurz vor Ausbruch des Feuers sehr eilig gehabt haben."

Sofort fiel Fuß der Wagen ein, der ihm am Vorabend etwa drei Kilometer vor der Brandstelle entgegengerast gekommen war. Er begann sein Gesicht zu kneten, eine Angewohnheit, wenn er nachdachte.

„Mir ist ein dunkler Wagen in Erinnerung", begann er langsam und starrte dabei unentwegt auf die Reifenspuren, „der mir gestern Abend unweit von hier unbeleuchtet begegnet ist, etwa zwei oder drei Kilometer vorher." Er deutete in nördliche Richtung der Bundesstraße. „Aber die Stichflamme schoss erst hoch, als ich rund zwei-dreihundert Meter von hier entfernt war. Was ist in der Zwischenzeit geschehen? Ein Zeitzünder oder Fernauslösung?"

Auch Schäfer machte ein nachdenkliches Gesicht, schüttelte aber energisch den Kopf. „Wir haben nichts gefunden, was darauf hindeutet. Ich glaube es ist viel einfacher. Die Dame wurde niedergeschlagen, das lässt die Position vermuten, in der wir die Leiche vorgefunden haben, und dann wurde alles mit Benzin übergossen und in einiger Entfernung Laub oder ähnliches angezündet. Dadurch hat es einige Sekunden, vielleicht auch eine Minute gedauert, bis es zu der Stichflamme gekommen ist."

„Was war das denn für ein Fahrzeug, das Ihnen da entgegengekommen ist?", wollte Liane wissen.

Fuß winkte ab und zuckte mit den Schultern. „Der ist plötzlich aufgetaucht, ohne Licht, obwohl es schon dunkel war. Ich habe ihn noch angeblinkt, aber um etwas Genaueres zu erkennen, war es bereits zu spät. Es war auf jeden Fall irgendeine Luxussport- oder Coupéversion."

Er blickte sich um. Das Feuer hatte mehr Wald vernichtet, als er nachts angenommen hatte. Zum Glück waren die Flammen nicht auf die Bäume auf der anderen Straßenseite übergesprungen.

Liane Esser war wieder durch den Morast zu der Stelle gestapft, wo das Wohnmobil gestanden hatte. „Weiß man, auf wen das Wohnmobil zugelassen war?"

„Noch nicht", antwortete Schäfer, „aber ich habe die Zulassungsnummer des Fahrzeugs." Er griff in die Außentasche seines Schutzanzugs und zog ein kleines Notizbuch hervor, riss ein Blatt heraus und reichte es der Kriminalhauptmeisterin.

Die warf einen kurzen Blick darauf. „Dann sollte ich gleich mal bei der Zulassungsstelle in Simmern anrufen." Sie nahm ihr Handy aus ihrer Umhängetasche und stakste über den verbrannten Boden und das verkohlte Gehölz zurück auf die asphaltierte Straße.

„Wann glaubst du, dass wir von den Rechtsmedizinern etwas Genaueres über die Umstände des Todes erfahren können?"

Schäfer grinste. „Wenn du jetzt gleich deinen speziellen Freund Doktor Wehlen anrufst, freut der sich bestimmt!"

Fuß zog eine Grimasse. Er hatte den Gerichtsmediziner nie persönlich kennengelernt, aber dessen arrogante und überhebliche Art am Telefon hatte ihn schon einige Male zur Weißglut gebracht.

„Nein, im Ernst", fuhr Schäfer fort, „du musst ihm etwas Zeit lassen. Die Frau ist stark verbrannt."

Kriminalhauptmeisterin Esser kam zu den beiden zurück. „Also, das Wohnmobil ist zugelassen auf eine Zuzanna Czypionka, klingt polnisch."

„Gott ist die Frau gebildet", rutschte es Fuß raus.

Liane Esser wurde rot und fühlte sich ertappt. Denn der junge Mann der Zulassungsstelle hatte ihr den Tipp gegeben. „Sie wohnte in Mastershausen. Wollen wir gleich dorthin fahren?"

„Wird uns wohl nichts anderes übrig bleiben", stöhnte Fuß und reichte seinem Kollegen die Hand. „Alles was wichtig ist, so schnell wie möglich auf meinen Schreibtisch."

„Wie immer", versicherte Schäfer und schaute den beiden hinterher. Irgendwie hatte er das Gefühl, dass Fuß seine neue Mitarbeiterin zu sehr merken ließ, wie sehr ihm Wagner, der vor zwei Jahren bei Ermittlungen getötete Kollege, fehlte. Er nahm sich vor, bei passender Gelegenheit mit Fuß darüber zu sprechen.

Der Reitweg in Mastershausen war schnell gefunden, ebenso das Mehrfamilienhaus, in welchem Frau Czypionka gemeldet war. Fuß läutete energisch. Zwar rechnete er nicht unbedingt damit, dass geöffnet wurde. Denn wahrscheinlich lag die Frau inzwischen in der Gerichtsmedizin in Mainz, es sei denn, sie lebte nicht alleine oder sie war die Hure, die sich mit der Toten das Wohnmobil als Arbeitsplatz teilte. Nach dem dritten Läuten wurde die Haustür geöffnet und ein älterer, schlecht rasierter Mann mit langen weißen Haaren schaute die beiden Zivilbeamten erschrocken an.

„Wo wollen Sie hin?", fragte er mit heiserer Stimme.

„Zu Frau Czypionka", antwortete Liane.

Der Mann strich sich über die Haare und schaute die Kriminalhauptmeisterin fast mitleidig an. „Da werden Sie kein Glück haben. Die habe ich schon lange nicht mehr gesehen. Ich glaube, die wohnt hier gar nicht mehr."

„Aber am Briefkasten und an der Klingel …", begann Fuß, wurde aber gleich von dem Mann mit einer Handbewegung unterbrochen.

„Ach, Papier ist geduldig. Ich heiße Limbach und bei mir steht gar kein Name, obwohl ich einen besitze. Da oben wohnt jetzt eine Freundin der Polin. Aber die ist fast nie zu Hause. Ich muss jetzt gehen. Ich werde nämlich beim Arzt erwartet." Der Mann drängte sich an Liane und Fuß vorbei, drehte sich aber im Gehen noch einmal zu den beiden um. „Läuten Sie mal im ersten Stock. Vielleicht weiß die Karin mehr."

Die beiden Kripobeamten betraten den Hausflur, in dem es stark nach Putzmitteln roch. Sie stiegen die Treppe hinauf in den ersten Stock und läuteten dort. Von drinnen war leise Radiomusik zu hören. Dann meldete sich eine Frauenstimme hinter der verschlossenen Tür.

„Wer ist da?"

„Kriminalpolizei, mein Name ist Liane Esser. Wir benötigen nur eine Auskunft."

Die Tür wurde einen Spalt geöffnet. Zum Vorschein kam nur eine von feinen Äderchen durchzogene Nase und ein etwas wässriges, linkes Auge.

„Haben Sie einen Ausweis?"

Fuß hielt seinen Ausweis vor den Türspalt, worauf man das Entfernen einer Sperrkette hörte und sich die Tür öffnete.

„Was wollen Sie denn wissen?"

Fuß schätzte die pummelige Frau auf etwa sechzig. Sie hatte ein buntes Schürzenkleid an, wie es vielleicht einmal vor zwanzig oder mehr Jahren in Mode gewesen war. Im Haar trug sie etliche Lockenwickler. Eine Figur, wie sie Wilhelm Busch hätte zeichnen können.

„Eigentlich wollten wir zu Frau Czypionka, haben aber gehört, dass sie nicht mehr hier wohnt. Aber eine Freundin von ihr soll …"

Weiter kam Liane nicht. Sie wurde von einem Lachen unterbrochen, das in einem Raucherhusten endete. „Noch so eine Hure!", stieß die Frau hervor. „Aber keine Bange, ich kenne nicht einmal ihren Namen. Mit einem solchen Pack möchte ich nichts zu tun haben. Mich wundert überhaupt, dass so jemand hier mieten darf."

„Woher wissen Sie, welchem Gewerbe die Frau nachgeht?", versuchte Fuß die Richtung des Gesprächs zu steuern. Persönliche Vorurteile und Meinungen interessierten ihn nicht.

„Na, ab und zu steht doch so ein merkwürdiger Wohnwagen mit Gardinchen und einem leuchtenden roten Herz auf der Straße. Da habe ich sie oft einsteigen und mit wegfahren gesehen. Den hat auch die Polin früher gefahren. Was weiß ich?!"

„Sie sagen Wohnwagen. Kann es auch ein Wohnmobil gewesen sein?"

Die Frau zuckte mit den Schultern. „Was weiß ich, wie man das nennt ..."

„Wissen Sie, wann man die Freundin von Frau Czypionka erreichen kann?"

„Nee, die kommt und geht ganz unregelmäßig. Manches Mal ist sie auch tagelang nicht da. Tingelt wahrscheinlich durch die Lande. Es ist schon eine Schande, dass es solche Frauen gibt. Früher wäre so etwas nicht möglich gewesen. Zumal hier auf dem Land."

Für einen Moment trat Schweigen ein. Dann nahm Fuß eine Visitenkarte aus der Brieftasche und reichte diese der Frau. „Rufen Sie mich an, wenn die Dame zu Hause ist. Sie haben ja Telefon."

Die Frau nickte, wobei ihre Lockenwickler hin und her wippten. „Mach ich, mach ich", und schon schloss sich die Tür wieder.

Liane drehte sich um und steuerte auf die Treppe abwärts zu, wurde aber von Fuß am Ärmel festgehalten.

„Wenn die Freundin die Tote aus dem Wohnmobil ist, dann warten wir vergeblich auf den Anruf." Er machte eine Kopfbewegung, ihm nach oben zu folgen.

Auch im zweiten Stock verkündete das kleine Türschild, dass hier eine Zuzanna Czypionka wohnte. Fuß läutete vorsorglich zweimal, aber vergeblich. Dann zog er rasch ein kleines Lederetui aus der Innentasche seiner Jacke, entnahm ihm das benötigte Werkzeug und im Handumdrehen war die Tür offen. Hinter ihr tat sich eine gemütlich eingerichtete Dreizimmerwohnung auf. Nichts deutete auf den ersten Blick auf das Gewerbe hin, dem die Mieterin offenbar nachging oder nachgegangen war.

„Handschuhe!", befahl Fuß und zog Latex-Handschuhe hervor.

„Habe keine dabei", gestand die junge Kollegin.

„Dann fassen Sie bitte nichts an", knurrte der Hauptkommissar. Zum zweiten Mal an diesem Morgen lief Liane rot an. Dabei hatte sie sich doch vorgenommen, perfekt zu werden. Aber immer erwischte sie sich selbst bei Unzulänglichkeiten.

Fuß hatte inzwischen das Wohnzimmer erreicht. Außer einem etwas bunt geschmückten und mit LED-Lämpchen versehenen kleinen Altärchen mit einer Heiligenfigur in einer Zimmerecke, war nichts Ungewöhnliches zu entdecken. Alles sah sauber und aufgeräumt aus. Er öffnete die Tür eines Schranks, in dem sich etwas Geschirr befand. Hinter einer zweiten Schranktür verbargen sich einige Bücher und Zeitschriften, offenbar fast alles in polnischer Sprache. In einer Schublade des Schrankes lagen drei Tafeln Schokolade, eine davon angebrochen und eine Tüte Gummibärchen.

Fuß blickte sich weiter im Zimmer um. An den Wänden hingen ein paar billige Drucke von Ölgemälden, alle fein säuberlich eingerahmt. Auf dem Sideboard entdeckte er eine Vase mit künstlichen Blumen, die aber auf den ersten Blick sehr echt wirkten. Daneben stand ein Foto, das ein kleines Mädchen von etwa zehn Jahren zeigte. Fuß öffnete den Rahmen in der Hoffnung, auf der Rückseite des Fotos einen Namen, ein Datum oder eine Widmung zu finden, vergebens.

Er verließ das Wohnzimmer und öffnete die Tür nebenan. Das Zimmer war leer, sah man einmal von einem Umzugskarton ab, der mitten im Raum stand. Fuß öffnete vorsichtig die ineinander verkeilten Deckelteile. Zum Vorschein kamen Schallplatten, Musikcassetten und CDs sowie verschiedene Walkman und Kopfhörer. Fuß schloss den Karton wieder und kehrte zurück auf den Flur.

„Liane?"

„Hier, Chef!", kam es aus dem Nebenraum.

„Haben Sie ...?", begann Fuß laut und ungehalten.

„Nein! Die Tür war offen, ich habe nichts angefasst."

Das Schlafzimmer bestand aus einem französischen Bett, mit einer Tagesdecke, deren Muster in den fünfziger und sechziger Jahren modern gewesen war, einem großen Kleiderschrank und einer Spiegelkommode rechts neben der Tür. Fuß öffnete neugierig die leise knarrenden Schranktüren. Der Schrank war zu seiner Überraschung fast leer. Nur einige kurze Röcke und Fähnchenkleider hingen auf Bügeln. In den Fächern lagen T-Shirts und Blusen, die wohl zur Arbeitskleidung der Bewohnerin gehörten. In den Schubladen der Spiegelkommode wurde er eher fündig. Neben raffinierten knappen BHs, Slips und Tangas in verschiedenen schrillen Farben, entdeckte er reichlich Kosmetika und eine Heckler & Koch P 30 Gaspistole, 9 mm, dazu passende Munition, drei Dosen Pfefferspray und ein Handy.

„Passt alles nicht zu dem Gesamteindruck der Wohnung", meinte Liane nachdenklich, die Fuß über die Schultern geschaut hatte.

„Wer weiß schon, was sich hinter den Kulissen abspielt?" Der Hauptkommissar richtete sich wieder auf. „Also richtig wohnen tut hier niemand."

„Aber eine Absteige ist das auch nicht", ergänzte Liane.

Fuß versuchte das Handy einzuschalten, aber offenbar war der Akku leer. Er zögerte einen Moment und legte es dann wieder in die Schublade zurück.

„Mal schauen, was das Badezimmer und die Küche sagen." Der Hauptkommissar suchte als Erstes das Bad auf. Auf einem Regal fein säuberlich aufgereiht entdeckte er sofort auf Perückenköpfen drei verschiedene Varianten. Zwei von ihnen waren blond, eine mit vielen Locken, die zweite eine Langhaarperücke und daneben befand sich eine schwarze Kurzhaarfrisur.

„Na, dann hat Schäfer ja wenigstens etwas zu tun", strahlte Fuß. „Jetzt müssten wir nur noch wissen, ob die Bewohnerin auch die Tote ist."

„Merkwürdig", meinte Liane, „es gibt nirgends Fotos oder sonst etwas, was Rückschlüsse auf das Aussehen der Frau zulässt. Vielleicht sollten wir das Handy doch mitnehmen ..."

Fuß antwortete nicht, sondern durchquerte die kleine Diele und öffnete die letzte Tür. Die Küche war sehr klein. Auch dort gewann er sofort den Eindruck, dass schon lange niemand mehr hier gekocht oder gegessen hatte. Umso erstaunlicher schien es den beiden, dass der Kühlschrank gefüllt war, als wolle sich jemand zumindest ein Wochenende lang mit Lebensmitteln versorgt wissen. Butter, Eier, Wurst, Käse und verschiedene Säfte befanden sich darin und im Tiefkühlfach eine Tüte mit Brötchen zum Aufbacken.

„Da passt doch nichts zusammen", stellte Liane verzweifelt fest. „Außerdem herrscht in allen Zimmern eine recht angenehme Raumtemperatur, die Thermostate der Heizkörper sind entsprechend eingestellt."

„Irgendwann wird es dafür eine Antwort geben", versicherte Fuß, obwohl auch er sich im Moment noch keinen Reim darauf machen konnte. Im Küchenschrank befanden sich auch einige Konservendosen, alle samt Singleportionen und ein kleines Sortiment an Gewürzen. Dazwischen entdeckte Fuß einen schwarzen Taschenkalender, der zwischen einen Pfeffer- und einen Salzstreuer geklemmt war. Fuß nahm den Kalender sofort an sich und blätterte darin. Das Kalendarium war nicht benutzt, dafür fanden sich im anschließenden Telefonregister eine Menge Rufnummern.

„Haben Sie was zu schreiben?", fragte Fuß. „Dann notieren Sie einmal alle diese Nummern, denn ich möchte, dass auch der Kalender vorerst hier bleibt, solange wir nicht wissen, wer genau hier wohnt."

3.

Fuß erteilte Liane Esser nach der Rückkehr ins Polizeipräsidium den Auftrag, alle notierten Rufnummern aus dem Taschenkalender anzurufen und herauszubekommen, wer sich dahinter verbarg. Er selbst begann, wie immer, wenn es einen neuen Fall gab, einen Ordner mit seinen ersten Notizen und bisherigen Erkenntnissen anzulegen. Damit war er allerdings sehr schnell fertig, denn allzu viel hatte sich noch nicht angesammelt. Ihn ärgerte vor allem, dass er sich zu wenig von dem Fahrzeug gemerkt hatte, das seiner Frau und ihm am Vorabend entgegengeschossen war. Mehr aus Langeweile als mit Zuversicht griff er nach dem Telefonhörer, um sich zu erkundigen, ob dieser schwarze, unbeleuchtete Wagen vielleicht noch anderswo an diesem Abend aufgefallen war. Zwar schien ihm zunächst kein Erfolg beschieden, aber er erfuhr von den Kollegen der Polizeiinspektion Boppard, dass die Autobahnpolizei Emmelshausen zur fraglichen Zeit in einer Baustelle auf der A 61 in Fahrtrichtung Koblenz Radarmessungen durchgeführt hatte. Ohne große Erwartungshaltung rief Fuß daraufhin die Verkehrsdirektion auf der anderen Rheinseite in Niederberg an. Er erklärte dem Kollegen dort worum es ging und bat zu prüfen, ob ein dunkelfarbiges oder schwarzes Fahrzeug der gehobenen Klasse in Coupé- oder Sportversion im fraglichen Zeitraum wegen überhöhter Geschwindigkeit gemessen und somit auch fotografiert worden war. Man versprach, schnellstmöglich das Material zu sichten und sich wieder zu melden.

Liane Esser kam in der Zwischenzeit reichlich ins Schwitzen. Denn die meisten Telefonnummern stammten von Kunden der Prostituierten und diese glaubten natürlich nicht, dass sich am anderen Ende eine Kriminalhauptmeisterin meldete, sondern vermuteten eine Kollegin aus dem Rotlichtmilieu. So musste sie sich, ob sie wollte oder nicht, zweideutige Fragen und Bemerkungen anhören. Langsam aber näherte sie sich dem Ende ihrer Aufgabe. Übrig blieben nur vier Telefonnummern, die sie nicht erreicht hatte. Sie setzte sich an ihren Computer und fasste das Ergebnis ihrer Telefonaktion in einer tabellarischen Übersicht zusammen.

Voller Stolz überreichte sie eine halbe Stunde später dem Hauptkommissar zwei DIN A4 Bögen des Ausdruckes.

„Die ich mit einem roten Punkt versehen habe, sind ziemlich eindeutig Freier der Toten gewesen. Dann gibt es noch drei weitere Telefonnummern. Die erste ist eine Autowerkstatt in Simmern, wo man wahrscheinlich das Wohnmobil hat reparieren lassen. Die zweite gehört dem Pizzaservice *Il Camino* in Emmelshausen und bei der dritten Nummer meldet sich eine Frauenarztpraxis in Koblenz. Die noch fehlenden Nummern versuche ich morgen noch einmal."

„Gute Arbeit, danke!" Fuß warf einen zufriedenen Blick auf den Ausdruck und knetete dabei wieder einmal sein Gesicht.

Dieses Mal war es das Lob, das Liane Röte ins Gesicht trieb. Damit hatte sie nicht gerechnet.

„Und was fangen wir jetzt damit an?" Fuß blickte seine Mitarbeiterin herausfordernd an.

„Sie wollen aber jetzt nicht von den ganzen Freiern ihr Alibi für den Zeitraum des Anschlags ermitteln?"

Fuß musste laut lachen, als er Lianes erschrockenen Gesichtsausdruck sah. „Ich glaube, wir sollten uns zunächst einmal mit der Autowerkstatt und dem Gynäkologen in Verbindung setzen. So erfahren wir am ehesten wer die Tote ist."

„Dann übernehme ich die Arztpraxis", bot sich Liane sofort an. „Die Casinostraße ist nicht weit weg vom Präsidium." Sie warf einen kurzen Blick auf ihre Armbanduhr. „Danach mache ich dann gleich Feierabend, einverstanden?"

Fuß nickte nur und vertiefte sich wieder in die Telefonliste. Im gleichen Moment begann sein Apparat zu läuten. Am anderen Ende meldete sich der Kollege der Verkehrsdirektion.

„Wir haben zwei Fahrzeuge, die eventuell in Frage kommen. Ich maile Ihnen mal die beiden Fotos und Daten rüber, dann können Sie selbst entscheiden, ob das Fahrzeug dabei ist, das Sie suchen."

Fuß bedankte sich und wartete ungeduldig auf das Eintreffen der Mail. Als er die Fotos wenig später auf dem Bildschirm hatte, war die Entscheidung sehr schnell gefallen, denn der gelbe ADAC-Aufkleber an der Frontscheibe des schwarzen Mercedes CLK 240 war deutlich zu erkennen. Die Halterin war eine Dr. Petra Pressel, wohnhaft in Koblenz. Sie war auf der A 61 mit über 150 km/h in der Baustelle fotografiert worden, in der die Geschwindigkeit auf 80 km/h beschränkt war. Fuß war sich sicher, dass es sich um den Wagen handelte, der ihnen begegnet war. Fuß notierte sich die Adresse und beschloss, auf dem Heimweg bei der Halterin vorbeizufahren.

Das Auffinden der Adresse in der Dessauer Straße im Koblenzer Ortsteil Karthause erwieß sich als etwas kompliziert, da die Eingänge der Mehrfamilienhäuser teilweise nur über Fußwege zu erreichen sind.

Trotz mehrfachen Läutens öffnete ihm niemand. Kurz entschlossen läutete er bei einem anderen Bewohner und stand nach zwei Treppen einer älteren Dame gegenüber, die ihm freundlich entgegenlächelte.

„In der Etage unter Ihnen wohnt eine Frau Doktor Pressel. Wissen Sie, wann ich sie antreffen kann?"

Die alte Dame nickte eifrig. „Am besten besuchen Sie sie im Klinikum Kemperhof. Dort ist sie als Ärztin beschäftigt. Aber sie hat einen sehr unregelmäßigen Dienst. Oftmals hat sie auch Nachtdienst. Ich höre sie dann morgens in der Früh kommen, denn jedes Mal duscht sie als Erstes, wenn sie aus dem Krankenhaus kommt. Und da ich schlecht schlafe, werde ich vom Rauschen des Wassers wach. Aber das ist nicht schlimm, denn im Alter braucht man nicht mehr so viel Schlaf."

Fuß bedankte sich und überlegte, ob er jetzt noch ins Klinikum fahren sollte, was für ihn nur einen kleinen Umweg bedeutet hätte. Er entschied sich dann aber auf dem Weg zu seinem Fahrzeug, am nächsten Tag erst einmal telefonisch Kontakt mit der Ärztin aufzunehmen. Zwar war er sich sicher, dass es sich um ihren Wagen handelte, der ihm am Tattag entgegengekommen war, aber sie kam als Täterin nicht in Betracht. Vielleicht hatte sie aber im Vorbeifahren in der Nähe des Wohnmobils etwas gesehen, was ihnen weiterhalf.

Hauptkommissar und Nebenerwerbswinzer Fuß hörte schon von Weitem, dass die Terrasse seiner Straußwirtschaft wegen des schönen Wetters wieder einmal voll besetzt sein musste. Aber etliche Gäste bevorzugten und genossen auch die kühlen Innenräume der Straußwirtschaft. Wie immer wurde er von vielen mit „Hallo" begrüßt. Routinemäßig eilte er durch den unteren Schankraum und den überdachten Hof ins Lager, wo er sich „häutete", wie es einige Gäste nannten. Er zog sein Jackett aus, band sich seine grüne Winzerschürze um, auf der ein aufgenähter Fuß aus beigem Stoff prangte, und machte sich auf den Weg in den oberen Schankraum, um zu sehen, welcher der Getränkekühlschränke nachgefüllt werden musste.

Als er schließlich wenig später die Terrasse betrat, um dort den Service zu übernehmen, entdeckte er an einem Tisch zwischen einer Reihe von überwiegend männlichen Stammgästen seine Kollegin Liane Esser, die ihm sofort zuwinkte.

„Was treibt Sie denn nach Feierabend noch hierher?", fragte er lachend. „Für die anderen Gäste hier am Tisch kann ich nichts!", beteuerte er und grüßte mit einer Handbewegung in die Runde. „Passt gut auf. Das ist meine neue Kollegin, aber die ermittelt hier Undercover. Also haltet euch mit unzüchtigen Bemerkungen zurück."

Helmut Weber, der neben Liane saß, legte den Arm um die Kriminalhauptmeisterin. „Die nehm ich gleich mit in mein Wohnmobil und dann werde ich sie mal über dich verhören. Mal sehen, was dabei herauskommt." Der Einwand von Liane ging im allgemeinen Gelächter unter. Sie stand auf und machte Fuß ein Zeichen ihr zu folgen. Dabei zwängte sie sich an zwei Gästen vorbei und ging zu der kleinen Theke, an der Renate Zerwas gerade dabei war, einige Schoppen einzuschenken.

Als Renate sich mit ihrem Tablett auf den Weg zu den Gästen machte, drehte sich Liane zu Fuß um, der ihr dicht gefolgt war.

„Es gibt einen guten Grund, warum ich gekommen bin", begann sie leise. „Ich war doch soeben bei der Frauenärztin. Diese Zuzanna Czypionka war tatsächlich früher Patientin bei ihr, ist aber über mehr als ein Jahr nicht mehr in der Praxis gewesen."

„Kein Wunder. Wahrscheinlich ist sie längst wieder in Polen oder geht jetzt irgendwo anders in Deutschland auf den Strich", stellte Fuß nüchtern fest.

„Das ist noch nicht alles, was ich rausbekommen habe", fuhr Liane stolz fort. „Die Czypionka hat kurz vor ihrem letzten Praxisbesuch eine Freundin angeschleppt, die seither Patientin in der Praxis ist. Eine gewisse Carola Baumgartner. Und jetzt kommt es: Die wohnt in Burgen. Das ist doch von hier nur einen oder zwei Orte weiter moselaufwärts. Und ich dachte ..."

Fuß winkte gleich ab und deutete auf seine Armbanduhr. „Also nicht mehr heute Abend. Morgen ist auch noch ein Tag. Außerdem werden wir die Frau in Burgen nicht antreffen. Die liegt in der Rechtsmedizin und hat eine Verabredung mit Doktor Wehlen."

Liane schaute Fuß enttäuscht an. Sie hatte gehofft, dass er sie beauftragen würde, nach Burgen zu fahren, um Erkundigungen über diese Frau Baumgartner einzuholen.

„Eben!", suchte sie einen zweiten Anlauf. „Deshalb dachte ich, Sie würden mir zutrauen, diese Ermittlungen eigenständig durchzuführen."

Erst jetzt sah Fuß die Enttäuschung in Lianes Gesicht. Er überlegte kurz, dann warf er nochmals einen Blick auf seine Armbanduhr. „Sie haben ihre Adresse?"

„Klar!"

„Also gut, dann fahren Sie von mir aus hin. Aber auf dem Rückweg kommen Sie nochmals hier vorbei."

Liane Esser strahlte über das ganze Gesicht, stellte sich rasch auf die Zehenspitzen und drückte Fuß unter dem Gegröle einiger männlicher Gäste einen flüchtigen Kuss auf die Wange.

Das Haus in der Römerstraße war schnell gefunden. Nachdem es an der Haustür nur eine Klingel ohne Namen gab, drückte Liane kurz den Knopf und hörte sofort lautes Hundegebell im Haus. Es dauerte eine Weile bis die Tür geöffnet wurde. Ein korpulenter Mann, bekleidet mit einer braunen, abgewetzten Cordhose, die von breiten Hosenträgern gehalten wurde, öffnete die Tür. Sofort fielen Liane die blau gefärbten Lippen und das hochrote Gesicht des Mannes auf. Sie hielt ihm ihren Ausweis entgegen.

„Kripo Koblenz, mein Name ist Liane Esser, wohnt eine Carola Baumgartner bei Ihnen?"

Der Mann nickte kurz. „Die ist aber nicht da. Ich glaube, die ist in Urlaub."

Wenn du wüsstest, schoss es Liane durch den Kopf. „Ist Frau Baumgartner mit Ihnen verwandt oder wohnt sie nur hier?"

Der Mann deutete mit dem Daumen nach oben. „Die hat hier die Ferienwohnung gemietet, wohnt aber schon einige Zeit hier."

Liane überlegte, ob sie sich die Wohnung zeigen lassen solle. Dann würde sie aber sicherlich nach dem Grund gefragt und würde dem Vermieter mitteilen müssen, was sie wusste. „Wissen Sie, wo Frau Baumgartner Urlaub macht und wann sie wiederkommt?"

„Wer ist denn da?", war eine Frauenstimme im Flur zu hören und hinter dem Mann tauchte eine kleine, hagere Frau auf und zwängte sich an ihm vorbei.

„Was wollen Sie von Frau Baumgartner?"

Liane reagierte schnell. „Es geht nur um eine Zeugenbefragung. Ich komme gern noch einmal wieder, wenn Frau Baumgartner wieder zurück ist. Wann erwarten Sie sie denn?"

„Wir wissen nichts, gar nichts. Ich habe sie seit ein paar Tagen nicht mehr gesehen."

Liane wusste nichts Besseres als den beiden ihre Visitenkarte hinzuhalten. „Bitte, rufen Sie mich doch an, wenn Frau Baumgartner zurück ist."

Die Frau nahm wortlos die Karte in die Hand und schob ihren Mann förmlich ins Haus zurück. Dann schloss sich die Tür.

Die Kriminalhauptmeisterin ärgerte sich über sich selbst, dass sie sich nicht intensiver auf den Besuch vorbereitet hatte. Fuß würde sauer sein und sie spüren lassen, dass sie wieder einmal irgendwie versagt hatte. Aber was hätte der Hauptkommissar an ihrer Stelle anderes gesagt oder getan?

Bedrückt fuhr Liane nach Alken in die Straußwirtschaft zurück. Immer noch waren die meisten Plätze besetzt und Fuß hatte auf der Terrasse alle Hände voll zu tun. Etwas unschlüssig blieb Liane an der Treppe stehen. Doch Fuß hatte sie bereits entdeckt und winkte sie zu sich.

„Und?"

„Angeblich seit Tagen in Urlaub. Sie wohnt da in einer Ferienwohnung, offensichtlich schon längere Zeit."

Fuß stellte kurz die Weinflasche ab, aus der er gerade einen Schoppen ausgeschenkt hatte. „Dann scheint die Dame die Wohnung in Mastershausen nur zeitweise als Ausweichunterkunft zu benutzen. Das erklärt natürlich vieles! Aber darüber zerbrechen wir uns erst morgen den Kopf." Er nahm den Schoppen und eilte an Liane vorbei zu einem Gast, der bereits sehnsüchtig danach Ausschau hielt.

Sie war froh, dass Fuß nicht genauer gefragt hatte, wie sie in Burgen vorgegangen war und machte sich auf den Weg zur Treppe. Im Vorbeigehen rief sie ihrem Chef noch „Bis morgen!" zu.

Liane Esser hatte eine fast schlaflose Nacht hinter sich. Immer noch belastete sie der Gedanke, am Abend in Burgen versagt zu haben. Vielleicht hätte sie sich nicht als Kriminalpolizistin ausweisen, sondern als eine Freundin von Carola Baumgartner ausgeben sollen. Oder hätte sie auf genauere Angaben bestehen müssen, wann man die Frau das letzte Mal gesehen hatte und was man von ihrem Berufs- und Privatleben wusste. Es schien ihr schon seltsam, sich offenbar über einen längeren Zeitraum in eine Ferienwohnung einzumieten. Und wozu brauchte Frau Baumgartner gleich zwei Wohnungen? Liane war sich sicher, dass weder die eine noch die andere Wohnung zum Empfang von Freiern gedient hatte. Dazu hatte Frau Baumgartner das Wohnmobil.

„Das werden wir sehr schnell herausfinden", vermutete Fuß, nachdem er gekommen und an seinem Schreibtisch Platz genommen hatte. Er ließ sich von Liane noch einmal ausführlich berichten, was sie in Burgen erfahren hatte. Sie war erstaunt, dass er ihr keinerlei Vorwürfe machte.

„Rufen Sie einmal die Telefonnummer der Autowerkstatt an, die in dem Kalender stand. Sie haben ja die Zulassungsnummer. Man wird Ihnen sicherlich sagen können, wann der Wagen das letzte Mal in der Werkstatt war und wer ihn dort hingebracht hat. Außerdem brauchen wir für die Wohnung in Mastershausen einen Schlüssel. Stellen Sie fest, wer der Hausbesitzer ist und wie wir an die Wohnungsschlüssel kommen. Diesmal muss das Betreten der Wohnung offiziell vonstatten gehen", meinte Fuß mit einem Augenzwinkern. „Ich werde vorsorglich einen Durchsuchungsbeschluss für die beiden Wohnungen beantragen."

Nachdem Liane Esser die Werkstatt in Simmern angerufen und erfahren hatte, dass der Wagen das letzte Mal vor etwa sechs Wochen dort gewesen und von einem Mann hingebracht und abgeholt worden war, rief sie nochmals die bisher noch nicht erreichten vier Telefonnummern aus dem Taschenkalender an. Der erste Teilnehmer meldete sich lallend, reagierte auf keine Frage und erkundigte sich nur immerzu in unterschiedlichen Tonlagen, ob sie „Olga" sei. Liane schloss daraus, dass der Mann am anderen Ende stark betrunken war und es sich bei dieser Olga um seine Frau oder Freundin handelte, die ihm möglicherweise weggelaufen war. Denn zwischendurch war auch noch ein „komm doch" oder „melde dich" zu verstehen.

Die beiden nächsten Rufnummern schienen Freier zu sein, wie aufgrund ihrer Reaktion zu schließen war. Die vierte und letzte bisher unerreichte Nummer landete wie bereits am Vortag auf einem Anrufbeantworter, bei dem sich eine weibliche Stimme ohne Namen meldete und um erneutes Anrufen zu einem späteren Zeitpunkt bat.

Schließlich machte Liane sich daran, den Hausbesitzer in Mastershausen ausfindig zu machen. Der wohnte dort nur ein paar Straßen weiter und reagierte erstaunt und sehr ungehalten, als er von dem Durchsuchungsbeschluss erfuhr. Trotzdem versprach er, den Wohnungsschlüssel bei der Rentnerin über der Wohnung von Frau Czypionka zu hinterlegen.

„Hat sich eigentlich am Mietvertrag mit Frau Czypionka in letzter Zeit etwas geändert?", fragte Liane, der plötzlich der Gedanke kam, dass möglicherweise der Vertrag inzwischen auf eine andere Person lauten könnte.

„Nein, ich habe nicht einmal die Miete erhöht. Hat Ihre Frage einen besonderen Grund?"

„Reine Routine", versicherte Liane und verabschiedete sich schnell.

„Und?", fragte Fuß nach seiner Rückkehr ins Büro.

Liane hatte ihre Liste der Angerufenen inzwischen erweitert, neu ausgedruckt und hielt sie sofort dem Hauptkommissar entgegen. „Was die Werkstatt betrifft, so lautet der Arbeitsauftrag immer noch auf Frau Czypionka mit der Mastershausener Adresse. Aber ein Mann von etwa dreißig Jahren hat das Fahrzeug sowohl gebracht als auch abgeholt."

„Gibt es außer dem Alter noch eine genauere Beschreibung", erkundigte sich Fuß.

Liane schüttelte den Kopf. „Nein, aber ich habe die Mitarbeiterin von der Auftragsannahme gefragt, ob sie, falls es notwendig sein wird, bereit wäre, nach Koblenz zu kommen, um ein Phantombild anfertigen zu lassen."

„Das sollten wir aber vorsorglich gleich anfertigen lassen", entschied Fuß. „Vielleicht erkennt ihn jemand und wir bekommen über ihn mehr Informationen über die Freier der Baumgartner und ein mögliches Tatmotiv."

„Außerdem habe ich den Hausbesitzer in Mastershausen erwischt. Den Wohnungsschlüssel gibt er der alten Dame, die wir schon kennengelernt haben. Ich habe herausbekommen, dass er offenbar nichts von der neuen Bewohnerin weiß. Der Mietvertrag lautet immer noch auf Frau Czypionka."

Fuß nickte zufrieden und setzte sich an seinen Schreibtisch.

„Was ist mit den Radarfotos?", wollte Liane wissen.

„Ein Schuss in den Ofen", meinte Fuß unwirsch. „Der Wagen ist tatsächlich geblitzt worden. Es handelt sich um einen Mercedes CLK 240. Aber die Halterin ist eine Ärztin aus Koblenz und sie ist wahrscheinlich auch die Fahrerin."

Die Kriminalhauptmeisterin lehnte sich gähnend in ihrem Bürosessel zurück. Ihr fehlten einfach ein paar Stunden Schlaf. „Dann sind wir wohl auf die Durchsuchungen der Wohnungen angewiesen."

„Ich habe Schäfer schon Bescheid gesagt. Der kann aber erst heute Nachmittag. Ich fahre deshalb zunächst einmal ins Klinikum, vielleicht hat die Ärztin ja etwas gesehen. Sie muss unmittelbar vor Ausbruch des Feuers an dem Wohnmobil vorbeigerauscht sein. Ich habe bereits von unterwegs aus versucht sie anzurufen, aber sie ist im OP unabkömmlich gewesen."

„Und was mache ich?", fragte Liane befürchtend, wieder stupide Büroarbeit tätigen zu müssen.

Fuß blickte sie von der Seite an und grinste. „Sie kommen mit, wenn Sie nichts Besseres vorhaben!"

„Frau Doktor Pressel ist im Moment immer noch im OP. Sie ist aber bereits informiert. Sie sollen in der Cafeteria im Untergeschoss auf sie warten. Etwa in einer Viertelstunde wird sie dann zu Ihnen kommen", wurden Fuß und Esser von der älteren Dame am Empfang des Klinikums Kemperhof informiert.

„Wenn es sein muss!", brummte Fuß, der immer schnell ungehalten wurde, wenn es zeitlichen Leerlauf gab.

Er bestellte sich in der Cafeteria eine Tasse Kaffee. Ebenso Liane, die sich auch noch für einen Bienenstich entschied, der sie so sehr angelacht und ihr Appetit gemacht hatte.

Es dauerte allerdings eine zweite Tasse Kaffee und fast eine Dreiviertelstunde bis ein großer, schlanker, in weiße Jeans und einem weißen Kittel gekleideter brauner Lockenkopf freundlich lächelnd auf die beiden zukam.

„Sie warten sicherlich auf mich", stellte sich Dr. Petra Pressel vor. „Jetzt bin ich aber ganz neugierig, was die Kripo von mir will? Ich hoffe, es gibt keine Anzeige wegen eines Kunstfehlers."

Fuß, der zur Begrüßung aufgestanden war, nahm wieder neben der Ärztin Platz. „Nein, aber ich darf Sie jetzt schon darauf vorbereiten, die Kollegen von der Verkehrspolizei Emmelshausen haben auf der Autobahn ein schönes Foto von Ihnen geschossen, das Sie demnächst für ein paar Euro erwerben können und ich bin sicher, Sie werden auch einige Zeit sich eines Taxis bedienen müssen, wenn Sie nicht zu Fuß gehen wollen." Der Hauptkommissar lachte und zog gleichzeitig sein Notizbüchlein aus der Jackentasche.

Dr. Pressel faltete ihre schlanken Hände und blickte Fuß mit ihren dunklen Augen verschämt an. „Ich glaube, ich weiß auch sogar, wann das passiert ist!"

Nun war es an Fuß, die Mittdreißigerin erwartungsvoll anzuschauen. „Nämlich?"

„Es muss am Dienstagabend gewesen sein, auf der A einundsechzig Richtung Koblenz."

„Und wo sind Sie auf diese Autobahn aufgefahren?"

Die Ärztin überlegte kurz. „Ich glaube, die Auffahrt heißt Pfalzfeld ..."

„Aber vorher, auf der Hunsrückhöhenstraße, wussten Sie auch schon, wie man das Gaspedal durchtritt", antwortete Fuß mit einer Spur Ironie. „Da sind Sie übrigens mir begegnet. Und das noch in einem unbeleuchteten Fahrzeug."

„Hätte ich Sie gesehen, ich hätte bestimmt gegrüßt", meinte die Ärztin kess. „Sie müssen mir verzeihen. Es wird nie wieder vorkommen. Ich hatte es schrecklich eilig und war deswegen völlig unkonzentriert."

Fuß schlug die erste freie Seite in seinem Notizbüchlein auf. „Gab es einen Grund für Ihre Eile?"

„Ich hoffe, es wird bei der Stellungnahme zum Bußgeldbescheid ausreichen, dass ich dringend hier im Klinikum gebraucht wurde. Ein Kollege war ausgefallen und es hatte in den Abendstunden gleich mehrere Einlieferungen mit Not-OPs gegeben."

„Das müssen wir nicht entscheiden. Ich habe eigentlich nur eine einzige Frage an Sie, dann sind Sie uns auch schon wieder los." Fuß blickte die Ärztin ernst an. „Sie haben von Kastellaun kommend die Hunsrückhöhenstraße befahren. Ist Ihnen auf dieser Strecke, trotz Ihrer Eile, etwas aufgefallen?"

„Was sollte mir auffallen?", kam sofort die berechtigte Gegenfrage.

„Wo sagten Sie, sind Sie auf die Autobahn gefahren?"

„In Pfalzfeld."

„Gut. Dann lassen Sie doch noch einmal die Strecke zwischen Kastellaun bis zur Abfahrt nach Pfalzfeld an sich vorüberziehen. Das sind ... ich würde schätzen kaum sechs Kilometer. Ist Ihnen da irgendetwas in Erinnerung. Ist Ihnen ein Wagen aufgefallen, so wie Sie mir aufgefallen sind, oder ein Fußgänger, ein Radfahrer oder irgendetwas anderes?"

Dr. Pressel starrte auf ihre gefalteten Hände und Fuß hatte tatsächlich das Gefühl, als ließe die Frau noch einmal die Strecke an diesem

Abend an sich vorüberziehen. Schließlich schüttelte sie den Kopf. „Nein, leider nicht. Aber ich habe ja auch Sie nicht wahrgenommen und den Radarwagen auf der Autobahn erst recht nicht."

„Auch kein Wohnmobil am Anfang eines Waldweges oder einen Feuerschein?"

Die Ärztin schreckte deutlich zusammen. „Sie meinen doch nicht diese schreckliche Sache, die heute in der Rhein-Zeitung stand? Um Gottes willen, war das auf diesem Streckenabschnitt? Nein!" Ihre Locken wirbelten beim Kopfschütteln kräftig durcheinander. „Nein, ich habe nichts Verdächtiges gesehen. Aber ich habe auch nicht darauf geachtet. Ich musste nur so schnell wie möglich hier im Klinikum sein, ein OP-Team wartete bereits auf mich."

Enttäuscht schloss Fuß sein Notizbuch wieder und steckte es ein. „Tja, dann war es das schon gewesen. Wir hatten gehofft, dass Sie etwas beobachtet hätten, was uns bei den Ermittlungen weiterhilft."

„Wissen Sie denn wenigstens, wer sich in dem Wohnmobil befand?", wollte die Ärztin wissen.

„Wir stehen noch ganz am Anfang unserer Ermittlungen", wich Fuß der Frage aus und schob der Ärztin eine Visitenkarte von sich hin. „Sollte Ihnen doch noch etwas einfallen ..."

4.

Dieses Mal machte gleich die Vermieterin der Ferienwohnung in Burgen auf. Sie blickte die beiden Kripobeamten an als sei ihr der neuerliche Besuch lästig.

„Was wollen Sie denn schon wieder", fragte sie Liane Esser genervt. „Ich habe Ihnen doch gestern gesagt, dass Frau Baumgartner nicht da ist. Wahrscheinlich ist sie in Urlaub oder sonst wohin. Was weiß ich?"

Fuß zog ein Stück Papier aus seiner Jacke und hielt es der hageren Frau entgegen. „Das ist ein Durchsuchungsbeschluss, bitte lassen Sie uns in die Wohnung von Carola Baumgartner."

Erst jetzt richtete sich der Blick der Vermieterin auf Hauptkommissar Fuß. „Sind Sie nicht der Winzer aus Alken? Von wegen Kriminalpolizei! Für wie blöd halten Sie uns eigentlich?"

Fuß griff mit der anderen Hand erneut in seine Jackentasche und zeigte ihr seinen Dienstausweis. „Das eine schließt das andere nicht aus, wie Sie sehen. Können wir jetzt endlich ..."

Er wurde durch ein lautes Hupen unterbrochen. Als Fuß sich umdrehte, entdeckte er das Fahrzeug der Spurensicherung, aus dem Hauptkommissar Schäfer gerade entstieg. Fuß drehte sich sofort wieder zu der Frau hin. „Und die beiden Kollegen, die gerade vorgefahren sind, dürfen Sie auch gleich reinlassen."

„Ich weiß nicht, was das alles soll", begann die Frau zu schimpfen. „Machen Sie mir nur ja nicht alles dreckig. Ich habe gerade eben erst geputzt."

„Auch die Wohnung von Frau Baumgartner?", erkundigte sich Liane, die befürchtete, dass damit wesentliche Spuren beseitigt worden sein könnten.

„Mir reicht unsere Wohnung. Die Ferienwohnung putzt Frau Baumgartner selbst. Das steht so im Mietvertrag." Die ältere Frau stieg leicht stöhnend die schmale Treppe nach oben und blieb dort an der Eingangstür zur Ferienwohnung stehen.

„Sie haben doch sicherlich einen Schlüssel zu der Wohnung", meinte Fuß, „sonst müssten wir die Tür aufbrechen."

„Aufbrechen!", wiederholte die Frau gereizt und hob eine Vase mit Plastikblumen hoch, die neben der Tür auf einem wackligen Blumenständer stand. Widerwillig öffnete sie die Tür und wollte in die Wohnung vorangehen. Doch Fuß hielt sie am Ärmel fest. „Wir gehen alleine hinein. Wenn wir Sie brauchen, dann rufen wir Sie."

Die Vermieterin löste sich energisch aus dem Griff von Fuß und blickte ihn wütend an. „Und wenn nachher was fehlt, was ist dann?"

„Wenn wir etwas mitnehmen, erhalten Sie eine Quittung von uns", versicherte Fuß, während er bereits seine Latex-Handschuhe überzog. „Meine Kollegin begleitet Sie wieder nach unten und wird Ihnen noch ein paar Fragen stellen."

Liane machte ein enttäuschtes Gesicht. Zu gern hätte sie gewusst, wie diese Carola Baumgartner lebte. Sie ließ der Frau den Vortritt und stieg hinter ihr die Treppen hinab, während sich Fuß, Schäfer und Kriminalobermeister Erasmus in der Wohnung an die Arbeit machten.

Das Wohnzimmer der Vermieter lag nach hinten raus und war recht dunkel, was durch die ebenfalls dunklen Eichenmöbel noch verstärkt wurde.

„Setzen wir uns", bat Liane und nahm an dem Tisch Platz, der mitten im Raum stand und wohl auch als Esstisch diente.

Wortlos setzte sich die Vermieterin neben sie und begann die gehäkelte Decke auf dem Tisch zurechtzurücken. Dazu musste sie eine schwere Bleikristallschale kurz anheben, in der sich leicht vergammelte Bananen und Äpfel befanden und unzählige Fruchtfliegen anzogen, die um die Schale schwirrten.

Nachdem Liane ihr Schreibzeug ausgepackt hatte, blickte sie die Frau an, die offenbar bewusst ihrem Blick auswich.

„Seit wann wohnt denn Frau Baumgartner bei Ihnen?", begann sie ihre Befragung.

„Das ist schon länger her."

„Geht es etwas genauer?", reagierte Liane Esser bewusst spitz.

Mit einem Seufzer stand die Frau wieder auf und holte aus einer Schublade eines Einbauschranks eine Mappe. Sie setzte sich wieder und begann darin zu blättern. Dann schob sie der Kriminalhauptmeisterin die Mappe aufgeschlagen zu. Der Mietvertrag war, wie sich Liane überzeugen konnte, knapp drei Jahre alt.

„So lange hat Frau Baumgartner eine Ferienwohnung gemietet", wunderte sich Liane.

Die Hauseigentümerin stieß einen verächtlich klingenden Ton aus. „Ferienwohnung?! Wir waren froh, dass jemand so lange die Wohnung ohne Unterbrechung mieten wollte. Immer das Putzen, Betten neu beziehen und ... wie oft sind die Gäste abgehauen ohne zu zahlen, wenn man nicht ständig hinter der Tür lauerte? Frau Baumgartner zahlt pünktlich und im Voraus. Natürlich nicht den Preis als Ferienwohnung. Dafür habe ich aber weniger Arbeit und Dreck im Haus, keine Saufgelage, kein Kindergeschrei und irgendwelche Hunde und so."

„Was macht Frau Baumgartner denn beruflich?", fragte Liane vorsichtig und beobachtete dabei die Frau genau.

Die Vermieterin zuckte leicht mit den Schultern. „Das hat sie sicherlich mal erwähnt, habe ich aber vergessen. Ich glaube, sie arbeitet als Beraterin einer Kosmetikfirma. Solche Treffen in Privat-Wohnungen scheinen ja modern zu sein, wo einige Frauen zusammenkommen. Ich weiß nicht, wie man das nennt."

„Sie meinen, Frau Baumgartner veranstaltet Verkaufspartys?"

„Jedenfalls schien sie recht gut zu verdienen", ergänzte die Frau mit Nachdruck. „Und wenn sie durch das Haus geht, hinterlässt sie immer einen angenehmen Duft."

Liane musste grinsen. Was würde die Vermieterin wohl sagen, wenn sie ihr die wahre Einnahmequelle von Carola Baumgartner nennen würde? „Was für einen Wagen fährt Frau Baumgartner denn?"

„Ein Auto meinen Sie? Einen Golf, sagt mein Mann. Ich habe von Autos nicht viel Ahnung. Sie hat hier in der Nachbarschaft eine Garage gemietet. Ich sehe das Fahrzeug nur ganz selten. Er ist blau, glaube ich, dunkelblau."

„Ein Wohnmobil besaß sie wohl nicht auch zufällig?"

Die hagere Frau schaute Liane erstaunt an und begann heiser zu lachen. „Ein Wohnmobil? Nein. Ich glaube, sie ist in Urlaub immer geflogen."

„Kommt es auch schon mal vor, dass Frau Baumgartner über Nacht weg ist?"

„Ziemlich oft. Das macht sie immer vom Wetter und der Entfernung abhängig, glaube ich. Aber wenn sie über Nacht weg ist, bleibt sie meist den nächsten Tag hier und schläft lange."

Auch darauf konnte sich Liane sofort einen Reim machen.

„Das mit dem Wohnmobil", fuhr die Vermieterin fort, „wäre allerdings in diesen Fällen sinnvoll und vielleicht insgesamt auch billiger", meinte sie. „Sicherlich ist sie bisher nicht auf die Idee gekommen. Ich werde es ihr einmal vorschlagen, wenn sie zurück ist."

Da wirst du vergeblich warten, dachte Liane. Laut fragte sie: „Hat Ihre Mieterin schon mal Besuch gehabt?"

Die Vermieterin zog vorsichtig wieder die Mappe mit dem Mietvertrag an sich und klappte sie zu. „Ab und zu kommt eine andere Frau sie besuchen. Wahrscheinlich eine Kollegin, denn die ist immer sehr auffällig geschminkt."

„Und was ist mit Männerbesuch?"

„Keinen. Zumindest haben wir noch keinen Männerbesuch mitbekommen, obwohl das nichts Ungewöhnliches wäre, denn Frau Baumgartner ist gut aussehend."

„Damit wären wir schon bei meiner nächsten Frage: Haben Sie zufällig ein Foto von ihr?"

„Mein Gott!", fuhr die Vermieterin hoch, „was hat die Frau denn angestellt, dass man jetzt auch noch ein Foto von ihr will?"

„Möglicherweise ist Frau Baumgartner einem Verbrechen zum Opfer gefallen, aber das überprüfen wir eben gerade."

Die Hauseigentümerin starrte Liane regungslos an. „Verbrechen …?", flüsterte sie erschrocken und wurde kreidebleich im Gesicht. Erst als sie sich nach einer Weile von dem Schock erholt hatte, stand sie auf, nahm ein Bild von der Wand und reichte es Liane. „Das war am siebzigsten Geburtstag von meinem Mann letztes Jahr. Inzwischen trägt sie die Haare etwas kürzer."

Auf dem etwas unscharfen Foto war zwischen der hageren Frau und ihrem korpulenten Mann eine elegant gekleidete, blonde Frau mit schulterlangen Haaren zu erkennen.

„Wer hat das Foto gemacht?", wollte Liane wissen.

„Eine Nachbarin, die zum Gratulieren gekommen war. Frau Baumgartner wollte erst gar nicht, aber mein Mann hat darauf bestanden."

„Darf ich das Foto vorübergehend behalten?"

Die Vermieterin zögerte einen Moment und blickte Liane abschätzend an, doch dann willigte sie ein. „Aber wir kriegen das Bild bestimmt wieder zurück."

„Bestimmt!"

Schäfer, Erasmus und Fuß hatten in der Zwischenzeit damit begonnen, die kleine, aber sehr gemütliche Ferienwohnung zu durchsuchen. Alles was irgendwie auf die berufliche Tätigkeit, einen Freundes- und Bekanntenkreis oder das Privatleben von Carola Baumgartner schließen ließ, wurde auf dem Wohnzimmertisch gesammelt. Darunter befanden sich inzwischen ein Fotoalbum, mehrere aktuelle Reiseprospekte, ein weiterer Notiz- und Terminkalender, ein Stapel Briefe, die Schäfer in einem Schuhkarton gefunden hatte, und schließlich ein Aktenordner, der neben Kontoauszügen auch verschiedene andere Unterlagen und Dokumente enthielt.

Ergiebiger, um sich ein Bild vom Lebenswandel der Frau zu machen, erwieß sich der Kleiderschrank im Schlafzimmer und der Spiegelschrank des kleinen Badezimmers, das nur über eine Dusche verfügte. Neben teils sportlicher, teils eleganter Straßenkleidung entdeckte Schäfer einige aufregende Dessous, wie sie im Rotlichtmilieu üblich sind. Der Spiegelschrank barst förmlich vor unterschiedlicher Schminke, Parfüms, künstlichen Nägeln und Augenwimpern.

„Im Schrott des Mobils haben wir auch noch Reste eines riesigen Kosmetikkoffers ausmachen können", erläuterte Schäfer. „Das Geschäft scheint gut gelaufen zu sein."

Überraschung brachte der kleine Kühlschrank in der Kochnische. Er enthielt zwar einige Piccolos, war aber ansonsten leer und abgetaut.

„Vielleicht hatte sie vor, in den nächsten Tagen überwiegend in der Wohnung in Mastershausen zu leben. Der Kühlschrank dort war reichlich bestückt", versuchte Fuß den Umstand gerade zu erklären als es an der Wohnungstür klopfte. Erasmus öffnete.

Liane Esser blieb in der geöffneten Tür stehen. „Ich gehe kurz ein paar Häuser weiter. Frau Baumgartner soll einen Golf besessen und bei den Nachbarn eine Garage gemietet haben. Vielleicht erfahre ich dort noch etwas mehr", rief sie in die Wohnung, drehte sich dann sofort wieder auf dem Absatz um und eilte die Treppe hinunter.

„Frag mal, ob man dort das Kennzeichen dieses Wagens kennt!", rief ihr Fuß hinterher.

Ein Junge mit einem blonden Struwwelkopf öffnete der Kriminalhauptmeisterin in kurzen Hosen und barfuß die Haustür.

„Kann ich bitte einmal deine Eltern sprechen?"

„Meine Mutter!", antwortete der Junge und verschwand im Haus. Kurze Zeit später erschien eine große, stämmige Frau in der Tür.

Liane zeigte ihren Ausweis und stellte sich vor. „Ich habe nur zwei kleine Fragen. Ich habe gehört, dass Frau Baumgartner bei Ihnen eine Garage gemietet hat. Wissen Sie, ob sich das Fahrzeug im Moment darin befindet, dann würde ich es mir gern einmal ansehen."

Die Frau drehte sich um und nahm von einem Schlüsselbrett im Flur gleich neben dem Eingang einen Schlüssel.

„Ich glaube zwar nicht", sagte sie, deutete auf eine der beiden Garagen neben dem Haus und ging voraus, um das Tor aufzuschließen. Tatsächlich war die Garage leer. Außer einem Satz Reifen befand sich nichts darin.

Liane bedankte sich. „Jetzt wüsste ich nur noch gern, ob Sie das Kennzeichen des Wagens wissen."

„Da fragen Sie mich zu viel!", lachte die Frau. „Ich weiß nur, dass es ein blaues Fahrzeug ist, ich glaube ein VW."

„Da kann man nichts machen", verabschiedete sich Liane und machte sich auf den Rückweg.

Als etwa eine halbe Stunde später Fuß und Liane zusammen mit den beiden SpuSi-Kollegen und zwei vollen Umzugskartons mit beschlagnahmten Gegenständen das Haus verließen, saß der Nachbarsjunge auf einem kleinen Mäuerchen und strahlte Liane entgegen.

„Ich habe Ihnen die Nummer des Wagens aufgeschrieben, der bei uns sonst in der Garage steht", erklärte er nicht ohne Stolz.

Sie bedankte sich. „Das ist lieb von dir und erspart uns viel Arbeit", lobte sie ihn und steckte den Zettel, nach einem flüchtigen Blick darauf, ein. „Es ist eine Simmerner Zulassung", stellte sie zufrieden fest.

„Überprüf bitte gleich, ob die Baumgartner auch die Halterin des Wagens ist", riet ihr Fuß, „denn einen Kraftfahrzeugbrief oder Autoschlüssel haben wir nicht gefunden."

Fuß und Liane fuhren voraus, Schäfer und Erasmus folgten ihnen. Noch bevor sie Mastershausen erreicht hatten, hörte Liane über Handy von der Zulassungsstelle in Simmern, dass der dunkelblaue Golf auf Carola Baumgartner zugelassen war.

Die Rentnerin war offenbar schon beim frühen Abendessen als Liane an ihrer Tür läutete, denn sie hatte sich ein Küchentuch als Serviette umgebunden. Die Kriminalhauptmeisterin musste sich ein Lachen verkneifen. Beim ersten Besuch die Lockenwickler und jetzt das Schlabberlätzchen.

„Sie kommen wegen der Schlüssel ..." Die alte Dame verschwand kurz hinter der Tür und reichte dann Liane einen Ring mit zwei Schlüsseln. „Der kleinere Schlüssel ist für die Haustür", erklärte sie. „Wie lange werden Sie die Schlüssel benötigen?"

Liane zögerte. Sie war davon ausgegangen, dass die Schlüssel vorerst nicht zurückgegeben würden.

„In den nächsten Tagen werden wir die Schlüssel sicherlich benötigen. Wenn Sie dann nicht zu Hause sind, werfen wir sie Ihnen in den Briefkasten."

„Machen Sie das", antwortete die Rentnerin und blickte Liane nach, bis diese aus ihrem Blickfeld verschwunden war.

Die Kriminalhauptmeisterin schloss eine Etage tiefer die Wohnungstür auf und ließ Fuß, Schäfer und Erasmus den Vortritt.

„The same procedure!", rief Schäfer aufmunternd seinem Kollegen zu und stellte den Metallkoffer ab. „Erasmus, Sie übernehmen das Badezimmer, ich fange mit dem Wohnzimmer an."

Auch Fuß und Liane hatten Latexhandschuhe angezogen. Fuß stellte sofort das bereits beim ersten inoffiziellen Besuch gefundene Handy und den kleinen Taschenkalender sicher und tütete beides ein.

Als er sah, dass Schäfer ihn dabei erstaunt beobachtete, begann er zu grinsen. „Alles nur echter kriminalistischer Spürsinn und Routine!"

Schäfer dachte sich seinen Teil, er kannte Fuß lange genug, um zu wissen, dass dieser auch manches Mal unkonventionell dachte und die Vorschriften passend zur Situation auslegte. Trotzdem war er sich sicher, dass Fuß niemals die Grenzen der Auslegung von Gesetzen überschreiten würde. Laut sagte er: „Tja, wenn Gefahr im Verzug ist ..., dann hilft Artikel dreizehn Absatz zwei GG immer!"

Fuß grinste. „Seit wann beherrschst du denn das Grundgesetz so gut?"

Schäfer antwortete nicht, sondern nahm einen Stapel Taschenbücher aus einem Regal und begann die Bücher einzeln durchzublättern.

Es war draußen schon dunkel als Fuß und Liane die Wohnung in Mastershausen verließen. Schäfer und Erasmus waren immer noch dabei Fingerabdrücke zu nehmen, von denen es in der Wohnung reichlich gab. Fuß blickte auf seine Armbanduhr. Wenn er Liane jetzt erst noch zurück nach Koblenz fahren würde, wo ihr Auto stand, ging ihm gut eine halbe bis dreiviertel Stunde verloren, wenn nicht mehr. Und er ahnte, dass in der Straußwirtschaft wieder der Papst boxte, wie seine Frau es nannte, wenn kein einziger freier Stuhl mehr vorhanden war und alle gleichzeitig Durst und Hunger hatten.

„Wollen Sie nicht mit mir nach Alken fahren und bei uns übernachten?"

Liane stimmte sofort zu. Sie hatte auch keine Lust mehr, sich jetzt noch ein Abendessen zubereiten zu müssen. In der Straußwirtschaft konnte sie die Beine ausstrecken und sich bedienen lassen.

Als die beiden die Hunsrückhöhenstraße verlassen hatten und an Nörtershausen vorbei die kurvenreiche Straße zur Mosel hinunterfuhren, stieß Liane plötzlich einen Schrei aus.

Fast automatisch trat Fuß auf die Bremse. „Was ist?", fragte er erschrocken.

„Kann es sein, dass ich soeben rechts im Wald ein weißes Reh gesehen habe?"

Fuß gab wieder Gas und lachte. „Da könnten Sie durchaus recht haben. Hier gibt es seit einigen Jahren ein Albinoreh. Es ist ganz zutraulich. Zu mir ist es schon einmal bis auf zwei Meter herangekommen."

„Ich dachte, so etwas gibt es nur im Märchen", meinte Liane fast ehrfurchtsvoll. „Und jetzt ist mir ein solches begegnet ..."

Zum Glück waren an diesem Abend nicht so viel Gäste gekommen wie Fuß befürchtet hatte. Vielleicht lag es daran, dass es bereits seit dem Nachmittag immer wieder nach Gewitter aussah. So fand er nach seinem üblichen Rundgang auch noch Zeit, seiner Kollegin etwas Gesellschaft zu leisten. In der Küche stibitzte er sich bei Krystyna noch das Endstück eines Bratens, bevor er sich kauend zu seiner Kollegin an den Tisch setzte.

Natürlich blieb es nicht aus, sich über den aktuellen Fall zu unterhalten.

„Nach dem jetzigen Stand der Ermittlungen ist klar, dass die Baumgartner sozusagen ihren Hauptwohnsitz in Burgen und nur ab und zu in Mastershausen übernachtet hat. Die Frage ist nur, warum?", überlegte Liane, nachdem sie einen Winzertoast verzehrt und anschließend einen kräftigen Schluck Riesling Kabinett genommen hatte.

„Ja", antwortete Fuß immer noch mit halb vollem Mund und daher etwas unverständlich, „das ist äußerst merkwürdig. Vor allem müssen wir morgen einmal herausfinden, wo sie das Wohnmobil immer abgestellt hat." Er schluckte den Rest hinunter. „Sie ist ja offensichtlich weder in Mastershausen noch in Burgen je mit diesem gesehen worden. Die Frau hat ja nur davon gesprochen, dass diese Zuzanna Czypionka oft mit einem Wohnmobil gekommen ist."

Während er den letzten Bissen Braten in den Mund steckte, sprang er auf, eilte die Treppe hinauf zu seinem Büro, kam sehr schnell wieder mit seinem Notizbüchlein zurück und begann darin zu blättern.

„Einer der Feuerwehrmänner war in der Brandnacht der Meinung, die Baumgartner habe sich das Wohnmobil mit einer anderen Frau geteilt ..."

„Klar, mit dieser Zuzanna Czypionka", fiel ihm Liane ins Wort. Doch Fuß wehrte mit der Hand ab.

„Es muss da noch eine andere Frau geben, falls seine Aussage stimmt. Denn er meinte, die Frau würde in Neuerkirch wohnen."

„Neuerkirch?"

Fuß nickte. „Das liegt zwischen Kastellaun und Simmern. Aber von der wissen wir bisher gar nichts. Weder einen Namen, noch liegt uns eine Beschreibung vor. Vielleicht stimmt das ja auch alles nicht. Aber ganz außer Acht lassen sollten wir das nicht."

„Die Vermieterin in Burgen sagte etwas von einer etwas aufgedonnerten Frau, die ab und zu bei der Baumgartner zu Besuch gewesen sei. Vielleicht handelt es sich hierbei um die Person aus Neuerkirch."

Liane nahm aus ihrer Tasche ebenfalls ihren Notizblock. „Ich habe mir da auch noch ein paar andere Dinge aufgeschrieben ..." Sie begann eifrig zu blättern. „Hier! Warum hat die Baumgartner das Wohnmobil nicht umgemeldet? Und ... wer zahlt in Mastershausen die Miete? Immer noch die Czypionka?"

„Kann ich mir nicht vorstellen. Selbst wenn der Mietvertrag nicht geändert wurde, müsste eigentlich die Zahlung von einem anderen Konto kommen. Das sollten Sie gleich morgen Früh abklären. Sie haben ja mit dem Vermieter schon einmal telefoniert."

„Ein Unsympath, zumindest am Telefon", stöhnte Liane. „Aber inzwischen weiß er ja, dass wir uns für die Wohnung und die Mieterin interessieren."

„Könnt ihr nicht mal von etwas anderem reden als von Mord und Totschlag?"

Fuß und Liane schauten erschrocken auf. Sie hatten Erika nicht kommen hören. Die Winzerfrau setzte sich mit einem Schoppen zu den beiden. „Falls ihr es noch nicht gemerkt habt, die letzten Gäste sind gerade gegangen."

„Ich hoffe, es macht Ihnen nicht zu viel Umstände, dass ich heute hier übernachte", meinte Liane.

„Kein Problem, es ist immer ein Bett gemacht, falls hier jemand übernachten muss", erklärte Erika. „Übrigens habe ich heute einen neuen Witz gehört. Warum wären wir heute noch im Paradies, wenn Adam und Eva Chinesen gewesen wären?"

Fuß und Liane schauten sie ratlos an.

„Die hätten nicht den Apfel, sondern die Schlange gegessen."

5.

Den halben Vormittag war Liane damit beschäftigt, die am Vorabend aufgeworfenen Fragen telefonisch abzuklären. Zuzanna Czypionka hatte sich ordnungsgemäß bei der Gemeinde vor knapp einem Jahr nach Poznań in die Wojskowa 8 abgemeldet. Der Vermieter der Wohnung in Mastershausen, den sie daraufhin anrief, schwor, die Miete immer noch von Frau Czypionka zu erhalten. Liane ließ sich von ihm die Kontonummer geben, von der die Miete überwiesen wurde. Dann rief sie die Zentrale der Kreissparkasse in Simmern an und erfuhr zu ihrem Erstaunen, dass das Konto tatsächlich immer noch auf Zuzanna Czypionka lautete und es sich bei der Mietüberweisung um einen Dauerauftrag handelte. Gedeckt wurde das Konto durch regelmäßige Bareinzahlungen, wodurch bisher nicht aufgefallen war, dass die Inhaberin sich offensichtlich dessen nicht mehr bediente. Über den Kontostand durfte der Bankmitarbeiter am Telefon keine Auskunft geben. „Da müssen Sie schon mit einem richterlichen Beschluss persönlich vorbeikommen und sich ausweisen", meinte er. „Ich kann Ihnen nur allgemeine Fragen beantworten." Er versprach aber zu veranlassen, dass bei der nächsten Bareinzahlung die Personalien des Einzahlers festgehalten und die Kripo in Koblenz informiert würde. „Allerdings kann das einige Zeit dauern", stellte der Bankangestellte der Kreissparkasse fest, „denn das Konto weist zurzeit ein größeres Guthaben aus."

„Na, ich hoffe mal, dass wir bis dahin den Fall gelöst haben werden", lachte Liane gequält. „Sie informieren uns aber bitte in jedem Fall, wenn sich auf dem Konto außer dem Dauerauftrag etwas tut."

Gegen elf Uhr tauchte Hauptkommissar Schäfer auf. Fuß, der damit beschäftigt war, alle inzwischen ermittelten Fakten im Computer festzuhalten, schaute ihn erwartungsvoll an. Doch der Gesichtsausdruck seines Kollegen machte ihm keine großen Hoffnungen.

„Bisher haben wir vorrangig erst einmal die Fingerabdrücke abgeglichen. Das Ergebnis ist ebenso eindeutig wie rätselhaft. In der Wohnung in Burgen gibt es fast nur gleiche Fingerabdrücke, wahrscheinlich von dieser Baumgartner. Wir fanden vereinzelt ein paar andere, ältere, die identisch sind mit ebenfalls älteren in der Wohnung in Mastershausen. Dort überwiegen Fingerabdrücke, die sicherlich einer Frau zuzuordnen sind, aber nicht mit denen von Carola Baumgartner übereinstimmen."

„Das heißt also, wir haben es tatsächlich mit zwei Frauen zu tun?", versuchte Fuß die Feststellung zu erklären.

„Vielleicht dann doch die Unbekannte aus Neuerkirch", überlegte Liane Esser.

„Möglich!", stimmte Fuß ihr zu. „Wir müssen also unbedingt das Foto von der Baumgartner dem Hauswirt und den Mitbewohnern in Mastershausen zeigen."

„Tut mir leid, aber mehr haben wir noch nicht. Die Unterlagen in dem in Mastershausen aufgefundenen Aktenordner sind alt und beziehen sich ausschließlich auf die Polin. Ich habe inzwischen auch schon das Handy am Strom gehabt, aber der Akku scheint kaputt zu sein. Wir versuchen einen passenden Ersatz zu bekommen. Sobald ich da etwas Verwertbares habe, melde ich mich wieder. Die Gaspistole ist übrigens noch ganz jungfräulich. Mit der ist noch nie geschossen worden. Die Fingerabdrücke darauf sind aber eindeutig von der Unbekannten."

Fuß begann sein Gesicht zu kneten. „Kannst du uns eine Montage eines ähnlichen Wohnmobils mit dem Nummerschild des ausgebrannten Wagens anfertigen lassen. Die Pressestelle soll das Foto mit einem Aufruf an die Medien geben, wo das Fahrzeug bisher gesehen wurde oder gestanden hat. Je mehr Informationen wir diesbezüglich erhalten, umso größer ist unsere Chance etwas über die Damen zu erfahren, die sich dieses Wohnmobils bedient haben, um ihre Freier zu empfangen."

„Kein Problem. Das Foto habt ihr spätestens am Nachmittag."

Fuß griff zum Telefon, rief Ralf Schomisch von der Pressestelle an und erklärte, was er vorhatte. „Es müsste doch mit dem Teufel zugehen, wenn wir damit nicht weiterkämen."

Am Nachmittag hatte Liane Telefonkontakt zur Gemeindeverwaltung in Neuerkirch. Dort wusste man von keinem Wohnmobil, das als mobiles Bordell benutzt wurde. Auch konnte man sich nicht vorstellen, dass eine Dame des horizontalen Gewerbes bei ihnen wohne. Man kenne die rund dreihundertzwanzig Einwohner alle persönlich."

Enttäuscht legte sie den Hörer auf. Es blieb also vorerst ein Rätsel, wo sich das Wohnmobil befand, wenn es nicht im Einsatz war. Aus einer Eingebung heraus rief sie nochmals in der Autowerkstatt in Simmern an. Ihr war eingefallen, dass man in der Regel bei Inspektionen die Kilometerleistung der Fahrzeuge festhielt. Sie hatte Glück und erfuhr, dass zwischen den Werkstattbesuchen niemals mehr als zweitausend Kilometer lagen.

„Das erste Mal, als das Fahrzeug bei uns war, hatte es bereits über einhundertfünfzigtausend Kilometer auf dem Buckel. Überhaupt haben wir erst eine Inspektion durchgeführt. Das andere waren alles nur kleinere Reparaturen. Mal funktionierte die Standheizung nicht ... dann wurde einmal die Lichtmaschine ausgetauscht und das letzte Mal sind neue Bremsbeläge eingebaut worden und ein Ölwechsel wurde gemacht", erklärte die freundliche Dame am Telefon.

Liane nahm die Gelegenheit wahr, die Frau ins Präsidium zu bitten, damit man eine Phantomzeichnung von dem Mann anfertigen konnte, der das Fahrzeug jeweils gebracht und abgeholt hatte. Die Frau sagte sofort zu, am nächsten Tag nach Koblenz zu kommen und sich im Präsidium zu melden. „Ich muss sowieso in die Metro fahren, da komme ich automatisch bei Ihnen vorbei."

Als Liane auflegte, sah sie den leicht düsteren Blick des Hauptkommissars auf sich gerichtet und erschrak.

„Was ... was habe ich falsch gemacht?"

„Sie sollten sich ganz schnell davon überzeugen, dass unser Zeichengenie auch morgen im Haus ist, sonst kommt die Frau umsonst."

Liane lief rot an und stampfte unter dem Schreibtisch wütend mit dem Fuß auf. Verdammt, daran hatte sie nicht gedacht. Schon wieder so ein Fauxpas, der ihr nicht hätte passieren dürfen. Sie spürte, wie ihre Augen feucht wurden, stand schnell auf und verließ das Büro.

Fuß schaute ihr kopfschüttelnd hinterher und widmete sich wieder seinen Notizen und den damit verbundenen Überlegungen.

Eines stand durch die Befragung der Gynäkologin fest, die Czypionka war wieder in Polen und vor ihrer Rückkehr in die Heimat hatte sie die Baumgartner, die in Burgen wohnte, zu ihrer Gynäkologin geschleppt. Ob die Baumgartner ab und zu auch die Wohnung in Mastershausen benutzte war nicht eindeutig bewiesen. Aber die Vermutung lag nahe. Falls es sich aber hierbei um eine dritte Frau handelte, war ebenso wenig bewiesen, dass diese auch zum Rotlichtmilieu gehörte. In Burgen hatte bisher niemand ein Bumsmobil gesehen. Es galt also als Nächstes herauszufinden, wo dieses Fahrzeug stand, wenn es nicht benutzt wurde und wer die Frau war, die ab und zu in Mastershausen in der Wohnung lebte.

Fuß nahm das Foto aus der Akte, das Liane von der Vermieterin in Burgen erhalten hatte.

Die Tür wurde geöffnet und die Kriminalhauptmeisterin betrat wieder mit leicht geröteten Augen das Büro.

„Der Kollege ist morgen da." Ihre Stimme klang etwas trotzig, aber auch erleichtert.

Fuß hielt ihr das Foto entgegen, das er gerade in der Hand hielt. „Fahren Sie nach Mastershausen und zeigen Sie das dem Hausbesitzer und den Mitbewohnern. Und fahren Sie anschließend auf dem Rückweg über Neuerkirch und zeigen auch dort das Foto herum. Vielleicht hat die Baumgartner früher in Neuerkirch gewohnt."

Insgeheim war Liane froh, so schnell wie möglich das Büro wieder verlassen zu können, aber auch von Fuß eine neue, wenn auch nicht besonders attraktive Aufgabe zu bekommen.

Mastershausen konnte die junge Kriminalhauptmeisterin mit einigen neuen Erkenntnissen verlassen. Denn weder der Hausbesitzer noch die Mitbewohner erkannten die Frau auf dem Foto. Also musste es sich um eine andere Person handeln. Um nicht wieder etwas zu versäumen, ließ sie sich gleich von drei Mitbewohnern des Hauses im Reitweg die Unbekannte beschreiben. Die Frau war groß und schlank, hatte über die Schulter hängende, wallende Haare, an der rechten Wade ein auffallendes Muttermal, wie Herr Limbach bemerkt hatte, und trug immer flache Schuhe. Gesprochen hatte allerdings niemand mit ihr. Die Unbekannte galt als scheu. Eine Bewohnerin sagte aus: „Sie hat, wenn man ihr im Treppenhaus begegnet ist, immer den Eindruck gemacht, als wende sie sich etwas von einem ab und husche absichtlich rasch an einem vorbei."

In Neuerkirch hingegen sprach sie zunächst erfolglos einige Dorfbewohner auf der Straße an. Niemand kannte die Frau auf dem Foto. Erst, als Liane bereits wieder enttäuscht zu ihrem Wagen zurückkehren wollte, hatte sie das Gefühl, dass ein junger Mann versuchte, ihr möglichst unauffällig zu folgen. Schließlich blieb sie deshalb stehen und blickte sich abrupt um. Auf der anderen Straßenseite entdeckte sie den Mann, der ihr, nachdem er sich mit einer schnellen Kopfbewegung nach rechts und links überzeugt hatte, dass niemand ihn beobachtete, ein Zeichen machte, ihm zu folgen.

Die Kriminalhauptmeisterin drehte also um und folgte, nunmehr ihrerseits möglichst unauffällig, diesem Mann, der nach knapp hundert Metern in einem Hauseingang verschwand und dabei die Tür einen Spalt offen stehen ließ. Nachdem sie die Straßenseite gewechselt und die Tür erreicht hatte, hörte sie zischend aus dem Haus: „Kommen Sie schnell herein, wenn Sie niemand beobachtet!"

Liane blickte sich rasch um. Und da sie niemanden sah, öffnete sie die Tür und stand einem Mann gegenüber, der aus der Nähe älter aussah, als sie bisher angenommen hatte. Sie schätzte ihn spontan auf Anfang bis Mitte dreißig.

„Tür zu!", zischte er wieder.

Sie schloss die Tür, worauf es recht dunkel in dem Hausflur wurde. Hatte sie unüberlegt gehandelt und befand sie sich in Gefahr?, ging es ihr plötzlich durch den Kopf.

Doch im gleichen Moment wurde das Flurlicht eingeschaltet und der Mann hielt ihr eine Zigarettenschachtel entgegen.

„Rauchen Sie?", fragte er.

Die Polizistin schüttelte den Kopf.

Nachdem sich ihr Gegenüber eine Zigarette angezündet hatte, bat er: „Kann ich mal das Foto sehen, das Sie überall herumzeigen?" Er ging damit einige Meter zurück, direkt unter die Flurlampe, betrachtete das Bild und begann zu nicken. „Das ist eine Hure, nicht wahr?"

„Sie kennen sie?"

Er reichte ihr das Foto zurück und grinste. „Das ist Charly, sie steht ab und zu auf dem Parkplatz kurz vor der Abfahrt von der Hunsrückhöhenstraße nach Sohren."

„Sohren?", fragte Liane erstaunt, die den Ortsnamen noch nie gehört hatte.

„Ja, da oben, in der Nähe vom Hahn, da wo der Flughafen beginnt."

Unwillkürlich warf Liane einen Blick auf das Foto. „Da sind Sie ganz sicher, dass es sich um … Charly sagten Sie … handelt?"

„Hundert Pro!"

„Waren Sie ihr Kunde?"

Der Mann zögerte. „Das tut doch nichts zur Sache, oder?"

„Wissen Sie, wo die Frau wohnt?"

Der Mann schüttelte den Kopf. „Wozu wollen Sie das alles wissen?"

Liane nahm ihren Notizblock aus der Umhängetasche. „Wie heißen Sie, ich brauche Ihre …"

Weiter kam sie nicht. Mit einer raschen Armbewegung hatte sie der Mann beiseite geschubst, wobei ihr der Block und Kugelschreiber aus der Hand fielen, war an ihr vorbeigeeilt, hatte die Haustür aufgerissen und hinter sich zugeschlagen. Bevor Liane begriff, was sich zugetragen und ihren Block und Kugelschreiber wieder aufgehoben hatte, vergingen ein paar Sekunden. Dann öffnete sie rasch die Haustür, aber von dem Mann war weit und breit nichts mehr zu sehen. Es blieb ihr also nichts anderes übrig, als an der einzigen Klingel des Hauses zu läuten.

Daraufhin wurde im Parterre eine Wohnungstür geöffnet und eine junge Frau mit einem Baby auf dem Arm trat in den Flur.

„Entschuldigen Sie bitte", begann Liane, immer noch ein wenig verwirrt. „Hier im Haus wohnt doch ein Mann, so um die dreißig. Ich wüsste gern, wie er heißt …"

Die Frau lachte laut auf. „Hier im Haus? Nee, hier wohnen oben nur meine Eltern und mein Vater ist weit über sechzig und sieht auch nicht jünger aus."

„… und Ihr Mann?"

Das Gesicht der Frau wurde rasch ernst. „Mein Mann? Der ist leider zurzeit in Afghanistan. Er ist Offizier bei der Bundeswehr. Er hat bisher nicht einmal Yvonne gesehen …", dabei drückte sie das Baby fest an sich und strich ihm über das Köpfchen.

„Aber", verzweifelte Liane fast, „hier war doch eben ein Mann um die dreißig im Haus …"

Die junge Frau begann wieder zu lächeln. „Dann ist die Tür mal wieder aufgesprungen, das Schloss ist nicht mehr ganz in Ordnung. Aber bei mir ist niemand zu Besuch, davon können Sie sich gern überzeugen und meine Eltern sind verreist."

Liane wollte die Frau nicht beunruhigen und winkte ab. „Dann habe ich mich wahrscheinlich geirrt", meinte sie und wandte sich rasch dem Ausgang zu.

Als sie die Haustür hinter sich zuzog, prüfte sie, ob sie sich ohne Weiteres öffnen ließ. Diesmal schien das Schloss zu funktionieren. Merkwürdig, dachte sie, schaute noch einmal die Straße auf und ab und machte sich dann auf den kürzesten Weg zu ihrem Auto.

Die Fotomontage war perfekt. Irgendwer im Polizeipräsidium hatte am Computer ganze Arbeit geleistet. Ein Wohnmobil gleicher Bauart, etwas auf alt getrimmt, mit der Simmerner Zulassung stand genau an der Brandstelle. Fast hätte man glauben können, das Foto sei vor dem Anschlag aufgenommen worden.

Hauptkommissar Fuß entdeckte das Foto in der Rhein-Zeitung als er mit seiner Frau am Frühstückstisch saß. Die Presseabteilung hatte einen Aufruf als Bildunterschrift geschrieben. Fuß war zufrieden. Hoffentlich meldete sich auch jemand, der etwas gesehen hatte oder wusste. Leider hatte er in der Vergangenheit allzu oft erleben müssen, dass sich niemand meldete oder nur Leute, die sich wichtig machen wollten. Echte Zeugen oder jemand, der etwas wusste, hatten oft Angst als Denunzianten angesehen zu werden oder sich durch eine Aussage in Gefahr zu begeben.

Umso erfreulicher war es, dass bis Mittag bereits über zwanzig Hinweise bei Liane Esser eingegangen waren, die eifrig in einer Liste die Anrufer und mit Stichworten der Informationen erfasste. Als Fuß, der an diesem Vormittag Zeuge bei einer Gerichtsverhandlung vor dem Landgericht war, zurück ins Präsidium kam, legte sie ihm stolz diese Liste vor.

„Das scheint in echte Arbeit auszuufern", knurrte er, immer noch verärgert, dass sich die Gerichtsverhandlung mal wieder in die Länge gezogen und er über drei Stunden warten musste, bis er endlich aufgerufen wurde. Seine Anhörung hatte dann kaum fünf Minuten gedauert.

„Die wichtigsten Hinweise habe ich Ihnen mit rotem Filzstift angekreuzt", erklärte die junge Kollegin und wartete gespannt, welche Aufgabe sie übernehmen sollte.

Das Wesentlichste was aus dieser Liste hervorging war die Tatsache, dass das Wohnmobil wohl an mehreren Stellen entlang der Hunsrückhöhenstraße gesehen worden war. Fuß nahm aus der Schublade seines Schreibtisches rote Markiernadeln und trat an die Landkarte, die den Zuständigkeitsbereich des Polizeipräsidiums und Randgebiete darstellte. Die erste Nadel steckte er gegenüber der Zufahrt nach Naßheck an der B 327, die letzte von insgesamt neun Nadeln kurz vor dem Hunsrückort Morbach.

„Das sind rund neunzig Kilometer", stöhnte er. „Da gibt es sicherlich eine Menge Kunden für die Damen ..."

„Wenn der Name stimmt, den mir der Mann in Neuerkirch genannt hat, dann war diese Charly alias Carola Baumgartner, gut im Geschäft."

„Vorsichtig!", ermahnte Fuß seine Mitarbeiterin. „Zum einen wissen wir, dass die Baumgartner möglicherweise nach dem Abreisen der Czypionka eine andere Partnerin hatte, mit der sie sich das Bumsmobil teilte. Doch zum anderen finde ich es merkwürdig, dass sich Carola Baumgartner tatsächlich als Charly verkauft hat. Da wäre doch Lola oder Caro viel näherliegender. Wer weiß, in welcher Absicht Ihnen dieser unbekannte Mann diese Information zugespielt hat."

Liane musste Fuß insgeheim recht geben. Zu merkwürdig war der Umstand, wie sie an diese Information gelangt war. Aber so sehr sie auch inzwischen darüber nachgedacht hatte, es fiel ihr hierfür immer wieder nur eine logische Erklärung ein: Der Mann musste Angst gehabt haben, dass seine Besuche bei Charly im Ort, in der Familie oder im Freundeskreis bekannt wurden. Vielleicht war er ein Nachbar der jungen Mutter. Das würde auch erklären, wieso er so schnell verschwinden konnte. Er musste von dem defekten Türschloss gewusst haben und versuchte so seine Identität zu verschleiern. Vieles sprach für diese Theorie, denn immerhin hatte er auch gewusst, wo sich der Lichtschalter im Flur befand. Auch der Hauptkommissar schloss diese Möglichkeit nicht aus.

Als Nächstes konzentrierte sich Fuß auf die mit roten Kreuzen versehenen Anrufer und hier speziell auf einen, der aus Kastellaun stammte. Von dort hatte eine Frau angerufen, die ihren Namen nicht nennen wollte. Liane hatte dahinter ***spricht (wahrscheinlich) Hunsrücker Dialekt*** vermerkt. Sie kannte sich in den Dialekten der Umgebung noch nicht so gut aus, war sich aber sicher, dass es keine Ausländerin war.

Die Frau behauptet, einen Mann zu kennen, dessen Fahrzeug sie schon öfter neben dem Wohnmobil hat stehen sehen. Sein Name ist Detlev Braun, wohnhaft in der Bahnhofstraße in Kastellaun.

„Sind Sie sicher, die Frau hat auch den Standort gemeint, wo das Fahrzeug gebrannt hat?", erkundigte sich Fuß, hielt Liane die Liste hin und deutete auf die Notiz.

„Ganz sicher!", bestätigte Liane. „Ich habe ausdrücklich zwei Mal nachgefragt."

„Dann suchen Sie mir mal seine Telefonnummer heraus. Aber anrufen tue ich!", betonte Fuß.

„Hab ich schon", strahlte Liane. „Es gibt nur einen Namen Braun in der Bahnhofstraße, das muss er sein."

Am anderen Ende meldete sich eine recht barsche Frauenstimme.

„Kann ich bitte Ihren Mann sprechen?"

„Meinen Mann? Ich bin seit fast zwanzig Jahren Witwe, junger Mann."

Fuß grinste und überlegte, ob er auflegen solle. Doch dann fragte er noch einmal: „Detlev Braun?!"

„Ach, Sie wollen also meinen Sohn sprechen. Der ist zurzeit unterwegs auf Montage und kommt nur alle paar Tage hierher. Was wollen Sie denn von ihm?"

„Wann kommt er denn wieder?", überging Fuß ihre Frage.

Die Frau am anderen Ende zögerte einen Moment. Fuß glaubte Papierrascheln zu hören. „Ich weiß zwar nicht, warum Sie das interessiert. Er war Anfang der Woche hier, deshalb kommt er erst wieder am übernächsten Samstag oder Sonntag."

„Kann man Ihren Sohn unterwegs telefonisch erreichen?"

„Ich weiß nicht, wo der heute ist. Mit mir spricht er nicht über seine Arbeit. Er ist, wie bereits gesagt, auf Montage, da müssen Sie bei seiner Firma anrufen."

Fuß verdrehte die Augen. „Hat Ihr Sohn ein Handy?"

„Vielleicht ...", kam es aus dem Hörer, „... aber die Nummer weiß ich nicht. Er muss mich anrufen, ich nicht ihn, so gehört sich das. Aber jetzt sagen Sie mir endlich, mit wem ich eigentlich spreche?"

Auch diese Frage umging Fuß. Er wollte auf keinen Fall, dass dieser Detlev Braun vorgewarnt war. „Wer ist denn der Arbeitgeber Ihres Sohnes?"

Wieder zögerte die Frau, doch dann nannte sie eine Installationsfirma in Mainz. Fuß notierte sich den Namen und beendete rasch das Gespräch.

Die Firma hatte er sofort im Internet gefunden. Er rief dort an und ließ sich gleich mit der Geschäftsleitung verbinden. Es meldete sich ein Herr Engel.

„Tut mir leid, aber ich kenne den Einsatzplan unserer Monteure nicht, da muss ich Ihnen Frau Gerster geben ..." und schon wurde Fuß weiterverbunden.

Nachdem sich diese Frau gemeldet hatte, stellte sich Fuß als ein „Onkel von Detlev" vor und gab an, er müsse dringend ein familiäres Problem mit seinem Neffen lösen und suche eine Kontaktmöglichkeit.

„Herr Braun ist zurzeit auf unserer Baustelle des Erlebnisparks am Nürburgring. Geht es um seine Mutter? Wenn Sie ihn dringend sprechen müssen, kann ich Ihnen leider nur die Rufnummer unseres dortigen Ingenieurs geben, der Ihnen aber sicherlich sagen kann, wo sich Herr Braun heute genau aufhält. Ob Herr Braun ein Handy besitzt, weiß ich nicht."

Fuß ließ sich geduldig die Nummer durchgeben und bedankte sich. Dann überlegte er, wie er an Braun herankommen konnte, ohne den Verdacht aufkommen zu lassen, dass dieser mit einem Verbrechen in Verbindung gebracht wurde.

Noch bevor er erneut zum Telefon greifen konnte, klopfte es, und Hauptkommissar Schäfer steckte den Kopf zur Tür herein.

„Gehst du mit in die Kantine, ich habe ein paar Neuigkeiten, brauche aber auch einen Kaffee."

Fuß stand auf. „Rufen Sie bei der Polizeiinspektion in Simmern an und fragen Sie nach dem Ersten Polizeihauptkommissar Börsch. Er soll doch bitte einen Kollegen zur Kfz-Zulassung schicken und herausbekommen, was für ein Fahrzeug dieser Detlev Braun hat und um welche Zulassungsnummer es sich handelt." Dann verließ er mit seinem Kollegen das Büro.

In der Kantine saßen noch einige Kollegen beim späten Mittagessen. Fuß und Schäfer nahmen etwas abseits an einem Tisch Platz, um ungestört reden zu können. Nachdem Schäfer zwei Tassen Kaffee besorgt hatte, setzte er sich neben Fuß und trank erst einmal einen kräftigen Schluck.

„Den hab ich jetzt gebraucht!", freute er sich. „Unsere Kaffeemaschine ist nämlich seit zwei Tagen defekt."

„Was gibt's Neues", fragte Fuß mit einem Blick auf seine Armbanduhr, denn ihm war eingefallen, dass auch noch die Mitarbeiterin aus dem Autohaus in Simmern wegen der Phantomzeichnung kommen wollte.

„Ich glaube, wir haben das Geschehen an diesem Abend grob rekonstruieren können, was nicht ganz einfach war. Die noch vorhandenen Lücken muss der Rechtsmediziner schließen. Also, mit hoher Wahrscheinlichkeit wurde das Wohnmobil zunächst von außen mit Benzin übergossen. Durch eines der Fenster, das offensichtlich geöffnet war, drang Benzin auch ins Wageninnere. Wir haben in Wurfweite ein Metallrohr gefunden. Es könnte dazu benutzt worden sein, vorübergehend die Seitentür des Wohnmobils zu blockieren. Im Wohnwagen selbst haben wir einige Dosen gefunden, die unter Druck standen. Ich gehe von Haarspray und Ähnlichem aus. Und dann ist natürlich die

Gasflasche in die Luft geflogen. Das ist das, was du wahrscheinlich als Erstes gesehen hast, die Stichflamme, die dabei entstand."

„Was weißt du von der Person darin?"

„Wir wissen von der Person selbst gar nichts, das muss die Obduktion ergeben. Es gab im Wohnwagen einen Kühlschrank mit Pikkolos und zwei großen Sektflaschen, einen kleinen Fernseher, einen CD-Player und eine Gaspistole HK-Security Diplomat, die eigentlich keine richtige Pistole ist, sondern nur so aussieht. Sehr beliebt bei Frauen, weil sie klein, leicht und handlich ist. Es gibt … und das könnte für euch wichtig sein … ein mögliches Motiv."

Fuß, der gerade seinen Blick nachdenklich in seinem schwarzen Kaffee versenkt hatte, hob ruckartig den Kopf und blickte seinen Kollegen überrascht an.

„Wir haben eine kleine Stahlkassette gefunden, die geöffnet war. Sie muss aber bereits zum Zeitpunkt des Brandes leer gewesen sein, sonst hätten wir dazu Anzeichen gefunden. Über den früheren Inhalt ist natürlich nichts bekannt."

„Aber, wenn es Raub war, warum dann das Feuer?"

Schäfer schmunzelte und zog die Schultern hoch. „Etwas müsst ihr ja auch noch selbst herausfinden. Vielleicht wurde der Täter von der Prostituierten erkannt oder hat die Frau brutal niedergeschlagen und dachte, sie ist tot und er wollte mit dem Feuer Spuren beseitigen."

Fuß richtete seinen Blick wieder in die Tasse. Das mit der Kassette konnte ein wichtiger Hinweis sein.

„Wir sind auch nicht ganz erfolglos geblieben. Nach dem Zeitungsaufruf hat sich eine Frau gemeldet, die uns einen Mann namens Detlev Braun genannt hat, dessen Fahrzeug … so behauptet sie … mehrfach neben dem Wohnmobil gesehen wurde. Er wohnt in Kastellaun, ist aber zurzeit auf Montage."

„Dann kommt er nur als möglicher Informant infrage", vermutete Schäfer.

„Nicht unbedingt", widersprach ihm Fuß sofort. „Am Tattag war er zu Hause."

Schäfer pfiff leise durch die Zähne. „Hört sich gut an."

Fuß blickte auf seine Armbanduhr. „Ich muss wieder ins Büro, bekomme noch Besuch", meinte er und leerte die halbvolle Tasse mit einem Schluck.

Im Büro erfuhr Fuß, dass die Mitarbeiterin des Autohauses unmittelbar nach seinem Gang in die Kantine erschienen und inzwischen bei dem Kollegen war, der das Phantombild anfertigen sollte.

„Auch gut", brummte Fuß und ärgerte sich, dass er den Kaffee so schnell ausgetrunken hatte.

„Ich habe inzwischen bereits die Informationen aus Simmern", versuchte Liane ihn positiv zu stimmen. „Detlev Braun fährt einen Audi A vier, Baujahr zweitausendvier. Ich habe Ihnen den Zettel mit der Zulassungsnummer auf Ihren Schreibtisch gelegt."

Fuß warf einen flüchtigen Blick darauf und legte dabei nachdenklich seine Hand auf den Telefonhörer. Hatte es Zweck den Wagen zu beschlagnahmen? Dann war Braun vorgewarnt, wenn er der Täter war. Außerdem konnte er ruhig zugeben, zu dem Wohnmobil gefahren zu sein, das war durch diesen Hinweisanruf bekannt. Wenn, musste man möglichst unbemerkt den Innen- und Kofferraum untersuchen. Wenn man dabei keinen Hinweis auf das mitgeführte Benzin oder anderes fand, was mit der Tat in Verbindung zu bringen war, dann war dies ein Schlag ins Wasser. Er nahm seine Hand vom Hörer. Nein, er musste noch abwarten. Brauns Mutter hatte gesagt, ihr Sohn käme übernächsten Samstag oder Sonntag wieder.

Plötzlich richtete sich Fuß auf. „Hat die Anruferin gesagt, ob sie den Wagen von Braun auch am Dienstagabend dort gesehen hat?"

Liane brauchte nicht zu antworten. Fuß sah, wie sich schlagartig ihr Gesicht rot färbte.

6.

Der Hauptkommissar hatte den Rest des Nachmittags damit verbracht, die anderen Anrufer von Lianes Liste zu überprüfen, jedoch ohne Erkenntnisse, die sich zu diesem Zeitpunkt zu verfolgen lohnten. Dann brachte ein Kollege die Phantomzeichnung vorbei, die am Vormittag angefertigt worden war. Zu erkennen wir ein Mann mit kurzen hellen Haaren, etwas eng stehenden Augen und einem leichten Bart. „Machen Sie davon ein paar Fotokopien", bat Fuß. „Jeder, der mit dem Fall beschäftigt ist, sollte ab sofort eine Kopie bei sich haben."

Kurz vor Dienstschluss klingelte das Telefon. Hauptkommissar Schäfer hatte von Liane Esser erfahren, dass man inzwischen wusste, welches Auto öfter bei dem Wohnmobil gesehen worden war.

„Wir sollten auf keinen Fall versäumen, den Wagen sofort genauer unter die Lupe zu nehmen", riet er.

Fuß erklärte ihm die Situation und warum er bisher von dieser Überlegung Abstand genommen hatte. Doch Schäfer drängte darauf, sich das Fahrzeug einmal genauer anzuschauen. Um beiden Meinungen gerecht zu werden, beschlossen sie, am nächsten Tag in „kleiner Besetzung", wie sie es nannten, zur Baustelle des Erlebnisparks zu fahren, ohne sich vorher anzumelden. Mit kleiner Besetzung meinten sie, dass sowohl Kriminalhauptmeisterin Esser als auch Kriminalobermeister Erasmus nicht mitfahren sollten, um möglichst unauffällig arbeiten zu können. „Ich weiß, dass am Ring auch sonntags gearbeitet wird, sonst werden die ja nie fertig!", meinte Schäfer. „Und wenn Braun wirklich letztes Wochenende frei hatte, was sowieso seltsam ist, dann wird er dieses Wochenende durcharbeiten müssen."

Liane Esser, die das Telefonat mitgehört hatte, warf Fuß zwar einen enttäuschten Blick zu, wusste aber, dass sie keine Chance hatte, ihn umzustimmen. Man verabredete, dass Fuß seinen Kollegen Schäfer am nächsten Morgen unter der Gülser Brücke abholen sollte. Schäfer versprach die „kleine Ausrüstung" mitzubringen. So konnte man Zeit und sich den Umweg über das Präsidium sparen.

Die beiden hatten sehr schnell das Büro der Bauleitung gefunden, das wegen der auch am Wochenende auf der Baustelle laufenden Arbeiten besetzt war. Auf der Fahrt hatten sie ihre Vorgehensweise genau besprochen. So erkundigte man sich zunächst einfach danach, wo in der Regel auswärtige Arbeitskräfte der Baustelle ihre Fahrzeuge parkten. Es gab offiziell drei Möglichkeiten und hing davon ab, wo diese ihren Arbeitsplatz hatten.

„Da wird uns nichts anderes übrig bleiben, als alle drei Plätze abzugehen", stöhnte Fuß, der immer noch leichte Probleme nach seiner Hüft-Operation hatte. Doch sie hatten Glück. Schon auf dem zweiten Parkplatz entdeckten sie den Audi A 4 mit der Simmerner Zulassung.

Schäfer begann sofort die Reifenprofile zu fotografieren und schabte, so gut es ging, an bestimmten Stellen des Unterbodens hängen gebliebene Schmutzpartikel ab. Währenddessen versuchte Fuß vergeblich mit einem Stück Draht den Kofferraum zu öffnen.

Nachdem Schäfer mit seiner Arbeit fertig war, nahm er Fuß wortlos den Draht aus der Hand, bog ihn zu einer großen Schlaufe und schob diese mehrfach vorsichtig im Schlitz zwischen Karosserie und Kofferraumdeckel hin und her. Als er einen Widerstand spürte, schlug er mit der flachen Hand rechts von der Mitte auf den Deckel, der sich daraufhin knarrend öffnete.

„Hast wohl Einbruch studiert", kommentierte Fuß den Erfolg seines Kollegen, der sich sofort im Kofferraum umsah. Neben einer schweren Werkzeugtasche, einem blauen Overall, einer Zeitung und einer vollen Lidl-Einkaufstüte mit verschiedenen Lebensmitteln war ein Zehn-Liter-Metallkanister mit einem Spanngurt von innen an der Karosserie befestigt. Schäfer klopfte dagegen. Der Kanister klang leer.

Schäfer zog ein Papiertaschentuchpäckchen aus seiner Jacke und entnahm ein frisches Taschentuch. Damit wischte er über den Kanister. Dabei schob er die Werkzeugtasche etwas beiseite. Darunter wurde im Teppichbelag des Kofferraums ein dunkler Fleck sichtbar, der nicht nur nach Benzin roch, wie sich Schäfer sofort überzeugte, sondern auch deutlich die Bodenform eines weiteren Kanisters hatte.

„Ich glaube, das Glück ist uns hold!", freute sich Schäfer. „Der Fleck ist nicht allzu alt und stammt eindeutig von einem anderen Kanister, in dem ebenfalls Benzin war."

„Und jetzt?", erkundigte sich Fuß.

„Ich mache noch ein paar Fotos, werde die Proben sofort im Labor untersuchen lassen und hier bleibt alles so wie wir es vorgefunden haben. Und du prüfst, ob das Ergebnis dem Staatsanwalt für einen Haftbefehl reicht."

Nachdem auch Hauptkommissar Fuß nochmals einen Blick in den Kofferraum geworfen hatte, schlug Schäfer den Deckel wieder zu.

Beide gingen noch einmal um das Fahrzeug herum. Schäfer warf einen Blick ins Wageninnere. Auf dem Rücksitz lagen ein paar Zeitungen und ein zerknittertes Hemd. Im Fußraum des Beifahrersitzes entdeckte er die Reste einer Apfelsinenschale.

„So, jetzt sollten wir aber auch etwas vom Sonntag haben", meinte Fuß. „Bei mir wird es sicherlich wieder knüppelvoll sein."

Er hatte recht. Am Abend war wieder kaum ein Stuhl in der Straußwirtschaft frei. Leicht genervt sah er den erhofften ruhigeren Sonntagabend dahinschwinden. Seine Frau und Krystyna hatten in der Küche alle Hände voll zu tun. Zum Glück war auch Sabine gekommen, um Renate im Service unten zu helfen, während Roland sich auf der Terrasse als Einzelkämpfer betätigte.

Fuß hatte sich die Winzerschürze umgebunden und stieg etwas schwerfällig die Stufen zur Terrasse empor, um Roland an der kleinen Theke zu unterstützen. Doch daraus sollte nichts werden. Kaum hatte er die erste Flasche Riesling geöffnet, um ein paar Schoppengläser zu füllen, als Erika ihn lauthals ans Telefon rief.

Also eilte er, so schnell es ging, die Treppe wieder hinunter, zwängte sich an einigen Gästen vorbei in die Küche, wo das Telefon stand. Hauptkommissar Schäfer meldete sich.

„Wir haben etwas Überstunden gemacht ...", er schien, nach seiner Stimme zu urteilen, gut aufgelegt, „... und haben eine Entdeckung gemacht, die dich sicherlich interessieren wird, sonst hätte ich dich nicht noch so spät angerufen."

„Mach's nicht so spannend", reagierte Fuß ungeduldig, während sich Renate gerade mit zwei Portionen Russen-Ei an ihm vorbeizwängte.

„Wir haben in dem Schutt im Inneren des Wohnmobils Reste einer verbrannten Spritze gefunden. Ich habe das Ganze sofort ins Labor des LKA geben lassen, um herauszufinden, was sich darin befand. Möglicherweise war die Tote drogenabhängig oder ihr letzter Besucher. Vielleicht hat der Täter der Toten vor dem Anschlag etwas verabreicht, was die Frau bereits betäubt oder sogar getötet hat, bevor er das Feuer gelegt hat."

Fuß kniff die Augen fest zusammen und fuhr sich mit der Hand von der Stirn über das Gesicht bis zum Kinn. Diese unerwartete Information würde ihn wahrscheinlich wieder die ganze Nacht beschäftigen und kaum schlafen lassen.

Am nächsten Morgen fuhr der Hauptkommissar eine halbe Stunde früher als gewohnt ins Polizeipräsidium. Zwar hatte sich die Befürchtung, nicht schlafen zu können, nicht bewahrheitet, aber er hatte sich nur kurz im Bad aufgehalten und im Stehen gefrühstückt, um möglichst schnell in seinem Büro zu sein und so noch in aller Ruhe über die gefundene Spritze nachdenken zu können.

Als Liane Esser zur gewohnten Zeit das Büro betrat, saß Fuß in seinem Sessel zurückgelehnt und die Füße auf der Schreibtischkante. Er blickte seine Mitarbeiterin Gedanken versunken an und brauchte einige Sekunden, bis er in die Realität zurückfand.

„Was würden Sie denken, wenn Sie in dem Puffmobil eine Spritze gefunden hätten?", fragte er sie.

Liane ließ sich im Mantel auf ihrem Drehstuhl nieder und zog die Mundwinkel nach unten.

„Schwer zu sagen. Es käme darauf an, was sich in der Spritze befindet … höchstwahrscheinlich Rauschgift, würde ich behaupten. Wo genau befand sich denn die Spritze? Dann könnte man vielleicht mehr sagen."

„Sehr gut!", rief Fuß laut und freute sich offenbar aufrichtig, dass seine Kollegin denselben Gedanken hatte wie er. „Genau! Schäfer hat die Spritze entdeckt, ist aber bisher noch nicht telefonisch zu erreichen und Erasmus wusste es nicht." Er nahm die Füße vom Schreibtisch und griff erneut zum Hörer. Dieses Mal meldete sich sein Kollege von der Spurensicherung.

„Genau sagen, wo sich die Spritze vor dem Feuer befand, kann man bei dem Schutthaufen nicht. Aber es muss im Bereich der Liege und der Außenwand gewesen sein. Sie könnte also entweder nach Benutzen neben der Liege auf den Boden gelegt oder zwischen Bett und Außenwand versteckt worden sein. Du solltest deinen Freund bei der Rechtsmedizin über diesen Fund informieren, damit er auch in diese Richtung die Leiche ganz genau untersucht."

Die Aufgabe Dr. Wehlen anzurufen gab Fuß, nachdem er aufgelegt hatte, sofort an Liane weiter.

Am Nachmittag lag das Untersuchungsergebnis der abgekratzten Partikel des Unterbodens von Brauns Fahrzeug vor. Es wurden tatsächlich geringe Spuren gefunden, die den Rückschluss zuließen, dass sich Bestandteile eines Waldbodens beim Heraufschleudern von durchdrehenden Reifen wegen schnellen Anfahrens unter dem Fahrzeugboden festgesetzt hatten. Damit wurde zumindest die Information der anonymen Anruferin glaubwürdiger. Das Reifenprofil und die Reifenspur, die Schäfer beide fotografiert hatte, waren allerdings nicht identisch. Ein zuverlässiger Nachweis, dass Braun am Tattag der Prostituierten einen Besuch abgestattet hatte oder sogar der Täter war, lag somit nicht vor. Fuß versuchte erst gar nicht einen Haftbefehl zu erwirken. Es blieb ihm nichts anderes übrig, als den Weg der Zeugenbefragung zu beschreiten. Dieses Mal entschied er sich Liane Esser mitzunehmen, allerdings sagte ihm ein Blick auf die Uhr, dass eine neuerliche Fahrt zur Baustelle des Nürburgring Erlebnisparks auf den nächsten Tag verlegt werden musste.

Am nächsten Morgen musste der Hauptkommissar den Umweg über das Polizeipräsidium nehmen, da Liane Esser auf der anderen Rheinseite von Koblenz im Stadtteil Pfaffendorf wohnte. Sie wartete schon aufgeregt im Büro auf ihn in der Vorahnung, heute dabei zu sein, wenn der brutale Mörder von „Charly" Baumgartner vernommen und möglicherweise gleich festgenommen wurde.

„Sie fahren!", bestimmte Fuß, bei dem es am Vorabend recht spät geworden war, weil sich unerwartet einige Urlaubsstammkunden bei ihm in der Straußwirtschaft noch zur späten Stunde zu einer Weinprobe entschlossen hatten.

Dieses Mal fragten die beiden sich nach dem Ingenieur der Mainzer Installationsfirma durch, der sie ohne große Fragen zu dem Baustellenbereich schickte, wo Detlev Braun an diesem Tag seiner Arbeit als Monteur nachging.

Braun trug einen blauen Overall, der etwas zu weit für seine schlanke Figur war. Er strich sich mit seinen schmutzigen Fingern wie mit einem Kamm durch seine schwarzen Haare und blickte die beiden erstaunt an, als sie sich als Kriminalpolizei vorstellten.

„Wollen wir kurz nach draußen gehen?", schlug Fuß mit einem deutlichen Blick zu Brauns Kollegen vor.

Braun nickte. „Aber ich habe nicht viel Zeit, wir sind wegen der ganzen Finanzierungsquerelen zeitlich ziemlich im Verzug und ich muss heute noch unbedingt einiges fertig machen, weil morgen verputzt wird."

Die drei traten vor die Halle und gingen zu einem Lagerplatz von Baumaterial, wo sich Braun auf ein paar gestapelte Paletten setzte und eine Zigarette anzündete.

„Ihre Mutter hat uns gesagt, Sie waren vergangenen Dienstag in Kastellaun."

Braun legte kurz die Stirn in Falten, dabei zog er an seiner Zigarette. „Dienstag? ... Ja, ich hatte mir mit zwei freien Tagen das Wochenende verlängert. Das mache ich öfter so, wenn es sich von meinem Einsatzort nicht lohnt, täglich nach Hause zu fahren. Man hat ja doch immer das eine oder andere zu erledigen, zumal meine Mutter ständig kränkelt und ich sie versorgen muss."

„Trotzdem hatten Sie Zeit für einen Besuch bei Frau Baumgartner oder sollte ich besser Charly sagen?" Fuß blickte Braun genau ins Gesicht. Täuschte er sich oder hatte Braun tatsächlich kurz um die Mundwinkel gezuckt?

„Wer ist Frau ...?

„Baumgartner, in dem Wohnmobil."

Jetzt war sich Fuß sicher, ein Zucken gesehen zu haben.

„Was für ein Wohnmobil? Ich kenne keine Frau Baumgartner."

„Dann eben Charly!", warf Liane ins Gespräch.

Braun schnippte die angerauchte Zigarette auf den Boden und trat sie aus. „Baumgartner, Wohnmobil, Charly ... Was wollen Sie von mir? Ich habe keine Zeit für so ein Rätselraten."

Er sprang auf und wollte an Fuß vorbeigehen. Doch der hielt ihn energisch am Ärmel fest. „Ich kann Sie auch aufs Polizeipräsidium nach Koblenz vorladen, wenn Ihnen das lieber ist."

Braun löste sich vorsichtig aus Fuß' Griff und kehrte zu dem Palettenstapel zurück.

„Also, was haben Sie am Dienstagabend gemacht?"

„Dienstagabend ... Dienstagabend?", wiederholte Braun und scharrte dabei mit dem rechten Schuh über den Sandboden. „Da war ich zu Hause ... vermutlich."

„Genauer, wo waren Sie zwischen neunzehn und einundzwanzig Uhr? Und bitte nicht vermutlich", bat Fuß.

„Ich sagte doch, zu Hause."

„Und wenn ich Ihnen einen Zeugen bringe, der Ihren Wagen neben der Hunsrückhöhenstraße bei den Wohnmobil gesehen hat. Was fällt Ihnen dann ein?"

Braun starrte vor sich auf den Boden. Plötzlich sprang er erneut auf, gab Liane einen Schubs, dass sie rückwärts zu Boden fiel und rannte in Richtung des Parkplatzes, auf dem Fuß und Schäfer tags zuvor dessen Auto entdeckt hatten.

Fuß warf nur einen kurzen Blick zu Liane, um sich zu vergewissern, dass sie sich nicht verletzt hatte. Außer einer plötzlichen Blässe im Gesicht konnte er nichts entdecken. Dann lief der knapp Zweimetermann humpelnd hinter Braun her, der sich aber gut auf dem Gelände auskannte, während Fuß nur die Himmelsrichtung wusste, in der sich der Parkplatz befand. Zeitweise verlor er den Flüchtigen aus den Augen, da ihn sein Bein zu schmerzen begann und er immer langsamer wurde. Doch dann sah er den Flüchtenden wieder.

Fuß sah keine andere Möglichkeit mehr. Er blieb stehen und schrie: „Bleiben Sie stehen oder ich schieße!" Er zog seine Pistole aus dem Holster. Braun hatte inzwischen den Parkplatz erreicht und war nur noch wenige Meter von seinem Fahrzeug entfernt. Fuß richtete seine Waffe in die Luft und gab einen Warnschuss ab. Tatsächlich blieb Braun stehen und drehte sich mit erhobenen Armen zu ihm um. Fuß atmete erleichtert auf, denn er hatte in allen seinen Dienstjahren noch nie auf einen Menschen schießen müssen. Er steckte die Waffe wieder ins Holster und humpelte auf Braun zu.

„Was machen Sie denn für einen Scheiß", brüllte er los. „Ihre Flucht kann ich nur als ein Geständnis ansehen. Hände auf die Motorhaube und Beine auseinander!" Routinemäßig tastete er Brauns Körper ab. Der war, wie erwartet, unbewaffnet.

„Ich nehme Sie gemäß Paragraph hundertsiebenundzwanzig vorläufig unter dem Verdacht fest, das Wohnmobil von Carola Baumgartner angezündet und ihren Tod dabei bewusst in Kauf genommen zu haben."

„Das war ich nicht! Außerdem ... Sie können mich gar nicht festnehmen ... ich muss mich um meine Mutter kümmern?", stieß Braun aus.

„Sie sind im Moment die Woche über doch nie bei Ihrer Mutter gewesen?" Fuß legte Braun Handschellen an und drehte den Verhafteten an der Schulter zu sich um. „Warum haben Sie nicht zugegeben bei Carola ... oder Charly, wie sie sich offenbar auch nannte, gewesen zu sein und sind geflüchtet?"

Fuß blickte in das verschwitzte Gesicht des Mannes, der immer noch nach Luft rang.

„Ich kenne keine Charly, ich kenne nur Olga. Bei der war ich am Dienstag, ja. Aber das geht niemanden was an. Auch nicht meine Mutter …"

„Und Ihre Frau?", erkundigte sich Fuß, der an Brauns Hand den breiten Ehering entdeckt hatte.

„Ich bin nicht verheiratet."

„Wozu dann der Ehering?"

„Das ist doch wohl meine Sache … oder ist es verboten, einen Ring zu tragen?"

„Von mir aus können Sie an jedem Finger einen tragen", grinste Fuß und erblickte Liane Esser, die nun ebenfalls humpelnd auf sie zukam.

„Alles klar?"

Die Kriminalhauptmeisterin warf Braun einen wütenden Blick zu, der sich zu ihrem Erstaunen bei ihr entschuldigte. „Ich habe das nicht gewollt", sagte er leise und wirkte echt mitfühlend. „Sind Sie wirklich verletzt?"

„Geht schon." Liane begann den Sand von ihrem Mantel zu klopfen.

„Ich bringe Herrn Braun zum Wagen. Gehen Sie bei dem Bürocontainer vorbei, wo der Ingenieur sitzt, und sagen Sie ihm, dass wir Herrn Braun zu einer Vernehmung mit aufs Präsidium nehmen."

„Bitte … Bitte, sagen Sie aber nicht warum. Ich bin unschuldig und möchte auf keinen Fall meinen Job verlieren", flehte Braun.

Fuß stimmte mit einem Augenzwinkern seiner Kollegin zu, packte den Verdächtigen am Arm und ging in Richtung ihres Fahrzeugs, das sie in der Nähe der Bauleitung stehen hatten.

Der dreiunddreißigjährige Braun war, wie sich herausstellte, seit über zehn Jahren als Außenmonteur bei der Mainzer Installationsfirma beschäftigt, meist aber im Rhein-Main-Gebiet. Das Projekt Erlebnispark Nürburgring war eine Ausnahme, weil er für einen erkrankten Kollegen einspringen musste.

„Ich habe mich dagegen gewehrt, aber die Firma steht unter Termindruck. Deshalb waren die letzten zwei Wochen schon ein Problem, weil ich bisher abends immer nach Hause fahren konnte. Meine Mutter ist krank und braucht meine Hilfe und Unterstützung. Deshalb habe ich mich auch Montag und Dienstag krankgemeldet, weil ich wegen der Termine auf der Baustelle niemals freibekommen hätte."

Fuß saß zusammen mit Liane am Tisch des Vernehmungsraums Braun gegenüber. Sie hatten ihm die Handschellen abgenommen, da sich der Mann nach seiner Verhaftung recht kooperativ verhalten hatte.

„Kommen wir jetzt zum Dienstagabend. Sie waren also bei dieser Prostituierten, von der Sie behaupten, dass sie Olga heißt und nicht Charly oder Carola?"

„Ja, ich bin zu ihr gefahren, wie seit längerer Zeit jeden zweiten Dienstag. Das ist der Tag, an dem meine Mutter Besuch von ihrer Schwester bekommt, die in Simmern wohnt."

„Wann sind Sie zu der Prostituierten gefahren?"

„Meine Tante kommt immer gegen achtzehn Uhr zum Abendessen, das ich meistens zubereite ... wenn ich rechtzeitig von der Baustelle wegkomme und das Verkehrsaufkommen, je nachdem wo ich gerade bin, nicht zu stark ist. Aber an diesem Tag hatte ich ja krank gemacht. Tante Anne war auch pünktlich und ich bin dann gleich losgefahren. Mutter und sie glauben immer, ich fahre dann mit Freunden zum Kegeln."

Fuß hätte beinahe laut losgelacht, konnte sich aber gerade noch im letzten Moment beherrschen. Er konnte sich die Situation genau vorstellen. Braun war nach eigenen Angaben vaterlos bei seiner Mutter und der Tante groß geworden. Vor einiger Zeit war seine Tante, die etwas älter als seine Mutter war, nach Simmern in ein Seniorenheim gezogen. Seither kümmerte er sich allein um seine Mutter. Beide hatten ihn wohl von Kindesbeinen sehr eng an sich gebunden, sodass er wenig oder sogar keinen normalen Kontakt zu Frauen fand. Den Ehering trug er offenbar nur, weil er sich irgendwie schämte, noch unverheiratet zu sein. Oder er gab ihm die fehlende Selbstsicherheit Frauen gegenüber, wie er auch offen zugab. Das erklärte auch seinen seit einiger Zeit regelmäßigen und geheim gehaltenen Besuch bei der Prostituierten.

„Was geschah dann?", wollte Fuß wissen, nachdem Brauns Ausführungen ins Stocken gerieten.

Braun zuckte mit den Schultern. „Nichts, es war alles wie immer. Ich bin erst in die Destille etwas trinken, das ist eine Bar in Kastellaun, und dann zur Olga gefahren. Dort bin ich ungefähr eine Stunde geblieben und dann wieder zurück in die Destille, wo ich noch ein paar Bierchen getrunken habe."

Fuß zog aus seinen Unterlagen ein Foto hervor und legte es vor Braun auf den Tisch.

„Ist das Olga?"

Braun schüttelte sofort energisch den Kopf. „Die Frau habe ich noch nie gesehen, dass müssen Sie mir glauben. Olga hat kurze schwarze Haare …", er stockte, schielte zu Liane herüber und blickte dann Fuß an. „Können wir alleine miteinander sprechen?", fragte er leise.

„Meine Kollegin bleibt hier!"

Fuß konnte beobachten, wie kleine Schweißperlen auf Brauns Stirn sichtbar wurden. Nervös begann er die Finger ineinander zu haken.

„Eigentlich … Ich glaube mich zu erinnern, dass sie eigentlich blonde Haare hat …", begann er und schaute verlegen zu Liane. „Ich … habe ihr bei unserem ersten Treffen ein paar heimlich gekaufte Sachen mitgebracht … eine Bluse und … einen Lederrock …"

„Und eine Perücke?"

Braun wehrte ab. „Nein, die hatte sie damals auf so einem Styroporkopf, der in dem Schrank im Wohnmobil war. Als sie den Schrank öffnete, um irgendetwas zu holen, habe ich die Perücke entdeckt und … Olga gebeten, sie immer aufzusetzen, wenn ich komme … ich finde das schön. Frauen mit kurzen schwarzen Haaren finde ich schön."

„Hat sie seither immer die Perücke getragen?"

Braun nickte kaum merklich und richtete seinen Blick auf seine Hände. „Immer … das hat mich …"

„Aufgegeilt?", half ihm Fuß den Satz zu beenden.

Fast wie ein kleiner Junge, der sich schämt, nahm er die Finger wieder auseinander und hielt beide Hände rasch vor sein Gesicht. „Ja, ja, ja", stieß er mit merkwürdig weinerlicher Stimme hervor.

Fuß und Liane warfen sich einen kurzen Blick zu.

„Sie haben überhaupt Probleme mit Frauen?!" Fuß' Stimme klang in diesem Moment betont sachlich, obwohl ihm innerlich ganz anders zumute war, wie Liane deutlich an seinem Gesicht erkennen konnte. Ein Glück, dass Braun diesen Gesichtsausdruck nicht sah.

Braun nahm langsam wieder die Hände herunter und starrte vor sich auf den Tisch. Hätte er nicht noch immer seinen blauen Overall angehabt, hätte man glauben können, einen ganz anderen Menschen vor sich zu haben, als den, der auf der Baustelle geflüchtet und festgenommen worden war.

Fuß erinnerte sich an das Telefonat mit Brauns Mutter. Ihre Stimme klang barsch, wahrscheinlich war sie herrschsüchtig und egoistisch. Fuß hatte solche tragischen Männerfiguren im Laufe seiner beruflichen Laufbahn nur allzu oft getroffen. Sie waren meist labil, untertänig und stark mit Minderwertigkeitskomplexen behaftet, vor allem Frauen gegenüber. Und wenn sie sich ertappt fühlten, neigten sie zu Gewalttätigkeit. Waren das schon genügend Hinweise dafür, dass Braun der Täter sein konnte? Was hatte diese Olga ihm möglicherweise angetan, dass er ausgerastet war?

„Es hat bei Ihrem letzten Besuch eine Auseinandersetzung mit Olga gegeben", bluffte Fuß. „Was war der Anlass?"

Braun hob den Kopf und schaute Fuß überrascht an. „Woher ... Ich meine, ... wir haben uns doch nicht richtig gestritten ..."

„Was war es denn?", hakte Fuß sofort nach.

Noch mehr und dickere Schweißperlen bildeten sich auf Brauns Stirn. Seine Augen wanderten auf dem Tisch hektisch hin und her und seine Hände zeigten eine deutliche Erregung an. Nervös strich er mit der einen Hand über die Tischkante, während die Finger der anderen Hand begannen auf die Tischplatte zu trommeln.

„Eigentlich war gar nichts ... nein, wirklich, ... gar nichts. Sie bat nur, ich solle weniger rauchen und trinken und ..."

„Und?!"

Braun rutschte auf seinem Stuhl hin und her und verfolgte mit seinen Augen die Hand, die über die Tischkante strich. Dann wischte er sich mit dem Ärmel des Overalls den Schweiß von der Stirn ab. „Sie sehen ja, ich ... ich schwitze leicht. Das störte Olga."

„So sehr, dass sie Ihnen drohte, Sie nicht mehr zu empfangen?"

Braun widersprach energisch. „Sie meinte nur ... Ich weiß auch nicht mehr genau, was sie gesagt hat. Aber wir haben uns dann für das nächste Treffen verabredet ... es war alles in Ordnung."

„Das glaube ich Ihnen nicht", meldete sich Liane zu Wort, die die ganze Zeit wortlos neben Fuß gesessen und sich Notizen gemacht hatte. „Sie waren doch wütend, weil Olga Ihnen Vorwürfe gemacht hat."

Brauns Gesichtszüge wurden schlagartig starr. Seine Augen erschienen wie schmale Schlitze, als er seinen Kopf zu der Kriminalhauptmeisterin hin drehte. „Sie sind genau wie meine Mutter", zischte er durch die Zähne. „Olga hat mir keine Vorwürfe gemacht, das schwör ich Ihnen."

„Sind Sie bei ihr auch so wütend geworden, wie jetzt gegenüber meiner Kollegin?", fragte Fuß scharf.

Sehr schnell lösten sich die erstarrten Gesichtszüge bei Braun wieder und er holte tief Luft. „Verzeihung", murmelte er. „Nein, ich bin und war nicht wütend. Ich mag nur nicht, wenn man mir Falsches unterstellt."

Für fast eine Minute herrschte Schweigen in dem Vernehmungsraum. Fuß beobachtete, wie Braun versuchte sich wieder zu fassen. Er hatte seine Hände vor sich gefaltet und seinen Körper, der während der letzten Minuten leicht über den Tisch gebeugt war, aufgerichtet.

Der Hauptkommissar versuchte sich ein Bild von seinem Gegenüber zu machen. Eines war sicher, dieser Mann war zu allem fähig, wenn man ihn an seiner verwundbaren Stelle traf, seinem gestörten Verhältnis gegenüber Frauen. Und da spielte deutlich auch sein Sexualverhalten mit rein. Wahrscheinlich hatte er noch nie eine Freundin gehabt, aus Angst oder Ungeschicklichkeit dem anderen Geschlecht gegenüber, aus Furcht vor Versagen.

„Haben Sie schon einmal eine feste Freundin gehabt?", fragte Fuß schließlich und beendete damit das Schweigen. „Ich meine eine sexuelle Beziehung zu einer Frau, nicht den Kontakt zu einer Prostituierten?"

Brauns Reaktion bestätigte seine Vermutung, er schwieg weiterhin. Stattdessen lehnte er sich zurück, stützte sich mit beiden Händen auf der Tischplatte ab und starrte an die Decke.

„Möchten Sie einen Anwalt?"

„Ich brauchte keinen Anwalt. Ich habe nichts verbrochen und erst recht nicht diese scheußliche Tat. Ich hätte Olga doch niemals etwas antun können", presste Braun heraus, ohne seine Körperhaltung zu ändern.

„Auch nicht, wenn ich Ihnen sage, dass wir wissen, dass Sie zwei Benzinkanister in Ihrem Kofferraum transportiert haben."

Sofort schnellte Brauns Körper wieder nach vorne. „Woher wollen Sie das wissen?", stieß er hervor und blickte dabei den Hauptkommissar ängstlich an.

„Wir wissen es einfach und außerdem wird wahrscheinlich in diesem Moment Ihr Wagen abgeschleppt und zur KTU gebracht."

„Dazu haben Sie kein Recht!"

„Doch, Herr Braun, der Verdacht gegen Sie erhärtet sich von Minute zu Minute und die Untersuchung des Kofferraums wird sozusagen noch das i-Tüpfelchen für den Haftrichter morgen Früh sein."

Braun beugte sich weit über den Tisch vor. „Natürlich habe ich ab und zu zwei Benzinkanister im Auto. Haben Sie schon einmal darüber nachgedacht, warum?"

Sein lauernder Blick wanderte von Fuß zu Liane und zurück.

„Sie werden es uns sagen."

„Weil ich im Auto immer einen Reservekanister habe, wie jeder Autofahrer, und einen zweiten, wenn ich ab und zu Benzin für meinen Rasenmäher tanke!"

„Und dazu brauchen Sie einen zweiten Kanister?"

„Sie können gern im Schuppen meiner Mutter nachschauen, da steht er."

„Das mag ja alles sein. Wer sagt uns aber, dass Sie ihn nicht auch benutzt haben, um genügend Benzinvorrat zu haben, um das Wohnmobil anzustecken? Außerdem ist der Kanister in Ihrem Auto leer."

Braun gab einen merkwürdigen Laut von sich. „Den musste ich gestern zum Nachtanken bei meinem Auto verwenden."

„Wann gestern?"

„Gestern Abend, als ich in den Gasthof fahren wollte, wo wir Quartier haben."

„Gelogen!", trumpfte Fuß lachend auf. „Der Kanister war bereits gestern Morgen leer."

„Dann war es halt vorgestern!", schnaubte Braun ungehalten, bemühte sich aber seine Erregung nicht zu zeigen.

Der Hauptkommissar schob seine Unterlagen beiseite und stützte sich mit den Ellenbogen auf dem Tisch ab.

„Jetzt sage ich Ihnen mal, wie es war. Vielleicht haben Sie wirklich in dem zweiten Kanister Benzin für Ihren Rasenmäher geholt. Auf jeden Fall befanden sich am Dienstag zwei volle Kanister in Ihrem Audi. Als Sie bei dieser Olga waren, gab es Streit, sie machte Ihnen Vorhaltungen, die Sie zutiefst getroffen und verletzt haben. Ihr Selbstwertgefühl wurde zerstört. Sie hat Ihnen vielleicht sogar gesagt, Sie dürften nie wieder kommen. Sie sind ausgestiegen, haben aus Ihrem Wagen ein Metallrohr genommen, das Sie zufällig im Kofferraum hatten, haben damit die Tür des Wohnmobils blockiert, dann die beiden Kanister genommen, das Wohnmobil mit Benzin übergossen und angezündet. Olga hatte keine Chance den Flammen zu entkommen." Fuß hielt kurz inne und betrachtete sein Gegenüber. Braun hatte seine Schilderung regungslos hingenommen. Er starrte nur vor sich auf den Tisch und schüttelte immer wieder kurz den Kopf. „Wir haben genug Hinweise, dass es so gewesen ist. Legen Sie also jetzt ein Geständnis ab, jetzt kann Ihnen das nur von Vorteil vor Gericht sein. Machen Sie sich von dieser schweren Last frei."

Braun schloss seine Augen und ballte beide Hände zu einer Faust.

„Ich war es nicht! Ich war es nicht!", brüllte er. „Ich habe das Wohnmobil nicht angezündet!"

Fuß machte zu Liane hin eine Kopfbewegung. „Bringen Sie Herrn Braun zum Erkennungsdienst, er bleibt über Nacht bei uns. Morgen geht es zum Haftrichter."

Braun riss seine Augen weit auf, sprang vom Stuhl hoch und blickte Fuß entsetzt an. „Das können Sie nicht machen. Ich bin unschuldig und wer kümmert sich um meine Mutter?"

„Ihre Mutter erwartet Sie erst am Samstag oder Sonntag und bis dahin wird geklärt sein, ob Sie unser Dauergast werden oder nicht."

7.

Als Liane Esser zurück ins Büro kam, hatte Fuß bereits den Bericht für die Staatsanwaltschaft und den Haftrichter zusammengestellt.

„Ich bin sicher, Braun war es!", meinte die Kriminalhauptmeisterin. „Ein sensibles Muttersöhnchen, das ausgerastet ist."

„Keine Vorverurteilung", ermahnte sie ihr Kollege. „Es spricht einiges dafür, da gebe ich Ihnen recht. Ich bin mir nur noch nicht ganz sicher, ob dem Haftrichter die Beweise ausreichen. Das werden wir abwarten müssen. Ich habe eben einen Durchsuchungsbeschluss beantragt, sobald er vorliegt, fahren wir zu seiner Mutter nach Kastellaun."

„Allerdings kommt mir der Name Olga irgendwie bekannt vor. Einer der Männer, die ich angerufen hatte und der so besoffen war, hat dauernd nach einer Olga gerufen ..."

„Dann können wir zumindest davon ausgehen, dass sich in der Szene eine dieser Damen Olga nennt", zog Fuß seine Schlussfolgerung.

Am späten Nachmittag kamen beide auf dem Weg nach Kastellaun an der Brandstelle vorbei, wo vor über einer Woche Olga oder wer auch immer seinem Gewerbe nachgegangen war. Fuß fuhr etwas langsamer, ohne jedoch anzuhalten. Das Feuer hatte ein großes schwarzes Loch in den Wald gefressen. An einigen Bäumen hingen immer noch Reste des rotweißen Absperrbandes. Irgendwer hatte auf der verkohlten Erde einen Blumenstrauß niedergelegt.

„Da läuft es einem eiskalt den Rücken runter", stellte Liane leise fest. „Was ist eigentlich mit dieser anderen Prostituierten?"

„Carola Baumgartner, genannt Charly? Ich vermute, die ist wirklich in Urlaub und weiß bisher, je nachdem wo sie sich aufhält, noch nichts von alledem."

Liane machte ein nachdenkliches Gesicht. „Und wenn Braun es wirklich nicht war, könnte sie es nicht gewesen sein, zum Beispiel aus Eifersucht?"

„Möglich ist alles", stöhnte Fuß und gab wieder Gas. „Aber erst muss sichergestellt sein, dass Braun es nicht war. Inzwischen scheint mir eine andere Frage geklärt. Nämlich wer die Wohnung in Mastershausen nutzte."

Liane blickte den Hauptkommissar neben sich erwartungsvoll an. „Wer?"

„Braun sagte, er habe Olga gebeten, eine schwarze Kurzhaarperücke, die sie im Schrank des Wohnmobils hatte, bei seinen Besuchen zu tragen. Sie haben notiert, dass die Mitbewohner in Mastershausen die Frau mit langen, wallenden Haaren beschrieben haben. Das kann auch eine Perücke gewesen sein. Und von Olgas Statur wissen wir bisher noch gar nichts. Wahrscheinlich handelt es sich bei der Unbekannten aus Mastershausen also um Olga. Deshalb taucht auch in der Wohnung jetzt niemand mehr auf. Sie liegt in der Rechtsmedizin."

„Klasse, Chef!" Liane strahlte über das ganze Gesicht. Auf diesen Gedanken war sie noch nicht gekommen. Fuß hatte recht, hier schloss sich der Kreis.

Es dauerte eine Weile, bis Frau Braun ihnen die Wohnungstür öffnete. Sie wirkte größer und stämmiger als ihr Sohn und hatte graumelierte Haare, die sie am Hinterkopf zu einem Dutt zusammengesteckt hatte.

„Was soll ich damit?", fragte sie, als Fuß ihr den Durchsuchungsbeschluss überreichte. „Mein Sohn ist auf Montage. Ich weiß nicht, ob ich Sie hereinlassen muss. Weisen Sie sich erst einmal aus."

Fuß und Liane hielten der Frau ihre Ausweise entgegen, worauf sie unwillig einen Schritt zur Seite machte und beide eintreten ließ.

„Mein Sohn ist ein anständiger Mensch, der klaut nichts oder worum geht es? Sie suchen doch sicherlich Diebesgut … oder? Hat ihn sein Arbeitgeber angezeigt?"

„Wer hat Sie denn auf diese Idee gebracht?", reagierte der Hauptkommissar amüsiert. „Gab es denn schon mal eine solche Anzeige gegen Ihren Sohn?"

„Natürlich nicht! Aber, was für einen Grund hätten Sie sonst zu kommen?"

Fuß überlegte kurz, ob er der Frau reinen Wein einschenken sollte. Dabei kreuzte sich sein Blick mit dem seiner Mitarbeiterin, die aber diese Begegnung falsch verstand.

„Wir haben ihn heute Morgen verhaftet", plapperte sie fröhlich drauflos.

Am liebsten hätte Fuß sie in diesem Moment geohrfeigt und angebrüllt, denn die Folgen waren vorhersehbar.

„Was haben Sie?", dröhnte Frau Braun sofort los und schob sich zwischen Liane und den Hauptkommissar und baute sich vor ihm auf. „Stimmt das?" Sie blickte Fuß hasserfüllt an.

„Wir haben ihn zu einem Verhör auf das Präsidium mitgenommen und sind gekommen, um seine Aussagen zu überprüfen. Morgen wird ein Haftrichter entscheiden, ob er ... wie der Name schon sagt ... in Haft kommt. Im Moment ist noch nichts endgültig entschieden." Er warf Liane über die Schulter von Frau Braun einen bitterbösen und warnenden Blick zu. „Meine Kollegin war mit ihrer Äußerung etwas voreilig. Würden Sie uns also jetzt bitte das Zimmer Ihres Sohnes zeigen?"

Liane wäre am liebsten in den Boden versunken. Sie traute sich fast nicht mehr, den Hauptkommissar anzuschauen.

„Was liegt gegen meinen Sohn vor?" Frau Braun ließ sich nicht beirren.

„Wir überprüfen nur seine Aussage", wich Fuß der Frage aus.

„Was für eine Aussage und wozu?"

„Darüber muss ich Ihnen keine Auskunft geben", blieb Fuß stur. Er ahnte genau, was sich entwickeln würde, wenn er von dem tödlichen Brandanschlag und dem Verdacht gegen ihren Sohn erzählte. Mit einem energischen „Lassen Sie uns jetzt unsere Arbeit machen" schob er Frau Braun beiseite und machte Liane ein Zeichen, ihm zu folgen.

Er machte einfach die nächstbeste Tür auf und blickte in ein Badezimmer. „Wo ist sein Zimmer?"

Wütend öffnete Frau Braun eine Tür auf der anderen Seite der Diele und wollte vorangehen.

Doch Fuß hielt sie am Arm fest. „Sie bleiben bitte draußen!"

„Muss ich mir das gefallen lassen, in meiner eigenen Wohnung?"

Er antwortete nicht, sondern ließ Liane den Vortritt und schloss die Tür hinter sich und drehte den Schlüssel, der innen steckte, um.

„Tut mir leid, Chef ...", begann Liane sofort.

„Jetzt nicht, ziehen Sie Ihre Handschuhe an oder haben Sie wieder keine dabei?"

Frau Esser nahm als Antwort wortlos ein Paar Handschuhe aus ihrer Umhängetasche und zog diese über. „Nach was suchen wir?"

„Alles, was Rückschlüsse auf die Persönlichkeit von Braun zulässt ...

Tagebuch, Fotos, Briefe, Zeitschriften, Notizen … Fangen Sie mit dem Regal an, ich beginne mit den Schubladen."

Das Zimmer war groß und unerwartet geräumig. Die Einrichtung war altmodisch und zusammengewürfelt und ließ keine Rückschlüsse auf den Geschmack, Hobbys oder Ähnliches von Braun zu. Wahrscheinlich stammten einige Möbel noch aus seiner Jugendzeit, die er mit ausgedienten Möbeln seiner Mutter oder Tante ergänzt hatte. Auffallend war lediglich die Ordnung, die im ganzen Raum herrschte. Auch als Fuß die erste Schublade öffnete, fiel ihm diese auf. Fein säuberlich lagen dort mehrere Taschenbücher übereinander, daneben, ebenfalls als kleiner Stapel, ein paar Fachzeitschriften und ein Gebetbuch. Dieses nahm Fuß als Erstes zur Hand. Es war übervoll mit eingelegten Heiligenbildern aus früherer Zeit, Totenzetteln und kleinen gedruckten Texten *zur Erbauung*. Fuß blätterte ein paar der Totenzettel durch. Die Namen sagten ihm alle nichts, offenbar Verwandte, Bekannte, vielleicht auch bereits verstorbene Freunde. Er legte das Gebetbuch wieder zurück. Die Titel der Taschenbücher ließen die Vermutung zu, dass es sich um billige Liebesromane handelte.

Fuß schloss die Schublade und öffnete die nächste. Darin befand sich nur eine mit einem Verschluss versehene Kunstledermappe mit der Aufschrift *Dokumente*. Da sie nicht abgeschlossen war, öffnete er sie. Zum Vorschein kamen fein säuberlich geordnete und in einzelne Klarsichthüllen eingeheftete Schulzeugnisse. Fuß begann zu blättern. Braun hatte Hauptschulabschluss, eine Lehre als Elektroinstallateur gemacht und die Gesellenprüfung mit guten Noten bestanden. Es folgten Zeugnisse und ein weiterer Ausbildungsnachweis zum Gas- und Wasserinstallateur. In der letzten Hülle lag der Arbeitsvertrag mit der Mainzer Installationsfirma.

Fuß legte die Mappe wieder in die Schublade zurück und öffnete eine dritte. In ihr befanden sich eine Menge Medikamente. Fuß entdeckte eine Reihe von Schmerzmitteln: *Voltaren* und *Thomapyrin*, daneben auch *Valium*, *Librium* und verschiedene Vitamintabletten und Enzymdragees, aber keine Drogen oder Spritzen. Als Fuß gerade darüber nachdachte, welche Krankheiten oder Unpässlichkeiten sich hinter der Vielzahl der unterschiedlichen Medikamente verbergen könnten, hörte er einen leisen Aufschrei von Liane. Interessiert drehte er sich um. Seine Kollegin stand auf einem Stuhl vor dem Kleiderschrank und hielt einen Stapel Zeitschriften in der Hand. Er ahnte sofort, was sie entdeckt hatte.

Sie hatte auf dem Schrank einen Karton gefunden und war dabei auf eine ansehnliche Sammlung von teilweise bereits stark zerfledderten Pornoheften gestoßen.

„Ekelhaft!", stieß sie aus und schüttelte sich. „Der ganze Karton ist voll damit."

Fuß grinste. Es passte in sein Bild von Braun, solche Dinge hier zu finden. Damit hatte er fest gerechnet. „Legen Sie die Hefte zurück. Braun will sicherlich nicht, dass seine Mutter etwas davon erfährt."

Mit deutlichem Widerwillen legte die Kriminalhauptmeisterin die Zeitschriften in den Karton zurück und schob ihn auf dem Schrank wieder nach hinten auf seinen alten Platz, sodass man ihn von unten nicht mehr sehen konnte.

Fuß wandte sich wieder der Kommode und der vierten Schublade zu. Hierin befanden sich eine Geldkassette, ein Schnellhefter mit Kontoauszügen und ein aktueller Buchkalender. Der Hauptkommissar griff sofort nach dem Kalender und begann ihn durchzublättern. Er entpuppte sich als eine Art Tagebuch in Stichworten. Denn Braun hatte darin exakt verzeichnet, wann und wo sein Einsatz als Monteur gewesen war, sowie wann und wo er bestimmte Dinge erledigt hatte. So hatte er notiert, an welchem Tag er seinen Wagen zur Reparatur gebracht, den Rasen gemäht, für seine Mutter eine Behörde besucht oder sie zum Arzt begleitet hatte. Als Fuß auch bei einem Datum das Wort *getankt* entdeckte, blätterte er sofort die aktuelle Woche auf. Tatsächlich befand sich dieser Eintrag auch einen Tag vor dem Brandanschlag. Gleichzeitig bemerkte er eine Spalte weiter den Dienstag und hinter dessen Datum einen roten Kreis, der mit einem Filzstift gemalt war. Es war der letzte Eintrag dieser Art. Er blätterte vierzehn Tage zurück, auch hier tauchte dieser Kreis auf. Also war dies die verdeckte Eintragung des Besuchs bei Olga im Wohnmobil. Vielleicht war es auch kein Kreis, sondern ein O. Ein schnelles Zurückblättern bestätigte diese Vermutung. Der rote Kreis oder das O tauchte regelmäßig alle zwei Wochen dienstags auf.

Als Fuß begann den Kalender weiter durchzublättern, entdeckte er nur noch Eintragungen von Geburtstagen, sowie einen offensichtlich geplanten Urlaub über eine ganze Woche im November. Bevor er den Kalender auf den kleinen Couchtisch legte, blätterte er noch kurz die Kontoauszüge durch, die aber nur wenige Bewegungen aufwiesen. Außer dem regelmäßigen Eingang seines Gehalts und ebensolchen

Barabhebungen wurden von dem Konto nur verschiedene Versicherungen und das Abonnement einer Fachzeitschrift abgebucht.

„Und ...", fragte Fuß, „... noch etwas Interessantes gefunden?"

Liane Esser hatte sich inzwischen mit einem kleinen Bücherregal beschäftigt. Der überwiegende Teil waren auch hier Liebesromane ihr unbekannter Autoren, meist mit unheimlich kitschigen Coverbildern, sowie einigen Krimis und Science-Fiction-Romanen. Letztere stammten wahrscheinlich aus früheren Zeiten als Braun noch Schüler oder Lehrling war.

„Soll ich die Bücher alle durchsehen?"

Fuß trat neben Liane und überflog die Titel auf den Buchrücken. „Das wird nicht viel bringen. Sie können ja einfach ein paar Stichproben machen, ob sich was findet", meinte er und erinnerte sich an das Gebetbuch. Vielleicht steckten auch hier Notizen oder Bilder drin.

Doch Liane blieb erfolglos. Lediglich in einem Buch war ein Lesezeichen. Liane überflog die Seite. Beschrieben wurde hierin eine heiße Bettszene. Da das Papier auffallend abgegriffen war, lag die Vermutung nahe, dass Braun diese Passage des Öfteren gelesen hatte.

„Nichts", stöhnte sie enttäuscht. „Allerdings ist mir bei seiner Wäsche und den Kleidern aufgefallen, dass er erstaunlich elegante Anzüge besitzt und auch sämtliche Wäsche Markenware ist. Wenn man ihn so in seinem Overall sieht, traut man ihm solche Dinge gar nicht zu."

Fuß nahm den Buchkalender und blickte sich noch einmal im Zimmer um. „Ich glaube, das war's", meinte er. „Jetzt sollten wir noch schnell einen Blick in den Schuppen werfen."

In der Diele stießen sie auf Frau Braun, die in ihrer Küche gesessen hatte und sofort herauskam, als sie die beiden hörte.

„Na, haben Sie etwas gefunden?", fragte sie spitz.

„Ich würde gern noch einen Blick in den Garten und den Schuppen werfen."

„Ich werde Sie wohl nicht daran hindern können."

Der Hauptkommissar antwortete nicht, denn er wusste, dass sich der Durchsuchungsbeschluss nur auf das Zimmer des Sohnes bezog. Er und seine Kollegin verließen die Wohnung und betraten über eine schmale Tür im Hausflur den kleinen Garten, in dem sich neben einem säuberlich angelegten Blumenbeet ein Fliederbaum befand. Der von Braun erwähnte Schuppen war ein kleines, blechernes, grünes Gerätehaus aus irgendeinem Baumarkt. Die Tür ließ sich nur schwer öffnen. Darin befanden sich verschiedene Gartengeräte und ein Regal mit einer Grundausstattung an Werkzeug. Er interessierte sich nur für den Rasenmäher und den Plastikkanister, den er sofort in einer Ecke entdeckte. Fuß hob ihn hoch, er war leer. Danach nahm er aus dem Regal einen Schraubenzieher, öffnete beim Rasenmäher den Tankverschluss und tauchte den Schraubenzieher hinein. Der Tank des Rasenmähers war ebenfalls fast leer.

„Jetzt bekommt Braun aber ein Problem!" Er verschloss den Tank wieder und legte den Schraubenzieher an seinen angestammten Platz zurück.

Auf der Rückfahrt nach Koblenz rief er Hauptkommissar Schäfer an und erfuhr, dass man inzwischen begonnen hatte, den Wagen von Braun eingehend zu untersuchen. Fuß erzählte ihm von seiner Entdeckung in dem Gerätehaus.

„Da kann ich dir eine ergänzende Information für den Staatsanwalt und den Haftrichter geben. Braun muss gestern Abend oder heute Morgen getankt haben, denn der große Kanister im Auto war randvoll, ebenso der Wagentank."

„Das erhöht unsere Chancen beim Haftrichter", freute sich Fuß. „Wir kommen gerade von seiner Mutter, bei der er wohnt. Den zweiten Kanister, vermutlich den aus seinem Kofferraum, haben wir leer vorgefunden. Er hat uns also belogen."

„Dann kannst du ja den Fall bald als abgeschlossen betrachten", freute sich Schäfer mit seinem Kollegen.

Fuß schwieg. Irgendwie hatte er plötzlich ein merkwürdiges Gefühl im Magen.

Liane Esser sah dem Gesicht ihres Chefs an, dass nicht alles zu seiner Zufriedenheit gelaufen war, als er am nächsten Tag das Büro betrat.

„Was sagt der Haftrichter?", wollte sie deshalb sofort wissen.

„Braun bleibt in Haft und ist bereits auf dem Weg in die JVA. Aber der Haftrichter hat den Staatsanwalt und mich anschließend beiseite geholt. Er meint, wenn sich Braun jetzt einen Anwalt holt und es zum Haftprüfungstermin kommt, kippt die Sache, wenn wir nicht schnellstens weitere Beweise finden. Und das wird schwierig sein, befürchte ich. Wir brauchen dringend weitere Zeugen und Informationen über Olga und Charly."

„Vielleicht finden ja Schäfer und Erasmus noch etwas."

„Rufen Sie bitte morgen einmal die Rechtsmedizin in Mainz an und fragen Sie Doktor Wehlen, wann wir mit einem ersten Obduktionsergebnis rechnen können."

„Ist das nicht der ...", begann Liane.

„Eben! Deshalb sollen ja auch Sie anrufen."

Das Ergebnis dieses Telefonats am nächsten Morgen stand für Fuß eigentlich schon fest. Dr. Wehlen ließ ihm ausrichten, man müsse sich noch gedulden, immerhin habe man es mit einem weitgehend verbrannten Opfer zu tun.

Fuß' Laune wurde nicht gerade besser, als er einen Blick in die Rhein-Zeitung warf. ***Die Kriminalpolizei tappt im Fall der Prostituierten aus dem verbrannten Wohnmobil an der B 327 immer noch völlig im Dunkeln,*** stand da zu lesen.

Er griff zum Telefon und rief Ralf Schomisch von der Pressestelle des Präsidiums an. Am anderen Ende meldete sich jedoch Helmut Zirfas, Schomischs Kollege.

„Gebt doch mal eine Pressemeldung raus, dass wir Detlev B. als Tatverdächtigen verhaftet haben, und formuliert zum Schluss nochmals einen Aufruf, wer uns etwas über die Prostituierten sagen kann, die als Olga und Charly entlang der Hunsrückhöhenstraße in einem Wohnmobil ihrem Gewerbe nachgingen. Vielleicht bringt es etwas."

Zirfas versprach, noch am Vormittag die Meldung zu verfassen und an die Medien weiterzugeben.

„Gebt die Meldung aber bitte auch an den Trierischen Volksfreund und die Mainzer Allgemeine, denn zumindest Charly scheint bis hinter Morbach in deren Verbreitungsgebiet gearbeitet zu haben."

Zirfas versprach den großen, teilweise überregionalen Verteiler zu verwenden.

Fuß legte zufrieden auf. Mehr würde man im Moment nicht tun können.

Tatsächlich veröffentlichte die Rhein-Zeitung am Donnerstag einen ausführlichen Bericht über den aktuellen Stand der Ermittlungen. Den Aufruf hatte man sogar in einen separaten Kasten gesetzt.

Liane Esser kam freudestrahlend ins Büro. Sie hatte im Autoradio ebenfalls einen Bericht über den Fall gehört und auch der SWR hatte die Hörer zur Mithilfe bei der Aufklärung aufgerufen.

So konnte Liane im Laufe des Vormittags drei weitere Anrufe entgegennehmen. Einer davon hatte allerdings wenig mit dem Fall zu tun. Eine Frau beschwerte sich, dass die Polizei nicht mehr gegen diese Bumsmobile unternehmen würde, die für Männer verlockend an allen Ecken ständen. Als Liane kess fragte, ob ihr Mann auch zu diesen Männern gehöre, wurde mit einem deutlichen Wutausbruch und Fluchen aufgelegt. Fuß, der das Telefonat mitgehört hatte, war über Lianes forsches Auftreten überrascht.

„An so etwas müssen Sie sich gewöhnen", lachte er.

„Mal im Ernst: Sind diese mobilen … Puffs eigentlich legal?", wollte die junge Polizeibeamtin wissen.

„Grauzone!", meinte Fuß. „Solange sich niemand aufregt, sie sich von Gemeinden fern halten, nicht gegen öffentliche Interessen verstoßen und den Straßenverkehr nicht gefährden, werden sie geduldet." Er zwinkerte Liane zu. „Immerhin müssen die Damen ja auch an den Staat Steuern zahlen. Da drückt man schon mal ein Auge zu. Aber möglicherweise wird sich in Kürze da etwas ändern. Die Aufsichts- und Dienstleistungsdirektion in Trier, die auch für die Hunsrückhöhenstraße zuständig ist, will durchsetzen, dass entlang dieser und ähnlich stark frequentierter Straßen diese Bumsmobile verboten werden", grinste Fuß und überflog die Notizen zu den beiden anderen Anrufen. Es hatten sich zwei weitere Männer gemeldet, die zugaben, ab und zu Prostituierte in Wohnmobilen aufzusuchen. Einer von ihnen kannte angeblich Charly von einem Parkplatz her, in der Nähe von Kappel im Hunsrück. Der andere schien verschiedene Besuche entlang der Hunsrückhöhenstraße bei Prostituierten gemacht zu haben und nannte gleich mehrere Namen. Allerdings konnte er sich weder an eine Olga noch an eine Charly erinnern. Er hatte eine Handy-Nummer hinterlegt, die Fuß sofort anwählte.

Theo Bender war gerade mit dem Auto unterwegs und wollte erst einmal eine Parkbucht aufsuchen, da er über keine Freisprecheinrichtung verfügte. Fuß wartete geduldig bis Bender endlich diese Parkmöglichkeit gefunden hatte.

Fuß hatte das Foto aus seiner Akte herausgenommen und versuchte so gut es ging Carola Baumgartner zu beschreiben. Als Antwort erhielt er zunächst nur ein herzhaftes Lachen. „Was meinen Sie … so sehen doch viele aus. Vor allem, wenn sie ständig die Kleidung und ihre Frisur und Haarfarbe wechseln. Außerdem haben viele Perücken. Steht einer auf Blondinen wird die blonde aufgesetzt, mag einer Schwarzhaarige … Sie verstehen, was ich meine."

„Wo sind Sie zurzeit unterwegs?"

„Sie haben Glück, ich bin auf dem Weg nach Lahnstein. Auf dem Rückweg könnte ich zu Ihnen ins Präsidium kommen, so etwa in zwei Stunden."

Fuß bedankte sich und versprach, auf ihn zu warten.

Der zweite Anrufer hatte seine Telefonnummer nicht nennen wollen, aber sie war, was er offenbar nicht ahnte, auf dem Display von Liane Esser erschienen, und diese hatte sie sofort notiert.

„Der wird sich wundern", freute sich Fuß und wählte.

„Felber", meldete sich eine leise Frauenstimme.

„Kann ich bitte Ihren Mann sprechen?"

„Moment."

Fuß hörte wie der Hörer niedergelegt wurde und die Frau nach einem „Karl-Heinz" rief. Schritte, dann übernahm eine kräftige Männerstimme den Anruf.

Nachdem Fuß sich meldete und den Grund seines Anrufs nannte, war ein deutliches Schnauben und ein verhaltenes „Muss das jetzt sein?" zu hören.

„Stör ich im Moment? Sie sind wohl nicht allein?", war Fuß' Gegenfrage, während er Liane zuzwinkerte.

Er hörte, wie eine Tür laut zugeschlagen wurde, dann sprach Felber wieder. „Wie sind Sie auf mich gekommen", kam es jetzt wesentlich lauter aus dem Hörer.

Fuß wollte das Geheimnis nicht lüften und meinte nur: „Ermitteln gehört zu unserer leichtesten Übung. Kommen wir zum Thema. Sie kennen Charly? Können Sie sie mir beschreiben?"

Die Beschreibung passte haargenau auf die Frau auf dem Foto vor ihm auf dem Schreibtisch. Sie sprachen also von der gleichen Person.

„Wann und wo haben Sie sie das letzte Mal besucht?"

„Das habe ich doch schon der Kommissarin gesagt. Das Wohnmobil steht ab und zu knapp zwei Kilometer von hier entfernt Richtung Flughafen Hahn auf einem Parkplatz direkt am Wald. Ich war das letzte Mal vor etwa drei Wochen dort. Noch was?"

„Hat sie Ihnen etwas von einem Urlaub oder längerer Abwesenheit erzählt?"

Der Mann am anderen Ende schien sich zu amüsieren. „Nee, wirklich nicht, wir hatten besseres zu tun."

„Verstehe!", bestätigte Fuß. „Sind schon mal andere Frauen in diesem Wohnwagen an derselben Stelle aufgetaucht?"

„Ja, aber ich treffe mich nur mit Charly."
„Und woher wissen Sie, wann Charly dort ist?"
„Ganz einfach, Charly hat immer eine kleine Chaplin-Figur im Fenster stehen. Wahrscheinlich nennt sie sich deshalb auch Charly."
„Und von den anderen Frauen kennen Sie keine?"
„Nein, aber ich danke Ihnen trotzdem für Ihren Anruf." Dann wurde rasch eingehängt. Offensichtlich war in diesem Moment jemand ins Zimmer gekommen.

Eine gute Stunde später klopfte ein junger Polizeibeamter in Uniform an die Tür von Fuß' Büro und brachte Theo Bender. Der Mann war mittelgroß, stämmig und schob einen ansehnlichen Bauch vor sich her. Unwillkürlich stellte sich Fuß den Mann bei einer Prostituierten vor und kam nur mühsam wieder von dieser Vorstellung weg.
„Nehmen Sie bitte Platz", forderte Fuß Bender auf, was den Vorteil hatte, dass dessen Bauch im Sitzen aus dem Blickfeld des Hauptkommissars verschwand. Ohne Umschweife kam Bender sofort auf das Thema zu sprechen.
„Tja, ich muss zugeben, ich leiste mir den Besuch bei den Damen des horizontalen Gewerbes recht häufig. Ich bin Handelsvertreter und in meinem Verkaufsgebiet befinden sich einige dieser mobilen Etablissements", zwinkerte er mit den Augen und lachte herzhaft. „Zum Glück!", fügte er hinzu.
„Wie groß ist denn Ihr Verkaufsgebiet?" Fuß nahm rasch ein Blatt Papier und einen Kugelschreiber zur Hand.
„Grob gesprochen zwischen Rhein, Mosel und Nahe. Aber ab und zu auch rüber in den Taunus. Ich besuche Metzgereien und verkaufe alles, was man zur Herstellung von Wurstwaren benötigt, anfangen von Maschinen, Gewürzen bis hin zu Därmen."
Genau so siehst du auch aus!, dachte Fuß und bemühte sich, ernst zu bleiben. Er zog das Bild von Carola Baumgartner aus seinen Unterlagen und schob es vor Bender auf den Schreibtisch. „Kennen Sie diese Dame?"
Bender betrachtete das Bild genau, doch dann schüttelte er den Kopf. „Gewiss nicht, es sei denn, sie hätte ein anderes Make-up und eine Perücke getragen. Wie sagten Sie, nennt sie sich?"
„Charly!"
Wieder schüttelte Bender den Kopf. „Ich kenne eine Ramona, die steht in der Nähe von Idar-Oberstein, Carmen ... da gibt es gleich zwei

… eine unten im Moseltal bei Schweich und eine in der Nähe von Hermeskeil. Früher gab es noch eine Susanna, die hatte ihren Arbeitsplatz mal bei Kappel, mal dort, wo jetzt dieser Brand war …"

„Zuzanna Czypionka!", unterbrach ihn Liane sofort.

Bender drehte sich überrascht zu Frau Esser hin. Er hatte sie bisher offenbar nicht wahrgenommen. „Mag sein, dass sie so ausgesprochen wurde. Aber sie ist seit einiger Zeit … verschwunden."

„Sie kennen also das Mobil, in dem Zuzanna ihre Dienste angeboten hat?"

Bender drehte sich wieder zu Fuß hin, der die Frage gestellt hatte.

„Natürlich, jetzt sagen Sie bloß nicht, das war das Wohnmobil, das jetzt gebrannt hat?"

„Wahrscheinlich ist es genau so. Und darin soll nach unserem bisherigen Ermittlungsstand auch Charly tätig gewesen sein", erklärte Fuß. „Ich muss deshalb davon ausgehen, dass Ihnen Charly also doch schon mal begegnet ist, vielleicht tatsächlich mit unterschiedlichen Perücken und auch entsprechend verändertem Make-up …"

Bender widersprach sofort. „Nein, die Nachfolgerin von Susanna oder Zuzanna, wie Sie sagen, war Tina, ein ganz geiles Weib." Er warf einen kurzen Blick zu Liane und zuckte etwas verlegen mit den Schultern.

„Können Sie uns diese Tina beschreiben?"

„Sie ist schmal und gut einen Kopf größer als ich, hat blonde kurze Haare … sagt man heute noch Pagenfrisur? Tinas Brüste sind zwar recht zierlich, nicht so üppig, wie die von Susanne waren, aber sie hat flotte Finger …"

„Das reicht!", unterbrach ihn Fuß mit einem Blick zu Liane, die offenbar krampfhaft versuchte, sich mit etwas anderem zu beschäftigen, um dem Gespräch nicht zu intensiv folgen zu müssen, was ihr aber nicht gelang.

„Wann haben Sie das letzte Mal Tina besucht?"

Bender schob den Kopf vor und spitzte beim Nachdenken die Lippen, wodurch sein Gesicht einem Fisch ähnlich sah.

„Das ist vielleicht zwei oder drei Monate her. Aber sie hat noch eine Kollegin, die ab und zu das Wohnmobil benutzt, eine Rosi. Die hat auch blondes Haar", er deutete nach unten, „ich meine, echtes blondes Haar, und oben Locken und einen strammen Busen." Fuß vermutete, dass dem Mann allein bei der Beschreibung das Wasser im Mund zusammenlief, denn er schluckte anschließend kräftig.

„Sie sind viel herumgekommen und scheinen sich gut auszukennen." Fuß warf einen Blick über seine Notizen. „Und mit einer Olga hatten Sie noch keine Erfahrungen? Sie soll auch in diesem Wohnwagen gearbeitet haben."

Wieder lachte Bender herzhaft. „Ach, wissen Sie, die Mädchen arbeiten oft zu zweit oder sogar zu dritt auf diesen Wagen. Wer lässt sich schon gern vierundzwanzig Stunden fi..." Er brach ab und warf erneut einen flüchtigen Blick zu Liane hinüber. „Da arbeitet man schon mal schichtweise oder nur an bestimmten Tagen. Die meisten Damen haben doch weitgehend einen festen Kundenstamm."

„Da Sie sich in der Hunsrücker Szene offenbar gut auskennen ...", begann Fuß und versuchte eine Formulierung zu finden, die der Sache gerecht wurde, ohne das sexuelle Bedürfnis seines Gegenübers zu bewerten, „... haben Sie sicherlich auch einen gewissen Einblick in den Kundenkreis der Damen. Ich gehe davon aus, man begegnet sich schon mal ..."

„Den einen oder anderen kennt man schon", bestätigte Bender frei heraus. „Obwohl ja alles sehr diskret abläuft, zumindest bei den Verheirateten." Wieder lachte er laut, wobei sein Bauch leicht über die Schreibtischkante hüpfte, wie Fuß sehen konnte. „Das geht durch alle Alters- und Sozialschichten, wenn Ihre Frage dahin zielt."

„Genau das habe ich gemeint. Kennen Sie einen Mann, so um die dreißig Jahre, aus Kastellaun, der sich in diesen Kreisen bewegt?"

„So einen Schnieker, etwas Schüchternen?"

Liane schaute auf und blickte Fuß an. Der antwortete nur mit: „Vielleicht?!"

„Also, gesehen habe ich den noch nie, aber ich glaube Rosi hat mir mal von so einem Typen erzählt, einem Beamten wahrscheinlich. Wir haben herzhaft darüber gelacht."

„Könnte das nicht doch eine Olga gewesen sein?", versuchte Fuß noch einmal das Wirrwarr der Namen zu durchleuchten.

„Nee, nee, ich sagte Ihnen doch schon, eine Olga kenne ich nicht."

Fuß legte den Kugelschreiber beiseite. „Gut, wir haben ja Ihre Handynummer. Meine Kollegin schreibt noch Ihre Adresse auf und wenn wir weitere Fragen haben, kommen wir auf Sie zu."

Fuß stand auf und reichte Bender zum Abschied die Hand. Der legte im Vorbeigehen Liane seine Visitenkarte auf den Schreibtisch. „So ist es doch einfacher", sagte er, machte eine kleine Verbeugung und verließ das Büro.

„Kann es nicht sein, dass Rosi und Olga ein und dieselbe Person ist?", fragte Liane aufgeregt.

Fuß begann sein Gesicht zu kneten. „Möglich ist alles ..."

Die Hiobsbotschaft erreichte die beiden Kripobeamten kurz vor Feierabend aus der JVA auf der Karthause. Braun hatte einem Mithäftling einen Brief zugesteckt, der diesen aber sofort an einen Justizvollzugsbeamten weitergab. Darin beschwor er, nicht der Täter zu sein, aber mit diesem Makel nicht mehr leben zu können. Daraufhin hatte man sofort Detlev Braun und seine Zelle untersucht und ihm alles abgenommen, was irgendwie für einen Suizid, gleich welcher Art, Verwendung finden könnte.

„Ist das jetzt ein letzter Versuch, ein Eingeständnis zu umgehen, oder weil er tatsächlich unschuldig ist?", fragte Liane, die den Anruf entgegengenommen hatte, leicht zitternd.

„Lassen Sie den Brief sofort rüberfaxen", ordnete Fuß an. „Vielleicht lassen sich daraus irgendwelche Rückschlüsse ziehen." Er blickte auf die Uhr. Warum geschahen solche Dinge immer kurz vor Feierabend. Eigentlich hatte er seiner Frau versprochen, nach Dienstschluss noch schnell ein paar Dinge, die in der Küche der Straußwirtschaft aufgebraucht waren, einzukaufen.

Zum Glück dauerte es keine fünf Minuten bis er das Fax in den Händen hielt.

Liebe Mutti!
Ich hoffe, Dich erreicht dieser Brief. Du weißt, dass ich das, was man mir jetzt vorwirft, niemals getan habe. Du darfst denen nicht glauben. Aber ich kann mit dem Gedanken nicht leben, dass alle an mir zweifeln. Tu Du es bitte nicht. Ich habe ein reines Gewissen. Verzeih mir, wenn ich Dich jetzt alleine zurücklasse. Tante Anne wird sicherlich für Dich sorgen. Verzeih mir!
Detlev

Liane Esser hatte den Brief mitgelesen. „Und?"

„Den kann man so oder so interpretieren", brummte Fuß. Er hatte sich von dem Brief mehr versprochen. Aber grundsätzlich passte der Inhalt und Stil zu dem Bild, das er sich von Braun machte. Er griff zum Telefon und rief Jana Dufkova an, die Polizeipsychologin beim LKA in Mainz, erklärte ihr kurz den aktuellen Fall und las ihr den Brief vor. „Was hältst du davon?"

„Spontan würde ich sagen, der bringt niemanden um, dafür ist er zu weich und feige. Aber es gibt auch solche Menschen, die, wenn sie zutiefst verletzt werden, plötzlich ganz anders reagieren und dann sicherlich auch töten können. Ich müsste den Mann einmal persönlich sehen und mit ihm sprechen. Vielleicht könnte ich dann mehr sagen. Aber, was ihn selbst betrifft ... wer vor seinem Suizid bereits seinen Abschiedsbrief so offensichtlich zum Lesen preisgibt, der will doch nur, dass man ihn davon abhält oder rechtzeitig findet. Also, macht euch mal keinen Kopf, der Mann bringt sich nicht um."

Fuß atmete erleichtert auf, was den Suizid betraf. Allerdings blieb die Frage nach der möglichen Täterschaft für ihn weiterhin im Nebel.

„Wenn ich einen offiziellen Antrag stelle ...", begann er.

„... dann werde ich nicht kommen können", lachte Jana. „Ich fahre nämlich morgen mit meinen beiden Kindern in Urlaub. Und es ist der erste Urlaub seit dem Tod von Walter."

Es entstand eine kurze Pause. Walter Wagner, der junge Kollege von Fuß, der mehrere Jahre eng mit ihm zusammengearbeitet hatte, war bei Ermittlungen getötet worden. Durch den Hauptkommissar hatten sich Jana und Walter kennengelernt und waren sehr schnell ein Paar geworden. Erst nach seinem Tod brachte Jana den gemeinsamen Sohn Maximilian zur Welt.

„Wie geht es den Kindern?"

„Sabrina trauert immer noch. Ihr fehlt der Mann in der Familie. Walter hätte einen guten Vater abgegeben ... Max ist noch zu jung. Er läuft jetzt wie verrückt und plappert alles Mögliche vor sich hin."

„Wo geht es denn hin?"

„In einen kleinen Ort in Niederbayern, Büchlberg, in der Nähe von Passau. Wir brauchen viel Ruhe und Auslauf. Das Hotel hat ein Schwimmbad, Sauna, Solarium ... alles, was mir im Moment sicherlich gut tun wird. Ich gebe dir mal die Adresse, wenn du mich unbedingt erreichen willst. Ansonsten kannst du ja auch jederzeit Professor Egg bei der Kriminologischen Zentralstelle in Wiesbaden anrufen. Er ist sehr nett und hilfsbereit."

Jana gab Fuß die Telefonnummer und Anschrift des Hotels Binder, in dem sie für zwei Wochen gebucht hatte. Dann verabschiedete sie sich schnell, da ein Kollege ihr Büro betreten hatte, um mit ihr vor ihrem Urlaub noch einen aktuellen Fall zu besprechen.

Fuß legte auf. Insgeheim hatte er gehofft, Jana würde wieder einmal vorbeikommen. Aber ihren Urlaub zu verschieben, wäre zu viel verlangt gewesen, zumal sie sich auch nach den Schulferien von Sabrina richten musste. Mit einem Blick auf die Uhr berichtete er Liane kurz, was Jana ihm gesagt hatte. Dann packte er seine Tasche und machte sich auf den Weg zum Einkaufen.

8.

Wie zu erwarten fand Fuß am nächsten Morgen eine Telefonnotiz auf seinem Schreibtisch vor, aus der hervorging, dass sich Detlev Braun nun doch einen Anwalt nehmen würde, einen Dr. Eberhardt Bartholdy.

„Dann wird er schnell wieder draußen sein", kommentierte Fuß die Nachricht leicht gereizt.

„Glauben Sie nicht, dass die Beweise ausreichen?"

„Indizien, Frau Esser, Indizien", korrigierte Fuß sie schroff. „Beweise haben wir noch keine."

Liane Esser wäre wieder am liebsten im Boden versunken. Dabei hatte sie sich so sehr vorgenommen, sich präziser auszudrücken und nicht einfach drauflos zu plaudern.

Fuß griff zum Telefonhörer, wählte Hauptkommissar Schäfer an und teilte ihm die Neuigkeit mit. „Wie schnell kriegen wir noch etwas Handfesteres?"

„Von uns wohl nicht", gestand Schäfer. „Du kannst nur hoffen, dass die Gerichtsmedizin noch etwas findet."

Fuß stieß einen leisen Fluch aus. Es blieb ihm wohl nichts anderes übrig, als seinen Lieblingsfeind, Dr. Wehlen, in der Rechtsmedizin anzurufen. Er legte auf und wählte sofort die Mainzer Nummer.

Kaum hatte sich der Hauptkommissar gemeldet, begann Dr. Wehlen wie üblich ihn darauf hinzuweisen, dass die Arbeit eines Rechtsmediziners Zeit brauche, um ein wasserfestes Ergebnis zu erlangen. Schließlich ließ er sich dann doch noch zu einer ersten Beurteilung herab.

„Die Leiche trug eindeutig eine Kunsthaarperücke und die Frau ist mit hoher Wahrscheinlichkeit bereits erstickt gewesen, als die Flammen ihren Körper erfassten. Sie hatte einen abgeheilten Armbruch und an der LWS eine starke Wirbelverschiebung, die möglicherweise von einem Sturz herrührte. Dieser könnte kurz vor ihrem Tod erfolgt sein. Die DNA hat zur Identifizierung nichts beitragen können, aber die ersten toxischen Untersuchungen haben ergeben, dass sich im Körper der Frau eine Substanz befand, die Rückschlüsse auf ein Betäubungs- oder

Schlafmittel zulassen. Aber dazu kann ich noch nichts Genaueres sagen, da müssen Sie noch warten. Wie gesagt ...”

„Blablabla!” Fuß hatte rasch den Hörer aufgelegt, um nicht wieder die üblichen Phrasen anhören zu müssen.

Der Hinweis auf das Betäubungsmittel und den Wirbelschaden schienen ihm allerdings wichtig zu sein. Er versuchte diese zwei Fakten in seine Vorstellungen des Tathergangs zu integrieren. Zwar hatten sie bei Braun kein Schlafmittel gefunden, aber möglicherweise benutzte seine Mutter, die nach seinen Angaben ständig kränkelte, solche Pharmaka. Schäfer hatte von Getränken gesprochen, die im Wohnmobil gewesen waren. Also konnte Braun durchaus Schlafmittel in einem Getränk aufgelöst haben. Dadurch benommen war die Frau gestürzt oder Braun hatte sie zu Fall gebracht und er konnte dann in aller Ruhe das Benzin über die Leiche und das Wohnmobil gießen.

Nachdem er Liane von seinen Überlegungen berichtet hatte, stellte die junge Kriminalhauptmeisterin eigene Überlegungen an.

„Das würde aber bedeuten, dass Braun bereits mit dem Vorsatz zu der Prostituierten gefahren ist, sie umzubringen, sonst hätte er das Schlafmittel nicht dabei gehabt. Vielleicht war es auch kein Schlafmittel, sondern ein Schmerzmittel. Das könnte die Frau aus einem ganz anderen Grund genommen haben und es könnte dann auch so gewesen sein, dass er in seiner Wut der Frau einen Schubs gegeben hat, die dann zu Boden ging und sich dabei das Rückgrat verletzte. Um einer Bestrafung zu entgehen, hat er dann das Feuer gelegt.”

Fuß hatte wieder angefangen sein Gesicht zu kneten. Es gab viele Vermutungen, aber keine Beweise.

„Warum sprechen wir eigentlich immer bei allen Prostituierten von Perücken?”, fragte Liane plötzlich in seine Überlegungen hinein.

„Ganz einfach. Der eine Freier steht auf Rothaarige, der andere auf lange schwarze und ein Dritter auf kurze blonde Haare. Und die Damen wollen jedem gerecht werden. Das fordert und fördert das Geschäft.”

Das sah Liane ein. „Dann könnte aber auch Rosi sich in eine Olga verwandelt haben, oder?”

Fuß schnaubte hörbar durch die Nase. „Alles ist möglich”, brummte er. „Wir sollten nochmals nach Burgen fahren und mehr Informationen über diese Carola oder Charly, wie sie sich nannte, einholen. Da war doch auch von einer zweiten Frau die Rede, die mal bei Frau Baumgartner zu Besuch war und so gut gerochen hat. Sicherlich auch eine vom horizontalen Gewerbe. Und außerdem hat uns noch keiner erzählen können, wo das Wohnmobil abseits von Waldflächen und Parkplätzen entlang der Bundesstraße aufgetaucht ist."

„Falsch!", widersprach ihm Liane sofort und strahlte, sich daran erinnern zu können, dass die ältere Frau in Mastershausen davon gesprochen hatte, dass das Wohnmobil schon mal auf der Straße dort gestanden habe.

„Wo Sie recht haben, haben Sie recht!", schmunzelte Fuß und erinnerte sich an die alte Frau in ihrem Schürzenkleid und mit dem Raucherhusten. „Das Wohnmobil war auch immer noch auf diese Czypionka angemeldet und die wohnte in Mastershausen ..."

„Soll ich mal nach Burgen fahren und mich umhören?", erkundigte sich die Kriminalhauptmeisterin, die nach ihrem kleinen Hinweis und der positiven Stimmung bei Fuß die Chance sah, auf Zustimmung zu stoßen.

Der Hauptkommissar trat ans Fenster und betrachtete die Fahrzeugschlange, die sich mal wieder vor dem Polizeipräsidium staute und überlegte eine Weile. Dann drehte er sich um, nahm das Foto von Carola Baumgartner und reichte es seiner Kollegin. „Aber kommen Sie mir nicht ohne ein griffiges Ergebnis zurück!"

Kurz vor Burgen hatte es angefangen zu regnen. Liane Esser suchte sich an der parallel zur Uferstraße verlaufenden schmalen Straße einen Parkplatz und überlegte, ob sie aussteigen oder den Regen abwarten sollte. Da es aber auch nach einigen Minuten immer noch regnete, stieg sie schließlich aus und eilte über die schmale Straße in die kleine Filiale der Sparkasse, um sich dort unter Vorzeigen des Fotos nach Carola Baumgartner zu erkundigen. Leider ohne Erfolg.

Sie verließ enttäuscht den Sparkassenraum wieder. Da weit und breit niemand zu sehen war, lief sie die Straße entlang und schaute an der nächsten Kreuzung um die Ecke. Dabei entdeckte sie auf der rechten Seite kaum dreißig Meter entfernt, die Werbung einer Weinstube. Sie eilte die leicht ansteigende Straße hinauf und bog erneut um die Ecke. Zu ihrer Enttäuschung war die Tür verschlossen. Weil sich über der Terrasse vor der Weinstube Reben rankten, war sie hier aber etwas vor dem Regen geschützt. Sie fing an zu frösteln, trotzdem beschloss sie, hier zu verweilen, zumal sie auch vor dem aufkommenden leichten Wind besser geschützt war.

Während sie überlegte, ob sie jetzt von Haus zu Haus gehen sollte, um Informationen über Carola Baumgartner einzuholen, hörte sie plötzlich hinter sich ein leises Geräusch. Die Tür hatte sich geöffnet und eine Frau streckte den Kopf heraus.

„Wir haben erst ab siebzehn Uhr geöffnet." Als sie die bereits reichlich nasse Kleidung von Liane und ihr leichtes Zittern sah, meinte sie freundlich: „Aber Sie können, wenn Sie wollen, kurz hereinkommen, sonst erkälten Sie sich noch. Ich kann Ihnen einen heißen Tee oder einen Kaffee anbieten."

Liane nahm die Einladung gern an und betrat den Gastraum.

„Nehmen Sie irgendwo Platz, es dauert einen Moment."

Liane setzte sich und zog ihre nasse Jacke aus. Noch hatte die Nässe ihre Bluse nicht erreicht und hier in der Weinstube war es angenehm warm.

Sie beschloss die Zeit zu nutzen und noch einmal ihre Notizen durchzugehen. Sie nahm ihren Block und den Kugelschreiber aus ihrer Umhängetasche und betrachtete nochmals das Foto, das ihr Fuß mitgegeben hatte. Punkt für Punkt ging sie noch einmal die Stichworte durch, die sie sich bei dem Gespräch mit der Vermieterin gemacht hatte. Als sich ihr ein angenehmer Kaffeeduft und leise Schritte näherten, blickte sie auf. Die Frau stellte eine Tasse dampfenden Kaffee vor sie auf den Tisch.

„Milch und Zucker?"

„Nur Milch", bat Liane Esser.

„Ach, haben Sie etwas mit dem August und der Therese zu tun?" Die Frau hatte zufällig einen Blick auf das Foto vor der Polizistin geworfen.

„Weniger, eher mit der jüngeren Frau auf dem Bild. Kennen Sie sie?"

„Aber sicher, das ist doch die Mieterin der beiden. Die ist auch öfter bei uns, allerdings weiß ich nicht, wie sie heißt."

Sofort witterte die junge Polizistin ihre Chance. „Wissen Sie mehr von der Frau, sie heißt übrigens Carola Baumgartner."

„Eigentlich gar nichts. Sie trinkt einen Schoppen und isst auch ab und zu etwas, wenn sie kommt und geht dann auch wieder recht schnell."

„Ist sie auch schon mal mit einem Mann hier gewesen?"

Die Wirtin schaute Liane überrascht an. „Weshalb interessieren Sie sich für die Frau?"

Liane zog ihren Dienstausweis aus der Tasche. „Keine Bange, die Frau hat nichts verbrochen", versicherte sie so glaubwürdig wie es ging.

„Wir müssten nur Näheres von ihr wissen, aber sie ist im Moment angeblich in Urlaub … sagt zumindest die Vermieterin."

„Haben Sie denn schon mit der Therese gesprochen?"

Liane nickte. „Aber die wusste auch nur, dass sie mehrere Male Besuch von einer anderen Frau hatte."

„Stimmt. Es waren schon einige Male Frauen bei ihr, wenn sie kam."

Liane schlug rasch ein neues Blatt in ihrem Notizblock auf. „Was waren das für Frauen?"

Die Wirtin stemmte ihre Arme in die Hüfte und überlegte. „Früher kam sie oft mit einer Ausländerin, die einen recht harten Akzent hatte …"

„Eine Polin!"

„Das kann durchaus sein. Aber in letzter Zeit kam sie immer mit einer anderen Frau …"

„Können Sie mir die Frau beschreiben?"

„Sie hatte blonde Locken und ich meine, sie hätte auch einen Akzent gehabt, aber nicht so stark, wie diese … Polin, sagen Sie?"

„Wann waren die beiden das letzte Mal hier?"

„Das ist noch nicht allzu lange her, kurz nachdem wir die Saison eröffnet haben. Wir machen über Winter immer zu, das muss an einem Wochenende im Mai gewesen sein. Es war eine kleinere, etwas pummelige Frau, zumindest ihre Oberweite war üppig."

„Kam Frau Baumgartner, ich meine die Frau auf dem Foto, nicht auch schon mal mit einem Mann oder immer nur alleine oder mit diesen Frauen hierher?"

„Mit einem Mann? Das wüsste ich jetzt, ehrlich gesagt, nicht. Allein kam sie wohl am häufigsten. Allerdings im letzten Jahr im Sommer erinnere ich mich, da war einmal eine Wandergruppe hier. Zu denen hat sie sich gesetzt. Das hat mich noch gewundert, weil sie sich nie mit ihr fremden Gästen unterhielt. Die aber kannten sich offensichtlich."

„Was war das für eine Wandergruppe?"

Die Wirtin zog die Schultern hoch. „Keine Ahnung. Da müsste ich mal meinen Mann fragen, der hat die Gruppe damals bedient, glaube ich."

Liane war es nicht nur durch den Kaffee warm geworden. Hastig brachte sie die Informationen zu Papier. „Haben Sie zufällig eine Visitenkarte greifbar?"

Die Frau ging an die Theke und kehrte mit einer Visitenkarte zurück. Liane warf einen Blick darauf. „Und Sie sind Ute Günther?"

Die Wirtin nickte.
„Was bin ich Ihnen für den Kaffee schuldig?"
Ute Günther winkte ab. „Ich hoffe nur, Sie haben sich nicht erkältet, es ist schon recht kühl geworden für die Jahreszeit."

Inzwischen hatte es tatsächlich aufgehört zu regnen. Der Himmel war immer noch stark bewölkt und ein leichter Nebelschleier durch den verdampfenden Regen durchzog die engen Gassen von Burgen.
Liane Esser entschied sich ganz spontan noch einmal das Haus aufzusuchen, in dem Carola Baumgartner wohnte. Wieder öffnete ihr, wie bei ihrem ersten Besuch, der korpulente Mann.
„Was wollen Sie den schon wieder?", krächzte er unwillig.
Liane setzte ihr freundlichstes Lächeln auf. „Ich wollte mich nur erkundigen, ob Frau Baumgartner aus dem Urlaub zurück ist."
„Nein!", und mit diesem einen Wort schlug der Mann die Tür wieder zu.
Enttäuscht drehte sich die Kriminalhauptmeisterin um und entdeckte gegenüber eine jüngere Frau, die gerade dabei war, eine Fußmatte an einem Mäuerchen auszuklopfen.
„Ach bitte", trat sie von hinter an die Frau heran, „können Sie mir sagen, ob hier in der Nähe zeitweise ein Wohnmobil abgestellt wird?"
Die Angesprochene lachte laut auf. „Jede Menge! Da müssen Sie zum Campingplatz unten an die Mosel gehen, da stehen so viele wie Sie wollen."
Daran hatte Liane nicht gedacht und die Frage auch eigentlich anders gemeint. Sie entschuldigte sich, wünschte noch einen schönen Tag und machte sich auf den Weg zu ihrem Auto. Vielleicht war es gar keine schlechte Idee mit dem Campingplatz. Sie überquerte die Uferstraße und steuerte auf das breite Holzhaus am Eingang des Campingplatzes zu, in dem sich ein SB-Shop und die Rezeption befanden.
Ein Mann mit Oberlippenbärtchen und einem gelben T-Shirt hieß sie in der Rezeption „Herzlich Willkommen!" und schob ihr sogleich ein Anmeldeformular zu.
Liane legte wortlos ihren Dienstausweis darauf und blickte den braun gebrannten Mann an.
„Polizei?", fragte dieser erstaunt. „Was ist passiert?"
„Keine Bange." Liane steckte ihren Ausweis wieder ein. „Ich habe nur eine Frage."
„Na, dann schießen Sie mal los."

„Ich möchte Ihnen gar nichts unterstellen, aber es geht um die Ermittlung in einem Mordfall. Steht bei Ihnen ab und zu ein Wohnmobil, dem man ansieht oder von dem Sie vielleicht sogar wissen, dass es für das horizontale Gewerbe benutzt wird?"

„So ein Wagen käme mir nie auf den Platz. Das dürfen Sie mir glauben", versicherte der Mann. „Wo kämen wir denn da hin?"

„Wo könnte man denn in Burgen einen solchen Wagen zeitweise abstellen?"

Der Mann zog die Stirn leicht in Falten und kratzte sich dabei am Kinn. „Ich möchte ja nicht ausschließen, dass es irgendwo einen versteckten Winkel oder Hinterhof gibt, wo so etwas möglich ist. Aber so offiziell im öffentlichen Verkehrsraum ... Nein, sicherlich nicht. Und drüben die *Laguna* würde auch kein solches Mobil auf ihren Platz lassen, dazu kenne ich die Brigitte und den Horst zu gut. Das kann sich sowieso kein Campingplatz erlauben."

„Was ist die Laguna?"

„Moselaufwärts am Jachthafen gibt es noch einen weiteren Campingplatz. Aber den Weg dahin können Sie sich sparen. So etwas gibt es hier bei uns allen nicht."

Liane bedankte sich und verließ die Rezeption. Als sie gerade die Stufen vor dem SB-Shop hinunter stieg, rief ihr der Mann hinterher: „Einen Moment, bitte!"

Sie kehrte um, der Mann kam ihr entgegen.

„Mir ist da gerade etwas eingefallen. Vor zwei oder vielleicht auch schon drei Jahren tauchte einmal hier eine Frau auf und wollte einen Platz mieten. Irgendwas störte mich an ihr, es war, wenn ich mich recht erinnere, das etwas aufdringliche Parfüm und ihr Make-up ... kein Campertyp. Als ich dann am Wohnmobil ein Simmerner Kennzeichen sah und auch an der Frontscheibe war noch etwas, was mich störte ... ein Aufkleber ... ein Kettchen ... ich weiß nicht mehr genau was, da habe ich die Vermietung abgelehnt."

Liane zog das Foto von Carola Baumgartner aus ihrer Umhängetasche und hielt es dem Mann vor die Nase. „War es diese Frau?" Sie deutete auf die jüngere Frau auf dem Foto.

Der Mann nahm das Bild selbst in die Hand und betrachtete es lange. „Also, es ist ja schon eine Weile her, aber ... ich würde sagen, sie könnte es gewesen sein. Die beiden anderen Leute auf dem Foto wohnen hier in Burgen in der Römerstraße ..."

„Ich weiß, von der Familie habe ich das Foto bekommen, danke."

Liane drehte sich rasch um und ging damit weiteren Fragen aus dem Weg.

Sichtlich stolz berichtete sie ihrem Chef über ihre Ermittlungen.

„Damit vervollständigt sich etwas unser Bild", bestätigte Fuß. „Die erste Frau, mit der Charly in der Weinstube auftauchte, war ganz offensichtlich Zuzanna Czypionka und in letzter Zeit eben Olga oder Tina oder welchen Namen diese Person sich auch jeweils zulegte. Und das Wohnmobil, das eine Frau auf dem Campingplatz unterstellen wollte, kennen wir auch."

„Alles bringt alles aber keine Beweise für den Tatverdacht gegen Braun", bemerkte Liane Esser.

„Leider!", stöhnte Fuß. „Übrigens sitzt zurzeit Rechtsanwalt Bartholdy mit seinem Mandanten zusammen. Die JVA hat mich vor einer Stunde informiert. Es ist also nur eine Frage von Stunden, wann der Haftprüfungstermin auf uns zukommt."

„Können wir nicht einfach bluffen. Man hat mir erzählt, dass Sie ..."

Fuß blickte Liane drohend an, sodass sie sich nicht traute, den Satz zu Ende zu sprechen. Der Hauptkommissar stand auf und begann, die Arme hinter dem Rücken verschränkt, im Büro auf und ab zu wandern. Liane beobachtete ihn. Vielleicht fiel ihm ja doch noch etwas ein. Aber nach zwei oder drei Minuten setzte er sich wieder an seinen Schreibtisch. „Gehen wir einmal davon aus, was Jana Dufkova gesagt hat: Der Mann ist zu feige und zu weich, um die Tat begangen zu haben. Wie vereinbart sich das mit den leeren Benzinkanistern? In Kastellaun waren sowohl der kleine Kanister als auch der Rasenmäher leer. Ebenso war der große Kanister leer, als Schäfer und ich am Nürburgring waren und den Wagen gefilzt haben. Wo ist das Benzin geblieben, wenn es nicht dazu diente, das Wohnmobil in Flammen aufgehen zu lassen?"

Er begann auf der Schreibtischunterlage eine Zeichnung anzufertigen. Den großen Kanister konnte Braun tatsächlich benutzt haben, um den Tank in seinem Auto nachzufüllen, weil dieser leer und eine Tankstelle weit weg war. Und er konnte Tank und Kanister am Abend oder am nächsten Morgen aufgefüllt haben. Beides hatte er möglicherweise in seinem Kalender noch nicht vermerkt, weil er zwischenzeitlich verhaftet worden war. Blieb allerdings die Frage offen, wieso er seit dem letzten Tanken so viel Benzin verbraucht hatte. Denn laut dem Buchkalender hatte Braun einen Tag vor dem Brandanschlag getankt. Die gleiche Frage musste man sich bezüglich des kleinen

Kanisters stellen. Kein Rasenmäher der Welt verbraucht für den kleinen Garten hinter dem Haus fünf Liter, um einmal zu mähen.

Ratlos warf Fuß seinen Kugelschreiber aus der Hand und lehnte sich zurück. Ob diese Ermittlungen dem Haftrichter für eine Erhärtung des Tatverdachts reichten? Der Hauptkommissar nahm noch einmal die Akte zur Hand und blätterte sie durch. Hatte es Sinn, die Telefonliste der Freier, die er im Taschenkalender in Mastershausen gefunden hatte noch einmal durchzugehen. Erste Anrufe durch Frau Esser hatten nichts Maßgebliches ergeben. Aber sie war noch nicht allzu lang im Kriminaldienst und hatte vielleicht etwas überhört oder Zusammenhänge nicht richtig erkannt.

Eher lustlos begann er die erste Telefonnummer der Liste zu wählen. Seine Lust am Telefonieren wurde nicht gesteigert, nachdem sich der Angerufene nicht meldete. Bei der zweiten Rufnummer meldete sich zwar der Teilnehmer, war aber sehr ungehalten, zum zweiten Mal in dieser Sache belästigt zu werden. Fuß bat um Verständnis, immerhin handele es sich um einen Mordfall. „Ich würde gern eine möglichst genaue Beschreibung der Dame bekommen und wie oft, wo und wann Sie sie zum letzten Mal besucht haben." Recht widerwillig erhielt Fuß die Auskünfte und notierte sie auf einem separaten Blatt. Danach folgte ein dritter und vierter Anruf in ähnlicher Form. Es bestätigte sich, dass das verbrannte Wohnmobil offenbar in einem bestimmten zeitlichen Rhythmus den Standort gewechselt hatte. Ebenso wie die beiden Besitzerinnen ihre Perücken und ihr Make-up. Abgesehen davon, dass die Beschreibung der Personen „schlank", „pummelig", „groß" und „klein" relativ zu betrachten war, was oft auch von der Statur und Auffassung des Freiers abhing, konnte Fuß diese „Charly" und „Tina" zuordnen. Den Namen Olga hatte Tina offenbar nur gegenüber Detlev Braun benutzt, vielleicht hatte er ihr diesen auch wie alles andere vorgeschrieben.

Beim siebten Anruf meldete sich ein Ricky Schmelzer am Handy. Es waren deutlich Fahrgeräusche im Hintergrund zu hören als er sich meldete.

„Ich hab die Tussi in Koblenz in einem Münzmallorca kennengelernt, das ist etwa ein gutes Jahr her. Ich bin Kraftfahrer von Beruf und fahre im Nahverkehr von 'ner Spedition fast täglich die Strecke zwischen Koblenz und Trier. Sie hat mir gesagt, wie ich ihr Bumsmobil erkenne. Seither hab ich ab und zu angehalten und ein Nümmerchen mit ihr abgezogen."

Zunächst ließ sich Fuß den ihm bisher unbekannten Begriff „Münzmallorca" erklären, hinter dem sich schlicht ein Sonnenstudio verbarg. „Und woher wussten Sie, wann und wo das Wohnmobil stand?"

„Das Bumsmobil ist ja leicht zu erkennen und Charly hatte immer ..."

„... eine Chaplin-Figur im Fenster."

„Einmal wurde ich allerdings verarscht", lachte der Mann am anderen Ende der Leitung. „Da stand Chaplin im Fenster und drinnen war 'ne blonde Braut mit Pony. Die hatte vergessen das Püppchen zu entfernen. War trotzdem en toller Fick."

„Wie hieß denn die Dame?"

Obwohl der Mann längere Zeit nachdachte, konnte er sich nicht mehr an ihren Namen erinnern. „Die haben doch alle Fantasienamen, Sissi, Diana oder Gigi."

Fuß nannte ihm die drei weiteren Namen, die der Kriminalpolizei bisher bekannten Namen: Olga, Rosi und Tina.

„Dann am ehesten Tina. Aber sicher bin ich mir da nicht."

An ihr Aussehen konnte er sich auch nur vage erinnern. „Geil" sei sie gewesen und „flinke Finger" habe sie gehabt. Fuß erinnerte sich, diese Beschreibung schon einmal gehört zu haben.

„Und sie roch edel, das weiß ich noch. Charlys Duftnote war, ich will nicht sagen ordinär, aber doch ... aufdringlicher. Ich musste mich danach immer reichlich mit Rasierwasser überduften, damit Mutti nicht auf dumme Gedanken kommt." Wieder lachte er.

„Und wann haben Sie Charly das letzte Mal getroffen?"

„Das kann ich Ihnen sogar ganz genau sagen. Das war gestern vor vierzehn Tagen und zwar auf der Hunsrückhöhenstraße in der Nähe der Abzweigung nach Sohren."

„Wenn Sie fast täglich diese Bundesstraße fahren, wann haben Sie denn das Wohnmobil das letzte Mal gesehen, ich meine, ohne anzuhalten. Sie kannten doch offensichtlich die einzelnen Standplätze."

„Auch das kann ich Ihnen genau sagen. Das war genau an dem Tag, wo es abgebrannt ist. Ich war froh, dass an diesem Tag der Chaplin nicht im Fenster gestanden hat, als ich das mit dem Feuer am nächsten Tag in der Zeitung gelesen habe. Es war doch hoffentlich nicht Charly, oder."

„Darüber darf ich Ihnen keine Auskunft geben. Die Ermittlungen sind noch nicht abgeschlossen."

„Ist es zu viel verlangt, wenn ich Sie bitte, mich anzurufen, wenn Sie wissen, wo Charly … Sie wissen, was ich meine?"

„Das müssen Sie schon selbst herausfinden. Dafür sind wir nicht zuständig", grinste Fuß. „Hatten Sie an diesem Tag kleine Lust anzuhalten?"

„Die wurde doch gerade bestiegen. Das rote Herz war ausgeschaltet, der Vorhang war zugezogen und ein Wagen stand daneben."

„Was war das denn für ein Fahrzeug?"

„Puuuh, ich könnt ja jetzt sagen, *das* ist die Aufgabe von euch, aber mer hilft ja gern, wenn mer kann. Das war ein älterer Audi, aber mehr weiß ich nicht."

„Aber an die Uhrzeit erinnern Sie sicherlich noch?"

„Jetzt geht's aber ans Eingemachte. Es war da schon recht dunkel. Das mit dem Audi weiß ich auch nur, weil die vier Ringe am Kofferraum glänzten als ich vorbeifuhr. Aber lassen Sie mal Vattern nachdenken. Das muss so gegen acht gewesen sein, vielleicht auch etwas früher."

„Sind Sie da ganz sicher?", ermahnte ihn Fuß, denn hier schien sich endlich ein Beweis anzubahnen, der für den Haftrichter ausschlaggebend sein konnte.

„Also schwören kann ich nicht darauf, aber ich kann mir die Scheibe vom Fahrtenschreiber in der Firma nochmals anschauen, dann kann ich Ihnen das ziemlich auf die Minute sagen."

„Das machen wir schon!"

Fuß ließ sich den Namen und die Adresse der Spedition geben und legte zufrieden auf. „Ich glaube, wir haben ihn!", rief er Liane zu.

„Braun?", erkundigte sie sich, die natürlich nur die eine Seite des Gesprächs mitbekommen hatte.

„Wir werden ihn mit der Aussage dieses Zeugen Ricky Schmelzer und der Scheibe seines Fahrtenschreibers vielleicht überführen können." Fuß rieb sich vergnügt die Hände. „Dann kann dieser Doktor Wehlen bis zum jüngsten Tag an der Leiche herumobduzieren. Ich bin selbst genau um neunzehn Uhr dreißig in Alken losgefahren, war also etwa um zwanzig Uhr am Tatort. Dieser Schmelzer, mit dem ich gerade telefoniert habe, behauptet, etwa um die gleiche Zeit einen Audi neben dem Wohnmobil gesehen zu haben. Dabei kann es sich nur um Brauns Fahrzeug handeln. Also war der noch unmittelbar vor Ausbruch des Brandes am Tatort und …", Fuß riss fast vergnügt die Arme in die Luft, „… ist mit an Sicherheit grenzender Wahrscheinlichkeit der Täter."

„Wann bekommen wir diese Scheibe?"

„Ich fahre jetzt sofort zu der Spedition, dann wissen wir es in einer guten Stunde."

In der August-Horch-Straße im Norden von Koblenz befanden sich eine Reihe Speditionen, die Hausnummern fehlten oftmals. Dafür waren aber die Firmenschilder nicht zu übersehen.

Der Hauptkommissar wurde von einer Sekretärin an eine Frau Weiß verwiesen, die die Scheiben der Fahrtenschreiber aller Fahrzeuge aufbewahrte.

Frau Weiß war eine echte Koblenzerin, gemütlich und etwas geschwätzig. Nachdem sie sich wortreich telefonisch bei der Geschäftsleitung vergewissert hatte, ob sie die Scheibe vom fraglichen Dienstag des Fahrzeugs von Schmelzer herausgeben dürfe, öffnete sie einen Ordner und zog die Scheibe aus einer Klarsichthülle.

„Woran kann ich nun erkennen, wo sich das Fahrzeug etwa gegen zwanzig Uhr befand?", wollte Fuß wissen, der sich noch nie mit Fahrtenschreiberscheiben beschäftigt hatte.

„Der Schmelzer behält den LKW immer über Nacht, wenn er abends spät dran ist, was häufig vorkommt. Er hat die Erlaubnis, damit er an solchen Tagen noch seine beiden Kinder sieht, wenn er nach Hause kommt, und bevor sie ins Bett müssen. Er ist förmlich vernarrt in seine beiden Kleinen. Er wohnt in Rhens und erst hierher fahren ..."

„War das an diesem Tag auch so?", unterbrach Fuß die Frau. Er hatte wenig Lust sich alle Umstände anzuhören, die zu dieser Vereinbarung führten.

„Das wird an diesem Tag so gewesen sein." Frau Weiß studierte intensiv die Scheibe. „Sehen Sie, er kam wie immer aus Richtung Trier. Genau hier hat er die Bundesstraße verlassen, um nach Hause zu fahren. Das erkennen Sie an der wesentlich geringeren Geschwindigkeit, das war ..." Sie setzte sich eine Brille auf, „... das war etwa um zwanzig Uhr fünfzehn. Der letzte Stopp für eine Auslieferung war von kurz vor neunzehn Uhr dreißig bis kurz nach neunzehn Uhr dreißig." Sie griff nach einem anderen Ordner im Regal und blätterte darin. Fuß wartete ungeduldig bis sie gefunden hatte, was sie suchte. Dann deutete sie auf einen Punkt der großen Landkarte, die neben ihrem Schreibtisch hing.

„Die letzte Auslieferung war hier ... in Blankenrath. Um neunzehn Uhr fünfunddreißig ist er wieder losgefahren, das können Sie hier auf der Scheibe genau erkennen."

Fuß notierte sich die Uhrzeit und die Adresse von Schmelzers letztem Kunden.

„Zunächst fuhr er über die L zweihundertvier." Ihr Blick wechselte ständig zwischen Scheibe und Landkarte. „Hier wird er wieder langsamer, das müsste die Durchfahrt von Mastershausen sein." Sie deutete wieder auf die Landkarte. „Dann die Ortsdurchfahrt Buch ... etwa ... hier und fünf vor acht fährt er wieder deutlich langsamer durch Kastellaun ... dann folgt noch ...!"

Fuß war inzwischen um den Schreibtisch herumgegangen und selbst vor die Landkarte getreten. Er zeigte auf die Stelle, an der das Wohnmobil gebrannt hatte. „Wann ist Ihr Fahrer hier gewesen?"

Die Frau verglich noch einmal Scheibe und Karte. „So auf die Sekunde exakt kann man das natürlich nicht feststellen. Aber mit einer Abweichung von ein bis zwei Minuten würde ich sagen, dass es ziemlich genau zwanzig Uhr gewesen sein dürfte.

Fuß jubelte innerlich. Diese Scheibe war wirklich der Beweis. Fuß quittierte der Frau den Erhalt und bat um einen Briefumschlag, um die Scheibe nicht zu beschädigen. „Wenn der Fall abgeschlossen ist, bekommen Sie sie zurück."

Doch bevor Frau Weiß ihm die Scheibe aushändigte, machte sie sich für ihre Unterlagen noch eine Fotokopie. „Man kann ja nie wissen", meinte sie mit erhobenem Zeigefinger.

9.

Beschwingt kehrte Fuß von dem Haftprüfungstermin in sein Büro zurück.

„Die Scheibe hat den Haftrichter ins Grübeln gebracht und zusammen mit den anderen Indizien schließlich überzeugt. Jetzt brauchen wir nur noch die schriftliche Aussage von Schmelzer. Laden Sie ihn so schnell wie möglich vor."

Liane bekam wie immer rote Bäckchen, wenn sie das Gefühl hatte, an der erfolgreichen Aufklärung eines Falles mitgewirkt zu haben. Rasch suchte sie Schmelzers Handynummer aus ihren Notizen und rief ihn an.

„Am Montag kommt er, gleich nach Feierabend. Eine genaue Zeit konnte er aber nicht nennen", vermeldete sie ihrem Vorgesetzten nach dem Anruf.

„Hauptsache er kommt", freute sich auch Fuß, obwohl er sich seiner Sache immer noch nicht ganz sicher war. Ein Prozess würde mit den bisherigen Ermittlungen noch schwer zu führen sein. Er hoffte aber auf das Laborergebnis zum Spritzeninhalt und dem endgültigen Bericht des Rechtsmediziners. Vielleicht konnte man bis dahin Braun auch noch weich kochen. Er blickte auf den Kalender an der Wand. Wenn Olga, Tina, Rosi, oder wie die Tote auch immer hieß, in Wirklichkeit nicht Carola Baumgartner war, wonach es den Anschein hatte, dann musste diese ja irgendwann in den nächsten Tagen aus dem Urlaub zurückkommen. Auf ihre Aussage hoffte er auch noch. Denn man durfte davon ausgehen, dass sich die Prostituierten, die sich das Wohnmobil geteilt hatten, über ihre Freier unterhielten und sich sicherlich auch dadurch absicherten, wenn ihnen mal etwas zustoßen sollte.

Der Samstag verlief ansonsten ruhig. Fuß aktualisierte wieder seine Akte und blätterte dann noch einmal seine Notizen durch um zu überprüfen, dass er auch nichts übersehen hatte. Zufrieden schloss er den Schnellhefter, warf einen Blick auf seine Armbanduhr und beschloss, etwas früher Schluss zu machen. Es hatten genügend Überstunden angesammelt, um frühzeitig ins Wochenende zu gehen.

Der Abend und der Sonntag in der Straußwirtschaft ließen ihm wenig Zeit über den Fall nachzudenken. Der Spätsommer zeigte sich noch einmal von seiner schönsten Seite, sodass die Gäste sich nur ungern um zweiundzwanzig Uhr von der Terrasse vertreiben ließen und ins Innere zurückzogen.

Erika begrüßte an diesem Wochenende ihre Gäste wieder mit dem neuesten Witz.

„Kommt der Teufel auf die Erde, um Menschen zu erschrecken. Steht er hinter einem Mann, der gerade Fernsehen schaut. ‚Huuuuh!' schreit er, doch der Mann reagiert nicht. Da tritt der Teufel noch näher hinter ihn, bäumt sich über ihm auf und brüllt ein zweites Mal, so laut er kann, ‚Huuuuh!'. Doch der Mann reagiert immer noch nicht. Tippt ihm der Teufel auf die Schulter und fragt: ‚Sag mal, warum erschrickst du nicht?' ... antwortet der Mann: ‚Warum? Ich bin doch seit vielen Jahren mit deiner Schwester verheiratet.'"

Fuß riss beide Arme in die Luft. „Für die Witze meiner Frau kann ich leider nichts. Ich bin hier nur der Hausknecht, der für die Arbeit und den Weinausschank zuständig ist ..."

Erst als die Zeiger der Uhr langsam auf Mitternacht zurückten, wurde es stiller und Fuß konnte sich im überdachten Hof an den großen Tisch zu einigen Stammgästen setzen und selbst ein Glas trinken.

„Und? Was macht die verbrannte Leiche?", erkundigte sich Franz-Josef Martini, genannt Jupp, der Installateur aus Kehrig in der Eifel.

Fuß gähnte herzhaft. „Lass mich mit der zufrieden, die steht erst wieder morgen auf dem Programm."

Jupp hatte verstanden und wechselte schnell das Thema.

Hauptkommissar Fuß hatte sich gerade von Liane einen Kaffee aus der Kantine mitbringen lassen als das Telefon klingelte. Regierungsdirektorin Sabine Beckmann, die Leiterin der JVA Koblenz, die von allen Koblenzern nur „Karthause" genannt wird, rief an und teilte Fuß mit, Detlev Braun wolle ihn sprechen. „Vielleicht will er ja ein Geständnis ablegen", vermutete sie.

„Lassen Sie ihn bringen", brummte Fuß, der sich für den Montagmorgen andere Dinge vorgenommen hatte, als ein Gespräch mit

Braun zu führen. Aber vielleicht hatte die JVA-Leiterin recht, und Braun wollte sich tatsächlich alles von der Seele reden.

Fuß nahm einen kräftigen Schluck Kaffee und blickte dann zu Liane hinüber, die eifrig am Computer arbeitete. „Braun kommt auf eigenen Wunsch zu uns und Sie kommen mit zu dem Gespräch."

Als die beiden Kripobeamten den Vernehmungsraum betraten, in den ein Justizvollzugsbeamter Braun gebracht hatte, saß er zusammengesunken wie ein Häufchen Elend auf dem Stuhl am Tisch und blickte den beiden mit leicht schräg gehaltenem Kopf entgegen. Fuß wartete bis sich Liane auf den Stuhl an dem kleinen Seitentisch gesetzt hatte, dann nahm er gegenüber von Braun am Tisch Platz und schaltete das Aufnahmegerät ein.

„Montag, einundzwanzigster September, elf Uhr dreiundzwanzig. Im Raum anwesend der Untersuchungshäftling Detlev Braun, Kriminalhauptmeisterin Esser und Hauptkommissar Fuß. Die Unterredung findet auf Wunsch des Untersuchungshäftlings statt." Fuß blickte sein Gegenüber erwartungsvoll an.

Obwohl es im Raum angenehm warm war schien Braun zu frieren. Jedenfalls hatte er seine Arme fest um seinen Oberkörper geschlungen und zitterte leicht am ganzen Körper.

„Ich ... ich bin gekommen ...", begann er leise, ließ seine Arme sinken und legte dabei seine Hände auf den Tisch. „Ich kann meine Mutter doch nicht so lange alleinlassen. Das geht nicht! Sie ist krank! Verstehen Sie, sie braucht meine Hilfe."

Sichtlich enttäuscht warf Fuß einen Blick zu Liane hinüber, drehte sich etwas auf dem Stuhl zur Seite und schlug die Beine übereinander.

„Ich dachte, Sie sind gekommen um ein Geständnis abzulegen."

„Geständnis?!", fuhr Braun hoch und wuchs förmlich hinter der Tischplatte hervor. „Wozu ein Geständnis, ich habe nichts verbrochen, ich bin unschuldig!"

Fuß tat so, als wolle er aufstehen. „Also, wenn Sie mich nur deshalb sprechen wollten, dann ist das Gespräch hiermit beendet. Zurück auf die Karthause!"

Braun streckte die rechte Hand nach Fuß aus, als wolle er ihn festhalten. „Nein, warten Sie doch, ich will auch noch etwas aussagen, bestimmt! Aber Sie müssen mir glauben, dass ich nichts mit dem Brand zu tun habe. Ich bin doch kein ...", ihm fiel es offenbar schwer das Wort auszusprechen, „... Mörder."

Der Hauptkommissar wandte sich wieder recht unwillig zu dem U-Häftling hin. „Was können Sie denn noch aussagen?"

Braun legte seine Hand wieder vor sich auf den Tisch. „Da war noch so ein Wagen ..."

„Jetzt erzählen Sie mir bitte nicht die Geschichte von dem großen Unbekannten!", unterbrach ihn Fuß sofort.

„Nein, nein. Da war wirklich ein Wagen. Er parkte ein Stück in Richtung Kastellaun ... auf der anderen Straßenseite, halb im Graben, mit Standlicht. Es war ja schon recht dunkel."

„Was war das für ein Wagen?"

Das Zittern von Braun wurde stärker, vielleicht vor Aufregung oder war es Angst?

„Ich weiß es nicht, ehrlich. Erst dachte ich, er habe eine Panne und bin etwas langsamer gefahren, doch dann sah ich, dass niemand drin saß ... zumindest glaube ich, dass niemand drin saß ..."

„Haben Sie sich die Zulassungsnummer gemerkt?"

Braun wischte sich mit einem Taschentuch den Schweiß von der Stirn. „Nein, wie sollte ich? Ich bin ja nur vorbeigefahren ... Es war dunkel ... Ich konnte doch nicht ahnen ..."

Fuß begann wieder kurz sein Gesicht zu kneten. „Wenn der Wagen, wie Sie sagen, auf der anderen Straßenseite und halb im Graben stand, dann werden wir auch hierzu einen Zeugen befragen können." Er blickte zu Liane hinüber und machte ihr ein Zeichen, diesen Hinweis zu notieren. „Sie werden mir aber sicherlich sagen können, welche Farbe der Wagen hatte und um welches Fabrikat es sich handelte."

Braun schüttelte verzweifelt den Kopf. „Ich habe doch zunächst nur die Scheinwerfer mit Standlicht gesehen, dann habe ich mich auf das Wageninnere konzentriert und als da niemand zu sehen war, habe ich Gas gegeben ... Der Wagen war dunkel, dunkelgrau, dunkelblau, vielleicht auch schwarz, ich weiß es wirklich nicht."

„Ein Sportwagen? Eine Limousine? Ein Van oder Kombi?" Fuß Stimme klang gereizt. Er glaubte Braun kein Wort.

„Ich kann mit Sicherheit nur sagen, dass es kein Kleinwagen war, auch keiner dieser Vans. Eher ein Franzose, vielleicht auch ein Japaner oder ein VW, die sehen im Dunkeln doch heute fast alle gleich aus."

„Wie sicher sind Sie, dass es ein Mittelklassewagen war?"

Braun rutschte auf seinem Stuhl hin und her und blickte den Hauptkommissar fast flehend an. Immer wieder musste er sich den

Schweiß aus dem Gesicht wischen. Schließlich antwortete er: „Ziemlich!"

„Gibt es sonst noch etwas, was Sie mir sagen wollen?"

Wieder schüttelte Braun den Kopf, wobei seine Haare vom Schweiß an der Stirn klebten. „Nein, das ist alles ... leider. Wann kann ich mich wieder um Mama kümmern? Sie ist doch ..."

„Bekommt Ihre Mutter Spritzen?", ertönte Lianes Essers Stimme im Hintergrund.

Braun schaute erschrocken auf. „Ja, warum?"

Die Kriminalhauptmeisterin stand auf und ging auf den U-Häftling zu. „Was sind das für Spritzen?"

„Sie hat Diabetes, schon seit Jahren ... Warum fragen Sie?"

„Spritzt Ihre Mutter sich selbst oder helfen Sie ihr dabei?"

Braun wandte sich wieder dem Hauptkommissar zu. „Was sollen jetzt diese Fragen. Was wollen Sie mir noch alles anhängen?"

„Beantworten Sie doch einfach die Fragen meiner Kollegin."

Braun wischte sich ein weiteres Mal den Schweiß aus dem Gesicht. „Meist spritzt sie sich selbst. Nur wenn sie einen dieser Gichtanfälle hat, dann gebe ich ihr die Spritze oder eine Nachbarin, wenn ich arbeiten muss. Ab und zu kommt auch Tante Anne, wenn sie Zeit hat."

Ricky Schmelzer wurde kurz nach achtzehn Uhr von einem Beamten der Wache ins Büro von Hauptkommissar Fuß begleitet.

„Nehmen Sie Platz! Meine Kollegin hat das Protokoll weitgehend vorbereitet." Fuß überreichte ihm einen Ausdruck. „Wir können aber noch problemlos Änderungen vornehmen. Vor allem müssen wir noch Ihre persönlichen Daten aufnehmen und einfügen."

Schmelzer las wortlos das Geschriebene, dann reichte er das Blatt dem Hauptkommissar zurück. „Da müssen Sie nichts ändern, das stimmt so, wie es da steht."

„Sie wissen, dass Sie sich mit einer Falschaussage strafbar machen?"

Der LKW-Fahrer überlegte einen Moment, doch dann meinte er kopfnickend: „Neee, das geht schon so in Ordnung."

Auch Fuß zögerte kurz. Er war sich nicht sicher, wie er am Geschicktesten die neue Aussage von Braun durch Schmelzer verifizieren lassen konnte.

„Sie sind doch täglich unterwegs und fahren relativ lange Strecken. Da begegnet man doch häufig Fahrzeugen am Straßenrand, die einen Unfall hatten, denen der Treibstoff ausgegangen ist oder die eine Panne hatten. Hilft man als Berufskraftfahrer eigentlich diesen Menschen?"

Schmelzer lachte auf. „Kommt drauf an. Wenn's ne hübsche Braut ist ... oder jemand ernsthaft Probleme hat, also zum Beispiel einen Unfall ..., ja."

„Sie würden also genau hinschauen, um zu prüfen, ob Hilfe vonnöten ist?"

„Das in jedem Fall", versicherte Schmelzer. „Aber es hängt natürlich davon ab, ob man Termindruck hat. Sie können sich gar nicht vorstellen, wie die Kunden und mein Chef hinter uns her sind, dass pünktlich ausgeliefert wird. Da gibt es kein Pardon."

„Dann waren Sie am vorletzten Dienstag also schwer in Eile, als Sie an dem Wohnmobil vorbeifuhren?"

Schmelzer schien mit der Frage nichts anfangen zu können. Er schaute Fuß an, als erwarte er eine Erklärung für die gestellte Frage. Doch Fuß blickte den Mann nur an.

„Neee, wie meinen Sie das? Ich war ... ganz normal unterwegs. Weshalb sollte ich mich beeilen? Die letzte Auslieferung war pünktlich erfolgt und dann ist der Druck weg. Ich war auf dem Heimweg, wie Sie wissen."

Fuß trat dicht an den Mann heran und beugte sich zu ihm herunter. „Warum haben Sie dann bei dem Pannenfahrzeug unweit des Wohnmobils dieser Prostituierten nicht angehalten und dem Fahrer geholfen?"

„Da war kein Pannenfahrzeug", widersprach Schmelzer sofort. „Wie kommen Sie darauf?"

„Uns liegt eine Aussage vor, dass zu dem fraglichen Zeitpunkt schräg gegenüber dem Wohnmobil ein Fahrzeug halb im Graben gelegen hat, mit Standlicht."

„Im Graben? Das ... das kann nicht sein ... Das wäre mir aufgefallen. Dann hätte ich doch sofort geholfen."

Instinktiv hatte Fuß das Gefühl, dass Schmelzer ihm etwas verheimlichte oder sogar bewusst log. Warum? Hatte er das Fahrzeug sehr wohl gesehen? Wusste er vielleicht sogar, wer der Fahrer war und versuchte jetzt daraus Kapital zu schlagen und diesen Mann zu erpressen?

„Ich werde das Protokoll um diesen Punkt ergänzen", warnte Fuß. „Sind Sie dann immer noch bereit, es zu unterschreiben?"

„Sicher das!", kam es wie aus der Pistole geschossen. „Ich habe kein Pannenfahrzeug gesehen, das wüsste ich, auch wenn ich mich an dieser Stelle mehr auf die andere Seite der Straße und das Puffmobil konzentriert habe, wo dieser Audi stand. Den hab ich gesehen!"

Fuß erweiterte das von Liane angefertigte Protokoll. Dann gab er noch die Personalien von Schmelzer in den Computer ein, druckte das offizielle Protokoll aus und ließ es von Schmelzer unterschreiben.

Der Hauptkommissar saß gedankenverloren allein im Büro an seinem Schreibtisch. Liane hatte sich für einen Tag frei genommen, weil ihre Mutter Geburtstag hatte. Vierzehn Tage waren es nun, dass das Wohnmobil praktisch vor den Augen des Hauptkommissars in Flammen aufgegangen und die Prostituierte, von der man immer noch nicht genau wusste wer sie war, verbrannt war. Obwohl inzwischen die Zeugenaussage von Schmelzer und seine Fahrtenschreiberscheibe sowie etliche Indizien eindeutig auf Braun als Täter hindeuteten, hatte Fuß das Gefühl, den Fall noch nicht komplett gelöst zu haben. Irgendwie fehlte ihm sozusagen noch das letzte Puzzleteil, um sich auf der sicheren Seite zu fühlen. Vor allem hoffte er, dass möglichst bald diese Carola Baumgartner auftauchte. Sie würde ihm helfen können, die Akte endlich der Staatsanwaltschaft zu übergeben.

In den Medien wurde von dem Fall kaum noch berichtet. Das Interesse an solchen Dingen war doch recht kurzlebig. Man würde das Thema erst wieder aufgreifen, wenn der Fall vor Gericht verhandelt wurde. Rechtsanwalt Bartholdy hatte sich am Vormittag erneut über den aktuellen Stand der Ermittlungen erkundigt. Ihm musste inzwischen auch klar sein, wie es um seinen Mandanten stand. Es war zu erwarten, dass er ein psychologisches Gutachten fordern würde, um auf Strafminderung zu plädieren. Fuß sah darin aufgrund seiner langjährigen Erfahrung sogar eine gewisse Chance. Denn Braun war offensichtlich labil, verhaltensgestört und auch in sexueller Hinsicht auffällig. Da konnte man in einem Gutachten durchaus von der Bestätigung einer Affekthandlung in einer Stresssituation ausgehen.

Fuß ging wieder einmal sorgfältig alle Notizen und Protokolle durch, betrachtete die Fotos, die Schäfer angefertigt hatte, und überflog auch noch einmal die Telefonliste der Freier. Verbarg sich hinter einer dieser Unterlagen noch eine Frage, ein ungeklärter Sachverhalt oder Zusammenhang? Er entschloss sich, auf jeden Fall am Nachmittag nach Burgen zu fahren und sich nach der Rückkehr von Carola Baumgartner zu erkundigen. Vielleicht sollte er auch noch einmal in diese Weinstube reinschauen. Deshalb las er das Protokoll der Befragung von Ute

Günther durch seine Kollegin abermals besonders intensiv durch. Er kannte das Winzerehepaar schon lange. Auf deren Aussage konnte man sich verlassen.

Als Letztes wandte er seinen Blick noch mal auf die Pinnnadeln, die auf der Landkarte neben seinem Schreibtisch anzeigten, wo sich in der Vergangenheit Wohnmobile mit Prostituierten befunden hatten. Dabei kam ihm der Gedanke, einmal diese einzelnen Punkte anzufahren, um vielleicht bei Kolleginnen von Olga etwas mehr über das Frauenteam zu erfahren, das sich das abgefackelte Wohnmobil geteilt hatte.

Um fünfzehn Uhr dreißig machte er sich auf den Weg nach Burgen. Als er in Alken langsam an der Malteserstraße vorbeifuhr, sah er bereits wieder eine Menschentraube vor seiner Straußwirtschaft stehen, die darauf wartete, dass Erika pünktlich um sechzehn Uhr öffnen würde. Er gab ein leises Stöhnen von sich und beschleunigte wieder. Einerseits freute er sich, mit seinem Weinberg, dem Wein und den meist fröhlichen Gästen einen Ausgleich für die oft blutige, manchmal ekelhafte und sicherlich niemals ungefährliche Arbeit bei der Kriminalpolizei gefunden zu haben. Andererseits waren Sonnentage mit vielen Gästen besonders dann eine Last, wenn er mitten in einem komplizierten Fall steckte, wie dieser einer war. Und trotzdem: Er freute sich heimlich, in weniger als einer Stunde wieder auf der Terrasse oder in einem der drei Gasträume auf viele nette Menschen zu treffen und da und dort ein Schwätzchen zu halten.

Die Vermieterin der Ferienwohnung öffnete ihm wieder in ihrem geblümten Kleid und machte sofort ein etwas genervtes Gesicht, als sie den Hauptkommissar erblickte.

„Wollen Sie sich nicht in Burgen ein Zimmer mieten, dann sparen Sie sich die Anfahrt hierher?", begrüßte sie ihn. „Was wollen Sie denn jetzt schon wieder von uns?"

Fuß versuchte freundlich zu bleiben, obwohl es ihm schwerfiel. „Ich wollte mich nur erkundigen, ob Frau Baumgartner inzwischen zurückgekehrt ist."

„Dann hätte ich es die Polizei schon wissen lassen. Ich stapele ja inzwischen Ihre Adressenkärtchen neben dem Telefon. Nein, Carola Baumgartner ist noch nicht zurück. Sie hat uns aber eine Postkarte geschickt."

„Kann ich die bitte einmal sehen?"

Die Frau antwortete nicht. Stattdessen drehte sie sich um, ließ den Kommissar vor der Haustür stehen und kam nach wenigen Augenblicken mit einer Ansichtskarte von Palma de Mallorca in der Hand zurück. Sie hielt sie dem Hauptkommissar entgegen. „Da steht nichts drauf, was nicht jeder lesen darf."

Auch dieses Mal ersparte sich Fuß einen Kommentar. Er überflog die Karte. Es waren nur die üblichen drei Zeilen Urlaubsgrüße und der Hinweis auf ein tolles Wetter. der Hauptkommissar versuchte den Poststempel zu entziffern.

„Wann ist die Karte gekommen?"

„Gestern!"

Dann war die Post von Mallorca nach Burgen vier Tage unterwegs gewesen. Das bedeutete zunächst einmal, Carola Baumgartner war tatsächlich im Urlaub und nicht die Leiche im Wohnmobil und es lag auch die Vermutung nahe, dass sie möglicherweise bald zurückkehren würde.

Fuß gab der Vermieterin die Karte zurück. „Und Sie denken daran, uns anzurufen?!"

Ohne ihm eine Antwort zu geben, verschwand die Frau im Gebäude und schloss die Tür hinter sich. Er schaute am Haus empor und entdeckte hinter der Fensterscheibe im ersten Stock das Gesicht eines älteren Mannes. Das musste der Vermieter sein, den er vom Foto, das Liane erhalten hatte, her kannte. Er winkte ihm zu, worauf das Gesicht rasch verschwand. Fuß schüttelte lächelnd den Kopf, wirklich ein merkwürdiges Paar. Schnellen Schrittes machte er sich auf den Weg zur Weinstube Günther.

Hubertus Günther war gerade dabei ein paar Reservierungsschilder auf den Tischen der Terrasse vor dem Lokal zu verteilen.

„Wir haben uns schon lange nicht mehr gesehen", sprach ihn Fuß von hinten an.

Günther drehte sich um und streckte ihm zur Begrüßung die Hand entgegen. „Schaust du jetzt persönlich vorbei. Ute hat mir berichtet, dass letzte Woche wohl eine Kollegin von dir hier war. Worum geht es denn eigentlich?"

„Du weißt doch, als Winzer darf ich dummes Zeug schwätzen, als Kripo bin ich die Verschwiegenheit in Person", lachte Fuß. „Im Ernst, es geht nur um die Befragung zu einer Frau, die hier in Burgen wohnt und derzeit leider in Urlaub ist. Aber meine Kollegin hat mir berichtet, dass sie auch schon mal bei euch ein Schöppchen trinkt."

„Trinkst du ein Glas mit?", fragte Hubertus Günther und bot Fuß einen Platz an.

„Bevor du mich schlägst, gern, aber einen Trockenen, bitte."

Günther verschwand im Inneren des Lokals und kam sehr schnell mit zwei Schoppen Riesling Kabinett zurück. „Der hat nur eins Komma zwei Gramm Restsüße, der staubt!", lachte der Winzer und nahm neben dem Hauptkommissar Platz.

Am schräg gegenüberliegenden Wohnhaus öffnete sich die Haustür. Ute Günther kam über die Straße geeilt.

„Dann hab ich doch richtig gehört. Ich dachte schon, die Stimme kenne ich doch." Auch sie reichte Fuß die Hand und setzte sich dann auf die andere Seite neben ihn.

„Du hast meiner Kollegin gesagt, dein Mann wisse vielleicht noch etwas mehr über diese Frau Baumgartner."

„Die wohnt drüben bei der Therese ..."

„Da komme ich gerade her. Ein komisches Ehepaar."

Günther prostete Fuß zu. „Die sind beide recht krank und haben viel mitgemacht im Leben. Das muss man denen nachsehen. Der Sohn ist schon vor vielen Jahren gestorben. Seither vermieten sie die kleine Wohnung oben als Ferienwohnung", erklärte Ute Günther.

Ihr Mann stellte sein Weinglas ab und deutete auf einen kleinen Tisch in einer Nische des Hauses. „Dort sitzt diese Frau Baumgartner, wie du sagst, am liebsten. Sie macht den Eindruck, als suche sie keine Gesellschaft, außer der, die sie ab und zu mitbringt. Aber das waren bisher nur zwei oder drei verschiedene Frauen."

„Ute hat meiner Kollegin von einer Wandergruppe erzählt ..."

„Stimmt!", fiel ihm Günther sofort ins Wort. „Das ist auch schon eine Weile her. Da war eine Gruppe hier, die mit dem Schiff gekommen war und abends mit einem Reisebus zurückfuhr. Das war, soweit ich mich erinnere, das einzige Mal, dass sie sich anderen angeschlossen hat. Und mit einer Teilnehmerin aus der Gruppe ist sie dann auch noch ein Weile hiergeblieben."

„Das bedeutet aber, sie muss die Frau nachher irgendwohin gefahren haben."

„Wahrscheinlich, aber gesehen habe ich das nicht", bemerkte Günther.

„Du weißt nicht zufällig, was für eine Gruppe und wer die Frau war?"

Der Winzer verneinte. „Die hatten sich zwar angemeldet und reserviert, aber woher die kamen ...?"

„Und die Frau? Wie sah die aus?"

„Du fragst Dinge! Dunkles, volles, langes Haar und ein feines, schmales Gesicht. An mehr kann ich mich nicht erinnern."

Rasch zog Fuß seinen Notizblock heraus und notierte sich die Beschreibung.

„Waren das nur Frauen in der Wandergruppe?"

„Gemischt. Ich würde sagen, Halbe-halbe", antwortete Günther.

„Ich muss die Mieterin aus der Ferienwohnung drüben unbedingt sprechen", meinte Fuß. „Sollte sie hier noch einmal auftauchen, seid so nett und ruft mich gleich an. Es ist sehr wichtig."

Missmutig hob Fuß am nächsten Morgen den Telefonhörer ab. Er hasste es, kaum im Büro zu sein und schon angerufen zu werden. Ein Polizeibeamter der Inspektion Simmern meldete sich im Auftrag des Inspektionsleiters.

„Ich soll Sie darüber informieren, dass es gestern hier eine Vermisstenanzeige gegeben hat. Es geht um eine Frau namens Roswitha Wolf aus Kappel. Ihr Freund oder Lebensgefährte, ein gewisser … Paul Seiler hat sie als vermisst gemeldet, weiß aber nicht, seit wann er sie vermisst. Ein ziemlich verkiffter Typ, meint der Chef. Und er meint, es könnte sich dabei vielleicht um die tote Nutte handeln, die an der Hunsrückhöhenstraße im Wohnmobil verbrannt ist."

„Nutte sagt man nicht mehr", brummte Fuß und notierte sich die Adresse dieses Paul Seiler. „Könnt ihr uns die Anzeige faxen?"

„Geht gleich raus."

Keine zehn Minuten später hielt Fuß die Anzeige in der Hand. Dieser Paul Seiler gab an, arbeitslos und einige Tage verreist gewesen zu sein. Er habe nach seiner Rückkehr am Wochenende gehofft, dass Frau Wolf irgendwann nach Hause käme, was sich aber nicht bewahrheitete.

„Roswitha könnte Rosi sein, dann wüssten wir endlich, wer die Leiche in der Rechtsmedizin ist", verkündete Liane Esser stolz über ihre Rückschlüsse.

Fuß lächelte nur vor sich hin und studierte die Personenbeschreibung. Paul Seiler beschrieb sie als 1,65 m große und etwas füllige Blondine. Von Beruf sei sie Serviererin. Wo sie arbeite, wisse er nicht.

Der Hauptkommissar lächelte ein zweites Mal. „Als wenn der nicht wüsste, dass sie horizontal arbeitet. Wir fahren gleich raus nach Kappel und schauen uns diesen Kerl mal genauer an. Immerhin käme auch er als Täter infrage. Beziehungstat kann nicht ausgeschlossen werden und gibt der ganzen Geschichte ein anderes Bild."

„Ich denke, Braun steht als Täter …"

„Bei jeder neuen Information muss man sich frei machen von alten Überlegungen. So wasserfest ist die Sache mit Braun noch nicht", belehrte er seine Kollegin. „Vielleicht sagt Braun ja die Wahrheit und dieser Seiler stand auf der anderen Straßenseite und wartete nur darauf, dass Braun sich verabschiedet, um diese Roswitha aus dem Weg zu schaffen. Immerhin hantiert er als offenbar Drogensüchtiger möglicherweise auch mit Spritzen, verstehen Sie, worauf ich hinaus will? Es gibt immer noch eine andere Lösung!"

Lianes Gesichtsfarbe bekam wieder einmal eine deutliche Rotfärbung. Verlegen blickte sie auf ihren Bildschirm, auf dem sie bereits den Ortsplan von Kappel aufgerufen hatte. In diesen Momenten konnte sie ihm nicht in die Augen schauen.

„Die Ringstraße in Kappel habe ich schon gefunden. Nehmen Sie mich mit?"

„Ich habe *wir* gesagt", betonte Fuß, der sofort gemerkt hatte, wie sehr seine Bemerkung die Kriminalhauptmeisterin wieder einmal getroffen hatte.

10.

Die Ringstraße in Kappel ist recht verzweigt, eigentlich hatte Liane, die den Dienstwagen fuhr, das Gefühl, es gäbe mindestens zwei Straßen mit dem gleichen Namen.

Paul Seiler wohnte in einem kleinen Anbau. Als er nach mehrmaligem Läuten endlich die Tür öffnete, sah man ihm gleich an, dass er noch nicht allzu lange aus dem Bett gestiegen war und auch deutlich unter Drogen stand. Unrasiert, verschwitzt und mit wässrigen Augen starrte er auf den Dienstausweis, den ihm Hauptkommissar Fuß entgegenhielt.

„Wo … Rosi …", weiter kam er nicht. Er klammerte sich an den Rahmen der alten Haustür und schwankte bedenklich.

„Können wir reinkommen?"

Widerstandslos machte Seiler den Weg frei, der über einen Miniflur in eine kleine Wohnküche führte. Im Vorbeigehen warf Fuß einen kurzen Blick durch eine halb offene Zimmertür, wo sich anscheinend das Schlafzimmer befand, aus dem Seiler wohl gerade erst gekommen war.

In der Wohnküche herrschte totales Chaos. Geschirr häufte sich in einem Spülbecken, leere Flaschen standen entlang einer kahlen Wand, an der früher einmal Bilder gehangen haben mussten, wie an der Verfärbung der Tapete deutlich zu erkennen war.

Fuß nahm auf einer Eckbank Platz, eigentlich die einzige freie Sitzgelegenheit, die er entdecken konnte. Liane Esser stand etwas unentschlossen neben Seiler und wusste nicht recht, wohin sie sich setzen sollte.

„Haben Sie etwas dagegen, wenn sich meine Kollegin etwas in der Wohnung umschaut?"

Nachdem keine Antwort kam, machte Fuß der Kriminalhauptmeisterin ein Zeichen, die restlichen Räume einmal in Augenschein zu nehmen.

„Sie haben Roswitha Wolf als vermisst gemeldet? Wohnt sie hier mit Ihnen?" Fuß blickte sich in der Küche um und entdeckte in einem

Regal sofort ein Fixer-Besteck in einer Schale, mit dem sich Seiler offenbar einen nächsten Schuss vorbereiten wollte.

„Hier ... Rosi", kam es unsicher zwischen Seilers Zähnen hervor, während er Halt an der Tischkante suchte. Er musste sich erst vor Kurzem den Schuss gesetzt haben. Seine Kreislaufstörungen, der Tränenfluss und die Muskelschmerzen waren nicht zu übersehen.

„Heroin?"

„Scheiße ... Leck mich!", antwortete Seiler gereizt und versuchte sich aufzurichten, aber es misslang. Also hielt er sich wieder an der Tischkante fest.

Vorsichtig zog Fuß sein Handy aus der Tasche und beobachtete dabei jede Bewegung des Mannes. In einer solchen Situation galt es besonders vorsichtig zu sein. Vielleicht war es auch nicht Heroin, sondern eine andere Droge. Plötzlich zuckte ein Blitz auf. Fuß hatte mit seinem Handy ein Foto von Seiler gemacht. Der blickte ihn hasserfüllt an, war aber nicht in der körperlichen und psychischen Verfassung zu reagieren. Stattdessen röhrte er etwas Unverständliches vor sich hin, das mit „Scheißbulle" endete. Er hatte also zumindest begriffen, wer seine Besucher waren.

Fuß wählte die Notrufnummer. „Schickt mir schnell einen Notarzt und die Kollegen vom Rauschgift." Rasch legte er sein Handy auf den Tisch, sprang auf und konnte so noch im letzten Moment verhindern, dass Seiler rückwärts fiel und möglicherweise mit dem Kopf gegen den Gasherd aufgeschlagen wäre.

„Frau Esser", brüllte Fuß, „kommen Sie schnell!"

Liane kam herbeigeeilt und blieb hilflos in der Tür stehen.

„Packen Sie ihn an den Füßen, aber vorsichtig, vielleicht tritt er. Sie müssen die Beine fest umfassen", befahl Fuß.

Die Warnung war überflüssig. Seiler hing leblos in Fuß' Armen. „Wir bringen ihn nach nebenan ins Schlafzimmer."

Eigentlich hätte es der Hilfe von Liane nicht benötigt. Fuß schleifte Seiler über den kleinen Flur, stieß mit dem Absatz rückwärts die bereits halb geöffnete Tür auf und warf Seiler mit einem geschickten Dreh auf das Bett.

Eine knappe halbe Stunde später lag der Fixer auf der Trage eines DRK-Rettungsfahrzeugs. Mit Zustimmung des Notarztes, der den Zustand als nicht lebensbedrohlich ansah, veranlasste Fuß, dass man den Mann, der inzwischen an einer Infusion hing, nicht ins nahegelegene

Krankenhaus nach Simmern, sondern nach Koblenz in den Kemperhof bringen sollte. Dann war es für ihn einfacher Seiler zu befragen, wenn er wieder ansprechbar war.

Liane hatte die ganze Zeit auf der Kante des Doppelbettes gesessen und schweigend zugeschaut. Ihr war kotzübel. So einen Einsatz hatte sie noch nie mitgemacht. Vor allem wollte sie niemandem bei der Arbeit im Weg stehen.

„Ist Ihnen nicht gut?"

Fuß' Stimme ließ sie hochschrecken. Sie hatte sein Kommen nicht bemerkt, da sich draußen der Rettungswagen gerade in diesem Moment mit Martinshorn lautstark verabschiedete.

„Es geht schon wieder", versicherte sie. Doch die Blässe in ihrem Gesicht sagte etwas anderes.

„Wir müssen noch auf die Kollegen von K drei warten. Vielleicht sollten Sie etwas an die frische Luft gehen, denn das wird noch einige Zeit dauern."

Die junge Polizistin nickte, stand auf und verließ wortlos das Zimmer. Draußen atmete sie zuerst einmal tief durch. Einige Neugierige aus der Nachbarschaft hatten sich eingefunden, nachdem der Notarzt und der Rettungswagen mit Blaulicht und Signal in die Ortschaft gefahren waren.

Fuß bat über Handy einen Kollegen im Präsidium für Seiler, einem in seinen Augen nunmehr dringend Tatverdächtigen, einen Antrag auf Haftbefehl und Bewachung im Kemperhof zu stellen. Dann schaute er sich in der kleinen Wohnung um. In einer Schublade in der Küche entdeckte er eine Reihe von Ampullen und kleine Tütchen. Aber die interessierten ihn weniger, das war Aufgabe seiner Kollegen. Auf einer Anrichte in der Wohnküche entdeckte er zwei Fotos. Eines zeigte Seiler mit einer Frau im Arm, das andere war ein professionelles Porträt dieser Frau, das wohl in einem Fotostudio angefertigt worden war und dessen Entstehung einige Zeit zurücklag. Er nahm beide Bilder aus dem Rahmen und steckte sie ein. Höchstwahrscheinlich handelte es sich hierbei um Roswitha Wolf.

Zurück im Büro fand er einen Bericht der Rechtsmedizin vor, unterschrieben von seinem geliebten Dr. Wehlen. Fuß überflog die ausführlichen Beschreibungen der verkohlten Leiche. Vorrangig interessierte er sich für das Ergebnis der toxikologischen Untersuchung. Hier begann er ausführlicher zu lesen. Man hatte im Körper der Toten Spuren von

Ketaminhydrochlorid gefunden. Rasch informierte sich Fuß bei Wikipedia, was sich hinter dieser Substanz verbarg. Ketamin gab es offensichtlich ganz offiziell im Pharmahandel, war aber rezeptpflichtig. Einige Links ließen jedoch darauf schließen, dass man es sich über Internet auch ohne ein Rezept beschaffen konnte. Vielleicht war Roswitha Wolf ebenso drogenabhängig wie ihr Lebensgefährte und deshalb hatte Schäfer auch die Spritze im Brandschutt gefunden. Damit taten sich völlig neue Aspekte im Mordfall auf.

Der Hauptkommissar rief sofort seinen Kollegen Schäfer an.

„Liegt das Ergebnis vom Spritzeninhalt inzwischen vor?", erkundigte er sich.

„Hat dir die Esser denn nichts gesagt? Es handelt sich um ein starkes Betäubungsmittel ... Ketaminhydrochlorid ..."

Damit war der Fall klar. Nur musste jetzt geklärt werden, ob Frau Wolf süchtig gewesen war oder wie das Mittel sonst in ihren Körper gelangt war.

„Da wirst du nicht umhinkommen, deinen Freund Wehlen nochmals anzurufen. Er kennt sich da wohl besser aus als wir", lachte Schäfer.

Missmutig legte Fuß auf. Genau das war es, was er hatte vermeiden wollen.

Liane Esser betrat mit zwei dampfenden Kaffeebechern das Büro und stellte einen davon Fuß auf den Schreibtisch. „Ich habe mir gedacht, den können Sie jetzt gebrauchen."

Fuß schob den Becher beiseite und blickte seine Mitarbeiterin strafend an. „Warum haben Sie mir nicht gesagt, dass Schäfer wegen dem Spritzeninhalt angerufen hat?"

Sichtlich betroffen ließ sich die junge Polizistin auf ihren Drehstuhl sinken. „Das ... das habe ich wirklich vergessen", gestand sie, „... Entschuldigung!"

„Zur Strafe dürfen Sie jetzt in der Rechtsmedizin anrufen und sich bei Doktor Wehlen erkundigen, ob er feststellen konnte, dass Frau Wolf regelmäßig Betäubungsmittel eingenommen oder ob es sich um eine einmalige Dosis gehandelt hat."

Ohne Widerspruch suchte sich Liane die Telefonnummer von Wehlen heraus und rief in Mainz an.

Mit dem Gesicht zum Fenster gewandt verfolgte Fuß heimlich grinsend das Telefonat, bei dem seine Kollegin wie ein Weltmeister mitschrieb. Er konnte sich genau vorstellen, welch einen wissenschaftlichen Vortrag Wehlen ihr nun hielt. Das Gespräch dauerte fast eine Viertelstunde. Reichlich erschöpft legte die junge Frau auf und blickte Fuß an, der sich wieder zu ihr umdrehte.

„Bitte nur die Kurzfassung!", stöhnte Fuß.

„Wussten Sie, dass verkohlte Leichen innen im Körper noch ...", weiter kam sie nicht. Sie hielt sich rasch die Hand vor den Mund, sprang auf und rannte aus dem Büro.

Fuß musste ein zweites Mal grinsen. Er konnte sich genau vorstellen, wie ausführlich Dr. Wehlen seine Untersuchungen beschrieben hatte. Jetzt tat ihm Liane Esser sogar leid. Er stand auf uns nahm das Blatt mit ihren Notizen von ihrem Schreibtisch und versuchte zu entziffern, was sie in Eile geschrieben hatte.

Dr. Wehlen hatte keinen Nachweis dafür gefunden, dass Roswitha Wolf drogenabhängig war. Allerdings schränkte er diese Aussage wegen des starken Verbrennungsgrades etwas ein.

Kreidebleich kehrte die Kriminalhauptmeisterin in Begleitung eines jungen Kollegen in das Büro zurück.

„Was haste denn mit der gemacht, Fuß? Mit so einem zarten Geschöpf musste aber doch zart umgehen."

„Es geht schon wieder", versicherte Liane mit belegter Stimme und hielt sich am Schreibtisch fest.

„Ich habe gar nichts gemacht. Auslöser war der Rechtsmediziner mit dem Frau Esser telefoniert hat."

Der Kollege beugte sich zu Liane, die sich inzwischen gesetzt hatte, hinunter. „Gute Besserung, junge Frau!" Dann verließ er mit einem Kopfnicken zum Hauptkommissar wieder den Raum.

„Ich habe Ihre Notizen gelesen", ging Fuß wieder zur Tagesordnung über. „Die Wolf scheint also clean gewesen zu sein. Abgesehen davon, dass es wohl nur der Inhalt der Spritze gewesen ist, den man bei ihr im Körper gefunden hat."

„Warum hat sie sich aber die Spritze gesetzt?", fragte die junge Kollegin.

Fuß hielt das Blatt mit den Notizen hoch. „Wenn ich richtig lese, wirkt dieses Zeug intravenös bei zwei Milligramm pro Körpergewicht in wenigen Sekunden, intramuskulär ..." Fuß blickte noch einmal auf das Geschriebene, „... in ein paar Minuten. Wie passt das alles in unser bisheriges Bild vom Geschehen? Mit Wehlen darüber zu diskutieren scheint unmöglich, dann haben wir den Fall in zwei Jahren noch nicht aufgeklärt."

Fuß wählte eine Rufnummer und wartete.

„Kann ich bitte Doktor von Essen sprechen? ... Hallo Thomas, hast du heute Abend Zeit mal vorbeizukommen? ... Vielleicht kannst du dich bis dahin im Internet etwas über Ketaminhydrochlorid schlau machen ... das kennst du? Umso besser!"

Zufrieden lehnte sich Fuß zurück. „Morgen wissen wir mehr!"

Der Freund und Hausarzt Dr. Thomas von Essen und seine Frau Choon Ok, Apothekerin von Beruf, warteten bei einer Flasche Wein und ein paar Käsehäppchen geduldig, bis Fuß Zeit hatte und sich zu ihnen setzen konnte. Dafür kam er umso schneller zur Sache. Er erklärte den beiden kurz den Sachverhalt und erläuterte auch das bisherige Ergebnis ihrer Ermittlungen.

„Ketamin ist ein Cyclohexanonderivat. Es gibt drei Präparate im Handel", begann Choon Ok, *„Ketanest, Ketanast-S und Ketamin-S.* ‚S' hat immer in etwa die doppelte Wirkung des normalen Präparats. Bei Frauen kann die gleiche Dosis sich sogar noch verstärken. Ich gehe davon aus, dass die Tote sich das Medikament auf dem Schwarzmarkt besorgt hat oder durch ihren Freund. Ansonsten wird es im Allgemeinen als äußerst starkes Analgetikum bei schweren Schmerzzuständen eingesetzt."

„Wenn die Aussage von dem Rechtsmediziner zutrifft, glaube ich nicht, dass die Frau es sich selbst oder freiwillig hat spritzen lassen", setzte Dr. von Essen den Gedanken seiner Frau fort. „Entweder hat es ihr dieser Freier verabreicht oder dieser Unbekannte in dem Wagen im Straßengraben. In jedem Fall wurde dabei das Ziel verfolgt, die Frau handlungsunfähig zu machen, bevor das Wohnmobil in Brand gesetzt wurde."

„Ihr müsstet also herausbekommen, ob der letzte Freier im Besitz eines dieser Präparate war. Er kann es ihr logischerweise nur intramuskulär verabreicht haben. Bei sehr hoher Dosis erfolgt die Wirkung sofort und kann auch zu Atemstillstand führen. Gleiches gilt für den anderen Typ aus dem Auto, der vielleicht noch nach dem bisher Verdächtigen die Dame besucht hat, der ihr das Mittel verabreicht haben könnte."

„Den Wagen dieses Unbekannten hat ein LKW-Fahrer allerdings nicht gesehen. Deshalb zweifle ich an dieser Geschichte, eine Schutzbehauptung des Verdächtigen, meiner Meinung nach." Fuß schüttete beiden Wein nach und ließ gleichzeitig noch einmal die Situation im

Wohnmobil an diesem Dienstagabend in Gedanken vorbeiziehen. „Ihr würdet also sagen, es ist möglich, dass unser Verdächtiger die Spritze mitgebracht, sie der Prostituierten plötzlich zum Beispiel in den Schenkel gerammt hat und dann in aller Ruhe das Fahrzeug anzünden konnte, ohne dass sich die Frau wehren konnte?"

Der Arzt und die Apothekerin nickten.

„Wir haben bei dem Inhaftierten verschiedene Medikamente gefunden, aber keine Drogen oder Betäubungsmittel", stellte Fuß enttäuscht fest.

Dr. von Essen zuckte mit den Schultern. „Dann war es vielleicht der Freund, der in dem unbekannten Auto saß ... Die beiden hatten Streit, er hat gewartet, bis der Freier weg war, und dann ist es passiert."

„Zugegeben, eine weitere Möglichkeit. Aber bisher ist der Freund nicht vernehmungsfähig."

Thomas von Essen erhob sein Glas. „Aber anders kann es nicht gewesen sein. Einer der beiden muss der Täter sein."

Der Donnerstag sollte wenig Neues bringen. Fuß und Liane verbrachten den Vormittag damit, noch mal alle Ermittlungsergebnisse durchzugehen. Fuß hatte eine neue Skizze angefertigt, aus der man ersehen konnte, wann wer wo an dem Mordabend gewesen war.

„Es wäre alles so einfach, wenn auch Schmelzer das unbekannte Fahrzeug am Straßenrand gesehen hätte", fluchte Fuß leise vor sich hin.

„Vielleicht hat er es auch einfach übersehen, weil er sich aus Interesse viel zu sehr auf die andere Straßenseite konzentriert hat. Immerhin wusste er doch, dass dort das Wohnmobil stehen würde und er hat dort den Audi gesehen." Liane war aufgestanden und blickte dem Hauptkommissar über die Schulter. „Meinen Sie, man kann dort noch Reifenspuren sicherstellen? Das könnte uns doch weiterhelfen."

Fuß schüttelte den Kopf. „Sie hätten den Abend erleben müssen. Dort etwa, wo Braun den Standort des Fahrzeugs beschreibt, wurde die lange Löschleitung nach Braunshorn verlegt. Da finden Sie hunderttausend Stiefelspuren der Feuerwehrleute, die da herumgetrampelt sind, nur keine Reifenspuren mehr."

Enttäuscht wandte sich Liane der Landkarte zu, an der Fuß die bisher bekannten Standorte des Wohnmobils mit Nadeln gekennzeichnet hatte. „Und sind wir sicher, dass diese Standorte immer von dem gleichen Wohnmobil angefahren wurden. Es gibt doch sicherlich noch andere mobile Bordelle in der Gegend."

Fuß strich sich über das Gesicht und begann es zu kneten. „Da könnten Sie natürlich recht haben", meinte er nach einer Weile und blickte auf seine Armbanduhr. „Vielleicht sollten wir tatsächlich mal schauen, ob da noch andere Damen ihrem Gewerbe nachgehen."

„Jetzt gleich?" Liane war überglücklich, dass ihre Idee vom Hauptkommissar positiv aufgenommen wurde.

„Warum nicht?!"

Der erste Platz, an dem man ab und zu einmal ein Wohnmobil stehen sehen konnte, war an der Hunsrückhöhenstraße in der Nähe der Zufahrt nach Naßheck, zum Stahlfachwerksendemast des SWR, dem zweithöchsten Bauwerk in Rheinland-Pfalz, und dem dort befindlichen Reiterhof. Doch an diesem Tag war der Stellplatz leer.

Obwohl Fuß der Meinung war, hier keine Spuren mehr zu finden, hielt er eine Viertelstunde später am Brandort auf der Hunsrückhöhenstraße an und suchte die gegenüberliegende Straßenseite ab. Aber außer vielen Abdrücken von Stiefel- und anderen Schuhsohlen und einigen mehrfach durchkreuzten Reifenspuren unterschiedlichen Profils und Breite war nichts zu erkennen oder kriminaltechnisch zu verwerten. Vielleicht sollte man mit Braun einmal eine Tatortbegehung vornehmen, dachte der Hauptkommissar. Immerhin war die Standortbeschreibung des Fahrzeugs, die Braun zu Protokoll gegeben hatte, recht ungenau.

Die Weiterfahrt erfolgte sehr schweigsam. In der Nähe der Kreuzung zur L 226 fanden sie auch den nächsten bekannten Standort leer vor. Erst hinter Kappel, wo sie erst tags zuvor gewesen waren, und hinter einem Parkplatz gelegen, entdeckten sie am Rand eines dort mündenden Waldwegs ein Wohnmobil. Hinter der Frontscheibe sahen sie, unschwer von der Straße aus zu erkennen, eine aufgedonnerte Blondine, nur mit einem roten BH bekleidet, die ihre recht stämmigen, nackten Beine quer über das Armaturenbrett ausgestreckt hatte und in einem Buch las.

Als sie sah, dass das Fahrzeug auf den Parkplatz einbog, legte sie das Buch beiseite und winkte. Doch im gleichen Moment schien sie entdeckt zu haben, dass eine zweite und dazu noch weibliche Person im Wagen saß. Rasch richtete sie sich auf und beobachtete genau, was sich vor ihrem Mobil abspielte.

„Bleiben Sie erst einmal im Wagen", befahl Fuß, stieg aus und ging auf das Wohnmobil zu.

Die Seitenscheibe wurde heruntergekurbelt und die Frau lehnte sich halb aus dem geöffneten Fenster. „Na, Süßer, willst du deine kleine Schwester zu mir in die Schule schicken oder soll sie erst einmal zuschauen, wie das ist, wenn ich dir einen blase."

Fuß lächelte freundlich und zog seinen Dienstausweis aus der Innentasche seiner Jacke. Sofort verfinsterte sich das Gesicht der Blondine. „Bei mir ist alles in Ordnung. Was wollen denn die Bullen bei mir, ich habe ein persilreines Gewissen. Oder hat mich jemand angezeigt, weil er nicht zufrieden mit meiner Arbeit war?"

Fuß trat dicht an den Wagen heran und verspürte sofort den süßlich-billigen Duft, der ihm entgegenkam. Die Frau musste deutlich auf die Fünfzig zugehen, ihr dickes Make-up war ebenso unübersehbar wie die runzelige Haut zwischen Hals und Brust.

„Ich bin nicht von der Sitte, Hauptkommissar Fuß von der Mordkommission", stellte er sich vor. „Ich habe nur eine kurze Frage."

„Na, dann aber schnell, sonst verdirbst du mir noch die Chance auf einen Kunden." Sie blickte an Fuß vorbei zur Straße, wo gerade ein Fahrzeug deutlich abgebremst hatte und der Fahrer neugierig herüberschaute.

„Es gibt doch sicherlich mehrere Wohnmobile, die hier an der Hunsrückhöhenstraße stehen …"

„Ich kenne nur drei", fiel ihm die Blonde eilig ins Wort. Spürbar darauf bedacht, ihn so schnell wie möglich wieder loszuwerden. „Die WG, aber die ist ja abgebrannt, die Lady, deren Name ich nicht einmal weiß, und mich. Ich heiße übrigens Silvia. Was wollen Sie von uns."

Die Prostituierten kannten sich also untereinander.

„Es geht nur um die … WG, wie Sie gerade gesagt haben. Wer ist die WG?"

Silvia griff nach hinten und klopfte aus einer Schachtel eine Zigarette, die sie sich anzündete. „Schwer zu sagen. Früher war da eine Polin, Zuzanna, die war recht nett. Die war mit Charly zusammen. Aber Charly war was Besseres, meinte sie zumindest. Zuzanna ist dann auch ausgestiegen und seither wechselt sich Charly mit anderen ab, die ich aber nicht kenne. Sind wohl jetzt alle etwas Besseres, wie die Lady. Ganz frisch hier auf der Straße, aber von der weiß ich noch nichts. Tut aber offenbar ganz auf exklusiv. Du solltest deren Wohnmobil mal sehen", lachte sie krächzend, wobei ihr perlweißes Gebiss zu sehen war, an dessen einem Zahn ein kleiner Stein funkelte.

„Namen?", hakte Fuß nach.

„Quatsch … Namen!", kam es abwertend. „Meinst du, Charly heißt Charly und ich Silvia? Der alte Bock aus Zell zum Beispiel nennt mich nur Anuschka wenn er mich fickt, ist wohl eine Erinnerung an alte Zeiten von denen er immer noch träumt." Wieder lachte sie.

„Sagen dir die Namen Rosi, Olga oder Tina irgendetwas?", Fuß war auch zum lockeren Du übergegangen.

„Gehört … vielleicht schon mal. Ich habe ja nicht nur Stammkunden. Und mancher Kunde plaudert schon mal. Aber ich merke mir keine Namen."

„Und diese Lady, wo finde ich die?"

„Meist steht sie in der Nähe des Flugplatzes, sonst mal hier mal da. Ob sie heute arbeitet und wo … weiß ich nicht."

Wieder sah Fuß Silvias Blick zur Straße gerichtet. Er drehte sich um und sah einen grauen Opel auf den Parkplatz fahren.

„Jetzt wird es aber Zeit, dass du gehst", meinte Silvia ungehalten. „Von der frischen Luft kann ich nicht leben!"

Fuß beobachtete, wie ein Mann aus dem Opel ausstieg und neben der geöffneten Wagentür abwartend stehen blieb.

Fuß zog seine Karte aus der Tasche und reichte sie Silvia. „Wenn dir noch etwas einfällt, ruf mich an."

„Mach ich, aber verschwinde jetzt!"

„Und?", fragte Liane, als sie vom Parkplatz herunter waren und wieder auf der Straße fuhren. „Was Neues?"

„Nicht viel. Es gab drei Wohnmobile entlang der Bundesstraße. Jetzt sind es nur noch zwei, das war Silvia und wir schauen jetzt mal, ob wir auch noch eine gewisse Lady finden."

Im Wohnmobil waren die Vorhänge innen zugezogen. Neben ihm stand ein schwarzer 7er BMW mit Saarbrücker Kennzeichen.

„Nobel, nobel!", entfuhr es Fuß laut. „Das wird Lady sein!"

Liane begann zu kichern. „Ist wohl mehr eine Edelnutte. Das Wohnmobil scheint auch vom Feinsten."

Sie hatte recht. Bei dem Wohnmobil handelte es sich um ein *Niesmann & Bischoff Arto* in schneeweiß. Hätte dass Fahrzeug nicht ein auffallendes Herz an der Windschutzscheibe gehabt und würde es an einem anderen Platz stehen, wäre niemand auf die Idee gekommen, wozu dieses Wohnmobil diente.

Fuß notierte sich sofort die Kennzeichen beider Wagen, wobei ihn der schwarze BMW spontan an die Aussage von Braun erinnerte. War der Fahrer dieses Wagens eventuell der große Unbekannte?

Fuß stieg aus und ging langsam um den BMW herum. Nichts im Innenraum ließ Rückschlüsse auf Fahrer oder Besitzer zu. Lediglich ein beiger Regenmantel lag sorgfältig zusammengefaltet auf dem Rücksitz. Ansonsten hätte der Wagen ebenso gut fein säuberlich im Ausstellungsraum einer BMW-Vertretung stehen können. Sein Blick schweifte zu dem Wohnmobil. Die getönten Scheiben hüteten perfekt das Geheimnis, was sich im Inneren des Fahrzeugs abspielte. Vorsichtig näherte sich Fuß dem Luxusbordell auf vier Rädern. Kein Geräusch drang an sein Ohr. Hinter der großen Frontscheibe und den beiden Seitenfenstern vorne war ein hellblauer Vorhang vorgezogen. Auch er erlaubte Fuß keinen Einblick in das Geschehen dahinter. Der Hauptkommissar steuerte wieder auf seinen Wagen zu, in dem Liane ungeduldig auf ihn wartete.

„Was machen wir jetzt?", fragte sie, als er sich wieder in den Wagen setzte.

„Wir setzen zurück und fahren in einen Waldweg auf der anderen Straßenseite, von wo aus wir den Parkplatz beobachten können."

Liane Esser startete den Motor und legte den Gang ein. Dann wendete sie und fuhr einige Meter in Richtung Süden, bevor sie rückwärts nach links in einen schmalen Waldweg einbog.

Sehr schnell begannen die Scheiben zu beschlagen, sodass sie die Seitenfenster öffnen mussten. Ein typischer Waldgeruch zog in den Wagen und die Stille der Natur wurde nur von den vorbeifahrenden Fahrzeugen hin und wieder unterbrochen.

Fuß reichte Liane den Zettel, auf dem er die Zulassungsnummern der beiden Wagen notiert hatte. „Stellen Sie die Halter fest."

Mit dem Wohnmobil hatte Liane sofort Erfolg. Er war erst vor wenigen Wochen auf eine Marieke van Eijk zugelassen worden, die in der Kreisstadt Simmern gemeldet war. Die Zulassungsstelle in Saarbrücken bestand auf einer schriftlichen Anfrage.

„Ruf Ewalts an, der macht das schon."

Hauptkommissar Ewalts war ein Kollege von Fuß, den Liane einmal auf einer Besprechung im Präsidium flüchtig kennengelernt hatte. Er allerdings schien sich noch sehr gut an sie zu erinnern. Vielleicht lag es daran, dass sie ihm vor Nervosität bei dem Treffen eine halbvolle Tasse Kaffee über seine Hose geschüttet hatte. Ewalts versprach, sich umgehend mit der Saarbrücker Behörde in Verbindung zu setzen.

„Wollen wir uns nicht etwas die Füße vertreten?", schlug Liane nach einer knappen halben Stunde des Wartens vor.

Fuß brummte etwas, was eher nach einer Absage klang, öffnete aber die Tür des Fahrzeugs und stieg aus. Nebeneinander stapften sie über herumliegende Äste und Gestrüpp in Richtung Parkplatz, immer wieder den Blick auf das Wohnmobil gerichtet. Nichts geschah.

„Vielleicht sind die beiden auch nur spazieren gegangen", mutmaßte Liane.

„Glaube ich nicht", brummte Fuß, der es hasste, auf unwegsamem Gelände herumzustolpern. Aber parallel zur Straße gab es keinen Weg, und das Wohnmobil aus den Augen verlieren, wollte er auch nicht. Er blieb stehen und überlegte, welchen Sinn das weitere Warten haben könnte. Immerhin konnte er nicht ausschließen, dass der Freier von Lady, die also eigentlich Marieke hieß, sehr gut bezahlte und das Sexabenteuer entsprechend lang dauerte oder Liane doch recht hatte, dass sich die beiden gar nicht im Wohnmobil befanden.

„Lassen Sie uns umkehren", schnaufte er. „Im Wagen sitzen ist doch bequemer."

Als sie sich ihrem Fahrzeug näherten, hörten sie bereits Lianes Handy piepsen, das sie im Wagen vergessen hatte. Fuß schüttelte nur wortlos den Kopf. Sie beeilte sich, wäre dabei beinahe hingefallen, erreichte aber schließlich doch noch rechtzeitig den Anruf. Der BMW war auf einen Architekten namens Matthias Kircher in Heusweiler zugelassen.

„Und dann muss der extra nach hier fahren, um zu vögeln? Gibt es denn in Saarbrücken kein anständiges Puff?", kommentierte Fuß die Information.

Für Liane gab es dafür eine ganz plausible Erklärung. „Vielleicht kennen ihn da zu viele Leute. Ich glaube, deshalb geben sich auch viele Prostituierte andere Namen. Unter ihrem richtigen führen die meisten sicherlich ein ganz normales Leben."

Fuß musste an Brigittchen in Koblenz denken, die vor nicht ganz einem Jahr mit 66 Jahren gestorben war. Die Frau war ein Wahrzeichen der Stadt. Und trotzdem hatte sie beharrlich ihren Nachnamen verschwiegen. Nur wenige, auch Fuß wussten, dass sie Brigitte Karbach hieß. Egal, ob es regnete, schneite oder die Sonne vom Himmel brannte. Brigittchen, die alt gediente Prostituierte mit den blondierten Haaren und den schwarz nachgezogenen Augenbrauen stand in der Koblenzer Altstadt und wartete auf Kundschaft. 47 Jahre lang hatte sie das horizontale Gewerbe ausgeübt und es machte ihr auch im Alter immer noch Spaß, wie sie einmal dem Hauptkommissar gegenüber betont hatte.

„Da!"

Fuß blickte auf. Liane deutete in Richtung Parkplatz. Ein sportlich gekleideter Mann mit Jeans und einem hellblauen Hemd war aus dem Wohnmobil gestiegen. Ihm folgte eine große, schlanke Frau mit blonder Pagenfrisur. Sie trug eine Art Morgenmantel in seidig schimmerndem Rot und strich dem Mann offenbar zum Abschied zärtlich über seine pechrabenschwarzen kurzen Locken und küsste ihn. Als er sich an seinem Wagen noch einmal umdrehte, winkte sie und warf ihm eine Kusshand zu. Kaum hörbar war der Motor des BMW, als er gestartet wurde. Beim Verlassen des Parkplatzes ließ der Wagen eine leichte Staubwolke zurück.

„Das könnte Tina sein!", vermutete Fuß.

„Marieke, Rosi, Tina ... Langsam kennt man sich nicht mehr aus. Ich glaube, ich werde mich auch noch umbenennen. Liane muss doch irgendwann auch einmal ein verruchter Name gewesen sein, habe ich mal gehört."

„Ein Film", erinnerte sich Fuß. *„Liane, das Mädchen aus dem Urwald.* Ich glaube die Schauspielerin hieß Marion Michael. Das muss Mitte der Fünfziger gewesen sein. Der Film erregte damals erhebliches Aufsehen, da die Schauspielerin nur mit einem Lendenschurz bekleidet herumturnte. Heute würde man darüber lachen, wenn sich darüber jemand aufregen würde, aber zu der Zeit ... Ich war damals noch zu jung und durfte nicht in den Film, habe aber stundenlang auf das Plakat mit dem halbnackten Mädchen gestiert."

„Und so einen Namen haben mir meine Eltern gegeben!", empörte sich Liane Esser belustigt.

„Fahren wir rüber!"

Diesmal fuhren sie dicht an das Wohnmobil heran. Noch bevor Fuß, der ausgestiegen und vorausgegangen war, an der Tür anklopfen konnte, öffnete sich diese. Marieke van Eijk hatte immer noch den roten Morgenmantel an und lächelte Fuß entgegen. Der Hauptkommissar schätzte sie auf Mitte bis Ende zwanzig.

Um gleich zu Anfang jedes Missverständnis zu vermeiden, hielt er ihr seinen Dienstausweis entgegen, was aber nichts an dem verführerischen Lächeln der jungen Frau änderte.

„Willkommen bei Marieke. Kommen Sie bitte herein und machen Sie es sich bequem."

Eine Edelhure mit Stil, dachte Fuß. Sie hatte ihn nicht geduzt. Das Innenleben des Wohnmobils verschlug dem Hauptkommissar fast den Atem. Luxus, wohin er schaute.

Marieke bot dem Kriminalbeamten und seiner Mitarbeiterin, die ihrem Chef gefolgt war, die beiden geschmackvoll bezogenen Sesselchen an. Sie selbst nahm auf der mit vielen Kissen versehenen und in einem lichten Grün bezogenen Spielwiese Platz.

„Ich hoffe, Ihr Besuch bedeutet nichts Unangenehmes."

„Sie sind Marieke van Eijk und nennen sich auch Tina, vielleicht auch noch anders?"

Marieke schlug die Beine übereinander, wobei sich der Morgenmantel öffnete und ihre langen, schlanken Beine zum Vorschein kamen. „Marieke stimmt. Tina nenne ich mich nicht. Aber woher sind Sie so gut informiert?"

„Gestatten Sie, dass ich zunächst die Fragen stelle?", antwortete Fuß ungewohnt zurückhaltend und höflich. Offenbar färbte der Ton und die Art der jungen Frau auf den Hauptkommissar ab. Zumindest hatte Liane Esser den Eindruck.

„Ihr Name klingt holländisch. Sie sind keine Deutsche?"

„Oh doch, mein Vater war Holländer, aber ich bin in Deutschland geboren, in Bremen. Allerdings habe ich meinen Vater nie kennengelernt. Er hat meine Mutter verlassen, als ich gerade mal zwei Jahre alt war."

Fuß warf einen langsamen Blick in die Runde. „Und wie kommen Sie zu diesem … Etablissement?"

Marieke van Eijk lachte verhalten und amüsierte sich offenbar über die Formulierung. „Mein Vater war steinreich. Nach seinem Tod vor zwei Jahren hat er mir, wohl wegen seines schlechten Gewissens mir gegenüber, ein kleines Vermögen hinterlassen …"

„Und warum …?", warf Liane ein, unterbrach sich aber selbst sofort wieder.

„Warum ich als Hure arbeite, wollten Sie doch fragen?!" Marieke zog wieder den seidigen Stoff über ihre Knie. „Auch wenn Sie es mir nicht glauben: Weil es mir inzwischen Spaß macht. In Bremen war das etwas anderes. Da arbeitete ich auf der Straße, seit meinem achtzehnten Lebensjahr. Mir blieb nichts anderes übrig. Meine Mutter war bettlägerig geworden, gerade als ich das Abi hinter mir hatte. Ich konnte also nicht studieren, ich musste Geld verdienen, denn die Rente meiner Mutter reichte vorne und hinten nicht. Und was man als ungelernte Kraft verdient, muss ich Ihnen nicht erzählen. Von Mindestlohn und Hartz vier war da noch keine Rede. Und von meinem Vater wussten wir gar nichts. Er war damals einfach untergetaucht … weg. Erst durch seinen Tod erfuhr ich, was aus ihm geworden war und wo er lebte. Warum er uns damals ohne ein Wort und ohne Geld zurückgelassen hat, weiß ich bis heute nicht. Woher bei seinem Ableben der Reichtum stammte, ist mir bis heute rätselhaft geblieben. Ich habe das Erbe als eine späte Entschädigung für all die dreckigen Jahre angesehen."

„Und Ihre Mutter?"

Zum ersten Mal wurde Marieke van Eijks Gesicht ernst. Sie strich mit ihren schmalen, schlanken Händen über die stoffbedeckten Oberschenkel. „Meine Mutter ist bereits vor vier Jahren gestorben." Doch dann hellte sich ihr Gesicht schnell wieder auf und sie blickte den Hauptkommissar mit ihrem zarten Lächeln an. „Aber Sie sind doch sicherlich nicht gekommen, um meine Lebensbeichte zu hören?"

Fuß nickte. „Sie haben sicherlich gehört oder gelesen, dass eine Ihrer Kolleginnen in der Nähe von Kastellaun in ihrem Wohnmobil verbrannt ist. Wir versuchen jetzt mehr über diese Frau zu erfahren, um so eventuell auf ein Motiv und über das Motiv auf den Täter zu stoßen."

Marieke van Eijk stützte sich mit den Armen nach hinten auf der Liege ab. „Verstehe! Aber ich weiß nicht, ob ich Ihnen da viel helfen kann."

„Was sagt Ihnen die sogenannte WG?"

„Darf ich Ihnen etwas anbieten? Ein Glas Sekt oder einen Saft?"

Fuß und Liane lehnten dankend ab.

„Also, ich kenne keine der Kolleginnen persönlich. Bei der Toten soll es sich um eine Rosi handeln, die ganz in der Nähe von Simmern wohnte, in Neuerkirch."

Fuß und Liane sahen sich vielsagend an. Dann hatten sie dort mit dem Foto von Carola Baumgartner nach der falschen Frau gesucht.

„Sie ist wohl erst seit einem oder zwei Jahren in der WG gewesen und die Nachfolgerin einer Kollegin, die sich bereits zusammen mit der Polin abgewechselt hat. Von beiden kenne ich aber die Namen nicht. Das muss alles schon einige Zeit her sein. Ich bin ja erst seit ein paar Monaten hier im Hunsrück tätig."

Fuß machte Liane ein Zeichen und ließ sich von ihr das Foto von Carola Baumgartner reichen, das er an Marieke weitergab. „Kennen Sie diese Frau?"

Die Prostituierte betrachte das Foto genau, doch dann verneinte sie. „Ist das die Verbrannte?"

„Nein, dass ist wahrscheinlich ihre Partnerin. Sie ist aber zurzeit in Urlaub. Kennen Sie eine Tina, die Beschreibung dieser Frau, könnte auch auf Sie passen."

Marieke van Eijk richtete sich wieder auf und verschränkte die Arme vor ihrem Oberkörper. „Mich hat einmal ein Freier tatsächlich Tina genannt, fällt mir gerade ein. Ich dachte, das ist so ein Spleen von ihm, weil seine Frau oder Traumfrau so heißt oder er den Namen einfach toll findet. Aber es kann natürlich auch eine Verwechslung gewesen sein. Ansonsten bediene ich eigentlich nur Stammkunden. Wie gesagt, es muss Spaß machen und ich muss mich auch nicht mit jedem, der vorbeischaut, einlassen."

„Wo stellen Sie Ihr Wohnmobil nachts ab, das muss doch irgendwann einer merken und sich einen Reim darauf machen."

Wieder lachte Marieke van Eijk. „In Simmern tauche ich immer nur mit einem süßen kleinen Mini Cooper auf. Ich habe bei einem guten Freund eine große Garage, wo ich die Wagen immer austausche."

„Guter Freund?", fragte Liane verwundert.

„Er ist über achtzig und fast blind", versicherte die Hure. „Ich kaufe für ihn ein und koche ihm auch ab und zu etwas. Aber sehen Sie es mir nach, wenn ich Ihnen weder seinen Namen noch seine Adresse nenne. Ich möchte nicht, dass er in Verruf kommt, der alte Herr. Es gibt doch sicherlich keinen Grund, dieses kleine Geheimnis zu lüften ... oder?"

„Im Moment nicht. Aber vielleicht können Sie uns über Ihren soeben verabschiedeten Freier etwas mehr erzählen."

Zum zweiten Mal wich das Lächeln aus ihrem Gesicht. „Diskretion ist ein wichtiger Bestandteil meiner Tätigkeit. Oder wollten Sie, dass ich öffentlich ausplaudern würde, wenn Sie Kunde bei mir wären. Ich darf Ihnen aber versichern, sofern Ihre Überlegungen in diese Richtung gehen, dass der Herr ..."

„Er heißt Matthias Kircher, ist Architekt und kommt aus Heusweiler im Saarland."

Marieke van Eijk schaute Fuß fast mitleidig an. „Wenn Sie so viel von ihm wissen, warum fragen Sie dann noch?"

„Sie kennen ihn schon länger?"

„Er war mein erster Kunde hier im Hunsrück."

„Und könnte er nicht auch …"

„Nein!", fiel ihm Marieke van Eijk energisch ins Wort.

„Sind Sie da so sicher?"

„Ja!"

Fuß spürte, dass er plötzlich bei dieser Frau auf Granit stieß. Es würde auch keinen Sinn machen, sie nach dem Grund zu fragen, warum sie sich da so sicher war. Aber das konnte er auch auf andere Weise herausfinden. „Wenn Sie uns noch Ihre Adresse geben würden und vielleicht eine Telefonnummer, unter der wir Sie notfalls für weitere Fragen erreichen können, dann sind Sie uns wieder los."

Bereitwillig gab Marieke van Eijk der Kriminalhauptmeisterin alle gewünschten Daten.

Bei der Verabschiedung griff Fuß plötzlich der Frau in die Haare und zog leicht daran. Es war eindeutig keine Perücke.

„Alles echt", amüsierte sich Marieke van Eijk und öffnete für einen ganz kurzen Augenblick ihren Morgenmantel, unter dem sie nichts trug als ihre makellose Haut, drehte sich einmal ausgelassen um die eigene Achse und umhüllte dann ihren Körper wieder mit dem edlen Stoff.

11.

Nach der Rückkehr ins Polizeipräsidium blätterte Fuß als Erstes in den Protokollen und suchte die Aussage von Bender. Er hatte bei seiner Befragung den Namen Tina ins Spiel gebracht. Seine Beschreibung passte auf Marieke van Eijk, schlank, groß, kurze blonde Haare und zierliche, aber feste und nicht allzu üppige Brüste, wie Fuß sich selbst kurz hatte überzeugen können. Aber sie hatte bestritten, sich jemals Tina genannt zu haben, abgesehen von dem einen Mal, wo ein Freier sie von sich aus so nannte. Damit stand immer noch ein großes Fragezeichen hinter diesem Namen. Trotzdem schien langsam etwas mehr Licht in die Szene zu kommen. Roswitha Wolf war Rosi und wurde von Braun Olga genannt, Carola Baumgartner war Charly und Marieke van Eijk arbeitete tatsächlich unter ihrem eigenen Namen, wurde aber einmal irrtümlich Tina genannt. Der Zeuge Bender allerdings hatte von einer Tina geschwärmt und auch Schmelzer hatte von einer Tina gesprochen. Vielleicht hatte Marieke nicht die ganze Wahrheit gesagt und schämte sich vielleicht, dass sie neben feinen und reichen Freiern auch schon mal einen LKW-Fahrer als Kunden hatte.

„Ich habe immer gedacht, alle Huren sind gleich", meinte Liane.

„Ihre Vorgeschichten sind ähnlich, selbst bei dieser Edelhure. Vater weg, Mutter krank oder Eltern Alkoholiker oder zumindest der Vater, der Mutter und Kinder schlägt oder jemand, der sich sexuell an ihnen vergangen hat."

„Und wie war das bei diesem … Brigittchen?"

Fuß lachte. „Die war sogar mal in der Kantine der Polizeischule beschäftigt. Warum sie ins Horizontale gewechselt hat, das Geheimnis hat sie, glaube ich, mit ins Grab genommen. Aber irgendein ähnliches Vorleben oder Erlebnis wird sie auch gehabt haben. Und eines hat sie mit dieser van Eijk sicherlich gemein: Es hat ihr Spaß gemacht."

„Und was ist mit diesem BMW-Fahrer?"

„Rufen Sie die Polizeiinspektion in Heusweiler an. Die sollen mal sein Alibi für den fraglichen Dienstag überprüfen. Wenn da nichts bei rauskommt, können wir Marieke van Eijk immer noch vorladen."

Der Freitag brachte eine neue Spur. Die Kollegen der Polizeiinspektion Köllertal, die für Heusweiler zuständig ist, hatten schnelle Arbeit geleistet und Kircher noch am Vorabend aufgesucht, aber nur seine Frau angetroffen. Sie hatte angegeben, dass ihr Mann am Dienstagabend vor vierzehn Tagen nicht zu Hause gewesen und erst spät in der Nacht von einer Präsentation zurückgekommen sei. Im Übrigen habe ihr Mann etliche Bauprojekte im nördlichen Saarland und in Rheinland-Pfalz, auch im Hunsrück.

„Vielleicht haben wir ein zweites Mal Glück. Rufen Sie mal die einzelnen PIs zwischen diesem Heusweiler und dem Brandort an, auch Autobahndienststellen, sofern sie infrage kommen, ob ihnen der BMW an diesem Abend irgendwo in die Radarfalle oder eine Kontrolle gegangen ist."

„Da sitz ich aber ein paar Stunden dran", maulte Liane, die solche Serientelefonate stupide und langweilig fand. Als sie jedoch den strengen Blick von Fuß sah, machte sie sich sofort an die Arbeit.

Später notierte Fuß im Protokoll exakt 13.44 Uhr als Zeit des Anrufes. Liane hatte ihn entgegengenommen, da der Hauptkommissar über Mittag kurz in Stadt gegangen war, um einzukaufen. Es meldete sich die Vermieterin aus Burgen und teilte mit, dass soeben Frau Baumgartner eingetroffen sei. Liane notierte die genaue Zeit des Anrufs, so wie sie es für solch wichtige Fälle auf der Polizeischule gelernt hatte.

Eine halbe Stunde später kehrte Fuß in sein Büro zurück.

„Carola Baumgartner ist wieder da", rief ihm Liane aufgeregt entgegen.

Der Hauptkommissar nahm erst gar nicht hinter seinem Schreibtisch Platz. „Dann nichts wie nach Burgen. Sie bleiben hier und setzen Ihren Telefonrundruf fort."

Fast wären Liane Tränen gekommen. Jetzt, wo endlich die lang erwartete mögliche Hauptzeugin aufgetaucht war.

Fuß läutete Sturm. Es dauerte eine Ewigkeit bis der korpulente Mann seinen Kopf durch die nur wenig geöffnete Haustür steckte.

„Ich muss Frau Baumgartner sprechen."

„Die ist wieder fortgegangen."

„Was heißt … fortgegangen? Wohin?"
„Woher soll ich das wissen?"
Wie damals bei Liane drängte sich plötzlich seine Frau in den Türspalt und schob ihren Mann in den Flur hinter sich.
„Sie haben es doch gehört. Frau Baumgartner war nur ganz kurz hier und ist dann wieder weg."
„Gut, dann lassen Sie mich rein. Ich werde in ihrer Wohnung auf sie warten."
„Ich weiß nicht, ob ich das darf oder muss", kam recht spitz die Antwort.
Fuß hatte keine große Lust, sich auf lange Diskussionen einzulassen. Recht unsanft schob er die Frau zurück ins Haus und öffnete die Tür so weit, dass er eintreten konnte.
„Also eine Art ist das! Muss man sich das in seinem eigenen Haus gefallen lassen?"
Fuß gab keine Antwort, sondern stieg die Treppe zur Ferienwohnung hinauf. Möglicherweise würde ihm bei strenger Auslegung keiner für sein Verhalten Gefahr im Verzug zubilligen. Aber alles hatte seine Grenzen und er musste möglichst schnell Frau Baumgartner befragen.
Die Tür war nicht abgeschlossen. Er betrat die Wohnung und wäre beinahe über nicht ausgepackte Koffer gestolpert, die gleich neben der Eingangstür standen. Sehr schnell hatte er die Räumlichkeiten inspiziert. Ein Blick in den Kühlschrank ließ ihn vermuten, dass die Mieterin wahrscheinlich einkaufen gegangen war. Denn außer den Piccolos herrschte immer noch gähnende Leere.
Auf dem Wohnzimmertisch lag ein aufgerissener Briefumschlag. Die Anschrift war in Druckbuchstaben geschrieben, ein Absender fehlte. Das Briefzentrum 56, in dem der Brief abgestempelt worden war, deutete auf Koblenz hin. Vom Brief selbst fehlte aber jede Spur. Wahrscheinlich hatte ihn Carola Baumgartner eingesteckt und mitgenommen. Trotzdem sah Fuß sich sorgfältig in der Wohnung um, konnte aber weder den Brief noch etwas anderes entdecken, was er nicht schon bei der Durchsuchung mit Schäfer und Erasmus gesehen hatte. Frau Baumgartner musste die Wohnung sofort nach dem Eintreffen wieder verlassen haben. Vielleicht hing es auch mit dem Brief zusammen, den sie vorgefunden hatte.
Etwas unentschlossen setzte er sich in einen der beiden Sessel und dachte nach. Schließlich entschloss er sich zu den Nachbarn zu gehen und zu schauen, ob der Wagen von Frau Baumgartner in der Garage

stand. Doch bevor er das Haus verließ, legte er einen kleinen Stein, den er am Straßenrand entdeckte, so zwischen Haustür und Rahmen, dass sie nicht ins Schloss fallen konnte.

Er hatte Glück. Die Vermieterin der Garage hatte zufällig aus dem Fenster geschaut als Frau Baumgartner wegfuhr. Also war sie mit dem Auto unterwegs. Rasch kehrte Fuß zurück, bevor man seinen kleinen Trick mit dem Stein entdeckte, und begab sich wieder in die Ferienwohnung.

Von dort rief er über sein Handy Liane Esser an. Sie hatte inzwischen alle infrage kommenden Polizeiinspektionen und Autobahndienststellen durchtelefoniert, allerdings ohne Erfolg. Es wäre auch reiner Zufall gewesen, wenn Kircher ausgerechnet an diesem Abend auffällig geworden wäre.

„Bis zur weiteren Klärung bleiben wir aber bei ihm am Ball", entschied Fuß. „Gehen Sie noch einmal alle Ermittlungsergebnisse durch, die sich mit Braun beschäftigen. Vielleicht fällt Ihnen in Anbetracht der neuen Erkenntnisse etwas auf, was wir bisher übersehen haben. Ich warte hier auf Frau Baumgartner."

Es war nicht zu überhören, dass Liane immer noch reichlich verschnupft war. Aber das würde schnell wieder vergehen. Fuß ließ sich wieder in den Sessel plumpsen und streckte die Beine aus. Etwas Ruhe und Entspannung würden ihm gut tun. Und allzu lange würde Frau Baumgartner nach dem Flug wohl nicht wegbleiben.

Ob sie schon wusste, was passiert war? Hatte sie auf Mallorca eine deutsche Zeitung gelesen oder einen deutschen Sender gehört oder deutsches Fernsehen empfangen können? Die Wahrscheinlichkeit war gering, denn sonst wäre sie sicherlich früher zurückgekehrt. Vielleicht hatte aber der Brief sie über das Geschehene informiert und sie befand sich auf dem Weg zur Brandstelle, um sich selbst zu überzeugen. Plötzlich kam ihm eine Idee. Möglicherweise war sie auch auf dem Weg zu einer Polizeidienststelle. Er rief Liane ein zweites Mal an und bat, die Kollegen in Brodenbach und Simmern, die beiden infrage kommenden Inspektionen, zu bitten sich sofort zu melden, wenn Frau Baumgartner dort auftauchte. Er lehnte sich wieder in den Sessel zurück und schloss die Augen. Wieder tauchten die Bilder der Feuersbrunst vor ihm auf, darin sah er immer wieder das Wohnmobil. Was mochte in Olga oder Rosi vorgegangen sein, als sie merkte, dass es kein Entkommen gab. Oder war sie von der Spritze betäubt und hatte von alledem nichts mitbekommen. Er sah Braun, wie er die Benzinkanister über die zusammengesunkene Prostituierte und das Wohnmobil kippte. Er sah aber auch den dunklen Wagen auf der anderen Straßenseite. Darin saß Paul Seiler mit glasig-wässrigen Augen, tief in den Sitz geduckt, damit er von den Vorbeifahrenden nicht gesehen werden konnte. Die Bilder verschwammen und neue tauchten auf. Schäfer, der sich über die verkohlte Leiche beugte. Er sah Braun wieder vor sich laufen, hörte den Warnschuss, den er abgegeben hatte, nachdem er wegen seines immer noch in Mitleidenschaft gezogenen Beines nicht mehr weiterlaufen konnte. Liane hatte das Handy im Wagen vergessen, es läutete und läutete ...

Fuß schreckte auf. Es war sein Handy, er war eingenickt. Rasch riss er es aus seiner Jackentasche. Liane meldete sich, um sich zu erkundigen, ob sie ihn ablösen sollte. Erst jetzt merkte Fuß, dass es draußen bereits dämmerte. Er blickte auf seine Uhr. Eigentlich müsste er jetzt bereits in seiner Straußwirtschaft sein. Er konnte sich die Laune von Erika vorstellen, wenn er erst jetzt kommen würde. Sicherlich ging es wie jeden Freitag drunter und drüber.

„Wenn Sie nichts Besseres vorhaben?"

Liane schien aber geradezu darauf erpicht, ihn abzulösen. Er reckte sich und stand auf. Seine Glieder waren steif vom Sitzen. Fuß schaltete Licht an und ging an die Wohnungstür. Die Koffer standen immer noch so da, wie er sie vorgefunden hatte. Er würde auch bemerkt haben, wenn jemand die Wohnung betreten hätte. Sein Blick fiel wieder auf den Briefumschlag. Jetzt stand für ihn fest, dass das schnelle Wegfahren von Frau Baumgartner nicht dem Einkauf diente, sondern etwas mit dem Inhalt des Briefes zu tun haben musste. Morgen würde er als Erstes Seiler aufsuchen. Nach mehr als sechzig Stunden musste er vernehmungsfähig sein. Fuß wählte seine eigene Telefonnummer.

Als er sich meldete, hörte er von Erika nur „Keine Zeit, keine Zeit!" Dann wurde wieder aufgelegt. Es war also eingetreten, was er befürchtet hatte, seine Frau war sauer. Im Grunde musste er ihr sogar recht geben. Im Laufe der letzten Jahre und vor allem, seitdem die Terrasse gebaut worden war, hatte der Ansturm der Gäste immer mehr zugenommen. Einerseits freute er sich darüber, andererseits waren die Belastungen für sie und ihn auch erheblich gestiegen. Die Vorbereitungen in der Küche und das Bedienen der Gäste lasteten auf Erikas Schultern. Und auch ihn nahm das Einkaufen, das Aufräumen, Nachfüllen und die Weinberge immer mehr in Anspruch. Daneben dann noch sein eigentlicher Beruf als Kriminalbeamter ...

Er hörte ein Läuten an der Haustür. Rasch eilte er aus der Wohnung. Liane Esser war eingetroffen. Sie musste geflogen sein oder war er zwischendurch wieder eingenickt?

Nachdem Fuß die letzten Gäste verabschiedet hatte, räumte er noch die leeren Flaschen weg und füllte die Kühlschränke mit Getränken auf. Auf dem Weg in die Wohnung ging er in sein Büro und wählte Lianes Handynummer. Sie meldete sich mit verschlafener Stimme.

„Ist sie immer noch nicht da?"

Liane verneinte müde und gähnte ins Telefon hinein.

„Ich habe gedacht, Sie sind längst zuhause."

„Ich werde hierbleiben", antwortete Liane. „Irgendwann muss sie ja kommen."

„Und wenn nicht?"

„Ich habe es mir hier mit den beiden Sesseln recht bequem gemacht", versicherte ihm die Kriminalhauptmeisterin. „Sie können mich ja morgen früh wecken."

Fuß hatte eine unruhige Nacht hinter sich. Irgendwie gefiel ihm nicht, dass Frau Baumgartner sofort nach ihrer Rückkehr aus dem Urlaub wieder weggefahren war. Nach einer Scheibe Brot und einer Tasse Kaffee rief er Liane an.

„In Burgen nichts Neues!", begrüßte sie ihn. „Soll ich noch bleiben oder ins Präsidium kommen?"

Fuß wusste nicht, was er hierauf antworten sollte. Immerhin war es ihm in der Nacht bewusst geworden, dass Carola Baumgartner auch annehmen konnte, dass sie als Tatverdächtige gesucht wurde oder tatsächlich etwas direkt oder indirekt mit der Tat zu tun hatte und daher geflüchtet war. Schließlich entschied er, dass seine Kollegin die Vermieter erneut bitten solle anzurufen, wenn Frau Baumgartner auftauchte. Dann könne sie ins Präsidium kommen.

Der Samstag sollte ein schwarzer Tag werden. Doch das ahnten Fuß, Schäfer und Liane nicht als sie sich auf einen Kaffee in der Kantine des Polizeipräsidiums trafen. Schäfer hatte in dem Schutt noch ein paar halbverbrannte Utensilien entdeckt, darunter eine kleine Blechschachtel mit billigem Schmuck und einen stark angebrannten Taschenkalender.

„Er ist vom vergangenen Jahr, aber vielleicht kann man das ein oder andere noch entziffern. Zum Glück war die Feuerwehr schnell genug am Ort, so dass unter der Asche noch einige Dinge gefunden wurden." Als Beweis legte er ein Foto auf den Tisch. „Das war einmal Charly Chaplin."

Was auf dem Foto zu sehen war, sah allerdings ganz anders aus. „Wie kommst du darauf?", wollte Fuß wissen.

„Das Innenleben der Figur bestand auf einem dicken Drahtgeflecht. Wenn man genau hinschaut, erkennt man die Beine in einer typischen Chaplin-Stellung und den bis zum Boden reichenden Arm. Aber das war nicht der Arm allein, sondern der Stock, den er in der Hand hielt."

Liane staunte. Tatsächlich konnte sie jetzt Charly Chaplin erkennen. Fast ehrfurchtsvoll schaute sie vom Foto zu Schäfer auf, der das entdeckt hatte. „Klasse!"

„Das beweist also, dass Carola sich, wie wir vermutet haben, mit Rosi das Wohnmobil geteilt hat."

Schäfer stimmte Fuß zu und griff gleichzeitig nach seinem Handy, das zu surren angefangen hatte.

„... wo ist das?", fragte er nach ein paar Sekunden und machte den beiden anderen ein Handzeichen, das aber nur schwer zu deuten war. Als er die Trenntaste drückte, schaute er Fuß und Liane an. „Ich glaube, wir haben einen neuen Fall. Man hat eine Frauenleiche am Moselufer gefunden, direkt unter der Winninger Autobahnbrücke. Auf dem Parkplatz dort steht ein Golf, dunkelblau, zugelassen auf eine gewisse Carola Baumgartner. Kommt ihr mit?"

Die uniformierten Kollegen hatten den Parkplatz bereits komplett abgesperrt. Zwei Uniformierte mussten den immer wieder durch Neugierige stockenden Verkehr am Parkplatz vorbeiwinken. Drei Streifen- und ein Notarztwagen standen dicht beieinander.

Während Schäfer sich gleich in Richtung Ufer bewegte, steuerten Fuß und Liane einen der Streifenwagen an.

„Wer hat die Leiche gefunden?"

Einer der Beamten, der sich dicht bei dem Wagen aufhielt, deutete auf einen jungem Mann hin, der in Radfahrerdress halb in einem der anderen Streifenwagen saß, die Beine draußen und eine Zigarette rauchend. Neben dem Wagen lag ein Sportrad auf dem Boden.

Fuß ging auf den jungen Mann zu und stellte sich vor. „Sie haben die Leiche gefunden?"

Ein blasses Gesicht blickte auf und nickte wortlos.
„Wie kommen Sie als Radfahrer unmittelbar ans Moselufer?" Fuß hatte beobachtet, dass Schäfer in der Uferbepflanzung verschwunden war.
„Ich musste mal pinkeln, da habe ich die Frau entdeckt."
Fuß wandte sich zu Liane. „Nehmen Sie die Personalien auf." Dann drehte er sich wieder dem Mann zu. „Soll ich Ihnen den Notarzt schicken, Sie sehen nicht besonders fit aus."
„Der hat mich schon gesehen, es geht wieder."
Fuß zögerte einen Moment, doch dann machte er sich auch auf den Weg zum Ufer. Kurz vor dem Flussbett führte eine Böschung knapp zwei Meter steil hinab. Es war eindeutig Carola Baumgartner. Sie lag dicht am Wasser. Ein kleiner Schubs hätte ausgereicht, sie vollends in die Mosel zu befördern. Der Notarzt stand zusammen mit Schäfer und einem Uniformierten neben der Leiche.
Fuß betrachtete die Tote, konnte aber keine Verletzung entdecken. „Ich gehe mal davon aus, dass sie nicht freiwillig hier liegt", meinte Fuß mit einem sarkastischen Unterton.
„Da dürften Sie recht haben." Der Notarzt ging in die Hocke, schob die Haare der Toten etwas auseinander und deutete auf eine kaum sichtbare Wunde am Hinterkopf. „Das dürfte aber nicht die Todesursache sein. Ich würde die Wunde eher einem Sturz auf einen Stein zuordnen, der aber nicht allzu heftig war. Weitere äußere Verletzungen konnte ich bisher nicht ausmachen. Das muss die Obduktion ergeben."
„Wie lange ist sie schon tot?"
„Heute Nacht war es recht kühl. Ich würde sagen zehn bis zwölf Stunden." Der Notarzt stand wieder auf und blickte Schäfer an.
Der schob Fuß etwas beiseite. „Schau dir die verschmutzte Kleidung an. Außerdem ist der Rock eingerissen. Ich würde sagen, die wurde oben am Rand umgebracht oder abgelegt und dann ins Rollen gebracht, hat aber das Wasser nicht erreicht. Gott sei Dank, sonst würden wir sie wahrscheinlich irgendwann an der Staustufe in Koblenz gefunden haben."
„Scheiße!", fluchte Fuß leise vor sich hin. „Unsere wichtigste Zeugin im Fall Roswitha Wolf." Er zog sich Handschuhe über und beugte sich zu der Toten. Vorsichtig suchte er ihre Taschen nach dem Brief ab, von dem er vermutete, dass sie ihn eingesteckt hatte. Aber er fand nichts. Enttäuscht stand er wieder auf. „Wenn du einen Brief oder ähnliches

findest", er deutete in die Runde, „dann schau bitte genau hin. Sie hat, bevor sie ihre Wohnung verließ und losfuhr, einen Umschlag geöffnet. Den Inhalt habe ich aber nirgends entdecken können.

Schäfer nickte und winkte Erasmus zu, der gerade mit dem SpuSi-Fahrzeug eingetroffen war. „Den Rest machen wir. Die Leiche soll wohl gleich in die Rechtsmedizin, wenn wir alles fotografiert haben?!"

„Mir bleibt auch nichts erspart", spöttelte Fuß. „Schönen Gruß an Doktor Wehlen."

„Eigentlich liegt der Kemperhof jetzt auf dem Weg und wir könnten bei Seiler vorbeifahren und ihn befragen. Der müsste inzwischen doch wieder klar im Kopf sein", meinte Fuß als Liane Esser den Motor anließ.

„Kein Problem, wenn Sie mir sagen, wie ich von hier aus die Klinik finde."

„Einfach geradeaus und dann ist es irgendwann nach rechts ausgeschildert ... hoffe ich." Fuß rutschte nervös auf dem Beifahrersitz herum. „Wenn ein Tag so anfängt ..."

„Jetzt werden wir wohl wieder von vorne anfangen müssen. Entweder erzählt uns jetzt dieser Seiler etwas, was uns weiterhilft oder wir sind wieder auf die Indizien und die Fahrtenschreiberscheibe angewiesen."

„So ist es!", stöhnte Fuß. „Und jetzt dürfen wir auch noch nach dem Mörder von dieser Baumgartner suchen."

„Sie glauben nicht, dass es ein Unfall gewesen sein kann?"

Fuß blickte Liane verwundert von der Seite an. „Glauben Sie, die hat sich selbst da hinuntergerollt?"

Es dauerte eine Weile, bis die junge Frau antwortete, zuvor hatte sie sich alles noch einmal gut überlegt. Sie wollte sich nicht wieder blamieren. „Könnte es nicht sein, dass die Baumgartner einfach angehalten hat, weil es ihr schlecht war oder sie etwas frische Luft schnappen wollte. Im Dunkeln in Richtung Böschung ging, stolperte und dann hinunterkugelte und sich dabei so schwere innere Verletzungen zuzog ..." Sie hielt inne.

„Das halte ich für äußerst unwahrscheinlich. Dann hätte sie auch äußerlich größere Verletzungen. Außerdem gehe ich fest davon aus, dass sie diesen Brief dabei hatte."

Fuß trat in der Eingangshalle des Klinikums an den Empfang und zeigte seinen Ausweis.

„Sie waren aber schnell!", begrüßte ihn die ältere Dame.
„Wieso?"
„Ihr Kollege hat doch eben erst angerufen."
Fuß spürte, wie sich in seinem Magen etwas bewegte und eine vage Vorahnung schoss ihm durch den Kopf. „Worum geht es überhaupt?"
Die Dame deutete mit der Hand an Fuß vorbei. Der Hauptkommissar drehte sich rasch um und sah einen Uniformierten auf sich zukommen.
„Herr Hauptkommissar Fuß, gut dass Sie gleich gekommen sind. Ich wurde abgestellt, diesen Mann zu bewachen ... Aber jetzt ist er ... verschwunden. Ich habe auch die Kollegen von K drei bereits verständigt."
„Seiler ist verschwunden?!", brüllte Fuß außer sich vor Wut. Für ein paar Sekunden konnte man den Eindruck haben, alle Menschen in der Eingangshalle wären vor Schrecken stehen geblieben und hätten den Atem angehalten. Selbst Fuß merkte, dass er zu laut geworden war. Entschuldigend hob er beide Hände hoch und drehte sich einmal um die eigene Achse. Dann schaute er den Polizisten wieder an. „Bringen Sie mich zu dem Zimmer aus dem Seiler verschwunden ist." Im Gehen wandte er sich Liane zu. „Rufen Sie Schäfer an, entweder soll er anschließend sofort hierher kommen oder einen Kollegen von der SpuSi hierher schicken."
Die drei eilten einen Flur entlang. Liane, das Handy am Ohr, versuchte Schritt zu halten.
„Rechts!", befahl Fuß.
„Sie kennen sich hier aus?", fragte der Polizist erstaunt.
„Erstens ja, ich habe erst vor Kurzem hier gelegen, und zweitens geht es links zur Endoskopie, wenn Sie lesen können", knurrte Fuß.
„Hier!" Der Polizist deutete auf eine Tür neben der ein Stuhl stand. „Hier habe ich seit Dienstantritt um zweiundzwanzig Uhr unentwegt gesessen."
„Eingeschlafen, was?"
„Keine Minute!" Er deutete auf ein dickes Buch, das auf dem Stuhl lag. „Ich habe die ganze Zeit gelesen ..."
„Und wann gepinkelt?"
„Einmal so gegen drei Uhr. Da hat aber eine Schwester mich vertreten, die hier Nachtdienst hatte."
„Wo ist die jetzt?"
Der Polizist erstarrte förmlich. „Da... das weiß ich nicht."

„Ihr Name?"

„Klaus-Peter Klug."

„Der Nachtschwester!", entfuhr es Fuß wieder sehr laut. Liane war schon sprungbereit zwischen Fuß und den Polizisten zu treten. So wütend hatte sie den Hauptkommissar noch nie erlebt.

„Den kenne ich doch nicht, wieso auch?"

Fuß drehte sich zu Liane um. „Suchen Sie mir irgendwen, der hier auf der Station etwas zu sagen hat, irgendwen. Aber schnell!"

„Das Stationszimmer ist dort drüben", erklärte der Polizist kleinlaut.

Wenige Augenblicke später kam Liane mit einer Schwester zurück. „Das ist Schwester Annemarie. Sie hat aber erst seit heute Früh Dienst."

Fuß versuchte sich zu beherrschen. „Wer hatte heute Nacht hier auf der Station Dienst?"

„Schwester Gisela."

„Können Sie diese Schwester telefonisch erreichen?"

„Sicher, aber sie wird jetzt schlafen."

„Wecken! Ich muss sie sofort sprechen ... zumindest am Telefon." Fuß' Stimme bekam schon wieder einen härteren Klang.

Schwester Annemarie eilte den Gang zurück und verschwand wieder im Stationszimmer.

„Und wir beide sprechen uns noch", wandte sich Fuß wieder an den Polizisten Klaus-Peter Klug. „Seiler kann sich doch nicht in Luft aufgelöst haben. Bleiben Sie draußen!"

Fuß öffnete die Tür zum Krankenzimmer. Eines der Betten war unberührt, in dem zweiten hatte offensichtlich Seiler gelegen. Das Bett war zerwühlt. Neben ihm stand ein Gestell, an dem noch eine leere Infusionsflasche hing. Fuß öffnete die Tür zum Hygieneraum. Dann untersuchte er das Fenster. Es war verschlossen.

„Liane", rief er nach draußen, „fragen Sie die Patienten in den Nachbarzimmern, ob irgendwer heute Nacht etwas gehört oder gesehen hat. Und Sie, Herr Klug, warten hier, bis die Spurensicherung da war. Vorher betritt niemand diesen Raum. Ist das klar? Liane, versiegeln Sie das Zimmer."

Der Polizist, der noch vor wenigen Minuten den Hauptkommissar freudig begrüßt hatte, nahm wieder auf seinem Stuhl neben der Tür Platz und blickte verängstigt drein.

„Und Sie melden sich heute Mittag bei mir im Präsidium."

Der Beamte nickte wortlos.

„Herr Kommissar!", hallte es über den Flur. „Kommen Sie bitte!"

Fuß eilte so schnell er konnte zum Stationszimmer. Merkwürdig, hier in der Klinik verspürte er plötzlich wieder stärkere Schmerzen in Bein und Becken. Immerhin war vor Kurzem genau hier in dem Klinikum sein Oberschenkelhalsbruch operiert worden und er war auch noch bis unmittelbar vor dem Fall Rosi hier regelmäßig zur Reha gegangen.

„Ich habe Schwester Gisela am Telefon."

Fuß nahm den Hörer entgegen und meldete sich. „Sie haben heute Nacht kurz den Kollegen abgelöst, der hier Wache geschoben hat?"

„Ja, stimmt etwas nicht?"

„Mich interessiert, waren Sie während der ganzen Zeit auf dem Flur als er austreten war?"

„Die ganze Zeit!"

„Und wie erklären Sie sich, dass der Patient verschwunden ist?"

„Ver…" Die Verwunderung der Schwester war durch das Telefon zu spüren. „Aber, das kann nicht sein. Ich bin auch sonst mehrfach auf dem Flur gewesen und Ihr Kollege hat immer dort gesessen und gelesen … nein, das begreif ich nicht. Mein Gott!"

„Danke!" Hauptkommissar Fuß reichte den Hörer wieder an Schwester Annemarie zurück und verließ das Stationszimmer.

Diese neue Entwicklung war Liane kräftig auf den Magen geschlagen. Außerdem war sie durch das schnelle Laufen zum Auto und zurück, um das Siegel zu holen, außer Atem. Sie lehnte sich kreidebleich neben der versiegelten Tür gegen die Wand.

„Lassen Sie uns in der Cafeteria schnell einen Kaffee trinken", schlug Fuß versöhnlich vor. Auch ihm war nach den unerwarteten Ereignissen nach einem starken Schwarzen und etwas Ruhe zum Nachdenken.

Liane lächelte dankbar, raffte sich auf und folgte Fuß zum Aufzug ins Erdgeschoss.

Fuß spendierte seiner Mitarbeiterin zusätzlich ein Stück frischen Blechkuchen, den er an der Theke entdeckte. Liane hatte unterdessen bereits an einem Vierertisch in der Nähe Platz genommen und starrte vor sich auf die Tischplatte.

„Kopf hoch", versuchte Fuß sie aufzumuntern und schob ihr den Teller mit Kuchen und eine Tasse Kaffee zu.

Liane Esser blickte auf. Ihr Gesichtsausdruck zeigte eine Mischung von Dankbarkeit und Verzweiflung. „Was machen wir denn jetzt?" Sie ahnte, dass Fuß ihr nicht sofort eine Antwort geben, dafür aber sein

Gesicht kneten würde. Als er tatsächlich damit anfing, huschte unwillkürlich ein Lächeln über ihr Gesicht. Trotz der oftmals rauen Schale mochte sie diesen Mann und seine Art.

„Wir kennen uns doch?"

Fuß und Liane blickten gleichzeitig auf.

„Ich hoffe, ich bin nicht wieder in eine Radarfalle geraten", lachte Petra Pressel und streckte Fuß ihre Hand zur Begrüßung entgegen.

Fuß stand auf und deutete auf einen freien Stuhl am Tisch. „Nehmen Sie doch Platz ... Wir sind gerade in eine Ermittlungsfalle geraten."

Die Ärztin stellte ihr Tablett mit ihrem Mittagessen auf den Tisch und setzte sich. „Das hört sich spannend an, zumal Sie wieder hier im Kemperhof sitzen."

Fuß überlegte, inwieweit er mit Dr. Pressel offen reden konnte. „Uns ist ein Patient abhanden gekommen", begann er langsam und schlürfte einen ersten Schluck Kaffee. „Lassen Sie aber Ihr Essen nicht kalt werden."

„Und wie kommt einem ein Patient abhanden?", amüsierte sich die Ärztin mit dem braunen Lockenkopf und den kleinen Wangengrübchen.

„Wir haben am Mittwoch einen zugedröhnten Drogenabhängigen hier einliefern lassen und wollten ihn heute befragen ... und als wir kamen, war er spurlos verschwunden."

„Dann wurde er versehentlich entlassen, so etwas sollte allerdings nicht passieren", antwortete die Ärztin sichtbar erschrocken.

„So einfach ist das nicht. Er hatte von uns Bewachung vor der Tür und wurde auf keinen Fall entlassen", knurrte Fuß und spürte, dass ihn erneut die Wut packte. Er spürte Lianes mahnenden Blick auf sich gerichtet und versuchte sich zu beherrschen. „Er ist tatsächlich einfach weg."

„So was gibt es doch nicht. Soll ich der Sache einmal nachgehen? Wie war denn der Name des Patienten?"

„Seiler, Paul Seiler."

Die Ärztin zückte einen Kugelschreiber aus der Brusttasche ihres Kittels und notierte sich den Namen auf die Papierserviette. „Ich werde mich gleich nach dem Essen darum kümmern, das verspreche ich Ihnen. Hat dieser Mann etwas mit der Sache zu tun, weshalb Sie mich neulich aufgesucht haben?"

Wieder zögerte Fuß mit seiner Antwort, dann meinte er ausweichend: „Ganz am Rand."

Der Hauptkommissar beobachtete schweigend, wie die Ärztin das

Schnitzel und die Beilagen verzehrte. Auch Liane war damit beschäftigt ihren Kuchen zu essen. Plötzlich kam ihm eine Idee.

„Sie kennen sich doch bestimmt mit Drogen besser aus als unsereins. Was können Sie mir über die Wirkung von Ketamin sagen?“

„Ketamin? Nun, die Substanz gilt als sogenannte Partydroge, ist aber äußerst gefährlich, vor allem wenn man eine Überdosis zu sich nimmt. Es kann zu einer Atemlähmung kommen. Oftmals wird Ketamin kombiniert mit LSD, Heroin oder anderen Drogen. Konsumenten behaupten, dann werden die Träume bunter … wahrscheinlich aber auch die Albträume. Eine gefährliche Droge. Hatte Ihr Patient Ketamin gespritzt?”

„Das wissen wir nicht”, gab Fuß zu. „Wir haben ihn aufgegriffen, mehr nicht. Außerdem sind wir nicht für Rauschgiftdelikte zuständig. Das wird Aufgabe unserer Kollegen sein … wenn wir ihn wiedergefunden haben.”

„Also, wie bereits gesagt, ich kümmere mich darum …”

„Noch etwas …”, Fuß legte seine wuchtige Hand auf den schlanken Arm der Ärztin. „Als Sie über die Hunsrückhöhenstraße gerast sind, ist Ihnen da kurz hinter Gödenroth auf Ihrer Straßenseite ein Fahrzeug aufgefallen, das halb im Graben stand?”

Die Ärztin musste erneut lachen. „Wie sollte es? Ich habe nur an meinen OP-Termin gedacht und war deswegen völlig unkonzentriert.”

Nachdem der Hauptkommissar sah, dass Liane den Kuchen aufgegessen hatte und ihre Tasse leer war, stand er auf.

„Sie melden sich bei mir, wenn Sie etwas herausgefunden haben?”

„Ich verspreche es. So einfach verschwinden unsere Patienten nicht.”

Auf dem Weg zum Parkplatz des Klinikums erreichte die beiden ein Anruf von Schäfer.

„Wo seid ihr? Könnt ihr nochmals vorbeikommen, wir haben eine Tasche gefunden, die sich etwas moselabwärts am Ufer im Gestrüpp verfangen hat. Sie gehört eindeutig der Toten.”

Fuß und Liane fuhren die wenigen Kilometer zurück. Schäfer hatte den Inhalt der Tasche fein säuberlich auf einer Plane ausgebreitet: eine Ledermappe mit Ausweis und Wagenpapieren, ein Schlüsselbund, ein Portemonnaie, eine aufgeweichte Packung Papiertaschentücher und eine kleine separate Tasche mit den üblichen Kosmetikartikeln einer Frauenhandtasche.

„Kein Brief? Kein Handy?” Fuß war enttäuscht. Darauf hatte er während der ganzen Fahrt hierher gehofft.

Erasmus, der den Fund bewachte, schüttelte den Kopf. Der Hauptkommissar ließ sich die Stelle zeigen, wo man die Tasche gefunden hatte.

„Schäfer geht davon aus, dass sie ins Wasser geworfen wurde, aber nicht weit genug. Nach hundert Metern ist sie wieder an Land getrieben worden und hier hängen geblieben.

„Habt ihr auch mal den Wagen durchsucht. Irgendwo muss doch der Brief sein. Und ein Handy hat die Frau garantiert auch besessen."

„Den Wagen haben wir nur oberflächlich durchsucht, den nehmen wir mit. Aber bisher haben wir weder einen Brief noch ein Handy gefunden. Nur eine Strickjacke auf dem Rücksitz, eine Tüte mit Bonbons, eine Sonnenbrille sowie Zigaretten und ein Feuerzeug im Handschuhfach, mehr nicht."

Fuß ließ Liane und Erasmus zurück und ging zu Schäfer, der dabei war, den Fundort der Leiche auf Video zu bannen.

„Lass deine Leute noch mal genau das Ufer nach einem Brief, oder Resten davon und einem Handy absuchen", bat er seinen Kollegen. „Vielleicht findet ihr auch einen Hinweis, wo sich Frau Baumgartner bis zu ihrem Tod aufgehalten hat."

12.

Noch am Nachmittag meldete sich Dr. Pressel telefonisch bei Fuß.

„Ich kann es einfach nicht glauben", begann sie hörbar erregt, „aber weder der Stationsarzt noch die diensthabenden Schwestern der gestrigen Nachmittagsschicht können sich das Verschwinden erklären. Und mit der Nachtschwester haben Sie offensichtlich schon selbst gesprochen. Beim letzten Stationsrundgang gegen zwanzig Uhr, so wurde mir von Schwester Gudrun bestätigt, hat sie noch ins Zimmer reingeschaut. Da war der Patient noch anwesend und schlief fest."

„Aber wie erklärt man sich dann sein Verschwinden?"

Dr. Pressel versicherte, dass man im ganzen Klinikum ratlos sei. „So etwas ist noch nie vorgekommen."

„Dann werden wir wohl oder übel Herrn Seiler zur Fahndung ausschreiben müssen, irgendwo muss er ja sein. Frau Esser, erledigen Sie das bitte sofort mit den Kollegen von K sechzehn." Fuß bedankte sich bei Dr. Pressel für ihre Bemühungen und legte enttäuscht auf.

Liane Esser hatte das Büro bereits in den Feierabend verlassen, als es energisch an die Tür klopfte und Hauptkommissar Schäfer eintrat.

„Ist heute nicht unser Tag", meinte er und ließ sich deutlich erschöpft auf den Besucherstuhl vor dem Schreibtisch nieder. „Wir waren also nach dem Fundort der Leiche auch noch im Kemperhof. Die Sache stinkt irgendwie."

Fuß schaute seinen Freund und Kollegen neugierig an.

„Seine Hose, die Jacke und das Hemd hängen noch im Schrank, man hatte ihm wohl so ein OP-Hemdchen angezogen. Das fehlt allerdings. Aber so kann er die Klinik doch nicht verlassen haben. Am Fenster, vor dem Fenster draußen … nichts, was auf eine Flucht hindeutet. Die Aussagen des Klinikpersonals kennst du wahrscheinlich, keiner weiß nix, aber davon jede Menge."

„Ich habe ihn zur Fahndung ausschreiben lassen, aber …"

„Es kann auch nicht sein, dass er sich in der Klinik irgendwo versteckt hält. Er hat laut Aussage aller, die infrage kommen, das Zimmer nicht verlassen."

„Gibt es denn wenigstens am Fundort der Leiche eine Erkenntnis, die uns weiterhilft?"

„Soweit ich das jetzt beurteilen kann, muss sich Folgendes abgespielt haben. Carola Baumgartner hat ihren Wagen auf dem Parkplatz abgestellt, vielleicht war sie verabredet oder wollte wirklich nur mal Luft schnappen. Niedergeschlagen wurde sie auf keinen Fall, dafür gibt es nicht den geringsten Hinweis. Die Verletzung am Hinterkopf konnten wir zusammen mit dem Notarzt eindeutig bei einer Rekonstruktion auf das Herunterrollen von der Böschung zurückführen. Wir haben den Stein gefunden, der die Verletzung verursacht hat. Es war Blut von der Toten daran. Die Rechtsmedizin muss untersuchen, warum sich die Frau nicht gewehrt hat und was genau passiert ist."

„Kann sie einfach ohnmächtig geworden und dann runtergestürzt sein?"

„Gestürzt auf keinen Fall. Theoretisch möglich aber äußerst unwahrscheinlich wäre, dass es ihr schwindlig geworden ist, sie sich selbst gesetzt oder hingelegt hat und zwar so unglücklich, dass sie den Hang abwärts gerollt ist. Aber da müssten so viele Faktoren zusammenkommen ... Das kann kaum sein."

„Das heißt also wieder, auf die Ergebnisse von Doktor Wehlen warten", stöhnte Fuß und reckte sich.

„Das ist das einzig Erfreuliche für dich", lachte Schäfer. „Der Notarzt hat die Leiche zunächst in die Pathologie im Kemperhof bringen lassen. Es soll zunächst einmal nur die Todesursache abgeklärt werden. Der Staatsanwalt kann dann entscheiden, ob sie weiter zur Gerichtsmedizin muss, falls diesbezüglich noch Fragen abzuklären sind."

Fuß rieb sich die Hände. „Wenigstens zum Ausklang des Tages noch etwas Erfreuliches."

„Bei dir klingt es doch so oder so fröhlich aus ... mit deinen weinseligen Gästen!"

Der Himmel zeigte sich am Sonntag von seiner besten Seite. Schon zum Frühschoppen waren fast alle Plätze in den Schankräumen besetzt. Als dann am Mittag die Sonne die letzten vereinzelten Wolken vertrieb, füllte sich auch die Terrasse sehr schnell und Fuß und seine Frau und das Personal hatten mal wieder bis in den späten Abend hinein alle Hände voll zu tun. Es war einer der Sonntage, an dem wieder viele Stammgäste gekommen waren, weil sie wussten, dass in wenigen Tagen die Straußwirtschaft bis zum nächsten Frühjahr ihre Tür schloss.

Fuß war froh, dass sich das Auffinden der Frauenleiche und das Verschwinden von Seiler noch nicht herumgesprochen hatten. Erst die Montagszeitung würde neugierige Fragen zur Folge haben. So konnte er diesbezüglich unbehelligt von Tisch zu Tisch gehen und ein Schwätzchen halten. Auch Erika war bestens gelaunt und machte schon Pläne, was sie und ihr Mann nach der Traubenlese alles unternehmen wollten.

„Vor den letzten Tagen und der Lese graust es mir noch, aber dann ...!", äußerte sie immer wieder. Natürlich hatte sie auch einen neuen Witz auf Lager. „Geht eine Frau durch die Stadt und merkt plötzlich, dass ihr ein Mann folgt. Sie wechselt die Straßenseite, er folgt ihr. Plötzlich bleibt sie stehen, dreht sich um und fragt den Mann ‚Was fällt Ihnen eigentlich ein, mir dauernd zu folgen? Was wollen Sie von mir?', sagt der Mann ‚Jetzt, wo ich Sie von vorne sehe, nichts mehr!'" Erika erntete natürlich den gewohnten Lacherfolg.

Mit den letzten Gästen saßen Fuß, seine Frau Erika, die Bedienung Renate und Küchenfee Krystyna zusammen am großen Tisch im oberen Schankraum. Der Hobbywinzer hatte zwei Flaschen vom jungen Wein aufgemacht und freute sich, dass er positiven Anklang fand.

„Der wird noch besser bis zum Frühjahr", meinte er. „Und wenn das Wetter so bleibt, dann wird auch das, was jetzt an den Rebstöcken hängt, ein Spitzenjahrgang."

Erika hatte noch rasch ein paar Käsehäppchen und Salzbrezel auf den Tisch gestellt und Jan Weijer aus Holland, der mit seiner Frau wieder einige Tage Urlaub an der Mosel verbrachte, machte noch ein paar Erinnerungsfotos.

Montagmorgen war Fuß wieder einmal als Erster im Büro. Er riss die Fenster auf, um die abgestandene Luft vom Wochenende aus dem Raum zu lassen. Außerdem wollte er selbst einmal richtig durchatmen. Irgendwie hatte er das Gefühl, dass ihm dies gut tun würde. Die letzten Tage der Saison in der Straußwirtschaft waren immer besonders anstrengend. So genoss er die wenigen ruhigen Minuten und die frische Morgenluft in seinem Büro, bevor Liane und die Kollegen in den Nachbarbüros auftauchten.

Doch statt seiner Kollegin erschien zunächst die Presseabteilung des Polizeipräsidiums im Doppelpack. Ralf Schomisch und Helmut

Zirfas legten eine Art Presseschau auf den Schreibtisch. Selbst BILD hatte von der ***Ratlosigkeit der Koblenzer Polizei*** berichtet.

„Die können mich mal!", kommentierte Fuß die Schlagzeichen.

„Was können wir denen denn als Häppchen hinwerfen?", wollte Schomisch wissen. „Ganz so ahnungslos, wie die tun, sind wir nun wirklich nicht."

Der Hauptkommissar zog eine Grimasse und grinste. „Da bin ich mir aber gar nicht so sicher. Ein U-Häftling mit Indizien auf schwachen Beinen und einem einzigen, zudem noch fraglichen Beweis ... eine Tote, in der wir bisher die große Hoffnung als Zeugin gesehen haben, und einen weiteren Zeugen oder Mitwisser, vielleicht sogar Tatverdächtigen, der sich in Luft aufgelöst hat. Ich weiß nicht, ob das den Staatsanwalt glücklich macht."

„So aus dem Bauch heraus ... gibt's da eine persönliche Theorie?"

Fuß zog die Schultern hoch. „Vage, sehr vage. Es gibt zwei nachvollziehbare Möglichkeiten. Entweder es war Braun, der mit dieser Rosi, oder für ihn war es ja Olga, in einen Streit geraten und ausgerastet ist. Nach dem Streit hat er kochend vor Wut die Stange genommen, die Tür des Wohnmobils blockiert und dann alles mit Benzin übergossen und angezündet. Dafür hätten wir die Beobachtungen eines Zeugen, der Brauns Wagen kurz vor Ausbruch des Feuers am Tatort gesehen haben will. Die zweite Möglichkeit ist, dieser drogensüchtige Seiler ist aus bisher unbekannten Gründen ausgeflippt, hat in der Nähe des Wohnmobils gewartet bis Braun weg war, dann seiner Freundin eine Spritze verpasst, die daraufhin bewegungsunfähig war ... und der Rest ist bekannt."

„Welche Bedeutung kommt aber im ersten Fall der Spritze zu?", wollte Zirfas wissen.

„Genau das ist der Knackpunkt", gestand Fuß. „Entweder hat Braun die Tat geplant und ist irgendwie an den Stoff gekommen oder unsere Rosi hat sich selbst damit versorgt. Einstiche, wo auch immer, konnte die Gerichtsmedizin natürlich bei der verkohlten Leiche nicht mehr nachweisen. Ich werde jetzt zunächst einmal den Hausarzt von Braun konsultieren. Vielleicht weiß der mehr. Außerdem wissen wir inzwischen, dass Rosi es war, die in Neuerkirch wohnte. Da werden wir auch noch einmal ermitteln müssen."

Die Tür öffnete sich und Liane stürmte herein. „Entschuldigung für die Verspätung, aber mein Auto ist nicht angesprungen."

„Das sagt Ralf auch immer, wenn er nicht aus den Federn gekommen ist", flachste Zirfas und steckte dafür einen Knuff seines Kollegen in die Rippen ein.

„Wir bekommen Futter, wenn ihr was wisst?", verabschiedeten sich die beiden Pressesprecher.

„Und was steht für uns heute auf dem Programm?", fragte Liane, als die beiden das Büro verlassen hatten.

„Für Sie Telefondienst, für mich eine Fahrt nach Neuerkirch."

„Neuerkirch, da war ich doch schon."

Fuß zwinkerte ihr verschmitzt zu: „Aber mit dem falschen Foto! Finden Sie inzwischen heraus, wer der Hausarzt von Braun ist."

Bei der Gemeindeverwaltung hatte Fuß sehr schnell herausgefunden, wo Roswitha Wolf wohnte. Das Dreiparteienhaus lag an einer leicht ansteigenden Straße. Frau Wolf wohnte dort in der kleinsten, einer Zweizimmerwohnung mit Kochnische, Dusche und WC. In der größten Wohnung, parterre, wohnte das Vermieterehepaar. Obwohl Fuß keinen Durchsuchungsbeschluss hatte, reichten sein Dienstausweis und eine nüchterne Erklärung der Umstände aus, um die Wohnung der Toten geöffnet zu bekommen.

„Dass Frau Wolf eine Nutte war und die verbannte Leiche von der Hunsrückhöhenstraße sein soll, das kann ich nicht fassen", jammerte die recht korpulente Vermieterin. Gott, wenn sich das im Dorf herumspricht, wer hier bei uns gewohnt hat, dann muss man sich ja schämen."

„Müssen Sie nicht", beruhigte sie der Hauptkommissar. „Erstens ist gar nicht gesagt, dass jemand etwas davon erfährt und zweitens trifft's ja alle, denn keiner im Dorf wird es gewusst haben oder jeder weiß es schon außer Ihnen."

„Meinen Sie, Gott, oh Gott."

Ihr Mann, der jünger als seine Frau zu sein schien und auch wesentlich gefasster reagierte, ließ Fuß in Wolfs Wohnung. Fuß schloss die Tür schnell hinter sich und zog Handschuhe an. Im Gegensatz zu den Wohnungen in Mastershausen, für die es immer noch keine plausible Erklärung gab, und die in Burgen, sah es hier mehr nach der beruflichen Tätigkeit der Bewohnerin aus. Viel Erotik an den Wänden und in den Regalen, einige exklusive Artikel aus dem Beate-Uhse-Sortiment in einem Schrank, auch was Dessous und Spiel- und Handwerkszeug einer Prostituierten betraf. Ein ganzes Regal voller Plüschtiere und eine Schublade voll teurer Duftwässerchen, hochwertiger Markenschminke und ein großer Karton mit bunten Präservativen, mit und ohne Geschmack, mit Noppen, gerippt und Penisringe *für stundenlange Lustorgien,* wie die Verpackung versprach.

Fuß schloss die Schublade wieder und folgte einem eher unangenehmen Geruch, der ihm bereits beim Betreten der Wohnung aufgefallen war. Der führte ihn zur Kochnische. Roswitha Wolf hatte beim letzten Verlassen ihrer Wohnung nicht damit gerechnet, dass sie nie wieder zurückkehren würde. Verfaultes Obst, Tomaten mit großen, schwarzen Löchern lagen in einer Schale. Er öffnete den Kühlschrank. Grün schimmernde Frischwurst und ein verschimmeltes Etwas in einer kleinen Schüssel lösten bei Fuß Ekel aus. Er schloss rasch die Kühlschranktür und öffnete das Fenster. Den Rest würden die Vermieter erledigen müssen.

Dann widmete er sich dem Spiegelschrank in der Dusche. Zu seiner Überraschung war er fast leer. Hatte er hier Medikamente erwartet, dann hatte er sich getäuscht. Systematisch suchte Fuß nun die Wohnung ab, untersuchte die Möglichkeiten eines Verstecks im Sofa, den Lautsprechern einer kleinen Stereoanlage und schaute selbst hinter alle Bilder an der Wand. Aber er fand nichts. Es würde auch wenig Sinn machen, Schäfer hierher zu schicken. Denn das Einzige was seinen Ermittlungen wirklich weiterhelfen würde, wäre das Auffinden von Drogen und Spritzen gewesen.

In einer Handtasche im Kleiderschrank fand er als einzige Beute ein kleines Adress- und Telefonbüchlein. Er blätterte es durch. Fast alle Telefonnummern waren fein säuberlich mit Namen und vielfach sogar mit Adressen versehen. Auch es schien kein Geheimnis zu verbergen. Trotzdem steckte Fuß es in einen kleinen Plastikbeutel, vielleicht würden die Fingerabdrücke etwas bringen. Vorsorglich tütete er auch einen gefundenen Kamm ein, die daran befindlichen Haare ermöglichten einen DNA-Vergleich.

Recht unzufrieden mit dem Ergebnis läutete er nochmals parterre und bat, noch ein paar Fragen zu der Mieterin stellen zu dürfen.

Die Vermieter fielen aus allen Wolken, als er aus den Medien bekannte Details aus dem Berufsleben der verkohlten Leiche bestätigte.

„Dass sie ein Wohnmobil besaß, wussten wir nicht, haben auch nie eines gesehen. Sie hatte einen Freund, der sie regelmäßig abholte. Sie selbst besaß gar kein Auto … zumindest ist uns davon nichts bekannt."

„Wie sah der Mann aus, der Frau Wolf abholte?"

„Nicht sehr vertrauenerweckend", antwortete die Frau sofort und versuchte ihn zu beschreiben. „Es roch auch immer so merkwürdig, wenn er sich im Haus aufgehalten hatte."

Fuß war sich sofort sicher, dass es sich um Paul Seiler handelte. „Was hat Frau Wolf Ihnen denn für einen Beruf genannt, dem sie nachging?"

„Zuerst hat sie angegeben, sie sei Frisöse in Simmern, aber dann hat sie uns erzählt, sie würde bei ihrem Freund arbeiten. Der hätte sich selbstständig gemacht und würde irgendetwas im Bereich Gastronomie machen. Ich bin von so einer Art Getränkegroßhandlung ausgegangen", erzählte der Mann.

„Wir haben uns schon Gedanken gemacht, dass Frau Wolf die letzten zwei Wochen nicht nach Hause gekommen ist. Da aber auch der Mann nicht nach ihr fragte, sind wir davon ausgegangen, sie ist bei ihm", ergänzte die Frau, immer noch mit vor Aufregung leicht zitternder Stimme. „Eigentlich war sie eine nette Person, hat pünktlich ihre Miete bezahlt und mir sogar zum Geburtstag ein Parfüm geschenkt und meinem Mann zum Fünfzigsten eine Flasche echten Champagner."

Fuß dachte sich seinen Teil. Rosi musste recht gute Umsätze gemacht haben. Er würde Braun und die anderen bei Gelegenheit einmal fragen, was sie so bei ihren Besuchen in den Bumsmobilen hingeblättert hatten.

Eigentlich hatte Fuß erwartet, dass ihn Liane mit beleidigter Miene empfangen würde. Stattdessen strahlte sie über das ganze Gesicht.

„Ich glaube, ich war sehr erfolgreich", begann sie stolz zu berichten. „Ich habe zunächst in der JVA angerufen und einen Beamten gebeten, Braun nach seinem Hausarzt zu fragen. Er nannte einen Doktor Mühlbauer in Kastellaun. Ich habe mir das dann noch von Brauns Mutter bestätigen lassen und schließlich diesen Doktor Mühlbauer angerufen. Es gibt zwei gleichen Namens in der Praxis. Erst hatte ich den falschen am Apparat. Der richtige wies mich natürlich sofort auf die ärztliche Schweigepflicht hin. Aber dann konnte ich durch geschicktes Fragen doch erfahren, dass der Arzt nichts von einer Drogenabhängigkeit seines Patienten weiß. Übrigens ist auch die Mutter von Braun seine Patientin. Von ihr wusste er offenbar schon, dass ihr Sohn in U-Haft sitzt. Sie muss wohl etwas mit dem Herzen haben. Gesagt hat es der Arzt nicht, aber es klang so zwischen den Zeilen durch, weil er meinte, die Verhaftung hätte sie wohl sehr aufgeregt. Wahrscheinlich hat sie ihn deshalb in seiner Praxis aufgesucht."

„Sehr gut gemacht."

Liane strahlte noch mehr.

„Dann muss dieses Ketamin von Seiler stammen. Also Variante zwei der Möglichkeiten."

Liane verstand nicht, was er damit meinte. Er klärte sie auf, was er morgens Schomisch und Zirfas geschildert hatte.

„Dann kommt Braun jetzt wieder auf freien Fuß."

„Langsam, langsam. Verwässern Sie mir nicht den guten Eindruck, den ich noch eben von Ihnen hatte", ermahnte sie der Hauptkommissar. „Wir wissen ja gar nicht, ob die gefundene Spritze voll oder leer war, bevor sie verbrannte. Und wir wissen nicht, ob sie überhaupt etwas mit dem Brand zu tun hat."

„Aber Rosi Wolf hatte doch diese Droge im Körper, das hat der Gerichtsmediziner festgestellt", verteidigte sich Liane.

„Ja, aber wir wissen nicht, wann sie in ihren Körper gekommen ist. Das kann schon Stunden vorher oder sogar am Tag davor passiert sein. So einfach ist die Sache nicht."

„Haben Sie schon einmal einen so komplizierten Fall gehabt?", wollte seine Mitarbeiterin nach einer Weile des Schweigens wissen.

„Jeder Fall ist irgendwie kompliziert, wenn man den Täter nicht auf frischer Tat ertappt." Fuß fuhr seinen Computer hoch und vertraute ihm die neuen Ermittlungsergebnisse an. „Wir sollten uns noch einmal Gedanken über die Wohnung in Mastershausen machen. Die passt im Moment so recht in keine der Überlegungen. Wir wissen nur, dass die Polin sie gemietet hat und seit einiger Zeit eine andere, schlanke Frau mit langen, wallenden Haaren und einem Muttermal an der Wade zeitweise dort wohnt oder gewohnt hat."

„Was ist mit Marieke van Eijk mit Perücke? Die Beschreibung würde doch passen. Vielleicht hat sie uns nicht die ganze Wahrheit gesagt. Außerdem hat man in Mastershausen oftmals ein Wohnmobil gesehen."

„Aber Frau van Eijk hat kein Muttermal an der Wade. Das war deutlich zu sehen, als sie die Beine übereinanderschlug und der Morgenmantel sich dabei öffnete."

„Und da haben Sie nicht sofort weggeschaut?", lachte Liane.

„Warum sollte ich? Es war rein dienstlich", musste auch der Hauptkommissar lachen.

Fuß hörte bereits auf dem Flur sein Telefon läuten, als er am Dienstagmorgen den Aufzug verlassen hatte. Er beschleunigte seinen Schritt und hatte Glück.

Es war der Pathologe des Kemperhofs, der Fuß nur kurz berichten wollte, dass man am Oberarm der Leiche von Carola Baumgartner einen Einstich entdeckt habe.

„Er stammt offenbar von einer Spritze und mein Kollege und ich, die die Leiche obduziert haben, gehen davon aus, dass der Stich durch die Kleidung erfolgte. Wir haben an der Einstichstelle Spuren einer Textilfaser gefunden."

„Untersuchen Sie die Leiche bitte sofort auf Ketamin", empfahl der Hauptkommissar.

„Haben wir bereits und Sie haben recht, die Dosis muss sehr hoch gewesen sein. Ich vermute, dass die Frau dadurch entweder an Kreislaufversagen gestorben oder erstickt ist."

„Kann man anhand des Einstichkanals eine Aussage machen, ob sie selbst oder eine zweite Person zugestochen hat?" Fuß registrierte ein leichtes Zögern am anderen Ende der Leitung.

„Darüber habe ich mit meinem Kollegen auch schon diskutiert. Wir sind übereinstimmend der Meinung, beides wäre möglich. Es würde davon abhängen, wo die andere Person gestanden hat. Aber da wird der Gerichtsmediziner Ihnen sicherlich eine zuverlässigere Auskunft geben können, denn wir haben die Anweisung, den Leichnam an die Gerichtsmedizin nach Mainz weiterzugeben. Bleibt es dabei?"

„Wenn die Anweisung so lautet", antwortete Fuß, „möchte ich nichts daran ändern. Trotzdem danke ich Ihnen für die schnelle Information, die uns sehr weiterhilft."

Die letzten Worte hatte Liane Esser mitbekommen als sie das Büro betrat. „Worum geht es?"

„Auch in Carola Baumgartners Leiche hat man Ketamin gefunden, hoch dosiert, die Todesursache. Aber der Pathologe ist sich nicht sicher, ob Frau Baumgartner sich selbst den Schuss gesetzt hat oder eine andere Person."

„Seiler?"

„Zum Beispiel. Nur, wie kommt der ans Moselufer, ohne Hemd und ohne Höschen und nicht einmal einem Feigenblatt."

„Feigen gibt es aber hier in der Gegend", scherzte die Kriminalhauptmeisterin.

Liane hatte hinter ihrem Schreibtisch Platz genommen, hielt den Kopf im Nacken und blickte an die Decke. „Wissen Sie, was ich mir heute Nacht überlegt habe? Diese van Eijk, wenn sie doch Tina ist, müsste ihre Fingerabdrücke in Mastershausen hinterlassen haben.

Außerdem hätten wir ein Handyfoto von ihr machen sollen, um es den Mitbewohnern dort zu zeigen. Denn vielleicht haben wir es mit einem Zickenkrieg zu tun."

„Das hat die van Eijk nicht nötig, die sticht doch alle aus, vom Aussehen her und mit ihrem Luxusbumsmobil", widersprach Fuß sofort. „Aber, was die Wohnung betrifft, könnten Sie auf der richtigen Spur sein." Er blickte auf seine Uhr. „Um diese Zeit wird sie noch zu Hause sein ... oder noch schlafen, trotzdem." Er griff zum Hörer. „Geben Sie mir mal ihre Telefonnummer."

Marieke van Eijk wirkte, zumindest was ihre Stimme betraf, frisch und ausgeschlafen.

„So schnell habe ich keinen Anruf von Ihnen erwartet. Kann ich irgendwie zur Aufklärung beitragen?"

„Zur Abgrenzung. Um genauer zu sein, wir würden gern Ihre Fingerabdrücke nehmen, damit wir Ihre Person sozusagen ad acta legen können."

„Oh, gehöre ich derzeit zu Ihren Verdächtigen?"

„Wir schließen nichts aus. Aber dieser Wunsch ist wirklich nur reine Formsache. Sind Sie einverstanden?"

„Kommen Sie nur. Heute finden Sie mich aber in der Nähe des Flugplatzes Hahn, in der Nähe des Trierer Tors. Um elf Uhr habe ich allerdings meinen ersten Kunden."

„Bis dahin sind wir bestimmt wieder weg", antwortete Fuß und legte auf. „Frau Esser, wir fahren sofort!"

„Scheiß Schlaglöcher", fluchte der Hauptkommissar, als sie über den noch nicht sanierten, aber für den Verkehr freigegebenen Teil des Flughafengeländes fuhren. „Die wollen einfach, dass man die offizielle Umleitung fährt. Es ist sowieso eine Sauerei, was man hier mit den Autofahrern gemacht hat. Eine andere Straßenführung wurde wegen der Startbahnverlängerung versprochen. Und jetzt ... Man fährt direkt in den Arsch der Welt."

Liane hielt sich am Haltegriff oberhalb des Beifahrersitzes fest. Die Schlaglöcher waren teilweise fast einen halben Quadratmeter groß und bis zu zehn oder sogar fünfzehn Zentimeter tief.

Erst nach der Hälfte der Fahrstrecke innerhalb des Flughafens wurde es besser. Hier waren die Zufahrten zu den Parkplätzen neu asphaltiert. Fuß trat das Gaspedal wieder voll durch und blickte auf seine Armbanduhr. „Im Zweifelsfall muss der Freier etwas warten."

Vorbei am Flughafengebäude, der Zufahrt zur Polizeischule und einer großen Tankstelle ging es auf die B 50, die wenige Kilometer westlich wieder in die B 327, die Hunsrückhöhenstraße, mündete. Wegen der Startbahnverlängerung musste man auf ihr jetzt praktisch wieder ein Stück zurückfahren. Allerdings sahen die beiden bereits nach wenigen hundert Metern seitlich in einem Waldweg das weiße Wohnmobil leuchten.

Marieke van Eijk stand etwas ungeduldig in der offenen Tür.

„Es wird knapp", rief sie Fuß und Liane zu.

„Dauert keine drei Minuten", rief der Hauptkommissar zurück und nahm den kleinen Koffer vom Rücksitz. Im Laufschritt ging es, soweit es seine noch nicht ganz überstandene Oberschenkelfraktur zuließ, auf das Wohnmobil zu. Liane stolperte hinterher.

„Hier findet Sie doch keiner", meinte Fuß.

„Wer mich sucht, findet mich, so wie Sie, oder weiß, dass ich dienstags immer hier stehe."

Rasch hatte Fuß mit Unterstützung von Liane ein Vlies ausgerollt, das Farbkissen geöffnet und die Karte daneben gelegt, auf der die Fingerabdrücke abgebildet werden sollten.

„Machen Sie das mal", befahl Fuß seiner Mitarbeiterin, die sofort mit leicht zitternden Händen, aber doch recht professionell begann.

Danach reichte Fuß Marieke von Eijk eine kleine Flasche mit einem Lösemittel und einige Papiertücher, um sich die Farbe wieder abzuwischen.

Die Prostituierte verzog die Nase. „Das riecht aber nicht gut."

„Sie haben sicherlich von Berufswegen etwas Creme oder Parfüm, um sich einen angenehmeren Duft an den Händen zu verschaffen", frotzelte Fuß und begann das kleine Köfferchen wieder zu packen, während Liane zu seiner Verwunderung plötzlich an ihrer Jacke herumnestelte.

Knapp zwei Minuten später saßen sie wieder im Auto und befanden sich auf der Rückfahrt.

„Was war das denn eben mit der Jacke?"

Die Kriminalhauptmeisterin grinste, zog ihr Handy aus der Tasche und hielt es Fuß hin. Sie hatte während der Aktion unauffällig, aber sehr geschickt ein Foto von Marieke van Eijk gemacht.

„Eigentlich könnten wir jetzt, wo wir schon mal in der Gegend sind, nach Mastershausen fahren und den Bewohnern gleich das Foto zeigen."

Fuß stimmte zu und so bogen sie kurz vor Kastellaun von der Bundesstraße in Richtung Mastershausen ab.

Zuerst suchten sie die ältere Frau auf, mit der sie bereits ein längeres Gespräch geführt hatten. Sie schien überrascht, die beiden noch einmal vor ihrer Wohnungstür zu sehen.

„Ich habe Ihnen doch alles gesagt und seitdem ist die Frau nie wieder hier gewesen. Die Wohnung scheint jetzt unbenutzt."

Liane hielt ihr das Handy mit dem Foto entgegen. „Ist das die Frau?"

„Da muss ich erst mal meine Brille holen." Sie ließ die beiden im Treppenhaus stehen und verschwand für einige Zeit in ihrer Wohnung. Ein deutlich hörbares Selbstgespräch ließ die beiden vermuten, dass die Frau ihre Brille erst einmal suchen musste. Doch dann tauchte sie, mit der Brille auf der Nase wieder auf und schaute sich das Foto an.

„Ja! Das ist sie!", rief sie aus.

„Sind Sie da ganz sicher", zweifelte Fuß.

„Ganz sicher, Herr Kommissar, ganz sicher."

Fuß und Liane bedankten sich und läuteten an der Tür gegenüber. Ein junger Mann öffnete ihnen. Fuß nannte den Grund ihres Besuches. Der Mann betrachtete eine Weile das Foto. Dann sagte er: „Kann sein oder auch nicht. Ich habe die Frau nur ein paar Mal ganz kurz gesehen. Sie war blond und hatte kurze Haare, wie die Frau auf dem Foto ... aber das Gesicht ...?"

Der nächste Besuch galt Herrn Limbach. Dieses Mal war er glatt rasiert, dafür trug er ein Pflaster an der Wange.

„Das ist sie", bestätigte auch er sofort.

„Aber, sie hat kein Muttermal an der Wade", wandte Liane ein.

„Dann ist sie es eben nicht", antwortete der Alte enttäuscht. „Aber an dem Muttermal würde ich sie sofort erkennen."

„Wertlos", zischte Fuß, als sie die Treppe hinunter stiegen. „Auf den Rest im Haus können wir verzichten. Schäfer muss die Fingerabdrücke vergleichen, dann sind wir auf der sicheren Seite."

An der Haustür begegnete ihnen eine weitere Frau, die gerade vom Einkaufen zurückkam.

Fuß nutzte die Chance und ließ Liane ein letztes Mal das Handyfoto zeigen.

„Nix gesehen, nix kennen", waren die einzigen Worte, die man ihr entlocken konnte,

„Nix gebracht!", ahmte Fuß auf dem Weg zum Fahrzeug die Frau nach.

An der Hauptstraße entdeckte Fuß ein Hinweisschild nach Blankenrath, das nur wenige Kilometer von Mastershausen entfernt liegt. Später wusste er nicht einmal, warum er sich kurzfristig entschlossen hatte, die Strecke von Schmelzer nachzufahren, die dieser am Tag des Wohnmobilbrandes zurückgelegt hatte. Am Ortsrand von Blankenrath hielt er an und suchte in seinem Notizbuch die Adresse von Schmelzers letzter Lieferstelle. Die Firma war schnell gefunden. Fuß ließ Liane dicht an einem geöffneten Tor anhalten, stieg aus und warf einen Blick in die dahinterliegende Halle, aus der ihm ein Mann entgegenkam.

„Kann ich Ihnen irgendwie helfen?"

Fuß zeigte wortlos seinen Ausweis und blickte sich um.

„Polizei? Was verschafft uns die Ehre?"

„Ich habe nur eine Frage. Sie haben doch heute vor drei Wochen abends noch eine Lieferung über eine Spedition aus Koblenz erhalten ..."

Der Mann lachte. „Also mit Sicherheit nicht abends. Wir machen immer pünktlich um achtzehn Uhr dreißig Schluss."

„Auch an diesem Dienstag?"

Der Mann kratzte sich am Hinterkopf. „Naja, ich erinnere mich, es hat sogar mit meinem Kollegen etwas Ärger gegeben, weil der LKW erst so knapp vor Feierabend ankam. Aber warum wollen Sie das alles wissen?"

„Beantworten Sie einfach meine Fragen. Ich müsste Sie sonst nach Koblenz ins Polizeipräsidium vorladen."

„Nicht gleich amtlich werden", versuchte der Mann einzulenken. „Man darf doch wohl noch fragen."

„Also, wann ist der LKW gekommen und wieder abgefahren?"

„Auf die Minute genau weiß ich das natürlich nicht mehr. Aber er kam, als wir eigentlich gerade Feierabend machen wollten. Ich bin dann noch etwas länger geblieben und habe das Tor anschließend zugemacht und abgeschlossen. Das Abladen hat vielleicht zwanzig Minuten gedauert."

„Und Sie sind sicher, dass es achtzehn Uhr dreißig und nicht neunzehn Uhr dreißig war?"

„Absolut!"

Fuß notierte sich den Namen des Mannes, bedankte sich und stieg wieder zu Liane ins Auto.

„Schmelzer hat uns ganz schön hinters Licht geführt. Den werde ich mir noch heute vorknöpfen!"

„Du kannst gleich auf das Ergebnis warten", sagte Schäfer.

Fuß hatte die Karte mit den Fingerabdrücken gleich bei Schäfer vorbeigebracht. Der zog einen Ordner aus dem Schrank und blätterte darin, dann ließ er sich die Karte reichen und schüttelte sogleich mit dem Kopf.

„Neee, das brauch ich gar nicht groß einzuscannen. Die beiden Abdrücke sind so enorm unterschiedlich, dass ich mir diese Arbeit sparen kann."

„Schade", meinte Fuß. „Aber ich habe es mir schon gedacht. Denn diese Edelhure hat kein Muttermal an der Wade. Und bei den meisten Zeugen ist blond einfach eben blond, groß … eben groß und schlank … eben schlank."

Fuß hatte Erika darüber informiert, dass er etwas später kommen würde. Es hing zu viel von der Klarstellung ab, wann Schmelzer tatsächlich am Brandort vorbeigefahren war. Statt nach Alken machte er sich auf den Weg nach Rhens.

Ricky Schmelzer war bereits zu Hause. Als er den Hauptkommissar erblickte, verdunkelte sich sein Gesicht.

„Was wollen Sie denn noch von mir? Ich habe doch schon alles zu Protokoll gegeben und meine Fahrtenscheibe haben Sie inzwischen auch, wie ich erfahren habe."

„Wollen wir einen Uhrenvergleich machen?", fragte Fuß herausfordernd und konnte an Schmelzers Gesicht erkennen, dass dieser sofort wusste, in welche Richtung das Gespräch gehen würde.

„Kommen Sie herein", sagte er in wesentlich verbindlicherem Ton. „Aber sagen Sie jetzt nicht, dass Sie von der Polizei sind. Meine Frau …"

Im Wohnzimmer saßen seine beiden Kinder auf dem Boden und spielten. Schmelzer bat seine Frau, die in einem Sessel saß und in einer Illustrierten las, mit den Kindern aus dem Zimmer zu gehen. „Ich muss mit dem Kollegen Geschäftliches besprechen, da brauchen wir etwas Ruhe."

Fuß wartete bis Frau und Kinder das Zimmer verlassen hatten. Dann wandte er sich Schmelzer zu. „Sie wissen, dass Sie eine Falschaussage gemacht haben."

„Falschaussage ist ein hartes Wort, sagen wir Notlüge …"

„Und ich bleibe bei Falschaussage", unterbrach ihn Fuß barsch. „Wie kommt diese falsche Fahrtenschreiberscheibe zustande?"

Schmelzer bot Fuß einen Sessel an und setzte sich dann seitlich neben ihn auf das Sofa. „Es ist so, ich habe noch einen alten, mechanischen Fahrtenschreiber in meinem LKW. Und an Tagen, wo ich lange Strecken fahren muss, hat mein Chef mir erlaubt …"

„Das weiß ich!", fiel ihm Fuß erneut ins Wort.

„Und an den anderen Tagen, stelle ich schon mal die Uhr eine Stunde vor, damit es so aussieht, als wäre es später und so kann ich auch an diesen Tagen den Wagen behalten und spare mir mehr als eine Stunde."

„Aber, das muss doch einer merken."

„Wir haben insgesamt über dreißig Fahrzeuge im Einsatz. Glauben Sie, da prüft einer die Scheiben so genau. Zumal nicht die gute alte Frau Weiß. Sie werden eigentlich nur aufgehoben, falls es Verwarnungen und Bußgeldbescheide gibt, wegen zu schnellen Fahrens oder im Falle eines Unfalls oder vielleicht auch für das Finanzamt, ich weiß das nicht so genau. Auf jeden Fall ist das bisher noch niemandem aufgefallen. Außerdem kontrolliert ja auch keiner die genaue Abfahrtszeit. Es gibt Tage, wo das Aufladen morgens wesentlich länger dauert. Dafür gibt es unendlich viele Gründe."

„Der langen Rede kurzer Sinn", stellte Fuß fest, „an jenem Dienstag sind Sie also nicht um zwanzig Uhr an dem Wohnmobil vorbeigefahren, sondern bereits um neunzehn Uhr."

Schmelzer nickte geknickt.

„Also, was Sie mit Ihrem Arbeitgeber machen, interessiert mich nicht. Aber Sie werden sich für die Falschaussage verantworten müssen."

„Kann man das nicht umgehen, Herr Kommissar. Ich habe zwei kleine Kinder und möchte meinen Job nicht verlieren …"

„Ihr unterschriebenes Aussageprotokoll liegt bei den Akten, da ist nichts zu machen. Und das muss jetzt korrigiert werden und ist damit als Falschaussage aufgeflogen." Fuß stand auf. „Ich erwarte Sie morgen im Präsidium. Denn das, was Sie mir jetzt erklärt haben, muss natürlich ebenfalls protokolliert werden. Das hätten Sie sich alles früher überlegen müssen."

13.

Fuß stand mit schwerem Kopf auf. Er hatte mit seiner Frau, Krystyna, Günther Zerwas und dessen Frau Renate in seinen Geburtstag hineingefeiert und dabei wohl einen Klaren oder Ouzo zu viel erwischt. Erika neben ihm im Bett schlief noch. Leise stand er auf und begab sich ins Bad. Nachdem er geduscht hatte und ins Schlafzimmer zurückkehrte, war das Bett allerdings leer. Dafür zog ein köstlicher Kaffeeduft durch die ganze Wohnung.

Im Esszimmer wartete seine Frau auf ihn. Sie hatte den Tisch festlich gedeckt und sogar den Kerzenleuchter mit frischen Kerzen versehen und diese angezündet. Sie wusste zwar aus all den vielen Jahren ihrer Ehe, dass nichts aus einem gemütlichen Frühstück werden würde, wenn ihr Mann an diesem Tag Dienst hatte, aber irgendwie wollte sie ihm doch zeigen, dass dieser Tag etwas Besonderes war.

Als Fuß das kleine Päckchen neben seinem Teller entdeckte, nahm er seine Frau in den Arm. „Das mache ich aber erst heute Abend auf."

„Du Jeck weißt doch längst was drin ist", lachte sie und löste sich aus seiner Umarmung. „Setz dich hin und frühstück in Ruhe. Du brauchst gar nicht auf die Uhr zu schielen. Einmal im Jahr wirst du dir das wohl gönnen können, trotz deinen Verbrechern und Leichen."

„Wir lassen auf jeden Fall das Haus in Kappel observieren", verkündete der Hauptkommissar am Kantinentisch. Er, Schäfer, Schomisch und Liane hatten sich kurz nach zehn Uhr auf einen Kaffee verabredet. Aber keiner wusste, dass der Hauptkommissar Geburtstag hatte. Es war ihm all die Jahre gelungen, diesen Tag im Präsidium zu verheimlichen.

„Irgendwann muss Seiler dort auftauchen."

„Ich habe mir nochmals Gedanken über sein Verschwinden gemacht." Hauptkommissar Schäfer beugte sich vor und blickte in die Runde. „Wir sind doch bisher davon ausgegangen, dass Seiler nachts verschwunden ist. Die Baumgartner ist aber bereits am frühen Nachmittag des Vortags in Burgen weggefahren. Es besteht doch die Möglichkeit, dass Seiler schon viel früher abgehauen ist. Vielleicht hat er sich auf geschickte Weise Kleider im Nachbarzimmer oder sonst wo im Krankenhaus besorgt und hat sich dann unter irgendeinem Vorwand mit der Baumgartner getroffen."

„Woher kannten die sich denn?", fragte Liane.

„Über Rosi natürlich", antwortete Fuß mürrisch. „Ist doch logisch, oder?"

„Du solltest also ganz schnell den Kollegen befragen, der tagsüber die Bewachung hatte, was sich am Nachmittag genau abgespielt hat", fuhr Schäfer fort. „Außerdem sollte die Nachmittagsschicht der Station befragt werden, auch wenn alle behaupten, Seiler habe sein Zimmer nicht verlassen. Das kann einfach nicht stimmen."

„Können wir etwas über eine Pressemeldung beitragen?"

„Lass mir noch bis Mittag Zeit, dann rufe ich dich an. Jetzt verfolge ich erst einmal die Idee von Wilfried und mache den Kollegen ausfindig, der am Freitagnachmittag vor Seilers Tür gesessen hat."

Polizeihauptmeister Efekan Yilmaz war schnell ausfindig gemacht und saß bereits zwei Stunden später auf dem Besucherstuhl im Büro des Hauptkommissars.

„Ich habe natürlich kein Buch geführt", meinte er. „Aber soweit ich mich erinnere, war es an dem Nachmittag recht lebhaft auf dem Flur. Es wurden ein- oder zweimal Betten mit Patienten vorbeigeschoben, etliche Besucher liefen herum ..."

„Es geht nur um das Zimmer vor dem Sie saßen", kürzte Fuß den Bericht des jungen Kollegen ab.

Yilmaz räusperte sich. „Kein Problem. Ich habe um zwölf Uhr meinen Dienst angetreten und war mit dem Kollegen Berghoff kurz im Zimmer des Patienten. Er hatte gerade sein Essen bekommen und machte einen ganz normalen Eindruck. Er erkundigte sich sogar nach meiner Herkunft, als ich mich vorstellte und wollte wissen, wie lange er noch im Krankenhaus bleiben müsse und ob er wirklich verhaftet sei."

„Was haben Sie geantwortet?"

„Ich sagte ihm, dass ich das alles nicht wisse. Etwa eine halbe Stunde später wurde das Tablett wieder von den Schwestern abgeholt. Dann ging eine Schwester von Zimmer zu Zimmer. Ich vermute, dass sie Blutdruck oder Fieber bei den Patienten gemessen hat, denn Sie hatte so eine Mappe bei sich. Im Laufe des Nachmittags kam die Schwester dann noch zwei oder drei Mal mit dem Blutdruckmessgerät. Zwischen siebzehn und achtzehn Uhr kam das Abendessen und das Tablett wurde etwa eine halbe Stunde später wieder abgeholt. Kurz danach erfolgte die Visite. Irgendwann gegen zwanzig Uhr kam die Nachtschwester, die offenbar gar nichts von der Bewachung wusste. Wir haben uns kurz unterhalten, dann hat sie einen Blick ins Zimmer geworfen und gemeint ‚Der schläft schon'".

„Haben Sie irgendwann einmal Ihren Platz verlassen?"

„Einmal während der Visite. Ich bin noch schnell zum Kiosk in der Halle gelaufen und habe mir etwas zu essen geholt. Aber erst als ich zurückkam, haben die beiden Ärzte das Zimmer wieder verlassen. Der Patient war also auch zu diesem Zeitpunkt noch in seinem Zimmer."

Fuß notierte sich die wesentlichsten Punkte der Aussage. „Und danach haben Sie bis zur Ablösung durch Ihren Kollegen Klug ununterbrochen dort gesessen?"

„Ununterbrochen!", bestätigte Yilmaz.

Er machte auf Fuß einen zuverlässigen Eindruck und seine Aussage klang glaubhaft. Damit war aber immer noch nicht geklärt, wie und wann Seiler das Zimmer verlassen hatte. Fuß bedankte sich und verabschiedete den Polizeihauptmeister.

Er informierte Schomisch über das enttäuschende Ergebnis.

„Und was machen wir jetzt mit der Presse?"

„Frau Esser wird euch gleich ein Foto von Seiler bringen, das wir in Kappel sichergestellt haben. Es ist zwar nur ein Amateurfoto mit ihm und Rosi Wolf, aber für einen Aufruf in den Medien wird es reichen."

Mit dem Auflegen läutete sein Telefon.

„Wir haben das Handy von der Baumgartner unter dem Beifahrersitz gefunden, es hatte sich dort verklemmt. Ich habe sofort das Menü abgefragt und bereits mit dem Provider gesprochen. Nach ihrer Landung wurde von dem Handy der Toten kein Telefonat geführt, aber sie wurde einmal angerufen und zwar genau um fünfzehn Uhr drei von einem öffentlichen Telefon im Koblenzer Hauptbahnhof."

„Dann kann es Seiler nicht gewesen sein", entschlüpfte es Fuß ganz spontan.

„Es muss gar nichts mit ihrem Tod zu tun haben, das Gespräch dauerte nur ganze zwölf Sekunden. Es könnte sich auch um einen Verwähler handeln."

„Oder die kurze Zeit- oder Treffpunktabstimmung einer Verabredung, die im Brief vorgeschlagen wurde", ergänzte Fuß die Möglichkeiten. „Aber, wer ist am Bahnhof angekommen?"

„Oder abgefahren!"

Fuß hatte Liane Esser vorsorglich beauftragt, alle Zugankünfte zwischen vierzehn und fünfzehn Uhr und alle Abfahrten zwischen fünfzehn und sechzehn Uhr bei der Bahn abzufragen. Nachdem sie im Internet schier verzweifelt war, dies herauszufinden, fuhr sie rasch zum Hauptbahnhof und schrieb die Züge per Hand von den ausgehängten Fahrplänen ab.

„Es wäre so einfach gewesen, hätte man diese Pläne einfach ins Internet gestellt, statt ein Wirrwarr an Kursbucheinträgen, mit denen kaum einer zurechtkommt", stöhnte sie nach ihrer Rückkehr.

Der Hauptkommissar überflog das Notierte. Im Moment konnte er nichts damit anfangen, aber vielleicht im Rahmen weiterer Ermittlungen. Er legte das Blatt zu den Akten. Die Füße auf dem Schreibtisch schloss er die Augen. Was mochte in dem Brief gestanden haben, den Frau Baumgartner bei ihrer Rückkehr vorgefunden hatte? Er war sich sicher, dieser Brief war der Anlass, dass sie das Haus sofort wieder verlassen hatte und weggefahren war. Nur wohin? Die Vermieter hatten kurz vor vierzehn Uhr die Rückkehr gemeldet, die Koffer standen noch mitten in der kleinen Diele der Ferienwohnung. Also konnte man davon ausgehen, dass sie sich zur Zeit des Anrufs der Vermieter bereits wieder in ihrem Fahrzeug befand, denn sonst hätte sie bestimmt mit dem Auspacken begonnen oder zumindest die Koffer aus dem Weg geräumt. War aber der Anruf nur ein Verwähler oder die Zeit- oder Treffpunktabstimmung einer Verabredung, wie er vermutete? Fragen über Fragen. Er richtete sich plötzlich auf und schlug fest mit der flachen Hand auf den Schreibtisch. „Wir müssen unbedingt diesen Seiler finden!"

Liane schreckte hoch. „Mein Gott! Hier bekommt man ja einen Herzinfarkt!"

Fuß entschuldigte sich, stand auf und ging ans Fenster. Irgendwo da draußen lief Seiler herum. Vielleicht würde die offizielle Fahndung oder morgen die Presseveröffentlichungen etwas bringen.

Ricky Schmelzer erschien am Nachmittag im Präsidium. Im Gegensatz zu seiner lockeren Art beim Telefonat und dem ersten Besuch war er dieses Mal recht kleinlaut. Fuß hatte schon das Protokoll weitgehend vorbereitet und las es dem Mann noch einmal langsam vor. Dann druckte er es aus und reichte es ihm.

„Nochmals genau lesen. Eine zweite falsche Aussage würde ihre Lage dramatisch verschlimmern", warnte ihn Fuß.

Tatsächlich brauchte Schmelzer fast zehn Minuten, um die wenigen Zeilen zu lesen. Dann unterschrieb er.

„Mit was muss ich denn da rechnen?", fragte er leise.

„Dazu kann ich gar nichts sagen", blockte der Hauptkommissar jede diesbezügliche Aussage ab. „Sehen Sie zu, dass Sie mit Ihrem Chef klarkommen. Ich glaube, das ist in Ihrer Situation schwerwiegender."

„Damit wird wohl Braun nicht länger in U-Haft bleiben können, wo jetzt diese Scheibe wertlos geworden ist", meinte Liane Esser, als Schmelzer sich verabschiedet hatte.

„Vermutlich", stimmte Fuß zu und deutete auf seine Armbanduhr. „Mir reicht's für heute. Ich mache jetzt Schluss."

An diesem Abend wurde Fuß in der Straußwirtschaft ein festlicher Empfang bereitet. Als er die Tür öffnete, standen schon die ersten Gratulanten Spalier. Selbst Gäste, die erstmals die Straußwirtschaft besuchten und ihn noch gar nicht kannten, gratulierten ihm spontan. Im Laufe des Abends trafen immer mehr Freunde und Bekannte ein, die es sich nicht entgehen lassen wollten, ihm für das weitere Lebensjahr alles Gute zu wünschen. So war in der Straußwirtschaft bis spät in den Abend kein freier Stuhl zu finden und auch an den Theken und in den Gängen der beiden Schankräume und im Hof standen sie und stießen immer wieder auf das Wohl des Winzers an.

Erst nachdem die Terrasse geschlossen wurde und vor allem die Urlauber in ihre Quartiere gegangen waren, trat etwas Ruhe ein und Fuß konnte sich auch hinsetzen und ein Gläschen mittrinken. Zum Schluss bestand der harte Kern nur noch aus dem Ehepaar Martini, die in der Eifel zu Hause waren, dem Winzerkollegen Franz-Josef Hammes aus Alken, dessen Lebensgefährtin Marion Kosira, dem Journalisten Roman Schreiber mit seiner Frau Barbara, Krystyna sowie Renate und Günther Zerwas, die schon mit ihm in den Geburtstag hineingefeiert hatten und natürlich Erika.

„Wie sieht es denn mit deinem neuen Fall aus?", erkundigte sich der Journalist neugierig.

„Dir sag ich gar nichts mehr, sonst schreibst du wieder nur Blödsinn", lachte Fuß, fügte dann aber ernst hinzu: „Darüber wachsen mir noch graue Haare, lass uns über etwas anderes reden."

„Der ist doch froh, dass er mal wieder ganz offiziell im Rotlichtmilieu schnuppern darf", foppte Erika ihren Mann. „Da kann er sich Appetit holen, aber gegessen wird zu Hause!"

Draußen, an der inzwischen verschlossenen Eingangstür, klopfte es.

„Niemand mehr da!", brüllte Fuß, stand aber gleichzeitig auf, um zu sehen, wer so spät noch Einlass verlangte.

Vor der Tür standen Thomas und Choon Ok von Essen. Die kleine Koreanerin nahm den knapp Zweimetermann in die Arme und drückte ihn. „Alles Gute zum Geburtstag und vor allem Gesundheit ..."

„Dafür ist dieser Knochen ja zuständig", fiel ihr Fuß erfreut über den letzten Gratulanten ins Wort und schüttelte dem Arzt kräftig die Hand.

„Das bekommt man sonst nur auf Rezept!", versicherte dieser und überreichte Fuß eine Verpackung, deren Inhalt auf Alkoholisches schließen ließ.

„Kommt rein, für die anderen Gäste kann ich nichts, die sind einfach sitzen geblieben."

„Macht nichts", griff Choon Ok den Satz auf. „Wir fühlen uns auch unter Sitzenbleibern wohl."

Die Neuankömmlinge wurden von allen mit einem fröhlichen „Hallo" empfangen. Erika hatte inzwischen Käsewürfel, verschiedene Oliven und kleine Salzbrezelchen auf den Tisch gestellt. Choon Ok hatte ihrerseits einen leckeren, selbst gemachten asiatischen Glasnudelsalat mitgebracht, der sofort von allen Anwesenden begeistert probiert wurde.

Fuß war stehen geblieben. „Jetzt geh ich unten in den Keller und hole euch was ganz Besonderes aus meiner Schatzkammer."

Damit war allen klar, dass es noch sehr feucht, fröhlich und vor allem spät werden würde.

Statt einer Reaktion auf die Presseveröffentlichung hin, erreichte den Hauptkommissar am nächsten Morgen ein Anruf von Oberkommissar Nüßer, zuständig für den Bereich Koblenz-Güls der Polizeiinspektion II. Ein Angler hatte am Ufer des Gülser Moselbogens eine männliche Leiche im Wasser entdeckt. Mit Hilfe eines Privatbootes, das gerade den Sporthafen moselaufwärts verlassen hatte, war die Leiche an Land gebracht worden.

Fuß ahnte sofort, um wen es sich bei der Leiche handeln könnte. Mit aufgesetztem Blaulicht, Martinshorn und Liane auf dem Beifahrersitz eilte er an den Fundort. Dort hatten sich inzwischen etliche Schaulustige eingefunden. Die meisten kamen von dem nahe gelegenen Campingplatz.

Die Leiche lag beim Eintreffen der beiden auf dem Bauch, das Gesicht im tiefen Ufergras. Sie trug einen Anzug, der vermutlich grau war, doch durch die Nässe schwarz wirkte und trug keine Socken, nur hellbraune Halbschuhe. Fuß beugte sich zu ihr hinunter, konnte aber durch die Bauchlage das Gesicht der Leiche nicht sehen. Er zog seine Handschuhe an, Liane folgte seinem Beispiel.

„Helfen Sie mir, ihn umzudrehen." Fuß packte den Toten an den Schultern, Liane half im Beckenbereich mit. Das Gesicht war verquollen, die Haut hatte eine bläulichweiße Farbe. Trotzdem gab es für Fuß keinen Zweifel, es war Seiler. Rasch durchsuchte er alle Taschen, doch sie waren leer. Nicht einmal ein Taschentuch hatte er bei sich.

„Woher hat er den Anzug?", fragte Liane.

„Wahrscheinlich in einem der Nachbarzimmer des Klinikums organisiert. Fahren Sie gleich mal rüber und finden Sie den Patienten, der seinen Anzug vermisst. Außerdem soll sofort eine Polizeistaffel das rechte Moselufer zwischen Kemperhof und der Winninger Autobahnbrücke gründlich absuchen. Ich bin sicher, dass er dort irgendwo ins Wasser gegangen ist."

„Selbstmord?" Liane schaute den Hauptkommissar erstaunt an.

„Denke ich nicht. Ich werde ihn zur Erstuntersuchung der Todesursache ebenfalls in die Gerichtsmedizin des Kemperhofs bringen lassen. Wenn er auch Ketamin im Körper hat, dann hat nicht er die Baumgartner umgebracht, sondern umgekehrt. Oder aber, es gibt eine dritte Person, den Anrufer vom Hauptbahnhof. Und dann werden wir uns den Fall Baumgartner und den Fundort der Leiche nochmals unter anderen Aspekten anschauen müssen."

„Sie meinen ...?!"

„Nun fahren Sie schon. Diskutieren können wir nachher."

„Wir werden uns mit der Strömung der Mosel beschäftigen müssen." Schäfer, der wenig später mit seinen Leuten am Gülser Ufer eingetroffen war, hatte die Leiche kurz untersucht und fotografiert. „Dann werden wir den Bereich eingrenzen können, von wo aus er hierher getrieben wurde", meinte er.

„Was meinst du, wie lange der im Wasser gelegen hat?"

Schäfer machte eine abwägende Kopfbewegung und zog die Mundwinkel nach unten. „Schwer zu sagen, aber ich würde vermuten, der ist seit Freitag im Wasser gewesen."

„Müsste er dann nicht viel weiter abwärts aufgetaucht sein?"

„Kommt drauf an, wo genau er ins Wasser ist. Da gibt es viele Stellen, an denen ein Körper hängen bleiben kann, bis ihn die Strömung dann wieder losreißt. Wir hatten vor ein paar Jahren einen Fall, da hat es von Kobern bis zur Koblenzer Schleuse fast einen Monat gedauert, bis eine Leiche dort aufgetaucht ist. Wie die aussah, muss ich dir wohl nicht beschreiben."

Fuß machte ein äußerst unzufriedenes Gesicht. Wie oft noch sollte er bei diesem Fall wieder am Anfang stehen? Immerhin gingen die Ermittlungen inzwischen in die vierte Woche. In wenigen Tagen würde die Lese in den Weinbergen beginnen, dafür hatte er ein paar Tage Urlaub eingeplant. Wenn er gleich im Präsidium zurück war, befand sich sein Erstverdächtiger Detlev Braun wahrscheinlich wieder auf freiem Fuß.

„Sollte jetzt die Pathologie nicht irgendetwas Neues finden was uns weiterhilft, dann ..."

Schäfer trat dicht an seinen Kollegen. „Du bist dir wohl auch schon sicher, dass der Tote mit Ketamin vollgepumpt ist?"

„Ich befürchte es!", gestand Fuß. „Ich werde mir auf jeden Fall nochmals die beiden Bewacher von Seiler vorknöpfen. Einer von beiden muss lügen. Seiler hat irgendwann das Zimmer unbemerkt verlassen und sich den Anzug organisiert. Was dann passiert ist und welche Rolle der Anrufer vom Bahnhof spielt, das müssen wir ganz schnell herausfinden." Fuß holte tief Luft und strich sich über das Gesicht. „Ich weiß nur noch nicht wie!"

Der Hauptkommissar saß seit fast einer halben Stunde nahezu unbeweglich hinter seinem Schreibtisch und grübelte über den Fall nach. Egal wie er die einzelnen Ermittlungen und Indizien auslegte und kombinierte, er kam zu keinem durchgehend schlüssigen Ergebnis.

Liane Esser beobachtete ihn von Zeit zu Zeit von ihrem Schreibtisch aus. Auch sie schob Überlegungen hin und her, baute neue auf und verwarf sie auch schnell wieder. Mit dem Tod von Carola Baumgartner und Paul Seiler schien alles in einer Sackgasse gelandet zu sein. Lag der Schlüssel vielleicht doch bei Marieke van Eijk? War sie vielleicht trotz Dementi diese Tina, die dritte Hure im Spiel? Immerhin hatten sie und der Hauptkommissar einen Tag vor Baumgartners Rückkehr Marieke aufgesucht. Vielleicht spürte sie, dass man ihr auf der Spur war und wollte deshalb alle Zeugen beseitigen. Immerhin schien sie ihre Kunden in Kreisen zu haben, die durchaus über das nötige Kleingeld verfügten, um Drogen zu beschaffen, und auch die entsprechenden Kontakte haben konnten. Sie traute sich allerdings nicht, Fuß von dieser Überlegung zu erzählen. Vielleicht war sie zu abwegig.

Fuß' Blick verfolgte sie, als sie aufstand und sich vor die Landkarte stellte und die Markiernadeln betrachtete. Marieke von Eijk hatte sich nach eigenen Angaben erst vor Kurzem dieses Superwohnmobil gekauft. Gehörte sie früher vielleicht auch zu der WG und war nach dem väterlichen Erbe ausgestiegen, weil es dort Zank um Freier gegeben hatte? So harmonisch, wie es sich ihnen derzeit darstellte, konnte die Hurenwelt doch gar nicht sein. Liane gestand sich ein, dass sie sich bisher kaum oder gar nicht mit diesem Milieu beschäftigt hatte.

„Worüber denken Sie nach?", fragte Fuß plötzlich in die Stille des Raums hinein.

Liane drehte sich zu ihm um und nahm allen Mut zusammen. „Vielleicht ist Marieke van Eijk doch Tina. Das Muttermal kann sie sich überschminkt haben. So genau konnten Sie in der Kürze sicherlich nicht hinschauen."

Fuß sagte nichts, verzog nur sein Gesicht, das konnte sie deutlich sehen. Sie wusste nicht, welche Bedeutung dahintersteckte.

„Es ist doch auch merkwürdig ... ich meine, die Sache mit dem Unterstellen ihres Wohnmobils. Warum hat sie uns nicht einfach gesagt, wo das ist? Und das mit dem alten Mann, den sie nicht in Verlegenheit bringen will ... auch das finde ich merkwürdig."

Immer noch kam von Fuß keine eindeutige Reaktion. Liane ging wieder zu ihrem Schreibtisch zurück. Fuß stöhnte laut, erhob sich und begann im Büro zwischen Fenster und Tür langsam auf- und abzugehen.

„Mir geht die Wohnung in Mastershausen nicht aus dem Kopf", begann der Hauptkommissar seine Gedanken preiszugeben. „Da wird eine Wohnung nicht benutzt, die Miete aber pünktlich bezahlt. Offiziell ist diese Polin noch Mieterin, obwohl sie schon lange wieder in ihrer Heimat ist ..."

Lianes Gesicht hellte sich schlagartig auf. „Von ihr wissen wir gar nichts, nicht einmal wie sie aussieht. Vielleicht war sie diejenige, die vom Bahnhof aus telefoniert hat. In der fraglichen Zeit sind Züge aus etlichen deutschen Städten angekommen und abgefahren, die Zugverbindungen nach Warschau oder anderen Orten in Polen haben."

Fuß blieb nachdenklich neben ihrem Schreibtisch stehen. „Dann rufen Sie doch einfach mal bei der Bahn an."

Hastig griff Liane zum Hörer. Der Hauptkommissar nahm wieder in seinem Sessel Platz und wartete. Es dauerte eine Ewigkeit, bis es seiner jungen Kollegin gelungen war, einen freien Auskunftsplatz der Deutschen Bahn zu erreichen. Doch dann verlief das Gespräch schnell und ihr Gesicht begann zu strahlen.

„Abfahrt in Warschau donnerstags zweiundzwanzig Uhr fünfzig, Ankunft in Koblenz ...", sie machte eine kurze Atempause und ihre Augen funkelten vor Aufregung, „... freitags vierzehn Uhr zweiundfünfzig!"

Fuß sprang freudig auf. „Plus Fußweg zum Telefon, dann ein Anruf um fünfzehn Uhr drei!" Er eilte auf Liane zu, die ebenfalls aufgestanden war und umarmte sie spontan. „Wir fahren sofort nach Mastershausen! Vielleicht ist sie noch in Deutschland und wir treffen sie dort an."

Fuß hatte das Blaulicht vom Vormittag auf dem Wagendach belassen. Zusätzlich ließ er das Martinshorn ertönen. Er wollte keine Minute verlieren. Erst kurz vor der Ortseinfahrt von Mastershausen schaltete er beides ab. Er hielt sogar an und nahm das Blaulicht vom Dach. Der Hauptkommissar wollte nicht, dass Zuzanna Czypionka bei einem zufälligen Blick aus dem Fenster den Wagen sofort als Polizeifahrzeug erkennen konnte. Schon fast gemächlich bog er in den Reitweg ein und hielt auch einige Meter vom Haus entfernt.

Energisch drückte er den Klingelknopf und wartete. Nach etwa einer halben Minute drückte er ihn ein zweites Mal. Doch auch jetzt tat sich nichts. Fast schon wütend drückte er ein drittes Mal. Dann zog er den Schlüssel aus der Tasche, der sich immer noch in seinem Besitz befand und öffnete die Haustür.

An der Wohnungstür drückte Fuß noch einmal den Klingelknopf, bevor er die Tür mit dem Schlüssel öffnete.

„Hallo!", rief er in die Wohnung hinein und wartete einen Moment. Als sich nichts rührte, murmelte er etwas Unverständliches, was sich für Liane nach einem Fluch anhörte, und marschierte geradewegs ins Wohnzimmer. Mit einem Blick war ihm klar, dass inzwischen jemand in der Wohnung gewesen sein musste. Einige der Bücher und Hefte im Regal waren verschwunden. Er zog eine Schublade des Schranks heraus. Hier fehlten die Schokolade und die Gummibärchen. Er ging in die Küche, öffnete den Kühlschrank, leer. Weitgehend leer waren auch die Schränke im Schlafzimmer. In den Schubladen der Spiegelkommode fehlten die gesamten Kosmetika, die Gaspistole und das Pfefferspray. Offensichtlich hatte jemand Dinge in der Absicht mitgehen lassen, der sobald nicht wieder gedachte zurückzukehren.

„Notieren Sie, was genau zurückgelassen wurde und machen Sie ein paar Fotos mit Ihrem Handy, wie die Dinge jetzt sind", trug er Liane auf. „Ich werde mich inzwischen im Haus umhören."

Er ließ sie zurück und läutete an der Tür gegenüber. Limbach, der Liane von dem Muttermal erzählt hatte, öffnete.

„Wieder Polizei?", fragte er gleich. „Ich habe Sie nämlich neulich mit Ihren Kollegen durch den Spion an meiner Tür beobachtet. Aber Sie sollten wirklich mal kommen, wenn die Frau auch da ist. Am Wochenende war sie gleich zweimal hier. Seither habe ich sie nicht mehr gesehen."

„Wann genau war das?", erkundigte sich Fuß.

„Genau weiß ich das nicht mehr, aber am Samstag war es draußen schon lange dunkel. Es muss so kurz nach der Tagesschau gewesen sein. Und am Sonntagvormittag kam sie mir mit einem Koffer auf der Treppe entgegen, als ich zur Kirche ging."

„Wissen Sie, ob sie mit einem Taxi gekommen ist oder mit einem anderen Fahrzeug?"

„Also mit welchem Wagen sie gekommen ist, weiß ich nicht, tut mir leid. Ein Taxi stand nicht auf der Straße, das hätte ich bemerkt."

„Und es war die Frau mit dem Muttermal."

Limbach nickte eifrig. „Dieses Mal trug sie zwar Jeans, aber immer noch diese flachen Schuhe."

„Und es kann nicht Zuzanna Czypionka gewesen sein?"

„Nein, nein, um Gottes willen nein. Die sah doch ganz anders aus und hatte kein Muttermal."

Fuß bedankte sich. Eigentlich konnte er sich die Befragung der anderen Bewohner sparen. Der Koffer, den Limbach gesehen hatte, war wahrscheinlich leer gewesen. Damit hatte sie also die jetzt fehlenden Dinge aus der Wohnung abtransportiert. Er blieb unentschlossen im Hausflur stehen, während sich die Tür hinter ihm schloss. Dann öffnete er wieder die Wohnungstür der Czypionka und rief nach Liane.

Die Kriminalhauptmeisterin saß im Schlafzimmer auf der Bettkante und notierte eifrig die wenigen Kleidungsstücke, die noch im Schrank zurückgeblieben waren. „Fotografiert habe ich schon alles."

„Die Frau mit dem Muttermal hat am Wochenende hier geräumt", Fuß ließ sich enttäuscht neben Liane auf dem Bett nieder. „Aber damit steht fest, es war nicht Zuzanna Czypionka. Denn die konnte Limbach genau unterscheiden."

„Was ist dir denn über die Leber gelaufen?", erkundigte sich Bäckermeister Arnold Becker, als er die übliche Brotration in der Straußwirtschaft ablieferte.

Fuß saß mit einem Apfel in der Hand am Tisch in der Küche und kaute kräftig. Erst als er geschluckt und den Mund wieder einigermaßen leer hatte, antwortete er. „An meinem Fall beiß ich mir im Moment genauso die Zähne aus wie an diesem steinharten Apfel. Die Sorte hier kann man nur verkochen." Er legte den angebissenen Apfel beiseite und stand auf. „Ich muss nach oben auf die Terrasse, du siehst ja, was heute wieder los ist."

Er zwängte sich an Erika vorbei, die gerade mit einem Tablett voll Geschirr auf dem Weg zur Spülmaschine war. Fuß hatte Mühe um die Theke herumzukommen, wo wieder etliche Gäste bei einem Glas Wein darauf warteten, einen Sitzplatz zu ergattern.

Nachdem er die Treppe zur Terrasse wegen akuter Schmerzen Stufe für Stufe genommen hatte, genoss er erst einmal die frische Luft, obwohl schon wieder einige Gäste nach ihm riefen. „Kollege kommt gleich!", rief er ihnen zu und zündete erst einmal in aller Ruhe die Kerzen auf den Tischen an, bevor er seinen Weg zur Terrassentheke fortsetzte. Auch diese war bereits von wartenden Gästen umlagert. „Ihr müsst schon etwas beiseite rücken, sonst verdursten mir die anderen", schob er sich an ihnen vorbei.

„Hauptsache hier an der Theke gibt es was zu trinken", meldete sich eine Stimme aus der Gruppe. Fuß achtete nicht darauf, wer die Bemerkung gemacht hatte. Er nahm drei Flaschen und begann von Tisch zu Tisch zu gehen und nachzuschenken, wo Gläser leer waren.

Am dem Tisch, an dem ein früherer Kollege mit seiner Frau saß, blieb er kurz stehen. „Du, mein Freund, weißt wie es ist, wenn man ständig bei den Ermittlungen auf der Stelle tritt." Der Bärtige mit der Igelfrisur grinste. „Das hab ich Gott sei Dank alles hinter mir."

Fuß schenkte ihm sein Glas fast bis zum Überlaufen voll. „Der geht auf mich, weil du weißt, wie es in mir aussieht. Trink auf mein Wohl", brummte der Wirt und zog humpelnd weiter.

14.

Die Ahnung hatte Fuß wieder einmal nicht getäuscht und schlug ihm in den frühen Morgenstunden gleich auf den Magen. Eine Telefonnotiz bestätigte seine Befürchtung: Auch Paul Seiler hatte eine Überdosis Ketamin im Körper. Außerdem hatten die Pathologen des Kemperhofs einige Hämatome an Kopf und Rücken des Toten festgestellt, die den Rückschluss zuließen, dass Seiler vorher niedergeschlagen worden war. Weiteres würde wahrscheinlich der Gerichtsmediziner in Mainz finden.

Wortlos hielt Fuß Liane Esser den Zettel entgegen, als diese das Büro betrat.

„Dann hat die Baumgartner den Seiler umgebracht und anschließend sich selbst!"

Es klang logisch, musste Fuß zugeben, aber die Sache war für ihn noch nicht rund genug. Zu viele Fragen waren offen. Es fehlte ein Motiv, für einen Zickenkrieg unter den Huren gab es keinerlei Hinweise. Und dann noch die große Unbekannte aus Mastershausen. Fuß zuckte bei diesem Gedanken förmlich zusammen. „Wissen wir eigentlich, ob Carola Baumgartner ein Muttermal an der Wade hatte? Rufen Sie bitte sofort Doktor Wehlen an!"

Während Liane hastig die Mainzer Nummer der Gerichtsmedizin wählte und sich mit Dr. Wehlen verbinden ließ, begann der Hauptkommissar wieder zwischen Tür und Fenster zu wandern und dabei sein Gesicht zu kneten.

Warum war ihm diese Idee nicht früher gekommen. Carola Baumgartner hatte vielleicht mehr als nur ein Doppelleben geführt. In Burgen führte sie das normale Leben einer Kosmetikberaterin, von einem Wohnmobil wusste dort keiner etwas. In Mastershausen tauchte sie hin und wieder in Czypionkas Wohnung auf oder unter, oftmals war hier das Wohnmobil gesehen worden. Hatte Sie auch Kontakte zum Drogenmilieu und konnte sich Ketamin beschaffen? Bisher war er davon ausgegangen, dass sie bereits in Urlaub war, als Olga alias Rosi in den Flammen starb. Vielleicht hielt sie sich aber zu der Zeit noch in der Wohnung in Mastershausen auf und war erst nach dem Anschlag auf ihre WG-Partnerin nach Mallorca geflogen. Und der Brief, den sie nach ihrer Rückkehr geöffnet hatte, und der Anruf vom Bahnhof hatten gar nichts mit dem Fall zu tun. Blieb weiterhin zu klären, wie sie Seiler aus der Klinik gelockt hatte und er unbemerkt verschwinden konnte.

„Haben Sie die beiden Beamten hierher bestellt, die Seiler bewacht haben?"

Die Kriminalhauptmeisterin winkte ab, da sich in diesem Moment Dr. Wehlen am anderen Ende meldete. „Hat die Leiche Carola Baumgartner an der rechten Wade ein Muttermal?"

Fuß blickte seine Mitarbeiterin erwartungsvoll an. Es dauerte eine Weile. Dr. Wehlen hielt wieder seinen üblichen, langatmigen Vortrag. Liane verdrehte die Augen, aber es half nichts. Den Rechtsmediziner zu unterbrechen wäre sinnlos gewesen. Doch dann leuchteten Lianes Augen auf. „Sie sind sicher, dass es links und nicht rechts ist? … Danke, das reicht mir vorerst." Sie legte schnell auf.

„Die Baumgartner hat ein Tattoo. Ein rotes Herz mit einem Pfeil darin, umgeben von roten Rosen und einer goldenen Schleife, auf der aber kein Name steht, wie üblich … allerdings am linken Bein."

„Links, rechts, das wird der alte Limbach verwechselt haben. Ich kenne viele Menschen, die ständig die Seiten verwechseln", entgegnete Fuß. „Und ob Tattoo oder Muttermal, das wird der Alte auf die Entfernung nicht unterscheiden können. Flecken sind Flecken." Fuß hatte wieder an seinem Schreibtisch Platz genommen und begann in der Akte zu blättern. Schließlich fand er das, wonach er suchte.

„Braun hat einen Wagen halb im Straßengraben stehen gesehen. Hier steht es im Protokoll: *Der Wagen war dunkelgrau, dunkelblau, vielleicht auch schwarz* … Das Auto von der Baumgartner war dunkelblau."

„Also doch Zickenkrieg", rief Liane Esser erleichtert aus, nun auch das Motiv gefunden zu haben. „Wenn wir jetzt auch noch herausbekommen können, wie Seiler das Klinikum verlassen konnte, ohne gesehen zu werden, können wir den Fall abschließen."

„Für wann haben Sie die Kollegen bestellt?"

„Klug kommt um zwei Uhr, Yilmaz hatte dienstfrei, ich kann ihn erst heute Nachmittag wieder erreichen."

Polizeiobermeister Klaus-Peter Klug erschien pünktlich. Er machte eine leichte Verbeugung, als er das Büro betrat, folgte der Handbewegung des Hauptkommissars und setzte sich auf den Besucherstuhl.

„Ich habe sowohl Ihren Bericht als auch Ihre Aussage als Ergänzung hier vor mir liegen, würde aber gern noch einmal die fragliche Zeit mit Ihnen sozusagen minutiös durchgehen. Ich hoffe, Sie haben die Nacht noch gut in Erinnerung. Wann genau haben Sie Ihren Kollegen abgelöst."

„So gegen Viertel vor zehn. Der Kollege, dessen Namen ich mir nicht merken kann, saß neben der Tür des Krankenzimmers und unterhielt sich mit einer Krankenschwester, die ihm gerade einen Kaffee gebracht hatte."

„Woher wissen Sie, dass Ihr Kollege sich den Kaffee nicht vorher selbst geholt hat?", unterbrach ihn Fuß sofort.

„Ganz einfach, weil mir die Krankenschwester auch anbot, einen Kaffee zu holen." Nachdem Fuß mit der Antwort zufrieden war, fuhr Klug fort. „Wir haben dann noch fünf oder zehn Minuten zusammengestanden, dann wurde die Schwester zu einem Patienten gerufen. Der Kollege hat ausgetrunken, mir seinen Becher gegeben und sich verabschiedet."

„Was geschah dann?"

„Eigentlich die ganze Nacht nichts. Ich hatte mir ein Buch mitgebracht und habe gelesen. Irgendwann später kam die Schwester vorbei. Ich habe sie gebeten, mich kurz abzulösen, weil ich pinkeln musste – der Kaffee. Das hat vielleicht drei oder vier Minuten gedauert. Als ich zurückkam, stand die Schwester immer noch vor der Tür des Zimmers."

„Wann war das?"

„Das muss so gegen drei Uhr gewesen sein. Ich habe nicht auf die Uhr geschaut."

„Weiter!"

„Ich habe nur ab und zu Geräusche aus dem Stationszimmer gehört, ein- oder zweimal hat die Schwester Nachtpfannen aus verschiedenen Zimmern abgeholt und ausgeleert. Ebenso sind gelegentlich Patienten aufs Klo gegangen. Ich habe sie aber nicht weiter beachtet."

„Wie haben Sie dann das Verschwinden von Seiler entdeckt?"

„Nachdem so ziemlich alle Schwestern der Frühschicht gekommen waren, begannen sie damit Tabletten zu verteilen und Fieber und Blutdruck zu messen. So kamen sie auch an mein Zimmer. Die junge Schwester kam aber sofort wieder heraus und fragte mich, ob der

Patient auf das Klo gegangen sei. Ich verneinte und schaute ins Zimmer. Das Bett war tatsächlich leer."

„Bei Ihrem Dienstantritt haben Sie sich aber nicht davon überzeugt, dass der Patient im Zimmer lag?"

„Natürlich nicht, ich bin davon ausgegangen, dass er um die Uhrzeit bereits schlief und wollte ihn doch nicht wecken."

Fuß schaute Liane Esser an. „Haben Sie noch Fragen?"

Die junge Kollegin, die das Gespräch zwischen Fuß und Klug verfolgt hatte, überlegte kurz, kaute dabei auf einem Bleistift herum und schüttelte dann den Kopf.

Am Nachmittag kam per Fax von der Gerichtsmedizin das mehrseitige Untersuchungsergebnis von Carola Baumgartners Leiche. Fuß überflog wie üblich die ausführlichen Beschreibungen, bei denen Dr. Wehlen wohl anstrebte Weltmeister in Detailverliebtheit zu werden. Ihn interessierte weder das Körpergewicht bis zur zweiten Stelle hinter dem Komma noch der jeweilige Hautzustand an den Körperpartien oder Vorverletzungen von Geburt an. Ihm genügte in der Regel die abschließende Zusammenfassung, die sich auf das Wesentliche beschränkte.

Der Einstichkanal der Spritze konnte nach Auffassung von Dr. Wehlen und seinem Team sowohl von der Toten selbst hervorgerufen worden sein als auch von einer anderen Person. Die Dosis war nicht nur sehr hoch, sondern auch, wie das zerstörte Gewebe an der Einstichstelle vermuten ließ, sehr schnell in den Körper eingedrungen. Der Todeskampf dauerte demnach nur sehr kurze Zeit. Es war im Nachhinein nicht mehr mit letzter Sicherheit festzustellen, ob der Tod letztendlich durch Atemlähmung oder Kreislaufversagen eingetreten war, da beide Probleme vermutlich gleichzeitig auftraten. Hinweise auf einen Kampf, oder einen für den Tod mit entscheidenden Sturz, konnten nicht gefunden werden. Die geringfügigen akuten Verletzungen führte der Gerichtsmediziner ebenso wie der Notarzt und Schäfer auf das Herunterrollen an der Uferböschung zurück. Den letzten Satz las Fuß gleich zweimal: *Ein Selbstmord kann nicht ausgeschlossen werden.* Damit wurde die Vermutung erhärtet, dass Carola Baumgartner zunächst Paul Seiler und dann sich selbst umgebracht hatte, zumal die Tatorte zwischen dem Klinikum und Burgen lagen.

Nacheinander rief Fuß zunächst seinen Kollegen Schäfer an, dann die Pressestelle, bei der sich Zirfas meldete. Der Hauptkommissar bat ihn jedoch, mit der Meldung noch vierundzwanzig Stunden zu warten. Er wollte die Zeit nutzen, um noch etwas mehr über das Motiv herauszufinden.

„Efekan Yilmaz kommt morgen in der Früh", teilte ihm seine junge Kollegin mit, die zwischenzeitlich den zweiten Wachbeamten erreicht hatte.

Fuß hatte nur halb hingehört. Seine Gedanken waren ganz woanders. „Was für ein Motiv könnte hinter allem stecken?", fragte er. „Nur weil die beiden Huren sich gestritten haben oder Freier abgeworben wurden, was in so einer WG eigentlich zu erwarten wäre, bringt man doch nicht zwei Menschen und sich selbst auf so grausame Weise um. So etwas ist mir in all den Jahren noch nicht untergekommen."

„Ist das Motiv denn noch wichtig?"

„Für den Staatsanwalt vielleicht nicht. Aber ich lege ungern eine Sache zu den Akten, wenn nicht alles schlüssig ist. Und in diesem Fall gibt es trotz der sich derzeit abzeichnenden logischen Handlungsfolge doch noch einige Fragen. Zum Beispiel eben nach dem Motiv. Außerdem was wusste Seiler? Hatte er Baumgartner das Ketamin besorgt? Woher und wie gut kannte sie ihn überhaupt?"

Fuß lehnte sich in seinem Schreibtischsessel zurück und gähnte herzhaft. Die letzten Tage in der Straußwirtschaft neben seinem Hauptberuf hatten ihn vor allem nach der überstandenen Operation doch sehr angestrengt.

„Lassen Sie uns doch mit den kleinen Dingen anfangen, die wir noch nicht genau wissen."

„Die wären ...?"

Fuß vergrub sein Gesicht in seinen großen Händen und dachte nach. Liane beobachtete ihn und hätte zu gern gewusst, wie der Hauptkommissar bei der Suche nach bisher Unbekanntem vorging.

Schließlich richtete er sich auf und blätterte, wie schon so oft, in der vor ihm liegenden Akte. „Wissen wir eigentlich wann exakt Carola Baumgartner abgeflogen und wieder gelandet ist? Sie wird vom Hahn oder Frankfurt geflogen sein. Überprüfen Sie, wann und mit welcher Fluggesellschaft die Frau geflogen ist und ob sie auch wirklich an Bord war. Da sie weder in ihrer Wohnung in Burgen über einen Internetanschluss verfügte und es auch in Mastershausen keinen solchen gibt, wird sie über ein Reisebüro gebucht haben, möglicherweise irgendwo entlang der Hunsrückhöhenstraße. Das ist doch eine Aufgabe für Sie, oder?"

Liane Esser blickte auf ihre Uhr. „Aber erst morgen."

Efekan Yilmaz wartete bereits auf dem Flur, als Fuß am nächsten Morgen zusammen mit Liane Esser, die gleichzeitig mit ihm in der Tiefgarage des Polizeipräsidiums angekommen war, aus dem Aufzug stieg.

„Gehen wir in ein Vernehmungszimmer. Frau Esser muss ungestört telefonieren können", begrüßte der Hauptkommissar den uniformierten Polizeibeamten und deutete auf eine Tür unweit seines Büros. „Gehen Sie ruhig schon vor, ich komme sofort."

Fuß stellte seine Tasche neben den Schreibtisch, nahm die Akte mit den bisherigen Ermittlungsunterlagen und wandte sich Liane zu. „Sie setzen sich gleich mit den infrage kommenden Fluggesellschaften in Verbindung. Wenn etwas Wichtiges ist, wissen Sie ja, wo Sie mich finden." Damit verließ er das Büro wieder.

Der Vernehmungsraum war äußerst spartanisch eingerichtet. Fuß öffnete als Erstes das Fenster, da er alten, abgestandenen Zigarettenrauch hasste. Und in dem Raum stank es fürchterlich. Manche Kollegen nahmen im Stress der Vernehmungen das Rauchverbot nicht allzu ernst.

„Ihre persönlichen Daten können wir später noch ergänzen. Ich werde unser Gespräch für ein Protokoll aufzeichnen. Es geht mir noch einmal um den Bewachungstag vor dem Verschwinden von Paul Seiler im Kemperhof."

Yilmaz nickte und rückte seinen Stuhl so zurecht, dass er möglichst in Richtung des kleinen Mikrofons sprechen konnte. Fuß schaltete das Aufzeichnungsgerät ein.

„Herr Yilmaz, bitte schildern Sie mir möglichst detailliert, was sich während Ihrer Wache im Kemperhof abgespielt hat."

Yilmaz räusperte sich, legte die Hände ineinander und schaute den Hauptkommissar an. „Ich habe also um zwölf Uhr den Kollegen Berghoff abgelöst und habe kurz in das Krankenzimmer hineingeschaut." Der junge Polizeibeamte wiederholte noch einmal sehr ausführlich seine bisher gemachten Angaben zu diesem Nachmittag. Fuß verglich immer wieder die jetzt gemachte Aussage mit der früheren. Es gab keine nennenswerten Abweichungen. Yilmaz hatte sich also selbst davon überzeugt, dass Seiler im Zimmer lag und bestätigte auch den Besuch der Nachtschwester gegen zwanzig Uhr, den auch Dr. Pressel erwähnt hatte.

Im Kopf von Fuß rotierte es. Immer noch sah er nicht den geringsten Ansatzpunkt, wie Seiler unbemerkt sein Zimmer hatte verlassen können.

„Wissen Sie genau, welche Schwestern während Ihrer Dienstzeit das Zimmer betreten haben?"

Yilmaz musste bei dieser Vorstellung herzhaft lachen, was ihm offensichtlich etwas peinlich war. „Leider nicht, für mich sehen Krankenschwestern in ihren weißen Schürzen und mit kurzen Socken alle gleich aus. Außerdem habe ich nicht darauf geachtet. Eine ist mir zwar aufgefallen, weil sie besonders drall war und immer wie eine Ente an mir vorbeiwatschelte. Aber die anderen …?"

„Sie wissen auch nicht welche Ärzte die Abendvisite gemacht haben?"

„Es waren ein Arzt und eine Ärztin. Die beiden haben mich ja auch vertreten, als ich mir etwas zu essen geholt habe. Und sie haben das Zimmer erst verlassen, nachdem ich zurück war."

„Ihre Namensschilder haben Sie nicht zufällig gesehen? Aber die können wir auch über den Dienstplan der Station ermitteln."

Fuß war ratlos. Er schaltete das Aufnahmegerät wieder aus. Sowohl die Aussage von Yilmaz als auch von Klug schienen lückenlos. Fuß bedankte sich bei dem Beamten für sein Kommen und kehrte in sein Büro zurück.

Liane Esser war immer noch dabei herauszufinden, wann Frau Baumgartner geflogen war. Sie schaute den Hauptkommissar verzweifelt an als dieser ins Büro zurückkehrte.

„Haben Sie gewusst, was das für eine Sauarbeit ist?"

Fuß grinste. Er ahnte es. „Nur nicht entmutigen lassen, Sie schaffen das schon."

„Inzwischen weiß ich wenigstens, welche Fluggesellschaften von welchem Flughafen aus nach Mallorca fliegen. Aber die wollen alle eine offizielle schriftliche Anfrage. Und Reisebüros gibt es viele. Auch hier sind einige sehr zurückhaltend mit Auskünften oder fühlen sich belästigt."

„Hat es eigentlich aufgrund der letzten Presseveröffentlichung einen Anruf gegeben?"

„Hier hat keiner angerufen."

„Ich gehe mal zu den Kollegen in die Presseabteilung, lassen Sie sich nicht stören."

Schomisch hielt noch den Telefonhörer in der Hand, als Fuß das Büro betrat.

„Du kannst gleich wieder umkehren. Deine Kleine hat scheinbar das Reisebüro gefunden, das ihr sucht."

„Komme nachher noch mal", antwortete Fuß und drehte sich auf dem Absatz um.

„Auf die Idee muss man erst einmal kommen", jubelte Liane. „Ich habe mir auch mal die Strecken angeschaut, die Frau Baumgartner zwischen Burgen und den Parkplätzen an der Bundesstraße benutzt haben kann und bin fündig geworden. Der Mann am Telefon wollte zwar keine konkrete Auskunft geben, meinte aber, es sollte jemand vorbeikommen. Ich glaube, er hat meinen Angaben von wegen Kriminalpolizei und so nicht getraut. Soll ich hinfahren?"

„Wenn Sie sich sicher sind, dass Sie auf der richtigen Fährte sind ..."

„Bin ich!", sagte Liane stolz.

„Dann hauen Sie ab, aber wehe ...", lachte Fuß und beobachtete, wie die Kriminalhauptmeisterin rasch alles zusammenraffte, was sie für die Befragung benötigte.

Das Reisebüro machte einen sehr familiären aber trotzdem äußerst professionellen Eindruck. Außer dem Angestellten, mit dem Liane telefoniert hatte, saß auch eine Frau an einem Computer und beriet gerade ein älteres Ehepaar.

Nachdem Liane sich ausgewiesen hatte, wandte sich der Mann seinem Bildschirm zu und klickte einige Male mit seiner Maus bis er gefunden hatte, was er suchte.

„Sie sagten Carola Baumgartner?", vergewisserte er sich nochmals.

Liane bejahte.

„Sie ist vom Hahn aus geflogen. Hat aber über uns nur den Flug gebucht, kein Hotel."

„Kommt das häufiger vor?"

„Selten, aber einige Reisende sind am Urlaubsort Gast bei Freunden, Bekannten oder haben eine spezielle Unterkunft, die man nicht über ein Reisebüro buchen kann. Ich schreibe Ihnen auf jeden Fall mal die Daten der Buchung auf." Er nahm ein Blatt Papier und schrieb vom Bildschirm ab. „Was ist denn mit der Dame?"

„Es geht nur um die Überprüfung einer Zeugenaussage", wich Liane aus.

Der Mann reichte ihr den Zettel.

„Kann ich sicher sein, dass Frau Baumgartner auch tatsächlich zu den angegebenen Terminen und Zeiten geflogen ist?"

„Davon müssen wir ausgehen. Endgültig kann Ihnen das aber nur die Fluggesellschaft bestätigen." Er warf einen kurzen Blick auf den Bildschirm. „Sie hat außerdem eine Reiserücktrittsversicherung abgeschlossen. Ich weiß natürlich nicht, ob diese in Anspruch genommen wurde. Immerhin wurde recht lange im Voraus gebucht."

Liane las die Notizen des Mannes. Die Uhrzeiten stimmten zu ihrem großen Erstaunen mit allen bisherigen Überlegungen von Fuß und ihr in keiner Weise überein. „Können Sie mir sagen, welche Wochentage das waren?"

Es dauerte nur zwei Klicks mit der Maus, dann kam auch schon die Auskunft. „Beide Tage, der Hin- und der Rückflug, waren an einem Mittwoch."

Liane wurde blass. Nichts stimmte mehr, gar nichts.

Der Mann hatte das Wechseln von ihrer Gesichtsfarbe bemerkt und fragte besorgt: „Stimmt etwas nicht, ist Ihnen nicht gut?"

Auch die Mitarbeiterin am anderen Computer schaute auf und blickte zu der jungen Polizistin herüber.

„Doch, danke", beeilte sich die Kriminalhauptmeisterin zu antworten. „Ich habe nur heute noch nicht gefrühstückt, das rächt sich jetzt."

„Mögen Sie einen Kaffee?", bot die Frau an. „Ich mache Ihnen auch gerne ein Brot."

Liane musste trotz allem über die spontane Hilfsbereitschaft lachen. „Nein, danke. Es geht auch schon wieder." Sie steckte rasch den Zettel ein, bedankte sich und verließ rasch das Reisebüro.

Auch Hauptkommissar Fuß war von der neuen Entwicklung mehr als überrascht und enttäuscht. Es hatte bisher fast alles zeitlich gepasst. Doch der Zettel, den Liane mitgebracht hatte, besagte, dass Carola Baumgartner erst einen Tag nach dem Brandanschlag am späten Nachmittag nach Mallorca geflogen und bereits am Mittwoch vor ihrem Tod, etwa eine Stunde vor Mitternacht, wieder auf dem Hahn gelandet war.

„Die Vermieter in Burgen haben aber ausgesagt, dass sie bereits einige Tage zuvor in Urlaub gefahren ist. Und ich selbst habe nach ihrer Rückkehr die noch unausgepackten Koffer in ihrer Wohnung gesehen. Wo war die Frau in den fehlenden Tagen?"

„Das werden wir wohl nie erfahren", meinte Liane enttäuscht. „Tote sprechen leider nicht mehr."

„Mailen Sie offiziell an Ryanair und lassen sich die Passagierliste schicken. Wir müssen wissen, ob die Baumgartner überhaupt geflogen ist."

Liane setzte sich sofort an den Computer, während Fuß versuchte, mit der neuen Situation klarzukommen. Für ihn stand jetzt fest, dass die Baumgartner in dem dunklen Wagen gesessen hatte, den Braun im Straßengraben gesehen hatte. Offenbar hatte sie alles langfristig geplant, wie die frühe Buchung ihres Flugs vermuten ließ. Sie hatte damit gerechnet, dass man ihr nicht so schnell auf die Spur kommen würde. So konnte sie ohne Risiko erst am nächsten Tag fliegen. Wo sie sich bis dahin aufgehalten hatte, spielte im Moment keine Rolle. Das galt aber nicht für ihre Rückkehr. Was hatte sie die knapp vierzig Stunden zwischen ihrer Ankunft auf dem Hahn und ihrer Rückkehr nach Burgen gemacht? Hatte sie sich in Lautzenhausen, gleich neben dem Flughafen, in ein Hotel eingemietet. Jetzt schienen auch wieder der bisher nicht gefundene Brief und der Telefonanruf vom Bahnhof an Bedeutung zu gewinnen. Zum wiederholten Mal nahm sich Fuß die Ermittlungsakte vor. Vielleicht ergaben sich unter den neuen Erkenntnissen auch neue Möglichkeiten, wie sich alles abgespielt haben könnte. Bei den letzten Seiten der Akte hielt er plötzlich inne. Schäfer hatte alle Anrufe nach Baumgartners Landung abgefragt, war aber von der bisher angenommenen Landezeit ausgegangen. Fuß nahm sich vor, Schäfer anzurufen und zu bitten, sich nochmals mit dem Provider in Verbindung zu setzen und alle Anrufe bis zehn Tage vor dem Brandanschlag abzufragen. Doch als sich dieser am Telefon meldete, musste sich Fuß mit einer neuen Überraschung abfinden.

„Das war Gedankenübertragung, ich wollte dich auch gerade anrufen. Wir haben Folgendes festgestellt: An den Metallverbindungsstäben der Kopfstützen des Golfs von Frau Baumgartner sind auf der Fahrerseite Teile von Fingerabdrücken, die mit hoher Wahrscheinlichkeit von Seiler stammen. Er hat demnach hinten im Wagen gesessen und sich zumindest einmal an den Stäben festgehalten. Das wäre damit zu erklären, dass er seinen Körper beim Vorbeugen stärker noch vorne ziehen wollte, vielleicht um etwas besser zu verstehen, was der Fahrer oder die Fahrerin gesagt hat, vielleicht aber auch einfach als Halt in einer scharfen Kurve, eine Art Reflexhandlung. Seiler hat also im Auto von der Baumgartner gesessen."

„Dann hat die Baumgartner ihn aus der Klinik geholt … nur wie?"

Schäfer lachte. „Das müsst ihr herausfinden. Seitens der Spurensicherung können wir im Moment nichts dazu beitragen. Im Krankenzimmer gab es diesbezüglich keine Hinweise."

Fast hätte Fuß vergessen, weshalb er Schäfer angerufen hatte.

„Mach ich, kann aber eine Weile dauern", antwortete der Kollege.

Fuß legte auf und nahm ein großes Blatt zur Hand. Inzwischen war alles so verwirrend, dass er sich einen Zeitplan aufstellen musste, wann wer wo war.

Es dauerte fast eine Stunde bis er sich in einer Mischung von Tabelle und Zeichnung aufgrund der jüngsten Erkenntnisse einen Überblick verschafft hatte.

„Kommen Sie mal zu mir rüber", forderte er Liane auf.

Die Kriminalhauptmeisterin stand auf, stellte sich neben ihn und studierte die Aufzeichnungen.

„Sehen Sie irgendwo einen Fehler?"

Liane zog das Blatt näher zu sich und beugte sich darüber. Mit dem Zeigefinger verfolgte sie die Bewegungen der einzelnen Personen und verglich diese mit Tag und Uhrzeit, die Fuß am oberen und linken Rand eingezeichnet hatte. Die Überprüfung nahm fast zehn Minuten in Anspruch. Schließlich richtete sie sich wieder auf. „Soweit ich die einzelnen Positionen im Kopf habe, müsste alles stimmen", meinte sie. „Wir wissen nur überhaupt nichts von Seilers Aufenthalten vor und unmittelbar nach der Tat und seit seinem Verschwinden."

„Wir wissen noch so viel nicht", brummte Fuß. „Noch keine Antwort von Ryanair?"

„Bis jetzt noch nicht."

Fuß stand auf und stöhnte. „Ich glaube, dass wird der erste Fall in den letzten elf Jahren, den ich nicht aufklären werde."

15.

Die Passagierliste von Ryanair war erst am nächsten Tag auf dem Server. Liane hatte sie schnell ausgedruckt und Fuß auf den Schreibtisch gelegt. Dort lag bereits die Liste der Telefonnummern von Carola Baumgartners Handy, die Hauptkommissar Schäfer schon vorbeigebracht hatte, als sie das Büro betrat. Die Liste war in zwei Spalten aufgeteilt. Einmal die ausgehenden und einmal die eingehenden Anrufe. Fuß reichte sie sofort an seine Kollegin weiter.

„Versuchen Sie bitte herauszufinden, wer hinter den Nummern steckt und vergleichen Sie diese zunächst mit den Nummern aus dem Taschenkalender, den wir in der Wohnung in Mastershausen gefunden haben. Das könnte Ihnen einige Arbeit ersparen."

Dann überflog er die beiden Passagierlisten. Carola Baumgartner war also tatsächlich geflogen, sie stand auf beiden Listen drauf. Jetzt galt es also herauszufinden, wo sie die Zeit zwischen Landung in Hahn und Ankunft in ihrer Wohnung verbracht hatte. Er suchte sich die nahe dem Flughafen gelegenen Hotels aus dem Internet und hatte bereits beim ersten Anruf Glück. Im Airport Inn Landhotel hatte Carola Baumgartner tatsächlich nach ihrer Rückkehr von Mittwochnacht bis Freitag übernachtet. Seine Überlegung, dass sie sich auch die Tage vor dem Brandanschlag dort einquartiert haben könnte, wurde aber nicht bestätigt. Langsam musste er davon ausgehen, dass diese Frau bewusst falsche Spuren für den Fall von Nachforschungen gelegt hatte.

Liane Esser war erstaunlich schnell mit ihrer Recherche fertig. Es lag wohl daran, dass Frau Baumgartner ausschließlich drei Nummern angerufen hatte, zwei davon mehrfach. Die nur einmal angerufene Nummer war die ihrer Frauenärztin in der Casinostraße. Bei den beiden anderen Nummern handelte es sich um eine Festnetz- und eine Handynummer. Der Anschluss der Festnetznummer lautete auf eine Carmen Miller, die in Hamburg wohnte.

„Verbinden Sie mich mit dieser Carmen Miller", bat Fuß.

Sehr schnell stellte sich heraus, dass Carmen Miller und Carola Baumgartner eng befreundet waren. Sie schrie am Telefon hysterisch auf, als sie erfuhr, dass ihre Freundin tot war.

„Hat sie Ihnen etwas über Probleme hier in der Hurenszene oder sonstigen Schwierigkeiten erzählt?"

Erst als sich Frau Miller, die offenbar ihr Geld auch im Rotlichtmilieu verdiente wieder einigermaßen gefangen hatte, konnte sie antworten.

„Caro hat nie darüber gesprochen. Ich weiß von ihr nur, dass sie immer wieder mit einer Kollegin zusammengearbeitet hat. Aber mit wem kann ich nicht sagen. Wir haben uns wenig darüber unterhalten."

„Sagt Ihnen der Name Roswitha Wolf etwas?"

Die Hamburgerin verneinte.

„Oder Paul Seiler?"

„Da kann ich Ihnen wirklich nicht weiterhelfen. Sie müssen mich aber unbedingt informieren, wenn Caro zur Bestattung freigegeben wird."

„Wissen Sie von irgendwelchen Verwandten, die wir benachrichtigen müssten?"

„Ich weiß nur, dass Caro nach dem Mauerfall mit ihrer Mutter, einer Witwe, hier nach Hamburg gekommen ist. Damals war sie noch nicht volljährig, hat aber sofort hier auf dem Kiez gearbeitet, weil ihre Mutter im Rollstuhl saß und nicht arbeiten konnte. So haben wir uns auch auf dem Kiez kennengelernt. Ihre Mutter ist dann wenige Monate später gestorben. Von anderen Verwandten weiß ich nichts."

„War Frau Baumgartner drogenabhängig?"

Die Verneinung kam so vehement, dass Fuß dies sofort als eine Schutzbehauptung ansah. Aber da würde ihm Dr. Wehlen die ehrlichere Antwort liefern können. Er bedankte sich und versprach Frau Miller, sie über den Bestattungstermin von Carola Baumgartner zu informieren, sofern er davon erfuhr.

Dann nahm er sich die Aufstellung jener Rufnummern vor, die bei Carola Baumgartner angerufen hatten. Es waren alles recht kurze Gespräche, wie aus den Unterlagen des Providers hervorging. Darunter auch die Handynummer, die sie selbst mehrfach angerufen hatte.

Fuß reichte die Liste an Liane zurück. Die Namen, soweit die Kriminalhauptmeisterin sie ermitteln konnte, waren offenbar wieder Freier, denn auch der Name Karl-Heinz Felber tauchte zweimal auf. An diesen, und das Telefonat mit ihm, konnte sich Fuß noch genau erinnern.

Nur, das alles brachte sie keinen einzigen Schritt weiter. Wieder einmal begann er, wie ein Tiger in seinem Käfig, von einer Wand zur anderen zu wandern. Liane Esser beobachtete ihn aus den Augenwinkeln heraus. Sie wusste, dass sie den Hauptkommissar in solchen Momenten nicht stören durfte. Doch dieses Mal dauerte das ständige Hin und Her beängstigend lange. Das dumpfe Stapfen der Schuhe Größe 49 wurde von Mal zu Mal lauter, energischer. Dann plötzlich hörte es mit einem Mal auf. Lianes Blick richtete sich gespannt auf ihren Vorgesetzten. Auch er blickte sie in diesem Moment an.

„Wir nehmen das Klinikum auseinander, volles Programm", sagte er. Und seine Stimme klang so, als meine er es ernst. „Ich muss jetzt verdammt noch mal wissen, wie uns dieser Seiler entkommen konnte. Rufen Sie Schäfer an und fragen Sie ihn, ob er morgen Früh mit Erasmus zum Kemperhof kommen kann, gleich um acht Uhr. Außerdem brauchen wir eine Streifenwagenbesatzung sowie Klug und Yilmaz. Erledigen Sie das Notwendige. Ich will das ganze Szenarium haben und endlich wissen, wer an diesem Tag Kontakt mit Seiler hatte und ihm dabei direkt oder indirekt zur Flucht verholfen hat. Denn eines steht fest, zum Zeitpunkt der Visite muss er noch in seinem Zimmer gewesen sein."

„Brauchen wir da nicht ..."

„Wer viel fragt, bekommt viel Antworten", unterbrach sie Fuß.

In diesem Moment ahnte Liane Esser, was es bedeutete, wenn lang gediente Mitarbeiter des Präsidiums manchmal von den unkonventionellen Methoden des Hauptkommissars sprachen.

An diesem Morgen war es unerwartet kalt in Koblenz. Liane Esser war überpünktlich und wartete in der Eingangshalle des Klinikums, immer noch fröstelnd vom Weg des Parkplatzes bis hierher. Soeben kreiste ein Rettungshubschrauber knatternd über dem Gebäude und setzte zur Landung an. Neugierig schaute sie zu, wie sich die Äste der Bäume bogen und sah, wie sich der gelbe Hubschrauber langsam noch unten bewegte. Einige Neugierige waren stehen geblieben und beobachteten ebenfalls das Geschehen. Liane war froh, das Spektakel vom Hausinneren aus betrachten zu können. Ein Ärzte- und Schwesternteam stand schon bereit und näherte sich dem Hubschrauber, als dieser sicher auf dem kleinen dafür vorgesehenen Platz gelandet war. Liane beobachtete das Geschehen so gebannt, dass sie nicht merkte, als Hauptkommissar Fuß hinter sie trat.

„Haben Sie so etwas noch nie gesehen?", fragte er leise.

Trotzdem erschrak sie und drehte sich zu ihm um. „So nah noch nicht. Da läuft es mir eiskalt den Rücken runter. Meist geht es in solchen Fällen doch um Leben oder Tod."

Fuß schaute ebenfalls kurz durch die Scheibe. „Eines ist auf jeden Fall sicher, Seiler ist nicht mit einem Hubschrauber geflüchtet."

„Chef!", reagierte Liane leicht empört, den Rettungshubschrauber mit einem Fluchtmittel zu vergleichen.

„Da kommen die SpuSis. Haben Sie den Streifenwagen oder die beiden BePos schon kommen gesehen?"

„Weiß nicht, habe nicht darauf geachtet."

Fuß winkte Schäfer und Erasmus zu, die sofort mit Handzeichen signalisierten, dass sie ihn schon entdeckt hatten.

„Wir warten hier noch auf grüne Verstärkung und die beiden Beamten, die Seiler zur fraglichen Zeit bewacht haben", begrüßte Fuß die Ankömmlinge.

Selbst dem drahtigen Schäfer sah man an, dass er bei diesen Außentemperaturen leicht fror. „Du solltest dir mal einen Kühlhausanzug zulegen", amüsierte sich Fuß. „Dann kommst du gut durch jeden Winter."

„Da kommen die Kollegen." Erasmus hatte den herannahenden Streifenwagen entdeckt und verließ den Hallenvorraum, um ihnen entgegenzugehen.

Vier Uniformierte stiegen aus dem Wagen, zwei davon waren Klaus-Peter Klug und Efekan Yilmaz.

„Dann mal los!" Allen voran eilte Fuß durch die Eingangshalle und die Glastür in Richtung der Station, auf der Seiler gelegen hatte. Die Tür zum Stationszimmer stand offen. Drinnen befanden sich drei Schwestern, darunter Schwester Annemarie, die Fuß sofort erkannte und erschrocken zu zählen begann.

„Wollen Sie die Station stürmen?", fragte sie verunsichert.

„So ähnlich", bestätigte Fuß. „Ist das Zimmer in dem Seiler gelegen hat belegt?"

„Beide Betten", bestätigte die Stationsschwester.

„Wer kann veranlassen, dass diese beiden Patienten kurzzeitig in andere Zimmer verlegt werden?"

„Brauchen Sie dazu nicht ..."

„Wenn was benötigt wird, haben wir das in kürzester Zeit, aber darauf sollten wir verzichten. Dass würde nur Aufsehen erregen und dem Ruf der Klinik schaden", unterbrach Fuß sie betont verbindlich.

„Dann werde ich wohl den Stationsarzt rufen müssen. Alleine möchte ich das nicht entscheiden." Sie ergriff den Telefonhörer und wählte eine Nummer. Sehr schnell stellte sich heraus, dass sich der Stationsarzt gerade in der morgendlichen Ärztebesprechung befand. Er versprach aber, so schnell wie möglich zu kommen.

„Wir wollen den Klinikbetrieb natürlich so wenig wie möglich stören, aber wir müssen jede einzelne Situation noch einmal nachstellen. Waren diese beiden Schwestern an jenem Freitagnachmittag auch hier auf der Station?"

„Schwester Gudrun ja, Schwester Hildegard aber hatte, wie heute, vormittags Dienst und ich war nachmittags auch nicht mehr da."

Fuß hatte nicht bedacht, dass natürlich um die Mittagszeit Schichtwechsel war.

Schwester Annemarie öffnete eine Mappe. „An diesem Freitag hatte Schwester Radha nachmittags Dienst und Schwester Ingrid war für die Station verantwortlich."

„Gut, dann übernimmt Schwester Hildegard die Rolle von Schwester Radha und Sie bitte vorerst die von Schwester Ingrid."

„Also so geht das nicht", widersprach die Schwester energisch. „Sie können wirklich nicht den ganzen Klinikbetrieb hier auf den Kopf stellen. Wir haben sowieso viel zu wenig Personal und können dann nicht auch noch Theater spielen."

„Brauchen Sie auch nicht", beschwichtigte Fuß die aufgebrachte Stationsschwester sofort. „Nur in bestimmten Situationen brauchen wir Ihre Hilfe. Ansonsten kann alles so laufen, wie es sein muss." Fuß machte den anderen, die halb im Raum, halb im Flur standen, ein Zeichen. „Wir gehen mal ans Ende des Flurs bis der Stationsarzt kommt und sprechen uns ab."

„Mach keinen Ärger!", flüsterte Schäfer seinem Kollegen auf dem Weg dorthin zu. „Wir kriegen das auch so hin."

In diesem Moment kam ein etwa dreißigjähriger Mann mit kurzen schwarzen Haaren, einer ebenso schwarzen Hornbrille, in weißem Kittel, weißen Jeans und weißen Sportschuhen auf sie zugeeilt.

„Wer ist Kommissar Fuß?"

„Hauptkommissar Fuß! Sie sind ...?"

„Ahmend Farrag, ich bin der Stationsarzt. Schwester Annemarie ist sehr aufgebracht. Bitte erklären Sie mir, was Sie hier wollen."

„Vor allem, alles auf kleiner Flamme kochen", lächelte Fuß ihn an. „Ihnen ist vor zwei Wochen ein Patient abhanden gekommen, uns ein

Tatverdächtiger. Inzwischen wurde er tot aufgefunden. Es dürfte auch in Ihrem Interesse und im Interesse der Klinik sein, zu klären, wie der Patient unbemerkt das Klinikum verlassen konnte. Oder sehe ich das falsch?"

„Nein, sicherlich nicht, aber Sie können uns nicht bei unserer Arbeit behindern ..."

„Sie uns bitte auch nicht, Herr Doktor Farrag. Ich versichere Ihnen, wir werden das Stationspersonal einschließlich Ihrer Person nur dann belästigen, wenn wir konkrete Fragen haben oder Fragen, die nur die Schwestern oder Sie beantworten können. Das Einzige worum ich Sie bitten muss, ist, kurzzeitig das Zimmer räumen zu lassen, in dem der geflohene Patient gelegen hat."

Der Stationsarzt zögerte einen Moment. „Also gut, ich werde sehen, was sich machen lässt."

„Und lassen Sie bitte wieder einen Stuhl neben die Tür stellen", rief ihm Fuß hinterher.

Die beiden Patienten machten einen sichtbar irritierten Eindruck, als sie mit ihren Betten an den Polizeibeamten vorbei in andere Zimmer geschoben wurden.

Die Aktion dauerte etwa eine Viertelstunde. Zunächst inspizierten Fuß und Schäfer anhand der damals gemachten Fotos das Zimmer. Man hatte sogar nach dem Räumen des Zimmers ein neues Bett hineingestellt.

„Liane, ziehen Sie die Schutzfolie vom Bett", ordnete Fuß an.

Nachdem dies geschehen war, drapierte Fuß mit Hilfe von Erasmus das Kopfkissen und Plumeau so, wie es auf dem Foto zu sehen war. Dann trat Fuß in den Türrahmen. „Machen Sie mal die Rollos herunter!" Er wartete bis auch dies erledigt war, gab dann Schäfer, Liane und Erasmus ein Handzeichen, die ihm daraufhin auf den Flur folgten.

„Liane und Erasmus, entfernen Sie sich bitte mal gut fünf Minuten aus der Station." Fuß wartete bis beide außer Sichtweite waren.

„Herr Yilmaz, Sie tun jetzt nur, was ich Ihnen sage. Sie selbst sagen aber bitte nichts, keinen Kommentar, verstanden?" Yilmaz nickte.

Dann beauftragte Fuß einen der uniformierten Polizisten ins Stationszimmer zu gehen und alle Schwestern zu holen, die derzeit abkömmlich waren.

Efekan Yilmaz blieb neben der Zimmertür auf seinem Stuhl sitzen und beobachtete interessiert das Geschehen. Schwester Annemarie und Schwester Hildegard kamen aus dem Stationszimmer auf den Hauptkommissar zu.

„Bitte zuerst Sie", er deutete mit dem Kopf auf die Stationsschwester. Dann wandte sich Fuß an Efekan Yilmaz. „Sie haben zu Protokoll gegeben, dass die Nachtschwester gegen zwanzig Uhr einen kurzen Blick in das Krankenzimmer geworfen hat. Bitte machen Sie jetzt diesen beiden Schwestern vor, wie dies abgelaufen ist. Sie sind für einen Moment die Nachtschwester."

Yilmaz erhob sich, öffnete kurz die Tür und warf einen Blick hinein, ohne jedoch das Zimmer zu betreten. Dann schloss er die Tür wieder und blickte den Hauptkommissar an.

„Das war's?", fragte Fuß.

Yilmaz nickte und setzte sich auf seinen Stuhl.

„Dann bitte, Schwester Annemarie, wiederholen Sie, was Herr Yilmaz beziehungsweise Ihre Kollegin vom Nachtdienst gemacht hat und sagen Sie uns, aber erst wenn ich Sie frage, ob meine Mitarbeiterin Liane Esser oder der Kollege Erasmus im Bett liegt."

Schwester Annemarie öffnete recht genervt die Tür und schloss sie wieder, nachdem sie kurz in das Zimmer geblickt hatte.

„Bitte jetzt Schwester Hildegard!"

Die Angesprochene tat das Gleiche wie die Stationsschwester und schaute dann Fuß abwartend an.

„Nun, was haben Sie beide gesehen?"

Zuerst antwortete die Stationsschwester. „Ich konnte nicht erkennen, wer von beiden im Bett liegt."

Schwester Hildegard zögerte einen Moment, dann meinte sie: „Es könnte der Mann gewesen sein, weil er, soweit ich es in Erinnerung habe, etwas größer ist als die Frau."

„Sie vermuten also, dass Herr Erasmus im Bett liegt?"

„Ja."

Fuß riss förmlich die Tür zum Krankenzimmer auf. Seine Stimme hatte wieder einen bedrohlichen Klang. „Kommen Sie bitte!" Er schaltete drinnen die Deckebeleuchtung ein und wartete, bis ihm die beiden Schwestern gefolgt waren. „Bitte überzeugen Sie sich selbst, wer von beiden im Bett liegt!"

„Es ist also zu vermuten, dass Seiler bereits gegen zwanzig Uhr gar nicht mehr in seinem Bett lag", stellte Fuß etwa eine Stunde später in der Cafeteria des Klinikums fest, wo sich alle zu einer Tasse Kaffee oder Tee eingefunden hatten.

Schäfer blickte Efekan Yilmaz an. „Es liegt jetzt an Ihnen, die Zeit davor so genau wie möglich mit uns zu rekonstruieren."

„Oh Gott!", stöhnte dieser sofort. „Sie können sich gar nicht vorstellen, was sich an so einem Nachmittag alles auf der Station abspielt."

Fuß schränkte den Zeitraum sofort ein. „Sie haben von einer Visite berichtet. Erst ab diesem Zeitpunkt werden Ihre Beobachtungen wichtig. Allerdings müssen wir auch noch die Schwester dazu befragen, die das Geschirr kurz vorher abgeholt hat."

„Das war die Watschelente", sagte Yilmaz sofort. „Dabei habe ich sie zum letzten Mal bewusst gesehen."

„Gut, dann finden wir diese Schwester sicherlich gleich in der Nachmittagsschicht. Wer hat danach noch das Krankenzimmer betreten?"

„Niemand, außer den beiden Ärzten der Visite."

„Denken Sie genau nach … Sind Sie sich da ganz sicher?"

„Total."

Nach dem Schichtwechsel stellte sich heraus, dass es sich bei der Watschelente, wie Efekan Yilmaz sie nannte, um Schwester Ingrid handelte, eine ziemlich kleine, dafür aber recht mollige Person mit einem wahrlich ausgeprägten Entengang, wie Fuß zugeben musste.

„Als ich das Tablett vom Abendessen abholte, habe ich ihn noch von der Infusion befreit, da die Flasche leer und laut Anweisung des Stationsarztes damit die Behandlung beendet war."

„Ist Ihnen irgendetwas in Erinnerung, was darauf hinweisen könnte, dass der Patient vorhatte das Krankenhaus zu verlassen?"

„Überhaupt nichts. Er lag im Bett, hatte auch alles aufgegessen und schien ganz ruhig und alles war normal wie immer."

Fuß und Schäfer kehrten zu den wartenden Kollegen zurück, die im Flur neben Yilmaz standen, der wieder brav auf seinem Stuhl Platz genommen hatte.

„Damit könnten wir endgültig sicherstellen, dass zu diesem Zeitpunkt Seiler noch im Bett lag und er die Flucht somit irgendwie allein bewerkstelligt haben muss."

„Nur wie?!", seufzte Liane.

„Ein Schritt nach dem anderen", brummte Fuß. „Wir werden jetzt die Visite rekonstruieren, denn während die beiden Ärzte im Zimmer waren, ist Herr Yilmaz in die Halle gegangen und hat eingekauft." Er blickte Yilmaz an. „Wer waren also die Ärzte?"

Yilmaz zog die Stirn leicht in Falten. „Es war ein Arzt und eine Ärztin. Ich würde sagen, beide etwa gleich alt. Aber so genau habe ich nicht hingeschaut. Ich war froh, dass ich mir etwas zu essen kaufen konnte, mir knurrte der Magen schon erheblich."

„Gut, dann wollen wir diese letzte Szene noch durchspielen", entschied Fuß, sicher, kurz vor dem sich gesetzten Ziel des Tages zu stehen.

Gemeinsam gingen sie ins Stationszimmer, wo sich im Moment nur Schwester Ingrid und die stellvertretende Stationsschwester Radha, eine junge Inderin, aufhielten.

„Ich habe schon gehört, dass Sie uns hier den halben Tag auf Trapp halten", begrüßte sie die Gruppe mit bitterböser Miene. „Um es gleich vorweg zu sagen, Schwester Ingrid und ich haben im Moment keine Zeit." Ohne Fuß und Schäfer eines Blickes zu würdigen, hantierte sie mit irgendwelchen Karteikarten.

„Wir belästigen Sie ja gar nicht", entgegnete Fuß. „Wir haben nur eine kleine Frage, dann sind wir schon wieder weg."

Schwester Radha hielt beim Sortieren inne. „Dann fragen Sie, aber bitte schnell."

„Wer hatte an dem Tag Visite, als der Patient Seiler verschwunden ist?"

„Was genau war das für ein Tag?", fragte Schwester Radha und zog eine schmale Mappe aus dem Regal.

„Das war der fünfundzwanzigste, ein Freitag."

Die Schwester begann in der Mappe zu blättern. „An dem Tag hatte Doktor Farrag Dienst. Da müssen Sie ihn fragen."

„Und wo finde ich ihn jetzt?"

„Woher soll ich das wissen?" Sie blickte hastig auf ihre Armbanduhr. „Er ist vor gut einer Stunde gegangen. Morgen Früh können Sie ihn wieder erreichen."

Die Enttäuschung war Hauptkommissar Fuß ins Gesicht geschrieben. Er holte tief Luft und fuhr sich über das Gesicht. „Also gut, dann können wir das eben erst morgen klären. Auf jeden Fall wissen wir jetzt, dass Seiler zur Visite noch in seinem Zimmer war, aber gegen zwanzig Uhr mit größter Wahrscheinlichkeit nicht mehr."

„Ist das sicher?", warf Liane ein. „Vielleicht lag er ja doch noch im Bett, als die Nachtschwester nach ihm geschaut hat."

Fuß würdigte sie keines Blickes, sondern drehte sich auf dem Absatz um und marschierte in Richtung Eingangshalle.

Liane schaute Hauptkommissar Schäfer überrascht an. „Habe ich etwas Falsches gesagt?"

Schäfer legte väterlich seinen Arm um ihre Schulter. „Wir haben im Bett die Kissen wieder so drapiert, wie wir sie an dem Morgen vorgefunden und fotografiert haben. Dabei stellte sich heraus, das Volumen des Plumeaus war so aufgebauscht worden, als läge noch jemand im Bett, obwohl es leer gewesen sein musste. Aber ... man kann ja nicht an alles denken", versuchte Schäfer sie in Schutz zu nehmen.

16.

Hauptkommissar Fuß war an diesem Abend trotz Winzerschürze und vieler netter Gäste schlecht gelaunt, was sehr selten vorkam. Der aktuelle Fall lag ihm schwer im Magen. Nur selten hatte er so viele Wochen gebraucht, um einen Fall aufzuklären. Da konnte ihn auch ein Schwätzchen mit dem einen oder anderen Gast nicht aufmuntern. Zudem tat ihm an diesem Abend vom vielen Stehen im Klinikum das Bein weh.

Als es etwas ruhiger geworden war, rief er Jana Dufkova auf ihrem Handy an. Sie meldete sich mit sehr leiser Stimme.

„Bist du erkältet?", fragte er besorgt.

„Nein, aber Maximilian schläft schon. Ruf mich noch einmal in zehn Minuten an, ich gehe dann nach unten ins Restaurant zum Telefonieren."

Es dauerte allerdings fast die doppelte Zeit, bis Fuß dazu kam anzurufen. Dafür freute sich Jana umso lauter über seinen Anruf.

„Hier ist es wunderbar", schwärmte sie in den höchsten Tönen. „Sabrina ist kaum aus dem Schwimmbad zu bekommen und selbst Maximilian versucht bereits, sich über Wasser zu halten. Ich glaube, ich habe von dem guten Essen hier schon ein oder zwei Kilo zugenommen. Aber das trainieren wir in den nächsten Tagen mit langen Spaziergängen wieder runter. Alfred, der Juniorchef, ist ein Schatz. Er kümmert sich um Maximilian, damit Sabrina und ich in Ruhe essen können. Gestern waren wir in Österreich, in Linz, und heute haben wir Shopping in Passau gemacht."

„Und wie ist das Wetter?"

„Sehr angenehm. Aber darüber wolltest du sicherlich nicht mit mir reden."

Fuß berichtete, was sich seit dem letzten Telefonat mit ihr alles ereignet hatte. Schließlich berichtete er ihr auch von der Sackgasse, in der sie steckten.

„Vielleicht haben ja der Arzt und die Ärztin bei ihrer Visite etwas bemerkt", versuchte ihn Jana zu trösten. „Ansonsten musst du dich einfach damit abfinden, dass es auch Fälle gibt, die man einfach nicht lösen kann. Zugegeben, im speziellen Fall habt ihr aber auch ausgesprochenes Pech mit euren Zeugen. Wenn ich aus dem Urlaub zurück bin, reden wir drüber."

Fuß brummte etwas Unverständliches. Er hatte im Stillen gehofft, Jana habe noch eine Idee. Es hatte wohl wenig Sinn die studierte Psychologin zu fragen, welches Motiv Carola Baumgartner gehabt haben könnte. Eigentlich gab es da nur zwei Möglichkeiten: Eifersucht auf ihre WG-Genossin oder es hatte Zank um Freier gegeben. Aber tötete man deshalb gleich?

Das Telefonat mit Jana hatte seine Laune nicht verbessern können. Schon vor der üblichen Zeit schaltete er draußen das Licht am Hinweisschild auf die Straußwirtschaft aus und sperrte die Eingangstür zu. Die Terrasse und die Küche waren sowieso bereits geschlossen und Erika kam mit Renate auch allein mit den noch verbliebenen Gästen zurecht.

Er stieg mühsam die Treppe zu seinem Büro hinauf und schaltete den Computer ein. Im Internet suchte er nach der Homepage des Hotels, in dem Jana mit ihren Kindern Urlaub machte und träumte von eigenen Erholungstagen mit Erika nach der Weinlese. Dabei fiel im sein Freund und Winzer Bernd Gauss ein, der vor einem halben Jahr ermordet worden war. Auch er hatte von einem Urlaub mit seiner Frau geträumt, eine Weltreise sollte es sogar sein. Und noch in der Nacht nach seinem Geburtstag ...

Fuß machte den Computer wieder aus. Er wollte jetzt gar nicht an so etwas denken. Er verließ sein Büro wieder, nahm die Rhein-Zeitung zur Hand und setzte sich im Wohnzimmer in einen Sessel. Als Erika eine knappe Stunde später hinaufkam, war er, die Zeitung auf dem Schoß, fest eingeschlafen.

Fuß hatte Liane Esser von unterwegs aus angerufen und ihr mitgeteilt, dass er allein ins Klinikum Kemperhof fahren werde. Er wollte nicht noch einmal großes Aufsehen erregen. Und für die Befragung des Stationsarztes brauchte er seine Kollegin nicht.

Wie am Vortag musste er auf Dr. Farrag warten, der offenbar um diese Uhrzeit immer in der Ärztebesprechung saß. Geduldig ging er den langen Flur auf und ab und machte seine Beobachtungen. Die Schwestern waren gerade dabei, das Frühstück zu verteilen. Langsam bewegte sich der Essenscontainer bis zum Ende des Flurs. Kurze Zeit später wurden die Tabletts wieder eingesammelt, so wie es Yilmaz beschrieben hatte. Zufällig fiel sein Blick dabei durch die geöffnete Tür des Zimmers, aus dem Seiler verschwunden war. Man hatte die beiden Patienten wieder in das Zimmer zurückgebracht. Schwester Hildegard, die gestern die Auseinandersetzung mit der Stationsschwester und ihm mitbekommen hatte, warf ihm einen verärgerten Blick zu und sagte kein Wort, obwohl der Hauptkommissar sie freundlich gegrüßt hatte.

Endlich tauchte Dr. Farrag in Begleitung von einem weiteren Arzt und einer Ärztin auf. Vielleicht hatte er Glück und traf gleich beide, die an diesem Abend Visite auf der Station gemacht hatten.

„Was wollen Sie denn schon wieder?", begrüßte ihn Dr. Farrag und meinte zu seinen Kollegen. „Das ist der Kommissar, der immer noch nach dem geflüchteten Patienten sucht."

Der junge Arzt neben ihm, zwinkerte Fuß zu. „Vielleicht hatte er dafür einen triftigen Grund."

„Dann werden Sie mir auch den Grund nennen können, warum er wahrscheinlich noch in der gleichen Nacht ermordet und in die Mosel geworfen wurde", reagierte Fuß barsch und mit deutlich aggressivem Unterton.

„Sorry, das habe ich nicht gewusst."

Fuß zückte sein Notizbuch und wandte sich Dr. Farrag zu. „Ich habe auch nur eine ganz kurze Frage an Sie: Wer war die Kollegin, mit der Sie am Tag von Seilers Verschwinden Visite gemacht haben?"

Noch bevor Dr. Farrag antworten konnte, stellte sich die Ärztin, die neben ihm stand, dem Hauptkommissar vor. „Dorothea Casimir. Ich mache immer mit Kollegen Farrag die Visite. Worum geht es denn?"

„Sie haben also gemeinsam die Visite gemacht?", vergewisserte sich Fuß noch einmal und fuhr fort, nachdem beide genickt hatten. „Ist Ihnen bei der Visite etwas aufgefallen, ich meine, war der Patient besonders nervös oder hat er gefragt, wann er entlassen wird … Gab es, im Nachhinein betrachtet, irgendeinen Hinweis, auf eine bevorstehende Flucht oder Angst?"

Arzt und Ärztin schauten sich an.

„Da werden wir Ihnen nicht helfen können. Es war eine ganz normale Visite. Ich habe angeordnet, dass der Patient nur noch eine Infusion mit *Doxepin* bekommen solle und die Schwester gebeten, häufiger den Blutdruck des Patienten zu überwachen …"

„Moment!" Fuß schaute zwischen Arzt und Ärztin hin und her. „War denn noch eine Schwester dabei?"

„Bei allen Visiten ist mindestens eine Schwester dabei, in jedem Fall aber die Stationsschwester und bei der Chefvisite sind wir oftmals zu fünft oder zu sechst."

Fuß wusste zunächst nicht, was er sagen sollte. Efekan Yilmaz hatte bei seiner Aussage einen sehr zuverlässigen Eindruck gemacht und immer nur von den beiden Ärzten gesprochen, nie von einer Schwester.

Schließlich fragte der Hauptkommissar zur Ärztin gewandt: „Sie haben doch dem wachhabenden Kollegen vor der Tür zugesagt im Zimmer zu bleiben, bis er von einem kurzen Einkauf im Kiosk zurück sei und ..."

„Stopp, stopp!", unterbrach ihn Dr. Casimir. „Der Polizist auf seinem Stuhl hat überhaupt nicht mit uns geredet, obwohl ich sogar erwartet hatte, dass er sich zumindest vorgestellt hätte. Man will ja wissen, wer hier auf der Station herumsitzt, auch wenn man an der Uniform den Polizisten erkennt."

Fuß klappte sein Notizbüchlein rasch zu. „Sie entschuldigen mich", murmelte er und ließ die drei Ärzte verwundert auf dem Flur stehen.

„Es ist mir egal, wo Sie ihn ausgraben, ich will diesen Efekan Yilmaz umgehend im Präsidium haben!", brüllte Fuß in sein Handy als er das Klinikum verlassen hatte und sich auf dem Weg zu seinem Fahrzeug befand.

„Was ist passiert?"

„Später!" Fuß drückte die Trenntaste und öffnete mit der Fernbedienung die Tür seines Wagens. Warum hatte ihn der als Wache abgestellte Kollege der Bereitschaftspolizei so schamlos belogen? Er startete den Motor und verließ mit quietschenden Reifen das Klinikgelände.

Liane Esser schaute Fuß mit einer Mischung von Neugier und Schock an, als dieser ins Büro gestürzt kam und seine Aktentasche einfach neben seinem Schreibtisch auf den Boden fallen ließ. Sie wagte nicht zu fragen, was vorgefallen war. Dafür erfolgte die Erklärung lautstark und mit deutlicher Wut im Bauch.

„Wann kommt dieser Kerl? Der ist die längste Zeit im Polizeidienst gewesen!"

„Yilmaz ist bereits auf dem Weg hierher."

„Wir machen das drüben in dem Vernehmungsraum. Ich muss das Gespräch aufzeichnen und Sie kommen mit!"

Er griff zum Telefon und rief Schäfer an. So erfuhr Liane endlich, was vorgefallen war. Auch sie konnte sich auf die Lügen des Polizisten keinen Reim machen.

Kaum hatte Fuß aufgelegt, klopfte es auch schon. Efekan Yilmaz trat ein. Doch bevor er „Guten Tag" sagen konnte, stand Fuß schon vor ihm und schob ihn rückwärts wieder aus der Tür.

„Wir gehen rüber", sagte er knapp.

Liane folgte den beiden und nahm an dem kleinen Seitentisch Platz.

„Setzen!", befahl Fuß und schaltete ohne Vorwarnung das Aufnahmegerät ein.

Yilmaz blickte zwischen Fuß und Liane hin und her. Offenbar schien er sich auf diese merkwürdige Situation keinen Reim machen zu können. Fuß setzte sich ihm gegenüber.

„Herr Yilmaz, Sie haben mehrfach ausgesagt und zu Protokoll gegeben, bei Ihrem Wachdienst im Kemperhof habe zwischen siebzehn und achtzehn Uhr eine Visite stattgefunden, bestehend aus einem Arzt und einer Ärztin. Ich frage Sie jetzt nochmals: Stimmt das?"

Yilmaz antwortete unverzüglich mit „Ja!"

Die flache Hand von Fuß donnerte auf die Tischplatte, sodass das kleine Mikrofon einige Zentimeter in die Luft hüpfte. „Warum lügen Sie?"

Yilmaz schaute den Hauptkommissar fassungslos an.

„Antworten Sie!"

„Ich … ich habe nicht gelogen", beharrte der junge Polizist auf seiner Darstellung. „Wie kommen Sie darauf?"

„Weil zum einen bei der Visite eine Schwester dabei war und zum anderen Sie in der Zeit weder einkaufen waren noch die Ärzte gebeten haben, solange bei dem Patienten zu bleiben bis Sie zurück seien."

„Aber das stimmt", verteidigte sich Yilmaz. „Die Ärztin hat es mir ausdrücklich versprochen."

„Die Ärztin … die Ärztin. Nichts hat die Ärztin. Sie hat sich sogar geärgert, dass Sie sich ihr nicht vorgestellt haben."

Yilmaz schaute den Hauptkommissar an, als stehe ein Gespenst vor ihm. „Wer behauptet denn so einen Quatsch? Es war so, wie ich es gesagt habe."

„Haben Sie sich bei Ihrem Vorgesetzten abgemeldet?"

Yilmaz nickte.

„Dann werden wir das jetzt bei einer Gegenüberstellung klären. Liane, Sie kommen mit."

Fuß eilte den beiden voraus. Ihm folgte Yilmaz, Liane konnte kaum Schritt halten. Die Tür des Stationszimmers war geschlossen. Fuß klopfte an, öffnete aber im gleichen Moment schon die Tür. Er hatte Glück. Dr. Farrag und seine Kollegin, Dr. Casimir, standen über Unterlagen gebeugt an dem Tisch und blickten erstaunt dem Hauptkommissar entgegen.

Fuß hob sofort abwehrend die Arme. „Bevor Sie anfangen zu lamentieren. Wir sind binnen einer Minute wieder draußen." Er drehte sich zu Yilmaz um. „Nun wiederholen Sie, was Sie zu Protokoll gegeben haben."

Yilmaz musterte die beiden Ärzte. „Aber, dass sind nicht die Ärzte von der Visite."

Fast hätte Fuß ausgeholt. So unverschämt hatte ihm noch selten einer ins Gesicht gelogen, wenn er überführt worden war. Und erst recht nicht ein Polizeibeamter. Er drehte sich auf dem Absatz halb herum.

„Erkennen Sie den Polizeibeamten wieder?"

„Nein, das ist nicht der Mann, der neben der Tür saß. Der hatte auffallend helles, blondes Haar", antwortete die Ärztin.

Fuß traf diese Antwort wie ein Blitz. Was spielte sich hier ab? Yilmaz erkannte die beiden Ärzte nicht und diese bestätigten ihm sogar, auch ihn nicht zu kennen ... wie war das möglich?

„Helles, blondes Haar?", fragte Yilmaz. „Von welcher Visite sprechen wir ... Kollege Berghoff, der am Vormittag Dienst hatte, hat sehr helle Haare ..."

„Es gibt in der Regel jeden Tag nur eine Visite", fiel ihm Dr. Farrag sofort ins Wort, „und von der kommen wir gerade und die ist auch immer um die gleiche Uhrzeit, außer, wenn Chefvisite ist. Also, worum geht es?"

Fuß fiel aus allen Wolken. Er brauchte einen Augenblick, um erst das zu begreifen und zu verarbeiten, was er gerade erfahren hatte. Dann schlug er sich mit der flachen Hand gegen die Stirn. „Das ist doch zum ... Dann können wir ja wieder ganz von vorne anfangen."

Hauptkommissar Fuß packte Efekan Yilmaz unsanft am Arm und zerrte ihn aus dem Stationszimmer. Wortlos zog er den jungen Polizeibeamten hinter sich her und ließ ihn erst los, als sie die Station verlassen hatten. Rasch eilte er vor Yilmaz durch die Halle und über die Straße zu seinem Fahrzeug.

„Einsteigen!", befahl er.

„Wir haben offenbar ständig aneinander vorbeigeredet", versuchte sich Yilmaz zu rechtfertigen, obwohl er sich keiner Schuld bewusst war.

„Das weiß ich! Ich mache Ihnen auch keine Vorwürfe." Fuß war bemüht die entstandene Spannung abzubauen. Er hatte versucht sich auf dem Weg zwischen Stationszimmer und Fahrzeug über das Entstehen dieser Situation Klarheit zu verschaffen. „Wer kommt auch auf die Idee, dass Sie offenbar getäuscht wurden. Da wäre wahrscheinlich jeder drauf reingefallen. Allerdings würde ich jetzt gern von Ihnen eine möglichst genaue Personenbeschreibung der beiden Ärzte bekommen und auch einen detaillierten Ablauf der Visite. Aber das manchen wir in Ruhe im Präsidium."

Während der Fahrt hatte sich Fuß wieder einigermaßen gefangen. Man konnte nicht behaupten, dass er wegen des Missverständnisses wütend war, es war wohl eher ein Gefühl von Ohnmacht und Hilflosigkeit, das ihn in diesem Moment ergriffen hatte, als die Ärzte den Irrtum aufklärten. Außerdem traf ihn der Gedanke an die Zeit schwer, die sie dadurch verloren hatten.

Der Hauptkommissar hatte seinen Computer eingeschaltet und Liane gebeten, aufmerksam mitzuverfolgen, was Yilmaz zu berichten wusste, „denn vier Ohren hören mehr als zwei", hatte er gesagt.

„Fällt Ihnen noch irgendetwas ein, um die Zeit festzustellen, als die Visite stattfand?"

Yilmaz umfasste nachdenklich seine Kinnpartie und blickte eine Weile unter sich. Doch dann schüttelte er langsam den Kopf. „Es war kurz nachdem die Watschelente das Tablett vom Abendessen wieder herausgebracht hatte. Eine andere Schwester half beim Einsammeln und ich würde sagen, die beiden haben etwa zehn Minuten dazu gebraucht. Dann wurde der Essenscontainer aus der Station geschoben und die Schwester kam nach kurzer Zeit wieder zurück und verschwand im Stationszimmer. Danach hat es vielleicht drei oder fünf Minuten gedauert, bis die Ärztin auftauchte. Ich muss aber gestehen, ich habe sie erst gar nicht beachtet. Sie muss wohl in einigen Zimmern gewesen sein, sonst wäre ich ja auch nicht auf die Idee einer Visite gekommen ..."

„Höre ich richtig heraus, dass die Ärztin zu diesem Zeitpunkt alleine war?", unterbrach ihn Fuß.

„Ich habe zumindest nur sie registriert. Sicher bin ich mir da nicht. Erst als sie auf mich und das Zimmer von dem U-Häftling zukam, da war sie auf jeden Fall zunächst allein, da habe ich sie beachtet und auch mit ihr gesprochen."

„Beschreiben Sie sie."

„Ich bin natürlich aufgestanden, um mit ihr zu sprechen, weil ich sie ja bitten wollte, mich kurz zu vertreten. Sie hatte etwa meine Größe, eine normale, unauffällige Figur. Sie trug einen weißen Kittel, weiße Jeans, halt so, wie die meisten Ärzte im Klinikum herumlaufen. Sie hatte so eine Art Aktencontainer in der Hand, wahrscheinlich mit den Patientenunterlagen, und ein Abhörgerät in der Kitteltasche, wie es die Ärzte immer mit sich führen." Yilmaz schaute zu dem Hauptkommissar auf. „Eben so, wie Ärzte im Fernsehen bei einer Visite aussehen. Ich habe noch nie im Krankenhaus gelegen. Sie trug eine Brille, hatte kurze, blonde Haare ... mehr fällt mir im Moment nicht ein."

Fuß tippte eifrig die gemachten Angaben in seinen Computer. „Was geschah dann?"

„Also, ich habe gefragt, ob Sie so lange dort bleiben könne. Sie stimmte sofort zu, klopfte an der Tür und trat ins Zimmer. Ich bin dann losmarschiert und habe mich natürlich beeilt."

„Und der Arzt?"

„Er muss noch in einem anderen Zimmer gewesen sein. Auf jeden Fall ist zunächst die Ärztin alleine hineingegangen."

„Wie lange waren Sie einkaufen?", wollte Liane wissen.

„Keine fünf Minuten ... Der Flur ... dann links die paar Meter, durch die Glastür in die Halle. Am Kiosk war um diese Uhrzeit kein Kunde, ich wurde sofort bedient, dann zurück. Also, eher weniger."

„Und was geschah dann?"

Wieder überlegte der Polizeibeamte ein paar Sekunden bevor er antwortete. „Die Tür ging zunächst nur einen Spalt auf, und ich hörte, wie die Ärztin noch etwas zu dem Patienten sagte. Allerdings weiß ich nicht mehr, was es war. Auf jeden Fall erinnere ich mich, dass sie in dem Moment als sie aus dem Zimmer kam, so etwas sagte wie ‚Also dann bis morgen'. Das weiß ich so genau, weil ich das zunächst auf mich bezog. Ich saß bereits wieder auf meinem Stuhl. Hinter ihr kam der Arzt aus dem Zimmer ..."

„Beschreibung."

Efekan Yilmaz verzog sein Gesicht. „Schwierig! ... Er trug auch einen weißen Kittel, ich meine auch eine weiße Hose, da bin ich mir aber nicht sicher. Vor allem habe ich ihn nur von der Seite und von hinten gesehen, weil die Ärztin mit mir noch ein paar Worte gewechselt hat …"

„Was sagte Sie?"

„Sie war sehr freundlich hat mich gefragt, wie lange ich noch dort sitzen müsse und was ich mir zu essen gekauft hätte … also, einfach ein paar nette Worte … der Arzt ist aber bereits weitergegangen."

„Sagen Sie mir noch mehr über diesen Arzt, Haarfarbe, Gesicht, Größe …", forderte der Hauptkommissar ihn auf, der einen Verdacht hatte.

„Ich hatte den Eindruck, er war schlank. Die Haare … etwas länger, braun … Wie gesagt, er hat sich nicht um mich gekümmert. Er hat das Zimmer verlassen und ist gleich losmarschiert, zwar langsam, die Ärztin hatte ihn schnell eingeholt."

„Haben die beiden dann die Visite fortgesetzt?"

Efekan Yilmaz schaute Fuß merkwürdig an. „Das ist mir gar nicht bewusst geworden … nein, sie haben dann gleich die Station verlassen."

Fuß ballte die rechte Faust, wie Liane sehen konnte. Aber der erwartete Gefühlsausbruch blieb aus. Zum Glück, denn der Polizist machte in diesem Moment keinen glücklichen Eindruck. Er spürte offenbar selbst, dass ihn das hätte nachdenklich machen müssen, spätestens als er von dem Verschwinden des U-Häftlings erfuhr.

„Dann kann es sein, dass Seiler sich Hemd und Anzug und einen weißen Kittel übergezogen hat, Sachen die ihm Carola Baumgartner, als Ärztin verkleidet, in diesem Aktencontainer mitgebracht hat …" Weiter brauchte Fuß seinen Gedanken nicht zu spinnen. Alle wussten sofort, was sich vor den Augen des Wachmannes abgespielt hatte: die bisher ungeklärte Flucht von Paul Seiler.

Im Polizeipräsidium war Krisensitzung angesagt. Man hatte das Vernehmungszimmer zum Treffpunkt gewählt. Neben Fuß, Esser, Schäfer und Schomisch waren auch noch Hauptkommissar Rolf Ewalt und sein Mitarbeiter Kommissar Oskar Lehmann-Berg nach einem kurzen Rundruf von Fuß gekommen. Liane Esser reichte auf einem Tablett dampfenden Kaffee herum. Nachdem Fuß wegen der beiden bisher mit dem Fall nicht vertrauten Kollegen die wesentlichsten Fakten nochmals vorgetragen hatte, trat erst einmal tiefstes Schweigen ein. Fuß und Schäfer hatten alle verfügbaren Fotos der Personen und Tatorte auf dem Tisch in der Mitte des Raumes ausgelegt, sodass sich jeder noch einmal auch von der vorgefundenen Situation im Krankenzimmer einen Eindruck verschaffen konnte.

Als Erster meldete sich Hauptkommissar Ewalt zu Wort. „Dann ist der Ablauf eigentlich völlig klar. Diese Prostituierte aus Burgen hat sich weiß verkleidet und unter einem plausiblen Vorwand den Inhaftierten aus der Klinik gebracht. Er ist offenbar freiwillig mitgegangen. Es ist also zu überlegen, welches Argument sie hatte, dass er dabei mitgespielt hat. Das kann uns dem Motiv der Morde vielleicht näher bringen. Draußen hat sie ihn dann …", er machte eine Handbewegung, als würde er jemanden niederschlagen, „… und als die Spritze wirkte, in die Mosel geworfen."

„Das Motiv!", stöhnte Fuß.

„Ich habe inzwischen auch mal die Unterlagen durchforstet, die wir bei Carola Baumgartner in der Ferienwohnung sichergestellt haben. Vor allem scheint mir das Fotoalbum interessant."

Er legte ein kleines braunes Lederalbum auf den Tisch zu den Bildern. An zwei Stellen hatte er kleine Papierstreifen eingelegt. Er schlug die erste Stelle auf, die er so gekennzeichnet hatte.

„Hier scheinen mir zwei Fotos interessant. Das eine Bild zeigt ein Pärchen. Leider ist das Foto nicht ganz scharf, aber bei dem Mann könnte es sich um Seiler handeln. Auf dem anderen Foto sind zwei Frauen zu sehen."

Fuß und Liane beugten sich beide gleichzeitig über die Albumseite. Bei dem Mann konnte es sich tatsächlich um Seiler handeln, aber die Frau sagte ihnen nichts.

„Von der Statur und den Beschreibungen her, die sich in den verschiedenen Protokollen befinden", erläuterte Schäfer, „könnte die Frau die Tote aus dem Wohnmobil sein. Aber genau weiß man das nicht, das würde allerdings einen Sinn ergeben."

Fuß blätterte von sich aus zur nächsten Seite, in der ein Papierstreifen steckte.

„Das Foto ist eindeutig auf der Terrasse eines Restaurants entstanden. Vielleicht kennt einer die Umgebung. Auf diesem Foto sitzt, mit dem Blick zur Kamera, eindeutig Carola Baumgartner, die zweite Frau sitzt rechts von ihr, sie wendet sich ihr zu und ist deshalb nur im Profil zu sehen."

„Blonder Pagenkopf, schlank, so lautete die Beschreibung von Tina", erinnerte sich Fuß.

Jeder der Anwesenden begutachtete die Fotos in dem Album. Als Hauptkommissar Ewalt an der Reihe war, tippte er mit dem Finger auf das Terrassenfoto. „Das ist keine Terrasse, das ist meiner Ansicht nach ein Hof, und zwar von der Gutsschänke Schaaf in Winningen. Den kenne ich von einigen Besuchen her. Es könnte im Hintergrund der wilde Wein und der Pumpbrunnen des Hofes sein."

„Das lässt sich ja schnell feststellen", meinte Ralf Schomisch.

„Fahren wir nachher gleich hin", kommentierte Fuß die Feststellung.

Die Letzte der Betrachter dieser zweiten Seite war Liane Esser. Sie beugte sich auf einmal besonders tief über das Album. Dann packte sie es und stellte sich genau unter die Deckenbeleuchtung, um besser sehen zu können, während die anderen weiter Ideen von sich gaben, auf welche Weise man Tatmotive finden könnte.

„Ich glaube, ich habe etwas entdeckt." Sie hatte so laut und deutlich gesprochen, dass fast alle sofort zu reden aufhörten und sich ihr zuwandten.

Liane Esser reichte das Album Hauptkommissar Fuß. „Schauen Sie sich mal das rechte Bein der Frau genauer an."

Der Hauptkommissar versuchte etwas zu erkennen, hatte aber seine Lesebrille nicht eingesteckt. Deshalb reichte er Schomisch das Album, der neben ihn getreten war. Der Pressesprecher betrachtete das Foto. „Sie meinen diesen Flecken am Bein?"

„Wir suchen immer nach einer Frau mit einem Muttermal. Ich glaube, wir haben sie gefunden", bestätigte Liane stolz. „Ich halte den Flecken für ein Muttermal. Und dann wäre das die Frau, die die Wohnung in Mastershausen bewohnt und jetzt geräumt hat. Auf dem Foto trägt sie wohl eine Perücke … und dann könnte es wirklich Tina sein."

Schomisch, der immer noch das Album in der Hand hielt, schlug vor, das Bild, auf dem das Gesicht der Frau zu sehen war, in der Presse zu veröffentlichen. „Wenn sie in Winningen in einem Gasthof verkehrt und in Mastershausen aufgetaucht ist, dann werden etliche Leute sie kennen, vielleicht sogar ihren Namen und wo wir sie finden."

„Dann mach mal schnell", bat Fuß. „Ich möchte es nämlich haben, um möglichst bald nach Winningen zu fahren."

„Da brauchst du dich nicht zu beeilen, die machen erst um siebzehn Uhr auf", belehrte ihn sein Kollege Ewalt.

Als man begann die Tassen zusammenzustellen, meldete sich nochmals der Hauptkommissar zu Wort.

„Moment, wir müssen davon ausgehen, dass Carola Baumgartner in diesem Aktencontainer den Kittel und den Anzug für Seiler mitgebracht hat. Das Zeug haben wir aber nicht in ihrem Golf gefunden. Folglich muss sie sich dieses Kittels und ihrer Verkleidung irgendwo entledigt haben. Frage – wo?"

Der allgemeine Aufbruch verschob sich durch seine Frage um einige Minuten.

Schäfer erklärte daraufhin: „Im unmittelbaren Bereich des Leichenfunds haben wir alles abgesucht. Da waren weder Kleidungsstücke noch ein Aktencontainer zu finden. Das besagt natürlich nichts. Sie kann sich auch unmittelbar am Klinikum eines Müllcontainers bedient oder einfach irgendwo angehalten haben. Wir sind gerade dabei anhand der Strömung zu ermitteln, wo Seiler ins Wasser geworfen wurde. Dann können wir diesen Bereich auch noch absuchen. Aber da gibt es meiner Meinung nach zu viele Möglichkeiten."

„Wir sollten nichts unversucht lassen", bat Fuß und Ewalt stimmte ihm zu.

„Vielleicht bringt uns auch ein Etikett aus dem Anzug, den Seiler getragen hat, auf eine Spur", meinte Liane.

„Zu viel Edgar-Wallace-Filme geschaut?", brummte Fuß und erhob sich.

Liane drehte sich rasch um. Sie wollte nicht, dass alle sahen, wie sie wieder rot im Gesicht wurde.

Doch eine Stunde später konnte sie gerade wegen dieser Frage auftrumpfen. Den Joker spielte ihr Hauptkommissar Schäfer durch einen Anruf zu.

„Lassen Sie Fuß gleich mithören, dann muss ich nicht alles zweimal erzählen."

Liane drückte die Lautsprechertaste und sah, dass Fuß sofort aufhorchte und zu ihr rüberblickte.

„Hallo, Fuß!", begann Schäfer, als er das Knacken der Taste und seine Stimme über die Hörmuschel wie ein Echo vernahm. „Die Bemerkung von deiner Assistentin war gar nicht so übel. Zwar war kein Etikett aus dem Jackett herausgetrennt, aber ich habe mir nochmals den Anzug angeschaut, den uns die Pathologie übergeben hat. Inzwischen ist er getrocknet und siehe da, was uns jetzt als Erstes auffiel, dass er im getrockneten Zustand erstaunlich leicht ist. Feiner Stoff, was im vollgesaugten, nassen Zustand kaum bemerkt wurde. Und jetzt kommt es:

Bisher nicht aufgefallen war uns allen, dass Hose und Jackett falsch herum geknöpft werden. Auf diese Idee ist keiner gekommen. Es handelt sich also um einen Damenanzug. Es ist also möglich, dass es sich einfach um einen Anzug von Carola Baumgartner handelt. Er muss zwar Seiler in den Ärmeln und Beinen etwas kurz gewesen sein, aber dass ist uns bei der Nässe auch weniger aufgefallen. Vielleicht ist er im Wasser auch eingelaufen. Also entschuldige dich mal bei Frau Esser."

Diesen letzten Satz hätte Schäfer besser weggelassen, denn sofort färbte sich Lianes Gesicht puterrot.

„Ein blindes Huhn ... findet auch mal ... ein Korn", stotterte sie verlegen und hatte nur einen Wunsch, wieder auflegen zu können.

„Sie bekommt von mir eine Kiste Wein!", rief Fuß quer durch den Raum, sodass es Schäfer hören konnte.

„Dann trink ich aber mit", lästerte dieser sofort. „Denn sie hat nur die Spur gelegt, ich habe aber das Objekt enttarnt."

„Was ist mit den Kitteln und der weißen Jeans, die die vermeintliche Ärztin getragen hat. Und Yilmaz hat etwas von einem Stethoskop gesagt. Habt ihr beide dazu auch eine Idee?"

„Stethoskope bekommst du in jedem Sanitätshandel zu kaufen. Vielleicht hatte die Frau ja auch Doktorspielchen in ihrem Sex-Programm. Es soll ja Männer geben, die wie kleine Kinder behandelt werden wollen. Da ist so was doch sicherlich gefragt", antwortete Schäfer amüsiert.

18.

Stefan Pohl, der Inhaber der Gutsschänke Schaaf, kam in schwarzer Kochjacke aus der Küche.

„Viel Zeit habe ich nicht", empfing er den Hauptkommissar. „Wir haben heute Abend eine größere Gesellschaft mit einem recht aufwändigen Fünf-Gänge-Menü."

„Ich wollte Ihnen nur zwei Fotos zeigen. Dass sie hier in Ihrem Hof aufgenommen wurden, davon habe ich mich bereits überzeugt. Mir geht es nur darum, ob Sie die Personen auf den Fotos erkennen."

Fuß hielt Pohl die beiden Fotos entgegen. Der nahm sie und trat ans Fenster des Gastraums und deutete auf das erste Foto, das in seinem Hof aufgenommen worden war. „Also diese Dame kenne ich nicht. Zumindest ist das kein Gesicht, was man häufiger hier sieht." Dann besah er sich das zweite Foto. Obwohl er die beiden Frauen intensiv betrachtete, war das Ergebnis das gleiche. „Allerdings diese eine Dame hier …", er deutete auf die bislang unbekannte Frau, die nur im Profil zu sehen war. „Sie kommt mir irgendwie bekannt vor, als sei sie mehrmals hier gewesen. Aber sicher bin ich mir da nicht."

Fuß sah einen Strohhalm, an den er sich klammern konnte und blieb hartnäckig. „Was stört Sie? … Vielleicht die Frisur, das Gesicht oder mehr die Kleidung?"

Pohl deckte mit seinem Daumen die Haare der Frau zu. „Eher die Frisur. Die kurzen blonden Haare stören mich."

Fuß hatte inzwischen genügend Erfahrung mit Perücken im Rotlichtmilieu. „Welchen Haarschnitt sehen Sie denn eher an dieser Frau?"

Pohl reichte dem Hauptkommissar die Fotos zurück und zupfte an einer Blume, die in einer Vase auf der Fensterbank stand. „Ich weiß nicht recht. Aber längere Haare und vor allem dunklere, die auch besser zum Typ der Frau passen würden."

„Wallendes Haar?" Fuß erinnerte sich an die Aussage des alten Mannes in Mastershausen.

„Wäre möglich", bestätigte Pohl. „Außerdem handelt es sich hierbei wohl um ältere Fotos, denn die Bepflanzung lässt eher auf den Frühsommer oder letztes Jahr im Sommer schließen."

„Und die Frau trägt auf dem Foto eine Perücke?!"

Das Foto der Unbekannten, die vielleicht die gesuchte Prostituierte Tina sein könnte, prangte am nächsten Tag in der Gesamtausgabe der Rhein-Zeitung. Und seit dem ersten Anruf um kurz nach neun Uhr stand das Telefon von Liane Esser nicht mehr still. Inzwischen wies die Liste bereits dreizehn Anrufe auf, elf davon von Männern, die überwiegend anonym bestätigten, darin eine Prostituierte namens Tina zu erkennen. Da Liane sich sofort erkundigte, wo Tina und ihr Wohnmobil zu finden sei, kamen sofort zu den bisherigen Pinnnadeln auf der Landkarte noch zwei weitere hinzu: hinter Sohren und in der Nähe der Autobahnausfahrt Emmelshausen an der A 61.

„Das hat sich also gelohnt, aber bringt es uns auch weiter?", fragte Fuß, als er über Lianes Schulter hinweg einen Blick auf die Liste warf.

„Ja", antwortete sie und man sah ihr an, dass sie sich dieses Mal sicher war, bei Fuß einen Pluspunkt zu ergattern. „Ich habe nämlich alle gefragt, wann sie das letzte Mal bei Tina waren. Und fast alle haben mir bestätigt, dass dies schon längere Zeit her ist und Tina seither nicht mehr mit ihrem Wohnwagen aufgetaucht ist. Und jetzt kommt es ..." Sie blickte Fuß an, als wolle sie ihm ein nachträgliches Geburtstagsgeschenk überreichen. „Stattdessen tauchte im gleichen Wohnmobil eine Rosi auf. Und deren Beschreibung passt auch auf Olga."

„Sehr gute Arbeit", kam postwendend das erhoffte Lob vom Hauptkommissar. „Dann bekommen wir, zumindest was die vielen Namen betrifft, endlich etwas mehr Durchblick."

Fuß machte sich am Computer sofort daran, die Namen zusammenzufassen, hinter denen sich offensichtlich jeweils die gleiche Person verbarg. Damit wurde die Szene etwas übersichtlicher. Nur der Name Tina blieb solo auf dem Monitor stehen. Wer war diese Frau? War sie der Schlüssel zu den Morden?

„Jetzt muss nur noch einer anrufen und Tina mit dem richtigen Namen oder ihrer Adresse kennen. Dann sind wir wirklich einen Schritt weiter."

Liane hatte gerade wieder aufgelegt, aber die Bemerkung von Fuß noch mitbekommen. „Sie muss recht wandlungsfähig sein. Der letzte Anrufer glaubte auch Tina zu erkennen, aber sie habe rote Haare gehabt und tausend kleine Löckchen."

„Bitte nicht!", seufzte Fuß. „Sonst kommen wir nie ans Ziel."

„Aber der Anrufer glaubt zu wissen, wo diese Tina wohnt."

„Wo?", brüllte Fuß überrascht und sprang auf, als wolle er gleich losstürzen und sie verhaften.

„Bleiben Sie lieber sitzen", warnte ihn Liane.

„Jetzt machen Sie es nicht so spannend."

„In Simmern ... und dann könnte es doch unsere Marieke van Eijk sein. Und es wird noch interessanter: Er hat sie schon über ein halbes Jahr nicht mehr gesehen. Vielleicht führt Marieke ein Doppelleben. Für die Edelgäste jetzt in der Nobelkarosse und früher als Tina etwas schlichter."

„Aber, sie hat kein Muttermal am Bein."

Liane lächelte ihn an. „Falsches Haar, falsche Augenwimpern, falscher Name und vielleicht auch ein mit Make-up abgedecktes Muttermal oder ein aufgeklebtes Tattoo. Es gibt viele Dinge, die man verändern kann."

Fuß ließ sich wieder in seinen Bürosessel fallen. Er schüttelte eine Weile unentwegt den Kopf. Am liebsten hätte er zum Telefonhörer gegriffen, Horst Eckhardt, den Polizeipräsidenten angerufen und gebeten, den Fall abgeben zu dürfen und einem Kollegen zu übertragen. Die unsichtbare Betonmauer in diesem Fall schien unüberwindbar. Er musste jetzt schnellstens eine Lösung finden oder es bahnte sich eine Katastrophe an. Die Saison in der Straußwirtschaft ging zu Ende und die Weinlese stand unabwendbar vor der Tür. Insgeheim stimmte er der einen Anruferin zu, die gewünscht hatte, man müsse diese Bumsmobile verbieten. Nur, er hatte einen anderen Grund dafür.

„Wir sollten vielleicht einmal in Bremen anfragen, wann diese van Eijk dort weggezogen ist. Wenn das schon länger her ist, als sie uns erzählt hat ... Immerhin kann sie nach dem Tod ihrer Mutter gleich hier in den Hunsrück gekommen sein und sich nach dem Erbe nur das Luxusmobil gekauft und damit ihre Klientel gewechselt haben."

Fuß ließ sich den Gedanken von Liane durch den Kopf gehen. In der momentanen Situation schien ihm alles möglich. „Was schlagen Sie vor?"

Liane hatte eine solche Frage nicht erwartet. Sie merkte, wie es ihr heiß wurde. Jetzt nur nichts Falsches sagen. Sie blickte zu Fuß rüber und merkte, dass er diese Frage nicht einfach so dahingesagt hatte, sondern es ernst meinte. Was sollte sie ihm antworten?

„Ich habe doch von Marieke ein Handyfoto gemacht. Vielleicht kann jemand hier im Präsidium ihr am Computer rote Locken verpassen und wir zeigen das Foto dem Anrufer, ich habe seine Telefonnummer notiert. Und dann eben diese Anfrage an das Einwohnermeldeamt nach Bremen."

Zu ihrem großen Erstaunen schien Fuß keine Einwände zu haben. Ächzend erhob er sich aus seinem Sessel. „Ich gehe auf jeden Fall jetzt nach Hause, mir reicht's für heute. Veranlassen Sie das Nötige."

Er schnappte seine Aktentasche, winkte ihr lachend zu und verließ das Büro.

In der Straußwirtschaft boxte der Papst. Erika rotierte und schwor jedem gegenüber Stein und Bein, der es hören wollte oder auch nicht, nie wieder die Straußwirtschaft zu öffnen. Fuß und alle wussten, diese Äußerungen von ihr erfolgten immer an den letzten Saisontagen. Wenig später freute sie sich wieder auf die nächste Saison und konnte es nicht erwarten, all die Stammkunden wiederzusehen, neue Witze zu erzählen und sich mit ihren vielfältigen Fremdsprachenbrocken sowie Händen und Füßen mit ausländischen Gästen zu unterhalten.

Auf der Terrasse saßen an diesem Abend allerdings nur zwei wetterfeste Paare, denn schon seit dem Nachmittag hielt sich die Sonne hinter den Wolken versteckt und ein äußerst kühler Wind fegte durchs Moseltal und die Gassen von Alken.

„Da brauchst du nicht rauf", informierte ihn Erika. „Ich habe denen gesagt, wenn sie auf die Terrasse gehen wollen, müssen sie sich selbst bedienen und die Getränke und das Essen hier unten holen kommen."

Das war Fuß nur allzu recht. Es ersparte ihm das für ihn immer noch mühsame Treppensteigen. Er machte seinen üblichen Rundgang durch die Schankräume. Doch die richtige Stimmung kam in ihm nicht auf. Immer wieder erwischte er sich, über die neue Entwicklung des Falls nachzudenken. Der Gedanke, den Liane Esser kurz vor Feierabend gesponnen hatte, ging ihm nicht aus dem Kopf.

Darüber hinaus beschäftigte ihn besonders eine Sache. Yilmaz war der Verkleidung von Carola oder Marieke auf den Leim gegangen. Was hätte sie aber gemacht, wenn ihr auf dem Hinweg und erst recht auf dem Rückweg auf der Station eine der Schwestern oder ein Arzt über den Weg gelaufen wäre? Zumal er sich erinnern konnte, dass bei seinem eigenen Krankenhausaufenthalt und den erlebten Visiten in der Regel eine Schwester die Patientenunterlagen mit sich geführt hatte. Er überlegte, wer ihm all diese sich nun ergebenden Fragen zuverlässig beantworten konnte. Dr. von Essen wusste sicherlich einige Antworten dazu, aber die Gepflogenheiten im Kemperhof ...? Sehr schnell fiel ihm Dr. Pressel ein. Sie hatte sich schon einmal bereit erklärt, sich wegen des Verschwindens von Sailer umzuhören. Vielleicht konnte er sie auch bezüglich der offenen Fragen einmal ansprechen.

Diese Überlegung verwirklichte er gleich am nächsten Tag. Er ließ seine junge Kollegin in der Früh im Kemperhof anrufen. Kurz vor der Mittagspause kam der Rückruf der Ärztin. Sie bot an, sich mit Fuß um sechzehn Uhr in der Cafeteria des Klinikums zu treffen.

Der Hauptkommissar sah sofort den deutlich flehenden Blick von Liane und stimmte ihrer Begleitung zu.

Dr. Pressel saß bereits bei einer Tasse Kaffee, als Fuß und Liane die Cafeteria betraten und winkte ihnen zu.

„Ich bedanke mich, dass Sie sich noch einmal Zeit für uns nehmen, aber es gibt da einige Fragen, die nur Insider des Klinikums beantworten können."

Dr. Pressel lachte. „Sie haben hier im Klinikum ganz schön für Unruhe gesorgt. Ich hoffe, unser Gespräch hat nicht die gleichen Folgen."

„Keine Sorge. Eigentlich sind unsere Fragen ganz harmlos und Sie sollen auch nur das beantworten, was Sie ruhigen Gewissens preisgeben können."

„Na, dann schießen Sie mal los."

Hauptkommissar Fuß erzählte der Ärztin zuerst, wie sich inzwischen, nach Auffassung der Kriminalpolizei, das Verschwinden von Seiler darstellte.

„Das hört sich alles aber sehr abenteuerlich an", meinte Dr. Pressel schmunzelnd. Aber stellen Sie erst einmal Ihre Fragen, vielleicht ergibt sich dann noch eine realistischere Möglichkeit."

Fuß freute sich auf das Signal, ihn mit internem Wissen zu unterstützen.

„Mich bewegt zunächst einmal die Frage, wieso kann es sein, dass sich jemand als Ärztin verkleidet, unbehelligt auf einer Station auf eine vorgetäuschte Visite gehen kann?"

Die Ärztin lächelte den Hauptkommissar an. „Sicherlich gibt es da, wie bei den meisten Unfällen, nicht nur einen Grund, sondern eine Aneinanderreihung von Umständen und Zufällen. Sonst würde so etwas bestimmt nicht funktionieren. Aber Sie müssen sich zunächst einmal vorstellen, wie viele Ärzte hier in der Klinik herumlaufen. Natürlich kennt man die meisten, vor allem die Chef- und Oberärzte. Aber es gibt natürlich auch Ärzte, die auf den Stationen nicht so bekannt sind. Vor allem, wenn es sich um Neuzugänge handelt oder einen Arzt einer bestimmten Fachabteilung, sagen wir ein Orthopäde, aus privaten Gründen einen Patienten aufsucht, der auf der Urologie liegt. Wenn zu diesem Zeitpunkt kein Arzt auf der Station ist, der den Kollegen nicht kennt und ihn deshalb anspricht, so behaupte ich, würde er von den Schwestern nicht als Fremdkörper angesehen."

„Sie meinen, es reicht ein weißer Kittel und sicheres Auftreten?"

Dr. Pressel nickte. „Grundsätzlich leider ja. Dann kommt es auf die Uhrzeit an, wann jemand auftaucht. Ich habe gehört, Sie selbst waren vor einiger Zeit hier Patient. Da werden Sie erlebt haben, dass es auf den Stationen stille Zeiten gibt, zum Beispiel bei der Übergabe an eine andere Schicht. Da ist in der Regel die Tür zum Stationszimmer geschlossen, solange nicht irgendein Patient die Klingel betätigt."

Liane hörte intensiv zu. Sie hatte kurz vor der Abfahrt zum Klinikum noch einmal die letzte Aussage von Yilmaz durchgelesen. „Was ist mit dem Stethoskop und dem Aktencontainer?", fragte sie.

„Stethoskope werden hier von vielen im Kittel mitgeschleppt. Etwas anderes ist es mit dem Aktencontainer. Es wäre sicherlich auf der Station aufgefallen, wenn ein Arzt damit auftaucht. Anders ist es, wenn eine Schwester die Person sieht und annimmt, es handelt sich um eine Kollegin oder eine Mitarbeiterin aus der Verwaltung. Auch dort laufen einige in weißen Kitteln herum, vor allem, wenn sie häufig auf den Stationen mit Patienten zu tun haben. Es ist also anzunehmen, dass auch diese Verkleidung nicht auffällt. Wenn ihr Polizist in der Unbekannten eine Ärztin vermutet hat, liegt es einfach daran, dass er an eine Visite glaubte." Dr. Pressel zuckte mit den Schultern. „Eben einer dieser vielen Zufälle, von denen ich eben sprach."

„Dann müssten sich aber Carola Baumgartner und eine mögliche zweite Verdächtige, eine Marieke van Eijk, sehr gut mit den Abläufen hier ausgekannt haben?"

Die Ärztin nickte bedächtig. „Haben Sie schon einmal Nachforschungen angestellt, ob eine dieser beiden Frauen in letzter Zeit hier im Klinikum behandelt wurde?"

Fuß machte Liane sofort ein Zeichen. „Nachprüfen!"

„Das mache ich gern für Sie. Ich glaube, ich bin da schneller an zuverlässigen Informationen, vor allem ohne großes Aufsehen." Die Ärztin zwinkerte dem Hauptkommissar zu.

„Aber ...", überging dieser schnell die Bemerkung, „... wie sieht es mit dem Rückzug der beiden aus? Da unser Kollege annahm, es handle sich um eine Visite, hat er keinen Verdacht geschöpft. Was aber wäre, wenn dann ein Arzt oder eine Schwester aufgetaucht wäre?"

„Das habe ich mich eben bei Ihren Ausführungen auch gefragt", gestand Dr. Pressel. „Zum einen würde ich sagen, die Person hat ungemeines Glück gehabt. Zwar ist sie, wie Sie sagten, sofort mit dem als Arzt verkleideten Patienten verschwunden, trotzdem, hier bestand ein erhebliches Risiko aufzufliegen. Andererseits, wer so raffiniert agiert, wird sich auch für diese Situation etwas bei der Planung ausgedacht haben."

„Was zum Beispiel?"

Dr. Pressel lehnte sich in ihrem Stuhl zurück und starrte auf die leere Tasse vor sich. „Das ist schwer zu sagen. Frechheit siegt, sagt man gern. Vielleicht wäre sie dann einfach rasch weggelaufen. Und bis dann die Pforte alarmiert ist ... Und was den Patienten betrifft, der ist von Ihnen wegen Drogen verhaftet worden. Der wäre mitgelaufen, um sich so dem weiteren Zugriff der Polizei zu entziehen."

Fuß musste ihr zustimmen. „Wie schnell können Sie in Erfahrung bringen, ob Carola Baumgartner oder Marieke van Eijk in letzter Zeit hier im Klinikum Patientin war?"

„Wenn ich ihre Namen und die Geburtsdaten habe ... bis morgen Nachmittag."

Fuß sah Liane an. „Haben Sie noch Fragen?"

„Wie kommt man an die weißen Ärztekittel? Ich meine, in unserem Fall sind zwei im Einsatz gewesen. Die liegen doch nicht einfach so herum."

Sie sah sofort, dass die Ärztin sich heimlich über ihre Frage amüsierte, aber trotzdem versuchte ernst zu bleiben.

„Natürlich gibt es ausgesprochene Hersteller und Lieferanten von Ärztekitteln. Das Material ist besonders strapazierfähig, da die Kittel häufig gewaschen werden müssen. Es gibt sicherlich auch noch andere Normen, was Taschengröße und anderes mehr betrifft. Aber grundsätzlich ist ein weißer Kittel ein weißer Kittel. Ebenso die Hosen. Wer schaut da schon so genau hin?"

17.

Wie versprochen rief Dr. Pressel am nächsten Nachmittag an. Das Ergebnis ihrer Nachfrage bei der Verwaltung war negativ. Carola Baumgartner war in den Unterlagen des Klinikum eine Unbekannte, aber eine Marieke van Eijk war vor einem halben Jahr im Kemperhof operiert worden.

Diese Mitteilung schlug wie eine Bombe ein. Liane wäre am liebsten sofort nach Simmern gefahren und hätte die Prostituierte verhaftet. Fuß holte zunächst einmal tief Luft, als ihn die Nachricht erreichte und begann sein Gesicht zu kneten. Er war in seiner langen Laufbahn noch nie jemandem so auf den Leim gegangen wie dieser Marieke van Eijk. Sie hatte auf ihn so offen und glaubwürdig gewirkt. Allmählich wurde für ihn vieles klarer. Der leichte Anzug, den Seiler getragen hatte, passte auch viel besser zu der Edelhure. Figürlich waren sich die beiden auch ähnlicher. Doch bevor er Marieke van Eijk verhaften wollte, musste er noch die Zusammenhänge zwischen den Morden herausfinden. Warum wurden Olga-Rosi, Carola und letztendlich auch Seiler von ihr ermordet? Ging es doch um einen Zickenkrieg? Wo war das Motiv?

„Lassen Sie uns jetzt noch einmal alle Fälle durchgehen", bat Fuß schließlich, nachdem er mit dem Kneten aufgehört hatte. „Und vorerst nichts an die Presse!"

Er machte Liane ein Zeichen, sich zu ihm auf den Besucherstuhl zu setzen. Dann nahm er einen Stapel Papier und begann seine Gedanken in Stichworten zu notieren.

„Marieke war also offenbar schon früher im Hunsrück als mobile Hure unterwegs gewesen, höchstwahrscheinlich sogar als WG-Partnerin von Zuzanna oder Carola, denn bei dem Besuch eines Freiers war irrtümlich Carolas Charly Chaplin hinter der Frontscheibe des Wohnmobils hängen geblieben. Sie arbeitete als Tina, wie etliche Zeugen ausgesagt hatten. Irgendwann kam es zum Bruch, vielleicht wegen Rosi. Drei war eine zu viel. Eifersucht, Szenen. Die sonst in Burgen eher zurückgezogen lebende Carola war in der Weinstube Günther der Beschreibung nach bis dahin nur mit Zuzanna aufgetaucht, bis auf das eine Mal. Da kannte sie eine Frau aus einer Wandergruppe, vielleicht war es Marieke. Sie ersetzte zunächst Zuzanna, die nach Polen gegangen war. Dann tauchte Carola mehrfach mit Rosi in der Weinstube auf. War das der Beginn der Auseinandersetzungen, die tödlich enden sollten? Vor einem halben Jahr lag Marieke im Klinikum, lernte dort die Tagesabläufe kennen. Vielleicht besorgte sie sich damals bereits das Ketamin. Inzwischen durch das Erbe zu Geld gekommen, machte sie sich mit einem neuen Wohnmobil der Extraklasse selbstständig, nahm damit den anderen mobilen Prostituierten die lukrativen Freier weg. Es entwickelte sich ein Hurenkrieg entlang der Hunsrückhöhenstraße. Marieke hatte nun Zeit, alles langfristig vorzubereiten. Sie hatte erfahren, dass Carola in Urlaub fliegen wollte, also wählte sie einen Termin für ihren ersten Mord am Vortag, um bei der Kripo mit dem Verdacht auf Flucht gleich die Spur auf Carola zu lenken. Und Detlev Braun hatte recht, als er angab, nach seiner Verabschiedung von Olga auf der gegenüberliegenden Straßenseite ein parkendes Fahrzeug gesehen zu haben. Wie er, hatte möglicherweise auch Paul Seiler, der seine Freundin besuchen oder abholen wollte, diesen Mini Cooper gesehen und war zunächst weitergefahren. Als er später zurückkam, brannte das Mobil lichterloh. Er machte sich Vorwürfe nicht reagiert zu haben und am Tod seiner Freundin schuld zu sein. Deshalb pumpte er sich mit Drogen voll. Nach ein paar Tagen, in einem lichten Moment, meldete er Rosi nicht nur als vermisst, sondern setzte sich auch mit Marieke in Verbindung und versuchte sie zu erpressen. Als Junkie braucht er ständig Geld. Marieke wusste, dass man Carola in Verdacht hatte und sie vernehmen würde, sobald sie aus dem Urlaub zurückkam. Hinweise konnten ihr gefährlich werden. Also musste sie auch Carola aus dem Weg schaffen, bevor sie reden konnte. Die hatte von der Ermordung Rosis auf Mallorca durch ihre Hamburger Freundin erfahren und war vorgewarnt. Deshalb zog sie nach ihrer Rückkehr aus Angst zunächst in ein Hotel am Flughafen. Dann fand sie einen Brief in ihrer Wohnung vor, dessen Inhalt noch unbekannt ist. Vielleicht stammte er von Marieke, die darin ihre Unschuld beteuerte oder von Seiler, der ihr sein Wissen mitteilte und die Edelhure als Mörderin auffliegen lassen wollte. Inzwischen hatte die Bremerin aber einen weiteren teuflischen Plan gefasst. Sie hatte den Mord an Seiler und Baumgartner bereits gut vorbereitet. Sie rief Carola vom Bahnhof in Koblenz aus an und bat um ein schnelles Treffen, um ihre Unschuld zu beweisen. Dann fuhr sie, wohl vorbereitet, im Ärztedress ins Klinikum und inszenierte die Visite. Seiler erklärte sie, dass Carola für den Mord verantwortlich und er in Lebensgefahr sei. Sie bot ihm Hilfe bei der Flucht an und schleuste ihn aus dem Krankenhaus. Auf dem Weg zum Treffpunkt mit Carola unter der Winninger Brücke tötete sie zunächst Seiler und wenig später Carola. Sie musste jetzt nur noch die Wohnung in Mastershausen räumen, die ihr zeitweise als Unterkunft gedient hatte, um alle Spuren zu verwischen. Es passt alles. Wenn uns Doktor Pressel nicht geholfen hätte, wäre der Fall nie gelöst worden", seufzte Fuß.

„Und jetzt fahren wir nach Simmern?", fragte Liane ungeduldig.

„Noch nicht. Wir müssen der van Eijk das alles erst nachweisen. Nur der Beweis, dass sie vor einiger Zeit im Kemperhof lag und sich dort möglicherweise das Ketamin organisieren konnte, reicht nicht aus. Außerdem wissen wir nicht einmal, ob dieses Schmerzmittel im Klinikum verwendet wird."

„Dann fragen wir doch Doktor Pressel", schlug Liane sofort vor.

Fuß wählte die Telefonnummer der Ärztin. Diese bestätigte ihm, dass Ketamin nicht nur als starkes Schmerzmittel, sondern auch für Narkosen eingesetzt werde. Damit war auch diese Frage geklärt.

An diesem Abend war Hauptkommissar und Winzer Fuß mit sich und der Welt in bestem Einklang. Noch zwei Abende, dann würde die Straußwirtschaft schließen und die Lese beginnen. Zwar bereitete ihm sein Bein immer noch Schmerzen beim Gehen, aber er war hart im Nehmen und wusste, dass es ihm gelingen würde, auch diese paar Tage noch durchzustehen. Dann würde er mit Erika Urlaub machen. Jana Dufkova hatte so von dem Hotel geschwärmt, vielleicht würden auch sie beide sich nach dem Stress der letzten Wochen dort richtig erholen können.

Fast sehnte er an diesem Abend herbei, dass der letzte Gast die Straußwirtschaft verlassen würde. Dann würde er in sein Büro gehen und im Internet das Hotel Binder aufrufen und den Urlaub buchen.

Doch es sollte sehr spät werden, bevor er dazu kam. Jeder der Stammgäste wollte einfach noch einmal die Atmosphäre genießen, bis man für fast ein halbes Jahr Abschied nehmen musste.

Fuß rief Marieke von Eijk erst nach reiflicher Überlegung in ihrer Wohnung an. Er musste es mehrere Male durchläuten lassen, bevor sie sich mit unausgeschlafener Stimme meldete.

„Es ist gestern Abend recht spät geworden", gestand sie. „Mein alter Herr, bei dem das Wohnmobil untersteht, hatte gestern seinen vierundachtzigsten Geburtstag und da musste ich ihn doch etwas verwöhnen."

Fuß mochte sich in diesem Moment nicht ausmalen, was sie darunter verstand. Er gab vor, noch einmal ein paar Insidertipps von ihr zu benötigen, die er aber am Telefon nicht besprechen wollte. „Ist es Ihnen möglich, nach Koblenz ins Präsidium zu kommen? Ich müsste sonst alle Unterlagen mitschleppen."

„Äußerst schlecht heute fürs Geschäft. Ich habe einige Dates fest zugesagt. Aber vielleicht morgen gleich am Vormittag oder arbeiten Sie sonntags nicht?"

Fuß überlegte rasch. Hatte sie Verdacht geschöpft? Vielleicht wäre es besser gewesen, Simmern als Treffpunkt zu nennen. Deshalb wagte er einen zweiten Versuch.

„Wir stehen kurz vor der Auflösung des Falles. Es wäre mir sehr wichtig, noch heute diese Informationen von Ihnen zu bekommen. Ich würde auch nach Simmern rauskommen und Sie könnten sich in der Zwischenzeit in Ruhe anziehen ..."

„Nein, es geht wirklich nicht. Ich habe sowieso verschlafen und muss mich beeilen. Lassen Sie uns morgen treffen. Sonntags ist sowieso ein flauer Tag und es gibt oft Ärger mit aufgebrachten Kirchgängern, die an den Wohnmobilen vorbeikommen. Dann komme ich lieber zu Ihnen nach Koblenz, wenn es sein muss. Verraten Sie mir denn, wer der Täter ist?"

Bei dieser Frage kam Fuß eine neue Idee. „Tut mir leid, aber das kann ich Ihnen wirklich nicht sagen, aber Sie werden es früh genug erfahren. Also gut, morgen Vormittag. Sie wissen, wo das Polizeipräsidium ist?"

„Sagen Sie mir einfach die Adresse, TomTom findet alles", lachte Marieke van Eijk.

Sofort nach dem Anruf rief er die Polizeiinspektion Simmern an, ließ sich mit dem Ersten Polizeihauptkommissar Börsch verbinden und bat ihn auf dem kleinen Dienstweg wegen Fluchtgefahr einer Tatverdächtigen um Amtshilfe. Er gab Börsch die Adresse von Marieke van Eijk durch, damit sie von einem Simmerner Beamten schnellstens unauffällig beobachtet werden konnte, bis eine offizielle Observierung eingeleitet war.

Den Rest des Vormittags verbrachte er damit, die Akte abschließend für die Staatsanwaltschaft vorzubereiten um einen Haftbefehl gegen van Eijk zu beantragen.

Der Simmerner Beamte meldete ihm per Handy, dass die Zielperson mit einem Mini Cooper zunächst nach Pleizenhausen gefahren sei, sich dort etwa eine Viertelstunde in einem Haus aufgehalten habe und dann mit einem Wohnmobil weitergefahren sei und nun auf einem Parkplatz nahe des Flugplatzes Hahn stehe.

„Hat sie schon Besucher empfangen?"

„Es ist soeben ein Mercedes mit Cochemer Kennzeichen vorgefahren. Leider konnte ich von meinem Standort aus nicht sehen, ob der Fahrer ausgestiegen und in das Wohnmobil eingestiegen ist. Aber davon gehe ich aus. Soll ich das überprüfen?"

„Auf keinen Fall! Sie beobachten bitte nur das Wohnmobil und die Zielperson. Notieren Sie sich vorsorglich aber die Zulassungsnummern der Autos der Freier und achten Sie darauf, dass sie nicht mit einem dieser Freier abhaut. In dem Fall sofortiger Zugriff!"

Der Hauptkommissar war plötzlich äußerst nervös. So raffiniert, wie diese Frau war, hatte sie vielleicht eine Flucht geplant. Ein Freier war sicherlich schnell gefunden und bereit, sie irgendwohin mitzunehmen, von wo aus sie sich absetzen konnte.

„Wie sieht es mit der offiziellen Observierung aus?", fragte er Liane.

„Die sind bereits unterwegs nach Simmern."

„Nicht nach Simmern!", brüllte Fuß sofort aufgebracht. „Zum Parkplatz in der Nähe des Trierer Tores, wo wir Marieke van Eijk des erste Mal angetroffen haben. Sie sollen sich sofort melden, wenn sie eingetroffen sind, damit Börsch seinen Mann abziehen kann."

Während Liane telefonierte, brachte ein Kollege ein Fax herein, das vom Polizeipräsidium in Bremen angekommen war.

„Ich wusste gar nicht, dass man im Norden so flott sein kann", spottete Fuß, er sich an ganz andere Laufzeiten erinnerte, wenn man bei norddeutschen Kollegen um Amtshilfe bat.

Aus dem Fax ging hervor, dass Marieke van Eijk als Prostituierte in der Hafenstraße am Holzhafen bekannt war und sich im Juli beim Ordnungsamt Bremen nach Simmern umgemeldet hatte.

„Dann war sie aber vorher schon einmal hier, als sie vor einem halben Jahr im Kemperhof operiert wurde", stellte Liane mit einem Blick in die Akte fest.

„Was spricht dagegen? Sie hat sich ein neues Arbeitsgebiet gesucht, nachdem sie zu Geld gekommen war. Das hat sie uns auch erzählt. Weswegen wurde sie eigentlich im Kemperhof operiert? Rufen Sie doch Doktor Pressel noch einmal an … was die van Eijk hatte und von wann bis wann sie Patientin war."

Liane rief sofort im Kemperhof an, doch die Ärztin war nicht zu erreichen. Das steigerte nur die Nervosität des Hauptkommissars. Hoffentlich ging jetzt nicht kurz vor Aufklärung des Falls noch etwas schief. Er stand auf und trat ans Fenster. Vielleicht half der Blick auf die belebte Straße unten sich etwas abzulenken.

„Rufen Sie die Kollegen der Observierung an und fragen Sie, ob sie inzwischen übernommen haben und sich etwas getan hat."

Wenigstens diese Information war positiv. Die Beamten hatten übernommen, Marieke van Eijks Freier hatte das Wohnmobil alleine verlassen und sie inzwischen einen neuen Besucher. Er fuhr einen Hummer H1 Alpha Wagon in silbergrau.

„Was ist das für ein Fahrzeug?", erkundigte sich die Kriminalhauptmeisterin, die das Fabrikat noch nie gehört hatte.

„Luxus pur!", antwortete Fuß kurz. Er hatte jetzt keine Zeit einen Vortrag über teure Geländewagen zu halten. Der Himmel hatte sich zugezogen. Kein Wetter für den vorletzten Abend in der Straußwirtschaft und die anstehende Lese. Dienstag würden die Helfer zur Lese vollzählig sein. Wenn er nur jetzt endlich den Fall zu Ende bringen konnte. Er stützte sich mit beiden Händen auf die Fensterbank und versuchte seinen leicht verspannten Rücken etwas zu entlasten. Es half nicht viel. Er drehte sich um und sah Liane an.

„Haben Sie morgen frei?"

Liane ahnte sofort, wie die nächste Frage lauten würde. Der kam sie zuvor. „Ich komme gern, wenn Sie glauben, dass es etwas bringt."

„Also gut. Aber es reicht, wenn Sie um zehn Uhr kommen. Vorher wird die van Eijk auch nicht hier auftauchen."

Im Präsidium war es erstaunlich still. Fuß hatte an der Pforte der Polizeiinspektion im Präsidium Bescheid gesagt, da der Haupteingang am Wochenende geschlossen war.

Noch einmal überlegte er sich seine Taktik. Vielleicht gelang ihm sogar ein Geständnis, wenn er Marieke van Eijk den Ablauf ihrer Taten vorlegen konnte. Die Kollegen hatten die Observierung die ganze Nacht durchgeführt. Die Zielperson hatte bis kurz vor zweiundzwanzig Uhr im Wohnmobil Freier empfangen. Insgesamt fünf waren gekommen. Die Kennzeichen waren notiert und die Halter bereits ermittelt. Fuß wunderte gar nichts mehr. Ein Bauunternehmer aus Trier, ein Zahnarzt aus Wittlich, ein höherer Ministerialbeamter aus Mainz, der aber in Idar-Oberstein wohnte, und ein Hotelbesitzer vom Mittelrhein. „Alles betuchte Leute", staunte Fuß laut vor sich hin. Nichts für ein Hauptkommissarsgehalt. Dann war sie nach Pleizenhausen gefahren, hatte aber nur die Wagen gewechselt. Der „alte Herr", wie sie ihn nannte, schlief wahrscheinlich schon längst. Wer weiß, wie gestresst er nach dem Verwöhnen von Marieke gewesen war. Unwillkürlich musste Fuß trotz seiner inneren Anspannung lachen.

Kurz vor zehn Uhr kam Liane Esser. „Soll ich nochmals versuchen Doktor Pressel zu erreichen?"

„Hab ich schon von unterwegs. Die hat heute frei und im Telefonbuch gibt es keinen Privateintrag."

„Wie gehen wir vor?"

„Ich gehe vor!", betonte Fuß. „Sie hören gut zu. Und wenn Ihnen etwas auf- oder einfällt … nur draußen. Nicht in ihrer Gegenwart. Ist das angekommen?"

Liane nickte nur. „Wie war der gestrige Abend?"

„Furchtbar." Mehr war dem Hauptkommissar nicht zu entlocken. Zu gern hätte Liane etwas zu seiner Entspannung beigetragen. Aber sie wusste ja, wie aufgeregt sie selbst innerlich war.

Beide Telefone läuteten gleichzeitig. Die Kollegen der Observierung, dass die Zielperson soeben auf den Parkplatz des Polizeipräsidiums gefahren sei. Die Inspektion unten im Präsidium meldete, dass Frau van Eijk gekommen sei. Fuß grinste und blickte auf die Uhr. Es war halb elf.

Marieke van Eijk trug einen leichten hellblauen Flanellanzug. Wahrscheinlich besaß sie mehrere davon, dachte Fuß. Einen hatte sie für den Mord an Seiler opfern müssen. Ihr Make-up war unaufdringlich, niemand hätte erraten, welcher Tätigkeit die junge Frau nachging.

„So förmlich?", erkundigte sie sich als Fuß das Aufzeichnungsgerät einschaltete. „Ist das auch nur reine Formsache?"

„Ihre Angaben erscheinen uns sehr wichtig", reagierte Fuß gleichgültig. Er wollte auf keinen Fall zu früh die Katze aus dem Sack lassen. Ohne sein Gegenüber anzublicken nannte er Ort und Zeit und zählte die Anwesenden auf. Bewusst sprach er nur von einer „Befragung zur Klärung des Mordfalles Roswitha Wolf."

„Sie haben mir gestern am Telefon gesagt, ich kann etwas zur Aufklärung beitragen", lächelte Marieke van Eijk, „nun bin ich hier. Also schießen Sie los."

Sie schien sich ihrer Sache recht sicher, hatte bisher auch nicht, wie er erwartet hatte, einen Fluchtversuch unternommen. Aber wie überlegt und kaltblütig sie vorgehen konnte, war reichlich in den Akten protokolliert.

„Seit wann genau sind Sie hier im Hunsrück?", begann Fuß und versuchte die Frage so harmlos wie möglich klingen zu lassen.

„Genau seit fünfzehnten Juni dieses Jahres", kam sofort die Antwort.

„Sie waren aber schon vorher einmal hier in der Gegend, darf ich annehmen?"

„Sicher. Das muss etwa drei Jahre zurückliegen. Nach dem Tod meiner Mutter habe ich hier kurz Urlaub gemacht. Allerdings damals noch mit einem alten, rostigen Käfer. Aber schön war er doch, der Käfer und der Urlaub. Die Gegend hat mir vor allem sehr gefallen. Nicht so flach wie rund um Bremen."

Fuß blickte ihr direkt ins Gesicht. „Und zwischenzeitlich waren Sie niemals hier?"

„Niemals!"

„Sie haben bei unserer ersten Befragung ausgesagt, keine Ihrer Kolleginnen persönlich zu kennen, bleiben Sie dabei?"

„Warum sollte ich jetzt etwas anderes sagen, es ist die Wahrheit."

Es würde harte Arbeit werden. „Waren Sie in den letzten Monaten einmal krank?"

Marieke van Eijk lachte auf und hielt die Hand amüsiert vor ihren Mund. „Was hat das mit Insiderkenntnissen zu tun, von denen Sie gestern sprachen?"

„Nichts!", gab Fuß zu. „Trotzdem können Sie mir die Frage sicherlich beantworten."

Die Frau schüttelte irritiert den Kopf. „Ich weiß zwar nicht was das soll, aber ich war nicht krank. Ich habe meine regelmäßigen Untersuchungen, allein schon im eigenen Interesse, arbeite nur mit Kondomen, halte mich von allem fern, wobei ich mich anstecken könnte ... Worauf wollen Sie hinaus?"

„Es hätte ja auch etwas sein können, was nichts mit der Ausübung Ihres Berufs zu tun hatte. Blinddarm zum Beispiel."

Marieke van Eijk schlug die Beine übereinander. Schade, dass sie einen Hosenanzug trug. Sonst hätte man das Muttermal sehen können, fiel es Liane in diesem Moment ein. Oder hatte sie es wieder abgedeckt?

„Woher kannten Sie Paul Seiler?“, wechselte Fuß die Taktik.

Zu seinem Erstaunen reagierte Frau van Eijk ohne jede Erregung. „Paul Seiler? Wer soll das sein? Ein Freier?“

„Vielleicht.“

Wortlos zog sie ein kleines Notizbuch aus ihrer Ledertasche und begann zu blättern. „Ich habe zwar ein gutes Namensgedächtnis, aber bevor ich etwas Falsches sage … nein, ein Mann mit diesem Namen war noch nie mein Kunde. Es sei denn, er hat mir einen falschen genannt.“

„Es war der Freund von Roswitha Wolf!“ Fuß’ Stimme hatte plötzlich etwas Herausforderndes. Das merkte auch sein Gegenüber sofort.

Sie schloss für einen kurzen Moment die Augen und lächelte. Dann meinte sie: „Sagen Sie doch einfach, was Sie wollen. Ich habe keinen Grund etwas zu verheimlichen.“

„Warum geben Sie dann nicht zu, dass Sie bereits vor etwa einem halben Jahr hier in Koblenz waren?“

Jetzt lachte Frau von Eijk laut und herzhaft. „Wer hat Ihnen denn diesen Blödsinn erzählt? Was soll ich denn hier gemacht haben? Den Kauf des Wohnmobils habe ich über einen Händler in Bremen getätigt. Die ersten Tage habe ich in einem Hotel in der Eifel übernachtet. Dann konnte ich die Wohnung in Simmern anmieten. Durch Zufall habe ich den Vermieter meiner Garage eines Abends beim Essen im Jagdschloss Pleizenhausen kennengelernt. Seit Anfang Juli wohne ich nun in Simmern und arbeite entlang der Hunsrückhöhenstraße und der Bundesstraße fünfzig. Was wollen Sie noch mehr wissen?“

Auch der Ton von Marieke van Eijk war deutlich nüchterner geworden. Verdammt, warum wusste er nicht das genaue Datum, wann sein Gegenüber im Kemperhof operiert worden war und woran? Der Hauptkommissar sah zu Liane Esser hinüber. Sie machte sich eifrig Notizen und bemerkte seinen Blick nicht. Fuß gab sich einen Ruck.

„Von wann bis wann waren Sie im Klinikum Kemperhof und warum?“

Zuerst schaute die Prostituierte den Hauptkommissar fassungslos an, dann brach sie erneut in lautes Gelächter aus. „Wer hat Ihnen denn einen solchen Bären aufgebunden? Ich weiß nicht einmal, dass es ein Krankenhaus mit diesem Namen gibt.“

Fuß lehnte sich zurück. So hatte es keinen Zweck, so kamen sie nicht weiter. Er würde die Klinikunterlagen benötigen, um Marieke ihre Lügen nachzuweisen. Wütend schlug er die Akten vor sich zu und erhob sich.

„Frau van Eijk, ich nehme Sie vorläufig unter dem Verdacht des dreifachen Mordes fest."

Aus dem immer noch nachklingenden Lachen der Prostituierten wurde ein leicht gequältes und empörendes Gelächter. „Was wollen Sie? Was soll ich ...?"

Fuß drehte sich ungerührt zu Liane um. „Ich schicke Ihnen einen Kollegen vorbei zum Abführen. Wir treffen uns dann im Büro."

Er musste schleunigst gehen, um nicht auszurasten. So dreist war er schon lange nicht mehr belogen worden.

Es dauerte eine Weile bis Liane Esser ins Büro kam. Sie war blass und setzte sich sofort auf ihren Drehstuhl.

„Gehen Sie nach Hause. Ich werde auf dem Heimweg versuchen, Doktor Pressel zu erreichen, damit wir gleich morgen die Klinikunterlagen vorliegen haben. Das wird der schnellste Weg sein. Wie hat sich die van Eijk nach meinem Abgang verhalten?"

„Sie hat uns alle für verrückt erklärt, aber ... sie ist nicht ausfallend oder handgreiflich geworden. Als sie abgeführt wurde, hat sie geweint."

„Jetzt hat sie vierundzwanzig Stunden Zeit nachzudenken. Und morgen schließen wir die Akte ... leider erst morgen. Gehen Sie nach Hause ..."

Auf dem Heimweg fuhr er über die Karthause, um Dr. Pressel aufzusuchen. Vielleicht gab es sogar sonntags mit ihrer Hilfe einen Weg, so schnell wie möglich an die Klinikunterlagen kommen. Doch trotz mehrmaligen Läutens öffnete ihm niemand. Er riss einen Zettel aus seinem Notizbuch und schrieb ein paar Zeilen.

Liebe Frau Dr. Pressel,
ich muss unbedingt gleich morgen in der Früh die Patientenunterlagen von Marieke van Eijk kopiert bekommen. Bitte sagen Sie in der Verwaltung Bescheid, es ist äußerst wichtig und dringend. Besten Dank!
KHK Fuß

Erika hatte sich wie immer am letzten Tag einen Kranz ins Haar gesetzt und tänzelte zwischen den Gästen herum. Sie hatte sofort die bedrückte Stimmung ihres Mannes bemerkt, als er die noch anwesenden Frühschoppengäste begrüßte.

„Das Gesicht müsst ihr euch merken!", verkündete sie lautstark. „Es wird Zeit, dass er in Rente geht. Ich muss das ja schon seit dreißig Jahren ertragen. Aber, wie sage ich immer: „Stillhalten, aushalten, Maul halten", zitierte Erika sich selbst. „Letzteres klappt bei mir niiieee!"

Schon hatte sie wieder alle Lacher auf ihrer Seite. Fuß brummte etwas vor sich hin und ging gleich in die Küche durch. Er hatte sich die Reaktion von Marieke van Eijk anders vorgestellt. Eigentlich schien sie der Typ, der zu dem stand, was er tat und nicht Dinge unsinnig abstritt, von denen ihr klar sein musste, dass man sie ihr leicht nachweisen konnte. Nachdem er ein Bratenendstück ergattert hatte, stieg er kauend die Treppe hinauf zu seinem Büro und rief Hauptkommissar Schäfer an. Doch dieser meldete sich nicht. Als Nächstes wählte er die Nummer seines Kollegen Ewalt. Doch auch der war an diesem Sonntag nicht zu Hause. Es war für Fuß einer der Tage, die er am liebsten aus dem Gedächtnis gestrichen hätte. Zum Glück war heute wenigstens der letzte Tag in der Straußwirtschaft und die paar Stunden würde er auch noch überstehen.

18.

Obwohl er erst sehr spät ins Bett gekommen war, stand Hauptkommissar Fuß kurz nach sechs Uhr auf und duschte. Erika schlief noch tief und fest als er sich leise anzog. Eigentlich war dieser Montag sein erster Urlaubstag um die Weinlese vorzubereiten. Aber zuerst musste er noch die Morde aufklären. Und deshalb wollte er so früh wie möglich bei der Verwaltung des Klinikums vorsprechen, um zumindest Einsicht oder Kopien als Beweis für den Klinikaufenthalt der Täterin zu erhalten. Er hoffte, dass ihm Dr. Pressel hierbei noch einmal behilflich sein würde.

Diese Hoffnung wurde ihm allerdings gleich an der Pforte des Klinikums genommen, da die Ärztin sich nicht am Telefon meldete.

„Sie wird bereits im OP sein", erklärte ihm die freundliche Dame in ihrem Glaskasten mit einem Blick auf die Uhr.

Fuß legte seinen Dienstausweis vor. „Dann möchte ich mit jemandem aus der Verwaltung sprechen, der mir sagen kann, wann eine bestimmte Patientin hier im Klinikum gelegen hat."

„Da gehen Sie am besten zur Patientenverwaltung oder ins Zentralarchiv ... Moment bitte." Sie suchte rasch eine Rufnummer heraus und telefonierte kurz.

„Frau Koel wird Ihnen weiterhelfen können." Sie beschrieb Fuß den Weg zu deren Büro.

Frau Koel war eine junge, recht attraktive Frau, deren Figur unübersehbar verriet, dass sie schwanger war.

„Wann ist es denn soweit?", erkundigte sich Fuß und zeigte seinen Dienstausweis. Er wusste nur zu genau, dass er auf ihre Kooperation angewiesen war, denn der offizielle Weg würde wesentlich länger dauern.

„Es wird wohl ziemlich genau ein Christkind", antwortete Frau Koel und strich zärtlich über ihren Bauch. „Was kann ich für Sie tun? Sie wollen sich nach einer Patientin erkundigen ...?"

„Wir müssen nur eine Aussage überprüfen, mehr nicht."

„Und um wen handelt es sich?" Frau Koel drehte ihren Monitor zu sich und setzte sich vor die Tastatur.

„Von wann bis wann hat eine gewisse Marieke van Eijk hier im Kemperhof gelegen?"

„Wie schreibt sich die Patientin genau?"

Fuß buchstabierte den Namen.

„Sie wissen nicht, auf welcher Station sie gelegen hat. Wir haben hier etliche Bereiche."

„Leider nein. Es müsste etwa ein halbes Jahr her sein."

„Das Geburtsdatum der Frau, bitte."

„Zweiter Mai einundachtzig in Bremen."

Die junge Frau tippte Fuß' Angaben in den Computer.

„Also im letzten halben Jahr hatten wir keine Patientin mit diesem Namen …" Sie änderte rasch den Zeitraum, schüttelte aber erneut den Kopf. „Leider kann ich niemanden mit diesem Namen oder Geburtsdatum hier finden. Vielleicht lag Sie drüben im Marienhof oder im Stift …"

Fuß erklärte, dass er sich ganz sicher sei, es handele sich um den Kemperhof. Er vermied es zu erklären, dass er an diese Kenntnisse durch Dr. Pressel gelangt war. Er wollte die hilfsbereite Ärztin nicht in Schwierigkeiten bringen.

„Sorry, aber ich habe keine Patientin mit diesem Namen in der Kartei. Hatte sie damals möglicherweise noch einen anderen Namen. Ich werde auch erst nach der Entbindung heiraten, so etwas gibt es", lachte sie.

„Also da bin ich mir wiederum sicher, entbunden hat sie hier nicht und es gibt auch keinen Grund für einen anderen Namen."

„Dann kann ich Ihnen nicht weiterhelfen, tut mir leid." Die junge Frau wandte sich dem Hauptkommissar zu. „Sie können mich gern anrufen, wenn Ihnen noch was anderes zu dieser Patientin einfällt, aber mit diesem Namen und Geburtsdatum muss ich passen, so gern ich Ihnen geholfen hätte."

Fuß bedankte sich und verließ enttäuscht und in Gedanken versunken das Büro. Am Empfang wendete er sich nochmals an die Angestellte, mit dem Anliegen, Dr. Pressel zu erreichen. Doch auch der zweite Anruf blieb ohne Erfolg. Er bat, der Ärztin eine Nachricht zu hinterlegen, mit der Bitte um dringenden Rückruf im Präsidium.

Liane Esser blickte dem Hauptkommissar erwartungsvoll entgegen. „Und?"

Fuß hängte seine Jacke auf und setzte sich hinter seinen Schreibtisch. „Im Kemperhof ist der Name van Eijk unbekannt."

„Aber Frau Doktor Pressel hat doch ..."

„Ich weiß", unterbrach sie Fuß laut. „Irgendetwas stimmt da nicht. Aber die Pressel zieht sich die Information doch nicht aus den Fingern." Er strich sich knetend über sein Gesicht und zog wieder einmal die Akte zu Rate. „Wo liegt das Problem?"

„Konnte Ihnen denn Doktor Pressel das nicht erklären?"

„Sie ist noch im OP ..." Fuß warf einen Blick auf seine Uhr. „Wir müssen bis Mittag abwarten, bis dahin müsste sie anrufen."

„Zirfas hat sich bereits gemeldet. Er hat Wind von der Festnahme bekommen und wollte wissen, wann er eine Erfolgsmeldung herausgeben kann."

„Alles stoppen, bevor diese Sache nicht wasserdicht geklärt ist."

Die Zeit zog sich hin wie Kaugummi. Fuß saß fast regungslos hinter seinem Schreibtisch, ohne schlechtes Gewissen, denn er hatte Urlaub. Immer wieder setzte er sich mit der unerwarteten Situation auseinander. Wieso hatte Dr. Pressel den Klinikaufenthalt ermitteln können und er keine Bestätigung erhalten? Er wusste nicht, wie oft er bisher auf die Uhr geschaut hatte als er kurz nach zwölf zum Telefonhörer griff.

„Verbinden Sie mich bitte mit Frau Doktor Pressel."

Die Telefonzentrale meldete sich nach einer Weile wieder. „Doktor Pressel geht nicht ans Telefon. Sie wird noch im OP sein."

„Gibt es eine Möglichkeit festzustellen, ob sie im OP ist oder nur ihr Telefon abgeschaltet hat?"

„Moment bitte."

Dieses Mal dauerte es fast zwei Minuten, bis sich die Zentrale wieder meldete. „Doktor Pressel ist heute gar nicht in der Klinik. Versuchen Sie es bitte später noch einmal."

„Stopp! Dann stellen Sie bitte fest, ob Doktor Pressel heute eigentlich im Dienst sein müsste, hier spricht Kriminalhauptkommissar Fuß vom Polizeipräsidium Koblenz, Mordkommission."

Als sich wieder jemand am anderen Ende meldete, war es eine Männerstimme. „Worum geht es bitte?"

Fuß stellte sich erneut vor und erklärte, warum er Dr. Pressel dringend sprechen müsse. Dieses Mal nahm er keine Rücksicht darauf, dass man ihr seitens des Klinikums eventuell Vorwürfe wegen Indiskretion machen würde.

„Doktor Pressel ist heute nicht zum Dienst erschienen. Möglicherweise ist sie erkrankt, aber das wissen wir noch nicht. Wir haben bereits versucht sie telefonisch zu erreichen, doch sie meldet sich nicht. Ich werde ihr aber eine Nachricht ins Fach legen lassen, damit sie Sie sofort anruft, wenn sie kommt."

Fuß bedankte sich und stand langsam auf. Er suchte im Stehen aus den Akten die Privatadresse der Ärztin. „Rufen Sie Schäfer an, er soll bitte umgehend dorthin kommen. Wir fahren auch sofort los."

Auch Schäfer hatte, wie Fuß beim ersten Besuch, Schwierigkeit das Mehrfamilienhaus in der Dessauer Straße zu finden.

„Gefahr im Verzug!", begrüßte ihn Fuß, der mit Liane bereits einige Minuten vor der Haustür wartete.

Schäfer grinste. „Wieder mal?!"

Fuß antwortete nicht, sondern läutete gleich an zwei Klingeln. Als er das Haus betrat, öffnete sich gleich parterre eine Wohnungstür.

„Entschuldigung, aber ich habe die falsche Klingel erwischt", erklärte Fuß dem jungen Mann, der den Kopf zur Tür hinausstreckte. Ich will zu Frau Pressel, erste Etage ..."

Das hatte offenbar ein weiterer Hausbewohner gehört, denn irgendwo in einem oberen Stockwerk schloss sich eine weitere Wohnungstür.

Fuß nahm sein kleines Etui aus der Tasche, nachdem er zweimal bei der Ärztin geläutet hatte und öffnete die Tür.

„Kostümieren!", murmelte er, zog sich Schuhüberzieher und Handschuhe an, dann betrat er die Wohnung, gefolgt von Schäfer und Liane Esser.

„Frau Doktor Pressel?!", rief der Hauptkommissar.

Nichts rührte sich. Die Tür zur Küche stand offen. Daneben das Badezimmer. Dann öffnete er die Tür gegenüber. Auch im für ein Mehrfamilienhaus unerwartet luxuriös eingerichteten Wohnzimmer war niemand. Als er die letzte Tür öffnete, sah er sofort, was er befürchtet hatte. Die Ärztin lag angekleidet auf dem Bett, regungslos, und vor dem Bett lag ein großer Briefumschlag auf dem hellen Teppichboden.

Liane Esser stieß einen undefinierbaren Laut aus, als sie die Tote erblickte. Auf dem gläsernen Nachttisch lagen eine leere Spritze und der Zettel, den Fuß tags zuvor der Ärztin in den Briefkasten geworfen hatte.

Der Hauptkommissar hob den Briefumschlag vom Boden auf, er war unverschlossen. Drei eng beschriebene Seiten kamen zum Vorschein. „Macht ihr mal eure Arbeit, ich setze mich ins Wohnzimmer", sagte er und schob sich an Schäfer und Liane vorbei. Im Wohnzimmer nahm er auf der weißen Ledercouch Platz und begann zu lesen.

Mit der Handschrift tat er sich anfänglich schwer. Sie war schlecht lesbar, was wahrscheinlich auf den psychischen Zustand der Verfasserin zurückzuführen war. Doch langsam gewöhnte er sich an die krakeligen Buchstaben.

Ausführlich schilderte die Ärztin ihre Jugend. Sie war in der Nähe von Köln aufgewachsen. Schon sehr früh spürte sie eine gewisse Persönlichkeitsspaltung in sich, deren Ursache ihr immer unklar geblieben war. Sie hatte deshalb sowohl in der Familie als auch in der Schule immer größte Probleme. Oft hatte man ihr Vorhaltungen zu etwas gemacht, von dem sie nicht wusste, dass sie es getan hatte. Meist war es Zerstörungswut oder Ähnliches. Im Studium wurde ihr dann bewusst, dass sie unter einer dissoziativen Identitätsstörung litt. Oftmals konnte sie sich nur schemenhaft an Dinge erinnern, die sie im jeweils anderen Leben erlebt und getan hatte. Doch allmählich wurde ihr bewusst, dass es sich bei der einen Person in ihr um die Prostituierte Tina handelte und bei der anderen um die promovierte Ärztin Petra. Schon in Köln hatte sie am Militärring als Tina ihre Dienste angeboten. Petra nahm die Stelle als Anästhesistin im Kemperhof an. Vor mehr als einem Jahr wurde Carola Baumgartner dort eingeliefert. So lernte Pressel die Frau kennen und erfuhr, dass diese zum horizontalen Gewerbe gehörte. Als sie dann kurze Zeit später bei einem Ausflug mit Kollegen nach Burgen Carola Baumgartner wieder traf, gab es für die Tina in ihr keinen Halt mehr. Mit Perücke und entsprechender Verkleidung tauchte sie wenige Tage später bei Carola auf, die sich gerade von Zuzanna Czypionka getrennt hatte. Über lange Zeit ahnte Carola nicht, wer Tina in dem anderen multiplen Leben war. Dann tauchte Roswitha Wolf auf und drängte sich zwischen die beiden. Dr. Pressel erinnerte sich vage an die Reaktion von Tina: Sie war außer sich vor Eifersucht. In einem Moment, wo Tina wieder Petra war, offenbarte sie sich Roswitha, in der Hoffnung, so zu einem einvernehmlichen Verhältnis zu kommen. Doch Rosi erzählte Carola vom Doppelleben der Ärztin und Carola erinnerte sich sofort an die Anästhesistin. Beide, Rosi und Carola, versuchten fortan finanziellen Nutzen daraus zu ziehen und drohten, Petra Pressel auffliegen zu lassen. Das hätte das Ende ihrer

Karriere als Ärztin bedeutet. Keiner hätte ihre multiple Persönlichkeitsstörung, gegen die sie sich seit Jahren erfolglos gewehrt hatte, akzeptiert. Tina lauerte eines Tages Rosi in ihrem Wohnmobil auf. Nachdem ein Freier ihre Rivalin verlassen hatte, riss sie die Tür des Wohnmobils auf, stieg hinein und stieß der überraschten Rosi die tödliche Spritze in den Körper. Dann zündete sie das Fahrzeug an. Erst auf der Rückfahrt gewann Petra wieder die Macht über sie und ihr wurde klar, was Tina getan hatte. Sie hatte noch am Abend versucht, Carola zu erreichen, doch vergeblich. Am nächsten Tag hieß es, Carola sei in Urlaub. Im ständigen Wechselbad zwischen Tina und Petra war dann der Gedanke gereift, auch Carola als Mitwisserin zu töten. Es war ein Schock für sie, als ihr eines Tages ein gewisser Paul Seiler auflauerte, der sich als Freund von Rosi ausgab und sie erpressen wollte, ihm Drogen zu besorgen, damit er schweigen würde. Von da an nahm alles seinen Lauf. Petra und Tina verschmolzen förmlich in der Idee, ihr Geheimnis nur durch die Beseitigung der beiden hüten zu können. Sie könne bis heute nicht sagen, wer die beiden getötet habe, Tina oder Petra. Sie habe Carola einen Brief geschrieben, in dem sie vorgab, Paul zu sein und dass er sich dringend mit ihr treffen müsse, es bestände Lebensgefahr. Um dieses Treffen zu arrangieren, rief sie sie mit verstellter Stimme von einem öffentlichen Telefon aus an und bat sie um ein abendliches Treffen unter der Winninger Brücke. Dann sei sie in die Klinik zurückgefahren und habe Seiler unter dem Vorwand, ihm Drogen besorgt zu haben, aus dem Haus gelockt. Sie seien dann an die Mosel gefahren, oberhalb von Lay.

Fuß ließ die Blätter sinken. Den Rest kannte er nur zu gut. Er würde das Geständnis nur im Hinblick auf die Angaben über den Klinikaufenthalt von Carola Baumgartner überprüfen müssen, um eine endgültige Bestätigung des Wahrheitsgehalts zu erlangen.

„Ich habe Ihnen ja gleich gesagt, die Frau war noch mit ihrem Mädchennamen bei uns", stellte Frau Koel zufrieden fest und begann sofort mit der Suche. „Richtig, Frau Baumgartner war vor einem halben Jahr bei uns und hat sich einer OP unterzogen. Mehr darf ich Ihnen aber nicht sagen. Allerdings …", sie stutzte, „… hatten Sie mir nicht einen anderen Vornamen und ein anderes Geburtsdatum genannt?"

„Es stimmt schon", versicherte Fuß. „Es hat aber alles seine Richtigkeit. Sie wissen doch, auch wir von der Polizei können uns mal irren. Aber zum Glück, merken wir es noch in letzter Minute … meistens."

Er bedankte sich und verließ mit äußerst gemischten Gefühlen das Büro.

Auf dem Weg zum Parkplatz rief er Liane Esser an. „Sorgen Sie dafür, dass man Marieke van Eijk sofort wieder auf freien Fuß setzt und sagen Sie ihr, es tut mir leid. Ich werde mich in den nächsten Tagen bei ihr melden."

„Da kommt er endlich!", rief Erika in den oberen Schankraum hinein, als Fuß an der Küche vorbeikam, um sich umzuziehen. „Brigitte und Ulrich warten schon auf dich. Ein Teil der Helfer ist schon mit Günther rauf in den Weinberg gegangen, um die Arbeit für morgen einzuteilen."

Ach ja, die Weinlese! In den letzten Stunden hatte Fuß die bevorstehende Arbeit völlig verdrängt. Aber vielleicht brachte sie ihn jetzt auf andere Gedanken. Er hätte sich einen anderen Ausgang des Falls gewünscht.

Im Büro blinkte der Anrufbeantworter. Hoffentlich keine Absage eines Helfers, die ab morgen bei der Traubenlese vollzählig sein sollten. Es war Liane Essers Stimme, die aus dem kleinen Lautsprecher an sei Ohr drang.

„Chef, ich wollte Ihnen nur sagen, wir haben das Muttermal bei Doktor Pressel entdeckt. Wie Herr Limbach gesagt hatte, am rechten Bein. Ich glaube, jetzt ist auch die letzte noch offene Frage geklärt. Marieke van Eijk lässt Sie grüßen und freut sich auf Ihren Besuch", lachte Liane herzhaft bei dieser Vorstellung. „Alle hier freuen sich mit Ihnen, dass der Fall nun doch gelöst werden konnte und wünschen Ihnen einen schönen Urlaub."

Von wegen Urlaub, wenn die wüssten! Und glücklich stimmte ihn das Ergebnis sicherlich nicht. Aber dafür hatte er seine Weinberge. Er würde sich beeilen dorthin zu kommen, trotz seiner Schmerzen im Bein. Nur weg, an die frische Luft, durchatmen können, nette Menschen um sich haben, den Berufsalltag vergessen und dann ... ein paar Tage mit Erika alleine in Urlaub fahren. Auf das alles freute er sich plötzlich.

Die bisher erschienenen Bände der Hunsrückkrimi-Reihe

„Herzflimmern in Simmern“ (1999/Bd. I)
ISBN 978-3-922929-90-1

„Koblenzer Schängel jagt Hunsrücker Bengel“ (2000/Bd. II)
ISBN 978-3-934524-06-4

„Die Mädchenleiche unter der Hunsrückeiche“ (2001/Bd. III)
ISBN 978-3-934524-19-4

„Der Zirkusclown von Kastellaun“ (2002/Bd. IV)
ISBN 978-3-934524-27-9

„In die Falle gehen alle“ (2002/Bd. V)
ISBN 978-3-934524-30-9

„Der Mann meiner Mutter“ (2003/Bd. VI)
ISBN 978-3-934524-41-5

„Tödliche Träume“ (2005/Bd. VII)
ISBN 978-3-934524-66-8

„Fatale Folgen“ (2007/Bd. VIII)
ISBN 978-3-934524-86-6

„Verborgene Verbrechen“ (2008/Bd. IX)
ISBN 978-3-934524-94-1

„Ein Fall für Fuß“ (2009/Bd. X)
ISBN 978-3-86911-017-2

Alle Bücher (außer Bd. IX und X) gibt es auch als Radioropa-Hörbuch.

„Mord am Schängelbrunnen“ (Live-Krimi)
ISBN 978-3-935286-77-0